현대시 동인의 시세계

현대시 동인의 시세계

초판1쇄 인쇄 2006년 6월 10일 | 초판1쇄 발행 2006년 6월 15일

지은이 최라영 | 펴낸곳 예옥 | 펴낸이 이승은 | 등록 제 2005-64호(등록일 2005년 12월 20일)

주소 서울시 마포구 서교동 336-7 402호 | 전화 02-325-4805

ISBN 89-957612-1-0 03810

* 이 도서의 국립중앙도서관 출판시도서목록(CIP)은 e-CIP 홈페이지(http://www.nl.go.kr/cip.php)에서
이용하실 수 있습니다.

최 라 영   비 평 집

현대시 동인의
시세계

예옥

序

　우리나라 현대 모더니즘 시사를 고찰할 때 1930년대 김기림, 정지용, 이상 등과 1950년대 후반기 동인 그리고 1960년대 현대시 동인 등은 주요한 흐름의 축을 형성한다. 그런데 2006년 중반기 시점에서 볼 때 1960년대까지의 시 연구업적이 많이 축적되었음에도 불구하고 '현대시' 동인에 관한 총괄적인 연구나 개별적인 연구는 그 관심이 매우 미흡한 실정이다. 그리하여 현대시사를 정리하는 자리에서 '내면탐구, 언어탐구'라는 추구항이 한결같이 언급되고 동인들의 유형이나 정확한 거론도 불확정적으로 이루어진 편이다.

　이 글은 이러한 시사적인 연구의 필요성이라는 측면에서 '현대시' 동인들을 모두 다루어보았다. 이 책에서 주요하게 논의한 '현대시' 동인들은 허만하, 김규태, 김영태, 이유경, 주문돈, 이수익, 정진규, 김종해, 박의상, 이승훈, 마종하, 오탁번, 이건청, 오세영(등단순) 시인이다. 그리고 이 책의 2부에 할애된 개별 시인론들은 '현대시' 동인을 주제로 한 기존 논문들에 비하여 볼 때 '현대시' 동인들의 모든 개별 시집과 저서들을 대상으로 한 통시적인 관점에서의 논의이며 이들의 '현대시' 동인지 활동시기를 함께 다룬 특징이 있다. 또한 각 시인의 전체적 시세계를 초기, 중기, 후기로 나누어 조망해 보고 그들

고유의 '정신적 추구의 궤적과 시적 개성을 파악하는 데 초점을 두었다.

그에 앞서 1부에서는 '현대시' 동인의 시사적詩史的 논의를 보완하는 의미로 '현대시' 동인들을 전체적인 관점에서 유형화하고 그 시론과 특성을 논의하였다.

이 책에 실린 글들은 『현대시학』에 정진규 선생님의 큰 도움으로 2005년 1월부터 2006년 4월까지 매달 연재한 것이다. 그리고 이 책은 『김춘수 무의미시 연구』(새미, 2004. 9) 이후 저자의 두 번째 저서에 해당된다. 필자에게 끊임없는 학문적 열정을 심어주고 적극적으로 격려해 주신 많은 선생님들 특히 양왕용 선생님, 오세영 선생님, 김용직 선생님, 민병욱 선생님, 방민호 선생님 등 여러분께 깊은 감사의 말씀을 올린다. 그리고 항상 곁에서 힘이 되어주는 송향松香과 찬이에게도 고마운 마음을 드리며 정성스럽고 정확한 편집을 해주신 예옥출판사에도 깊은 감사의 마음을 올린다.

2006년 6월

최라영

* 일러두기

—이 책에 실린 글들은 2005년 1월부터 2006년 4월까지 『현대시학』에 연재한 글을 원전으로 삼아 부분적으로 교열 및 교정 수정을 하였다.

—작품 인용은 동인지와 시집에 게재된 상태 그대로 싣는 것을 원칙으로 하였다. 이에 따라 명백한 오자라고 판단되는 글자 또는 한자로 표기된 어휘도 그대로 두었다. 단, 띄어쓰기는 책 전체의 통일성을 기하기 위해 현대의 표기 용례에 따랐다.

—작품 인용에서 전문 발췌인 경우에는 작품의 제목을, 부분 발췌인 경우에는 작품 제목과 함께 '부분'이라고 밝혀두었다.

현대시 동인의
시세계

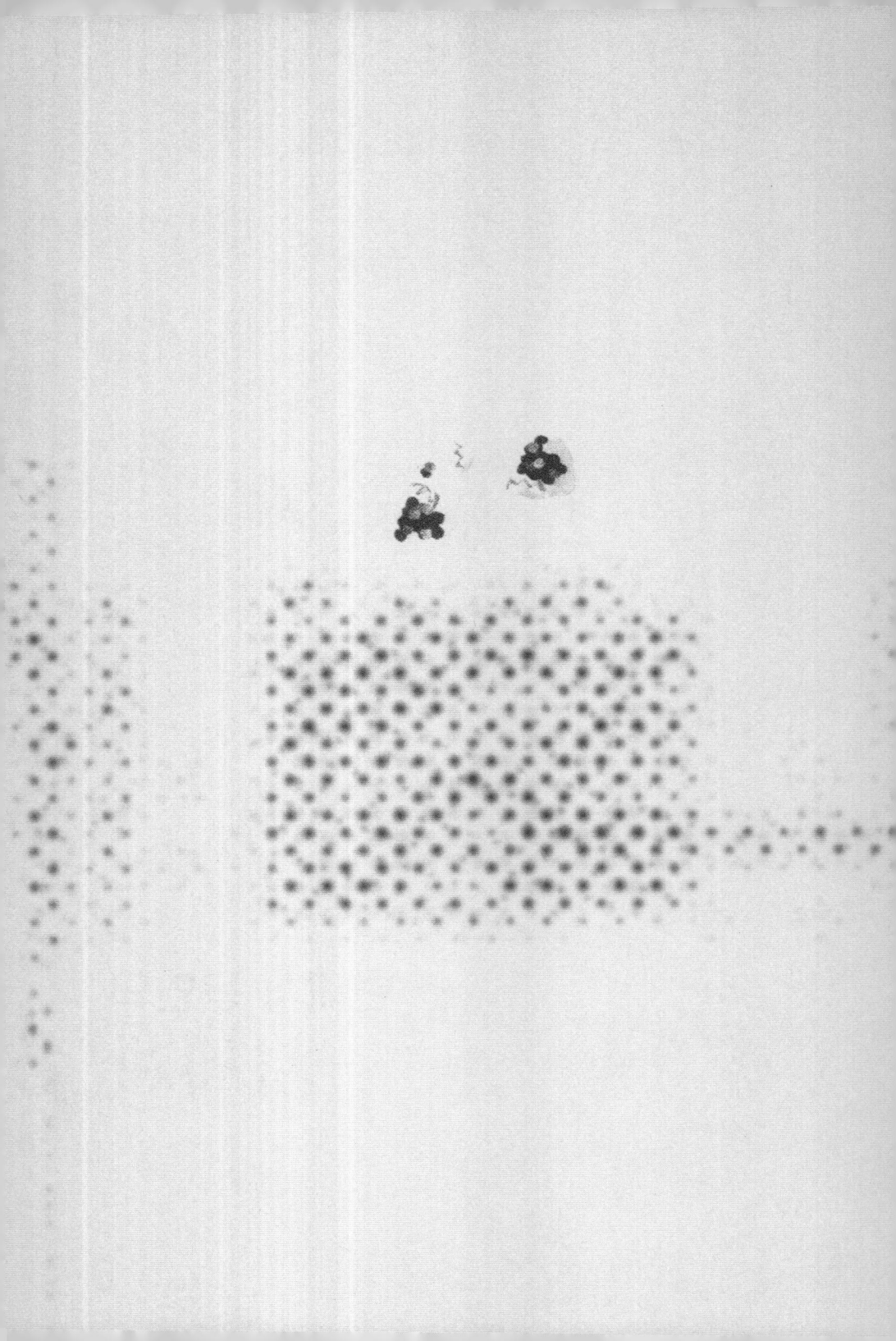

'현대시'의 시론과
'현대시' 동인의 유형

'현대시' 의 시론과 동인의 유형

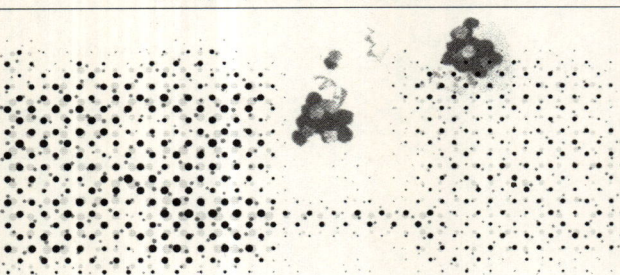

서론

『현대시』는 1962년부터 1년에 2호 정도를 비정기적으로 간행하여 1972년 26집까지 지속적인 동인활동을 펼친 시전문지이다. 이 동인지는 1930년대와 1950년대 모더니즘의 계보를 잇는 시작품 경향을 보여주고 있으며 '현대시' 동인들은 거의 모두 현역 시인으로서 활발한 활동을 하고 있다.

한국의 현대문학사나 현대시사를 정리하는 자리에서 '현대시'는 민중시의 대척점으로서 빈번하게 거론되고 동인들의 이름들이 다루어지곤 한다. 그러나 그 논의는 '내면탐구, 언어탐구'라는 이들의 지향점과 몇몇 동인들의 거론에만 그치는 경향이 있다.

『현대시』 동인지에 관한 연구는 김준오가 현대시사를 정리하는 자리에서 김춘수의 무의미시 계보에 이어서 『현대시』 동인지의 의미를 밝히는 논의를 보여주었다.[1] 허혜정의 경우는 '현대시'에 대하여 이들의 시창작 경향이 대외적인 상황을 비판 극복한 것이라는, 즉 미적 저항의 의미를 부각시킨 측면이 있다.[2] 그리고 이창용의 논의는 '현대시'의 모더니즘 기법, 즉 초현실주

---

1) 김준오, 「순수·참여와 다극화 시대」, 감태준 외, 『한국현대문학사』, 현대문학, 1989, 312~324쪽.
2) 허혜정, 「1960년대 '현대시' 동인들의 시운동과 시사적 위치」, 『현대시학』, 1998. 4.

의 기법, 이미지, 아이러니 등을 중심으로 시창작 경향을 살펴보았다.[3] 문흥술은 동인지의 역사를 살펴보는 자리에서 『현대시』가 1960년대 비이성적 반담론으로서는 가장 문제적인 동인지라고 논의하였다.[4] 권영민은 "주지적 태도와 서정적인 감성의 조화"로써 '현대시'를 소개하고 있다.[5] 즉 기존의 연구 및 논의에서 '현대시'가 김춘수의 계보를 잇는 모더니즘 시의 계승이라는 점, 이들이 추구한 '내면탐구'의 의미항을 시대상과 결부하여 '미적 모더니즘'으로서 파악한 점, 그리고 이들의 시창작을 모더니즘적 기법 중심으로 논의한 점을 지적할 수 있다.

이때 문제로 지적될 수 있는 것은 '현대시'가 표방한 '내면탐구'가 어떤 내용항과 지향점을 지니는지에 대해 구체적인 작품들의 전개과정으로써 규명되지 않았다는 점이다. 그리고 '현대시' 동인들 각각의 특징적인 자리매김이 이루어지지 않은 채 이들의 공통적 특성만 언급되었다는 점을 들 수 있다. 그러나 『현대시』 6호부터 마지막 호까지를 살펴보면 이들이 지향한 '내면'의 중심항이 조금씩 변화하고 있음을 알 수 있다. 즉 이들이 표방한 '내면'의 특성은 '현대시'의 10여 년에 걸친 시국 및 시작詩作 경향을 단계적으로 고찰하면서 살펴볼 필요가 있는 것이다.

이 글에서는 '현대시'가 표방한 '내면탐구'의 내용항과 지향점에 대하여 10여 년에 걸친 '현대시'의 시론과 작품들의 전개과정에 따른 변화를 살피면서 의미의 중심점을 살펴볼 것이다. 또한 '현대시' 동인들의 유형화에 관한 이창용의 논의에서는 모더니즘 기법을 중심으로 하여 동인지에 수록된 작품들만을 대상으로 하였으나 여기에는 한계가 있다. 왜냐하면 동인지 지면에는 박의상이 현실지향적으로, 오세영과 이건청이 서정적 경향으로 시작품을 발표하곤 했으나 당시 이 시인들이 발표한 대다수 시편들의 성격은 다른 '현대

*
  3) 이창용, 「1960년대 '현대시' 동인 연구」, 한양대 석사, 1999, 12∼43쪽.
  4) 문흥술, 「해방 후 50년 시 동인지의 역사」, 『시와시학』, 1995, 여름, 175∼176쪽.
  5) 권영민, 『한국현대문학사2』, 민음사, 2002, 215∼216쪽.

시' 동인들의 내면탐구 경향과 매우 유사하기 때문이다. 따라서 현대시 동인들의 유형화는 이들 시인들의 처녀시집과 이후 시창작 활동을 통시적으로 고찰하면서 이루어질 필요가 있다.

이와 같은 작업을 바탕으로 하여 이 글은 궁극적으로 현대시사에서 대략적인 '현대시' 동인들의 대략적인 활동을 언급하는 데 그치지 않고 이들이 시사에서 지닌 개성적인 자리와 '현대시'의 문학사적 의의가 구체적으로 논의되도록 하는 것을 목적으로 한다.

'현대시'의 시론

『현대시』 동인지의 시편과 시론을 살펴볼 때 그들의 기법은 모더니즘적 의식의 흐름 방식을 보여주며 상징주의적 조응 상태를 추구한다는 두 가지 중심적 축을 볼 수 있다. 이것은 이승훈과 이유경의 논의에서 구체적으로 나타나는데 그들이 표방하는 '내면'에 대한 설명에서 모더니즘적 요소와 상징주의적 요소가 공존하여 서술된다. 즉 보들레르, 발레리, 랭보 등의 작품들을 통하여 '현대시' 동인들의 지향하는 바를 논의하면서 그들의 계통을 밝히는 자리에서는 이상, 정지용, 김광림 등의 시를 다루는 데서 그 특징을 엿볼 수 있다. 전자의 서구시인들이 19세기 프랑스에서 발원한 문예사조인 상징주의 계열에 속하며 전쟁의 참담함과 과학적 낙관주의의 동요 등으로 인한 정신적 공황으로부터 '상징', '조응' 등의 미학적 특성을 낳았다면 후자의 한국 시인들은 영미 모더니즘 또는 다다, 초현실주의의 영향과 맥락이 닿아 있는 시인들이다.

이들 상이한 시인들의 작품에 대한 관심은 '현대시' 동인들이 그들이 표방하는 '내면'의 지향을 설명하는 과정에서 나타나고 있다. '현대시' 동인들은 우리 시사詩史적 풍토에서 결여된 내면, 무의식, 자아의 문제들을 이상李箱

을 전범으로 삼고 출발하였으며 이들이 추구하고자 한 '내면'의 궁극적 방향은 보들레르의 '조응' 상태와 관련이 있다. 즉 지상계와 천상계, 인간과 자연, 감각과 이데아의 수직적 조응이나 혼돈스러운 다양한 감각들의 수평적 조응 등의 미학적 차원을 그들 나름의 방식으로 추구하고자 한 것이다.

모더니즘적 방식과 상징주의적 조응이라는 두 가지 중심축의 밑바탕에는 인간의 무의식, 환상, 꿈의 형상화라는 부분이 놓여 있다. '현대시'가 지닌 주요한 의미가 바로 여기에 있다. 1930년대와 1950년대 모더니즘 시편들은 형식 기법적으로는 이미지즘, 초현실주의, 몽타주 기법 등을 사용하였으나 그 내용항의 측면에서 인간의 자유로운 무의식이나 미적 환상에 관한 부분은 매우 미약하였던 것이다. 또한 거시적 담론이 우세하였던 1950년대와 4·19 및 민중문학이 주류를 이루던 1960년대에는 이미지즘적 경향과 서정적 시편들이 주류를 이루었다. 이처럼 인간의 의식적 측면에 관한 시편들만이 주류를 이루던 시절에 '현대시'는 인간의 의식 이전의 개별적 무의식과 환상 등을 시의 언어로써 자유롭게 표현하고자 하였다.

『현대시』 동인지에서 동인들이 '내면'의 발견, '내면성' 또는 '리리시즘'의 형상화라고 그들의 시론을 표나게 내세운 것도 바로 무의식과 환상의 개별적 표출 또는 미학적 형상화라는, 우리 시사의 새로운 차원을 염두에 두고 한 말이다. 즉 당시 우리 시사에서 결핍된 내면, 무의식, 자아의 구체적 양상에 관심을 갖고 이에 대해서 탐구하고자 하였다. 이때의 내면은 외부 현실보다 개념(언어)과 직접적인 관계가 있으며, 내면과의 조응관계에 있는 언어에 의한 복합적 심리의 제시를 중요하게 여긴다. 이들의 내면은 언어로써 만들어내는 개별적 환상의 형태를 지닌다. 그 환상은 시각적 이미지의 파편 연결로써 자아의 지각과 사고 사이에 나타나는 영역을 보여주기도 하며, 개념이 각 개인에게 환기시키는 이미지나 개념들의 연결관계에 의한 복합적인 형태를 나타내기도 한다. 그런데 이들이 구축한 환상이란 현실과 전혀 다른 논리의 세계에 속한 것만은 아니다. 왜냐하면 환상은 개인의 욕망을 동력으로 하여 개념과 이미지로써 형상화되는 것으로, 시인의 개별적 추억이나 과거의 영상 등의 양상에 따라 지각하는 현실을 변형시키기도 하고 현실 상황을 시인의 소망 충족의 방식으로 기괴하게 혹은 미학적으로 변형시키기 때문이다.

　문학이 인간에 대한 탐구라고 할 때 인간의 사회적 의식뿐만 아니라 개별적 무의식과 환상은 당연히 다뤄져야 할 영역이다. 그렇게 볼 때 1960년대 초 '현대시' 동인들은 우리 시사의 서정성에 결핍된 무의식, 환상의 추구를 내세우고 이를 공통된 지향으로 삼아서 에콜을 형성하였던 것이다. 이들의 작업은 우리 시사의 빈틈이었던 시의 환상성 영역을 새롭고도 지속적으로 개척하였다는 의의를 지닌다. 즉 이미지 중심의 산뜻하고 정제된 시편들뿐만이 아니라 어둡고도 혼돈스런 무의식, 미적으로 재구성된 공간, 성적 이미지와 결부된 내적 공간 등 인간이 현실에서 겪는 다양한 감각과 의식 및 무의식을 솔직하고도 독자적인 영역을 통하여 자유롭게 표현한 것이다.

　'현대시'에 나타난 내면, 환상의 양상은 그들에게 극복을 요구했던 문단 현실과의 관계를 통하여 변화과정을 겪는다. 6집부터 14집 즈음까지는 내면 탐구와 언어실험의 기치를 내세운 다양하고 자유로운 무의식적 환상의 풍경을 보여준다. 그리고 그 속에서 미학적 차원에서 내면의 상승 상태를 겨냥한 상징주의적 조응 상태의 구현이라는 '내면'의 한 방향성을 보여주기도 한다.

　반면 '난해성' 문제에 대한 해명 및 20집을 전후로 하여 '알코올적 언어'로 비난받은 국면에서는 그들 '내면'의 지향점을 좀 더 포괄적인 것으로 드러낼 필요가 있었다. 그리하여 이들의 '내면'에 관한 해명은 동인지 후기로 갈수록 초기에 밝혔던 혹은 작품으로 실현했던 방향과는 다른 양상으로 나아간다. 말하자면 그들의 '내면'이 당대 현실과의 관계항으로서의 개별적 환상과 욕망을 형상화하는 것으로부터 나아가 격하고 그로테스크한 이미지들을 중심으로 시대와 현실의 억압적 분위기를 반영하고 이를 미적으로 극복하는 차원임을 밝히는 것이다. 이것은 우리나라 모더니즘 시사에서 볼 때 1970, 1980년대의 모더니즘 시가 보여준 언어실험, 기괴한 이미지를 통한 당대 현실 비틀어 보여주기의 전범 형태가 될 것이다.

동인들의 개별적 환상으로서 보여주는 '내면'은 1930년대와 1950년대의 모더니즘 시인들의 시편 경향과 대비하여 생각해볼 수 있다. 이들의 시창작은 1960년대, 즉 산업화 도시화가 한창 진행되던 시기와 맞물려 근대문명의 인간소외 현상, 인간과 세계의 분리 현상이 빚어지던 시기의 것들이다. 즉 이들의 무의식과 관련한 환상, 고뇌의 영역이란 1930년대 식민치하의 의식과 1950년대 전후 현실을 토대로 한 모더니즘 시의 흐름과 달리 근대문명과 산업화로 인한 모더니즘 시의 생성이라는 서구적 모더니즘 시의 출현과 유사한 보편적 맥락을 지니는 것이다.

'현대시' 동인들의 유형

'현대시' 동인들의 동인지 활동시기의 시편들을 보면 언어탐구, 내면탐구로서의 개별적 환상과 욕망을 형상화하는 공통점을 볼 수 있다. 박의상, 허만하, 김규태의 시편이 현실비판적 경향을 다소 지니고 있으며 후기에 동인으로 합류한 오탁번, 이건청, 오세영의 시편들이 서정적 경향을 지니고 있다는 점을 감안하더라도 이들의 동인지 활동시기에 출간한 처녀시집들을 살펴보면 대체로 '현대시'가 내세운 현대인의 내면탐구의 자유로운 표현방식에 충실함을 알 수 있다.

그렇기 때문에 이들의 시 경향을 동인지에 수록된 작품들만을 대상으로 하여 유형화한다는 것은 별 유효성을 지니지 못한다. 더욱이 인간의 무의식, 환상을 담은 내면이란 개별적인 인간의 것이기도 하지만 인간의 보편적 무의식과도 상통하는 측면이 많기 때문이다. 그러나 '현대시' 동인의 10여 년에 걸친 동인지 활동, 더군다나 1960년대 문단의 비난을 감수하면서도 1972년까지 이어온 시창작 활동은 이들이 위치한 시의 입장을 재고하는 계기가 되었다. 그리하여 1970년대 동인지 마감 이후 시인들의 시작 경향은 다양한 방향으로 나아가게 된다. 결국 '현대시' 동인의 처녀시집 발행 시기까지의 경향은 내면탐구, 언어탐구, 의식의 흐름, 환상 추구라는 비교적 단일한 지향점에 포섭되지만 1970년대 이후의 시 경향은 개성적인 다양한 방향성을 지닌다. '현대시' 동인들을 유형화하는 것은 바로 이 지점을 고려하면서 이루어져야 한다. 동인들의 일부는 '현대시' 초기 '내면'의 양상을 고수하는 경향이 있고 또 일부는 '현대시' 후기의 '내면'에서 출발하여 현실 참여의 방향으로 나가기도 하고 또 일부는 무의식과 환상의 미학적 경향 혹은 전통 서정성의 시세계로 전환하기도 하기 때문이다.

이러한 변화에도 불구하고 이들이 10여 년에 걸친 '현대시' 동인이라는 점은 이들의 언어구사의 방식에서 단적으로 드러나곤 한다. 이것은 이들의 동인지 활동시기에 보여준 내면의 형상화가 유사하다는 외부의 지적처럼 단일한 지향점을 지니고 시수업을 한 세월의 증거이기도 하다. 즉 각기 미학적 성향, 현실 참여 성향, 전통 서정의 경향이라는 다양한 양상을 드러내면서도 그들이 내면을 탐구하고 언어를 구사하는 방식에서 모더니스트로서의 측면을 보여주며 어떤 경우에도 시가 갖추어야 할 미학적 의장을 배려하는 면모를 보여준다.

현실 참여의 적극적 방향으로는 결코 치닫지 않으며 문학과 현실 사이에서 중도적이면서 항상 예술로서의 시를 염두에 두는 이들의 시창작 활동을 볼 때 대체로 보수적이며 작품 중심적인 경향을 지닌다. 이것은 이들의 계층이나 문단 진출방식에서도 드러나는데, 대체로 '현대시' 동인들은 1960년대 주요 일간신문의 신춘문예로 등단한 이력을 지니고 있으며 중앙에서 대학을 다니거나 공부를 계속하는 등 당시로서는 엘리트층에 속한다. 그리고 이들이 물려받은 『현대시』 동인지는 1집부터 5집까지는 당시 선배 시인들 주로 모더니즘적 경향의 시인들의 시 종합지였다. 그러니까 당시 신문검열을 통과한 세대이면서 엘리트층이라는 점, 선배 모더니즘 시인들과의 관계항 등으로 인하여 이들의 입지는 보수적이면서도 문학적 의장을 중시하는 경향으로 나아간 셈이다.

『현대시』 동인지의 가장 큰 의미는 무엇보다도 '현대시' 동인들이 거의 현역의 대 시인 또는 교수 문인으로서 활발한 활동을 하고 있으며 문단의 주요한 영역을 개성적으로 차지하고 있다는 점이다. 또한 문학사적 입장에서 볼 때 1960~1970년대 천편일률적일 수 있었던 우리 문단의 영역을 문학적인 방식으로 다양하게 확장시켜 주었으며 1980년대 이후 모더니즘적 시를 쓰는 시인들의 주요한 초석이 되어주었다.

10여 년에 걸친 동인지 활동은 '현대시' 동인들에게 시를 쓰는 기초적인 밑바탕이랄까 평생을 시인으로서 열정적으로 살아가게 하는 추진력을 달아 준 셈이었다. 즉 '현대시'는 오늘날 현역대 시인들의 모태 역할을 하였고 1930년대와 1950년대 이후 모더니즘 시의 계보를 정통적으로 이으면서도 문명으로 인한 현대인의 소외, 무의식, 개별적 환상을 재현한 모더니즘 시의 내용항, 즉 전대에 자칫 기교적이거나 감성적으로 치우치기 쉬웠던 현대인의 포장하지 않은 '내면'을 발견, 탐구했다는 의미를 지닌다.

이렇게 볼 때 동인지를 포함한 전반적인 시창작 경향을 유형화해 봄으로써 자칫 '현대시'가 표방했던 내면탐구의 영역에 한정되기보다는 각 시인의 개성적이며 다양한 자리를 변별적으로 매김할 수 있을 것이다. 이때 문학을 보는 네 가지 관점을 제공한 M. H. 아브람스의 관점[6]에 토대를 두고 '현대시' 동인들의 시창작 경향을 본다면 이들만의 다양한 변별적 지점을 해명하기가 힘들다. 이들이 지닌 모더니즘 시의 토대는 현대인의 내면, 자의식이라는 점을 염두에 둘 필요가 있기 때문이다. 즉 이들의 자리는 세계와 불화를 겪는 근대문명 이후의 '현대인'의 그것이며, 이에 따라서 작품·시인·세계·독자로

---

*

6) M. H. Abrams, 『The Mirror and Lamp』(Oxford Univ. 1981, 6쪽). M. H. 아브람스에 의하면 작품을 보는 시각은 크게 네 가지로 정리되는데, 세계(universe), 작품(work), 작가(artist), 독자(audience)가 그것이다.

보았던 네 가지 항 중 '세계'를 근대문명 이후 인간에게 매우 다른 의미로 부각되기 시작한 자연과 현실, 더 구체적으로는 자연, 문명, 이데올로기적 현실 등으로 세분화하여 살펴볼 수 있다. 구체적으로 자아와 세계 즉 자아의 문제, 자아와 자연, 자아와 문명, 자아와 현실과의 관계 양상에 의거하여 이들의 시 창작 경향을 몇 가지로 살펴볼 수 있다. 이것은 자아와 사랑의 탐구에 초점을 둔 경우 자아와 자연과 우주의 탐구, 자아와 현실의 탐구에 초점을 둔 경우로 나눌 수 있다.

첫 번째의 경우는 다시 자아의 내면탐구 및 언어탐구의 경우와 여성과의 관계 맺기로서의 사랑에 관한 경우로 나누어볼 수 있다. 대체로 전자에는 이승훈, 김규태, 주문돈이 속하고 후자에는 김영태, 이수익, 오탁번이 속한다고 할 수 있다. 두 번째로 자아와 자연과 우주 탐구의 경우, 다시 몸과 자연과 우주의 생명력에 대한 탐구의 경우와 동양적 사유 옹호 및 문명비판적 사유를 드러낸 경우로 나뉠 수 있다. 전자에는 정진규와 허만하, 후자에는 오세영과 이건청이 속한다. 마지막으로 자아와 현실에의 탐구의 경우, 현실의 관찰과 타자와의 융화에 초점을 둔 경우와 애국원혼을 위무하고 현실을 비판한 경우로 나눌 수 있다. 전자에는 마종하와 이유경, 후자에는 김종해와 박의상이 속한다.

1. 자아와 사랑에의 탐구

1) 내면탐구, 언어탐구 ─이승훈, 김규태, 주문돈

'현대시' 동인지의 지배적 경향인 내면탐구, 언어탐구라는 지향점을 일관되게 시로써 형상화하는 대표적 동인으로는 이승훈을 들 수 있다. 그리고 전반적인 모더니즘 시 형식을 취하고 있지는 않으나 주요한 시의 본령이 자신의 정체성 및 내면의식에 놓여 있는 김규태, 그리고 내면과 등가로서 언어를 두고 언어 구문상의 다양한 실험을 통하여 내면을 비추는 작업을 했던 주문돈을 들 수 있다. 이들의 시창작의 경우 자아의 내면탐구라는 중심항이 있으며 특히 주문돈의 경우는 언어실험의 성향이 강하다.

아이는 다리 위에
앉아 있네
다리가 말인 줄 알고
앉아 있는
아이에게 다가가
'뭘 하고 있니?'
물어도 아이는
말이 없네
강물에 비치는
햇살을 보네
다리 위로 지나가는
어른들의 눈에는
햇살이 보이지 않네
여름 햇살 속에
앉아 있는
아이에게 다가가
'뭘 하는 거야?'
큰 소리로 물으면
아이는 너무 놀라
강물에 텀벙 빠지네
그러니까 물으면 안 되네
무얼 하느냐고
왜 거기 있느냐고
너의 수입은 얼마나 되느냐고
너는 자살을 기도한 적이 있느냐고
너는 인생을 아느냐고
묻는 일은 금물

물으면 아이는
강물에 빠질 테니까

이승훈, 「어린 시절」

나는 해협에 누워 있을 것이다.
그때 찬란한 어족처럼
빤짝이는 비늘을 달고
먼 태양의 눈짓과 교감할 것이다.

어둔 해협은
나의 욕망과 절망이 시작되는 깊은 물목,
불현듯 한류에 젖어드는 피부는
한없이 떨고 몸은 고드름처럼 차가와질 것이다.
심해의 표면과 하늘의 원색이 만나는 곳
나는 사생아처럼 거기 검은 조류 속에 떠 꿈꿀 것이다.

김규태, 「꿈꾸는 海峽」

　　土器 속에 불씨가 묻혀 있었다. 女子의 길고 여윈 손이 歷史 속으로
들어갔다. 그러자 女子의 눈에 火災가 일어났다. 火災에 싸여 활활 탔다.
內面의 창틀에 끼었던 눈물이 굴러 떨어져 내렸다. 사태가 壓到돼 갔다. 비
스듬하게 걸려 있던 肉感의 女子가 사라졌다. 얼어붙은 大氣에 押針으로
꽂혀 파랗게 떨던 새의 歸巢를 기다린다. '모두 어디로 갔을까요?' 비어 있
는 土器, 엎드린 빈 土器의 無限空間 저쪽에서 부스스 일어서는 것이 있었
다. 날개가 돋아 飛天하는 불길, 오 불길.

주문돈, 「土器 Ⅲ」

이승훈의 내면탐구 경향은 내면탐구라기보다는 주로 공포와 불안으로 인한 기괴한 환상을 형상화한 것이다. 위 시 「어린 시절」의 경우 한 아이가 다리 위에서 떨어지기 직전의 상황을 형상화하고 있는데 이승훈 시의 대부분은 이러한 상황에서 명멸하는 무의식과 의식의 잔상을 파편적으로 표현한 것이다. 그러한 내면 형상화의 중심적인 부분은 유년시절 아버지와 어머니로부터의 상처에 밀접하게 걸쳐져 있다. 그의 시쓰기에서 이러한 가족적 상처로부터 기인한 공포와 불안의 형식은 지금까지 이루어지고 있다. 불안과 공포의 표출로 인해 그의 내면은 일관된 중심적 구조축이 형성되지 못하는데 이것이 그의 내면탐구의 주요한 방식이다.

김규태의 내면탐구는 이승훈의 경우와는 달리 표면적으로는 사회 현실을 향한 발화의 제스처를 취하고 있다. 그런데 사회 현실을 향한 목소리의 근원은 가족과의 분리 불안으로 인한 혼란된 정서가 중심축을 이루고 있다. 즉 카오스적 자아의 내면 소용돌이의 움직임이 그의 사회지향적 이상주의적 자아를 떠받치고 있다. 위 시 「꿈꾸는 海峽」에서는 차가운 심해의 표면과 하늘의 원색이 만나는 곳에서 검은 조류 속에 떠도는 '나'의 모습으로 형상화되고 있다.

주문돈의 경우는 내면탐구라기보다는 내면과 등가에 놓인 언어탐구의 작업이 이루어지고 있다는 편이 옳을 것이다. 그의 내면은 응집된 하나의 개체 상태를 표현하지 않고 외부 속에서 투명하게 동화된 형상을 보여주고 있다. 이러한 그의 내면이 비교적 단일하게 용적되고 집약된 형태는 토기 또는 유리컵의 형상으로 나타나고 있다. 위 시 「土器 Ⅲ」에서 토기 속의 불씨는 성적 이미지와 연관되어 있는데, 이것은 무의식적 욕망의 자리를 빈 토기의 무한공간 저쪽의 비천飛天하는 불길로서 승화시키고 있음을 보여준다.

이승훈, 김규태, 주문돈이 드러낸 내면탐구의 주요한 이미지를 열거한다면 각기 '닭과 개미', '벌레와 멍', '토기와 유리컵' 등의 형상으로써 논의할 수 있을 것이다. 이승훈의 시에서 불안과 공포의 형상으로 쓰인 밀폐된 공간 이미지와 관련한 목 없는 닭이나 불타는 개미 등은 그의 혼란스런 무의식의 자리를 보여주는 대표적인 시적 제재가 될 것이다. 그리고 김규태의 '벌레' 이미지는 그의 내부 경계가 허물어지는 표식으로써 등장하기도 하지만 '풀'과 결부되면 더없이 순수한 내면의 표상물이 된다. 그의 최근 시에 이르면 벌레 이미지는 멍, 먹물 등의 이미지로 변화한다. 마지막으로 주문돈의 경우는 토기나 유리컵의 형상으로 나타나는데, 그의 토기와 유리컵 속에 담긴 내면은 '바람' 이미지와 결부되어 투명한 형상으로 나타나며 내면의 표현이라기보다는 시에서 주요한 주체와 객체의 대상을 엉뚱하게 변환시킴으로써 드러내는 다양한 형상화 방식이라고 할 수 있다.

2) 사랑의 양가성 —김영태, 오탁번, 이수익

이승훈, 김규태, 주문돈의 시 경향이 자아의 내면에 초점을 두고 의식의 흐름을 포착하고자 한 것이었다면 김영태, 이수익, 오탁번은 자아와 타인의 관계 맺기에 초점을 둔 시 경향을 보여준다.

김영태의 경우는 사랑의 황홀과 이별의 정서를 미학적으로 형상화하고 있으며, 이수익의 경우는 사랑과 죽음 그리고 열정과 비애의 경계선상의 양립적 정서를 형상화한 것이 주요하다. 오탁번의 경우는 제도와 일탈 사이에서 중심점을 찾는 현대인의 사랑과 도시적 권태에 초점을 둔 시편들이 다수 차지하고 있다.

> 움직이는
> 조그만 균형을 만났읍니다
> 한 部分이
> 가만히 정지하다가
> 접히다가
> 다시 포개어집니다
> 매우 아름다웠으므로

내색은 하지 않았으나
나는
더러운 손을 들고
뒤뚱거리며 따라갔읍니다
내가 서툴게 줄을 그어
매달은 窓 밑에서
속을 펄펄펄 끓이고 있었읍니다

김영태, 「그림—마카로바에게 주는 2」

1
과수원에 가면
나도 한 마리 벌레가 되고 싶다.
해맑은 아침이슬 먹고
푸른 달빛 먹고
흠뻑 향기가 무르익어가는
과일과 과일,
그 熱望에 빛나는 눈빛 사이를
느리게 아주 느리게
기어다니고 싶다.

2
과수원에 바람 부는 날은 잎새에 매달려 춤이나 추고
과수원에 비 내리면 후둑후둑 빗소리에 가슴을 열고
과수원에 번개 치는 날은 깜깜한 盲目으로 엎드려 있으면서
나도 자랄 것이다, 조금씩 키가 크는 아이처럼.

3
그리고 마침내

단물이 흘러넘쳐 무거워진
과일이 제 무게를 견디지 못해 뚜욱 뚝
떨어져 내리면

나도 떨어져 스밀 것이다, 부드러운 흙 속에
내 향기로운 몸을 묻으면서.

이수익, 「과수원」

우리를 항상 슬프게 하는 것은
낙엽이 아니다 구름도 아니다
시계 바늘이 동그란 시계 바탕을 맴돌 듯
언제나 바라보고 싶은 눈썹 위에
지는 저녁노을 퍼지는 땅거미마냥
하나씩 묻어오는 늦가을의 외로움

너의 영혼 모두 너의 육체 모두를
나는 탐하지 않았다 너의 손톱에 낀
하루의 슬픔 한 순간의 외로움만
나의 것으로 하고 싶었다
너의 손톱 하나 때가 낀 조그만 시간
긴 꿈속에서만 기억나는
한 순간의 그리움이 되고 싶었다

초침은 1초에 1초만큼 가고
분침은 1분에 1분만큼 가는 세상
나의 시계가 1초에 1분만큼 가는 슬픔의
긴 꿈속에서만 떠오르는 모습
눈썹 하나 머리칼 하나만 훔치고 싶었다

낙엽도 구름도 내 뜻을 다 안다

오탁번, 「나의 뜻」

김영태는 사랑의 대상인 여성의 타자를 이상화하면서 자신의 사랑을 고양시키고 사랑의 순간적 찰나를 압축된 미적 이미지로써 포착하는 시편들이 인상적이다. 그에게 사랑의 정서는 미적 감흥의 순간과도 밀접한 관련을 지니는데, 그 미적 감흥의 대상은 주로 아름다운 여체가 만들어낸 "균형"인 무용이다. 위 시 「그림—마카로바에게 주는 2」에서 시인은 아름다움의 장면을 자의식을 지니고 포착해 내고자 속을 "펄펄펄" 끓이는 장면으로써 형상화하고 있다.

이수익은 사랑의 정서가 환기하는 속성을 주요한 시적 대상으로 삼는 경향이 있다. 즉 사랑과 죽음, 열정과 비애, 삶과 죽음의 경계선상의 양가적 정서를 중심으로 시상을 구상하는 것이다. 위 시 「과수원」에서는 과일 속에서 단물에 몸을 스미며 황홀해 하는 벌레가 그 단물 속에서 허우적대다 죽는 장면으로 형상화하고 있다. 이처럼 사랑이 지닌 양가적 속성에 대한 형상화가 이수익의 주요한 시상을 형성하고 있다.

오탁번의 경우는 사랑의 정서가 현대인의 일상적 윤리와 관련되어 나타나고 있다. 즉 제도적 측면에서 일탈하지 않으면서 사랑의 정서를 음미하려는 면모를 보여주기도 하고 일상적 틀에 얽매인 매너리즘과 권태에 대한 형상화가 주를 이룬다. 오탁번의 시에서 현대인의 일상과 일탈 사이의 중심잡기로서의 여성이라는 대상은 '손톱의 때'로 특징적으로 나타나고 있는데 이것은 이후 그가 어머니에 대한 그리움, 향수 시편에 경도하게 되는 것과 관련이 있다.

2. 자아와 자연에의 탐구

1) 몸과 자연의 생명력 ―정진규, 허만하

이승훈, 김규태의 경우 자아의 내면표출에 초점을 두고 있으며 주문돈이 언어실험을 통한 내면의 투명한 응시를 중심으로 한다면 김영태, 이수익, 오탁번의 경우는 여성(타자)과의 관계맺기로서의 사랑의 양가성을 주요하게 형상화하고 있다.

　이와는 달리 자아와 자연과 우주의 생명력을 형상화하고 반자연적인 것, 인위적 문명에 대한 비판을 보여주는 '현대시' 동인들이 있다. 바로 정진규, 허만하의 경우가 그러한데 이들은 몸으로 습득한 개인적 체험으로부터 자연과 우주의 생명의 이치에 대한 탐구를 보여주고 있다. 한편 오세영, 이건청의 경우는 자연과 인간의 교감에 초점을 둔 '무아無我', 자연 속 생명체, 동물에 대한 애정을 드러내면서 문명사회와 근대 자본주의 물질문명 사회에 대한 신랄한 비판을 보여주고 있다.

　　　　그대가 참으로
　　　　나의 運命을 다스릴 수 있다면서
　　　　입을 벌리면서
　　　　目的으로 내 안에 던진 아름다운
　　　　銀金의 사슬들
　　　　삐걱대는 子正에 와서 비는 내리고
　　　　무엇이 가능하다고 그러는 걸지,
　　　　잘못 생각이었다고 울음을 삼키면서
　　　　우는 그대의 잔등 기어올라 개미 한 마리
　　　　쫓아서 나도 어디로 橫斷해 가면서
　　　　마지막으론 깊게 철저한 錯覺들
　　　　그대 잘못 생각을 그대 목걸이로 걸어주면서
　　　　禮儀 있는 言語로 내가 달래었을 때
　　　　갑자기 秘密로 가고 있는 금이 하나,
　　　　그대 틈서리에서 어느 날의 파브로·피카소는 일어서면서
　　　　빛두른 맨몸으로 일어서면서.
　　　　오늘밤도 生鮮의 살쩜만

깨끗이 발라 먹으면서
다치지 않는 生鮮 가시, 그분의 敬虔을
접시 위에 무겁게는 그리고 있었네.
끊임없이 빗디뎌 빠져드는
아하, 그대의 알몸도 生鮮 가시.
나의 驚異는 사뭇 비틀대이면서
그대의 살쩜은
내가 이 밤에 다 먹으면서
이 밤에 어서, 그대의 살쩜은 내가 다 먹으면서
무슨 救援처럼 빛깔 나고 있었네.
그대가 참으로
나의 運命을 다스릴 수 있다면서
입을 벌리면서
目的으로
내 안에 던진 아름다운
銀金의 사슬들
삐걱대는 子正에 와서 비는 내리고.

정진규, 「生鮮 가시」

저물어가는 始原의 斷崖에서
咆哮했던 끝없는 니힐,
어쩌면 生前의 내 頭蓋骨을 내려치던
異族의 무딘 돌도끼.
아니, 팔랑이는 나비,
코를 고는 莊子의 선잠에 떨어진
나비가 잊고 간 硫黃빛 날개조각
그것은 拒否할 수 없는 누구의 질긴 磁力이었다.
그 보이지 않는 손짓을 따라

질푸른 레에테의 밤江을 건너
미역잎같이 너풀거리던 怨死한 女人들의 머리숱
그 한없이 짙던 海藻林의 記憶밖에 없다.
눈먼 無意識의 무게 아래서 내 살은
陰刻된 羊齒類의 빈 잎사귀
한 조각 粘板岩의 아득한 年代記에 지나지 않았다.

허만하, 「地層」 부분

정진규는 초기에 주로 맹목적 욕망 또는 성적 욕망에 초점을 둔 무의식의 세계를 중심으로 내면탐구의 양상을 보여주었다. 위 시 「生鮮 가시」에서 여인과의 사랑의 순간에 대한 상념은 '생선 가시의 살점 발라먹기'와 관련하여 해사적으로 형상화되고 있다. 반면 허만하의 경우는 그의 처녀시집인 『해조』에서 보듯이 6·25 종군 체험에 토대를 두고 원시적 세계에 대한 동경과 문명에 대한 비판을 주조로 형상화하고 있다. 위 시 「地層」에서도 전란의 싸움을 원시인의 돌도끼 싸움에 견주어 형상화한 면모를 보여준다.

이와 같이 상이한 출발을 보여준 정진규, 허만하는 이후 시창작의 변화에 이르면서 서로 유사한 세계관적 기저를 보였으며 형식면에서도 산문시의 특성을 보여주고 있다.

미리 젖어 있는 몸들을 아니? 네가 이윽고 적시기 시작하면 한 번 더 젖는 몸들을 아니? 마지막 물기까지 뽑아올려 마중하는 것들 용쓰는 것 아니? 비 내리기 직전 가문날 나뭇가지들 끝엔 물방울들이 맺혀 있다 지리산 고로쇠나무들이 그걸 제일 잘 한다 미리 젖어 있어야 더 잘 젖을 수 있다 새들도 그걸 몸으로 알고 둥지에 스며들어 날개를 접는다 가지를 스치지 않는다 그 참에 알을 품는다

봄비 내린다

저도 젖은 제 몸을 한 번 더 적신다

정진규, 「봄비」

75만 칸델라의 등대 불빛이 비추는 것은 바람에 밀리는 은백색 빗줄기 너머 빛이 기진하는 언저리에서 오기처럼 더 두꺼워지는 어둠의 두께뿐이었다. 바람의 벽에 부딪힌 바람의 속도가 솟구쳐 오르는 사나운 너울처럼 부서지고 있는 해변. 찢어져 펄럭이는 검은 비옷을 걸친 한 사나이가 이쪽을 향하여 손을 흔들며 고함을 지르는 듯했으나 벌써 사라지고 보이지 않는다. 번개의 섬광에 잠시 모습을 드러냈다 다시 어둠의 물결에 묻혀버린 것은 빗물 흘러내리는 눈부신 앞가슴을 내밀고 수직으로 서 있는 알몸의 벼랑이었다.

허만하, 「눈부신 어둠의 벼랑」 부분

정진규의 위 시 「봄비」에서 보듯이 봄비 내리기 전에 마지막 물기까지 뽑아 올리는 풀잎의 이슬에서 인간과 자연의 생명체가 공유한 음양이치의 오묘함을 형상화하고 있다. 즉 인간의 욕망을 자연과 우주의 이치에 대한 것으로써 승화시키고 "알", "몸"으로 표상된 근원적인 존재로부터 자연적 우주적 세계에 대한 것으로 확장시켜 사유하고 있다.

허만하의 경우 그가 종군 체험을 통해 전쟁이 원시인의 돌도끼를 들고 싸우는 것과 다름없다는 인식은 그로 하여금 인간과 자연에 대해 통시적이고 거시적인 시각을 만들어준 셈이다. 즉 그는 하나의 "지층"과 "벼랑"의 표상에서 인간의 세속적 가치를 무화시키고 자연과 우주의 일부로서의 인간을 형상화하고 있다.

이처럼 정진규가 인간의 욕망과 몸에 관한 사유를, 허만하는 종군 체험을 통하여 원시인과 다를 바 없는 인간 본연의 욕망으로부터 자연과 우주의 생명체와 연속선상에 놓인 인간을 발견했던 것이다. 다만 정진규의 경우 '몸'과 '알'에서 비롯된 우주적 생명력의 시선이 매우 약동적인 음양의 이치와 연관되어 긍정적으로 형상화된다면, 허만하의 경우는 자신의 종군 체험과 하반신 마비의 고통과 관련하여 우주와 자연 속에서 인간을 무화시키는 '절멸'의 상상에서 보듯이 인간과 자연물의 맹목적인 의지에 대하여 다소 허무적이고 비극적인 세계관을 형상화하는 것이 특징적이다.

2) 유기체적 사유와 문명비판 ─ 오세영, 이건청

정진규와 허만하의 경우 시 경향이 인간의 몸과 자연과 우주의 연속적 일체감을 보여주는 유기체적 세계관을 보여준다면, 오세영과 이건청의 경우도 이와 유사한 유기체적 사유를 보여주고 있다. 표면적으로 볼 때 오세영과 이건청의 시는 정진규와 허만하와는 다른 세계관적 기저를 지닌 것 같으나 자연과 인간의 합일 지향, 자연 속 생명체, 동물 등에 대한 인간과의 연속적 사유를 보여준다는 공통점을 지니고 있다. 단지 이들의 시적 사유는 자연적인 것, 유기체적인 것의 반대편에 놓인 인간 문명, 물질만능 사회에 대한 신랄한 비판을 또한 두드러지게 형상화한다는 점이 정진규, 허만하의 시적 사유와 다른 점이라고 할 수 있다.

> 화약 냄새를 맡으며 새벽을
> 더듬는다. 발치엔 춘향뎐이 딩굴고,
> 소리들이 딩굴었다.
>
> 초사흘 달밤에 배
> 한 척 밀려
> 온다, 성균관 뒤뜰을 도둑이 들고,
> 누구냐고 외치는 등뒤에서
> 싸늘한 칼이 번득였다.
>
> 그 칼. 판단의 힘, 어떻게

쓸 것인가, 횃불들이 소란하게 문을
두드린다.
끊어진 줄. 東洋의 구슬들이
땅바닥에 쏟아진다.

쏟아진 하얀 피. 초사흘 달밤을
토해낸 汽笛이 흩어지고
희미한 포대의 불빛이 흩어지고,
화약 냄새를 맡으면서 나는
셔만호의 굴뚝을 향해 총을
겨눴다.

오세영, 「불 5」

다섯 개의 삽이 쓰러져 있다.
항상 채찍이 감기는 등어리,
고딕식 석조의 내 방에
時計에 꽂혀
붉은 손이 걸려 있다.

不眠에 새운 말이
土幕에서 끌려 나올 때
아침 세시의 종이 울리고
푸른 달이 비치는
피곤한 내 저택에
바람은 기억의 잎을 흔들며
혈관의 끝으로 분다.

나는 여위어간다.

채찍이 등어리에 감겨
모든 관절을 태우면서
밭을 향해 간다.

한마리 말이 되어
짐을 끌고 떠난다.
未明의 새벽
먼 해변에 가 쓰러지겠다.
시간이 이탈해간 태엽,
그 차가운 금속의 눈을 뜨고
사나운 한 마리 말이
새벽의 鋪道 위를 가고 있다

이건청, 「말」

　　오세영은 초기에 초현실주의 의식의 흐름 기법을 주요하게 보여주었으나 그 내용항에 있어서 동양적인 것, 우리 고유의 정신적 가치에 대한 옹호와 도시적인 물질문명에 대한 반감을 주요하게 형상화하고 있다. 위 시 「불 5」에서도 "도둑"과 "셔만호의 굴뚝", "東洋의 구슬"과 '셔만호를 향한 총겨누기' 등에서 이러한 사유가 구체화되고 있다. 이건청의 경우는 6·25 비행기 저공 폭격 체험과 관련하여 문명의 이기가 인간을 짓밟는 것에 대한 원체험으로부터 피학적이고 인고적인 경향을 보여주고 있다.

산에서
산과 더불어 산다는 것은
산이 된다는 것이다.
나무가 나무를 지우면
숲이 되고,
숲이 숲을 지우면

산이 되고,
산에서
산과 벗하여 산다는 것은
나를 지우는 일이다.
나를 지운다는 것은 곧
너를 지운다는 것,
밤새
그리움을 살라 먹고 피는
초롱꽃처럼
이슬이 이슬을 지우면
안개가 되고
안개가 안개를 지우면
푸른 하늘이 되듯
산에서
산과 더불어 산다는 것은
나를 지우는 일이다.

오세영, 「나를 지우고」

이리들이 도시에 출몰하기 시작하였다.
통근차를 타고 사람들 사이에 끼어앉아
횡단보도를 건넌다.
이빨과 발톱을 숨긴 내가 이리인 것을
아는 사람은 없다.
내가 머리털을 세우고
아파트 옥상에 올라 밤마다 우는 걸
누구도 모른다.
그러나, 우, 우, 하고 내가 울 때면
도처에서 이리들이 우우, 우우, 운다.

아마, 나 말고도 많은 이리들이

깨어 있는 것 같다.

야음을 타고 도시의 골목을 배회하거나

귀를 모두고 엎드려 밤을 지새는 하리 할러

하리 할러,

카바이트 불빛 아래 쭈그리고 앉은 당신은

흔히 목격된다.

이, 도시의 이리들은, 허기진 이리들은

질긴 혁대로 바지를 추스르고

어둠 속으로 비틀거리고 가 어둠이 된다.

짙고 견고한 어둠이 된다.

이건청, 「황야의 이리·1」

　　오세영과 이건청의 동양지향적 사유와 반문명적인 사유는 후기시에 접어들면서 개성적인 면모를 보여준다. 오세영의 경우는 동양의 유기체적 사유에 기반한 불교적인 사유, 인간과 자연의 교감을 통한 '무아無我'의 사유를 주요하게 보여주는 한편 헤겔, 아메리카, 전쟁, 문명 등에 대한 비판적 기획을 양립적으로 보여준다. 이때 무아에 대한 사유와 문명에 대한 비판적 사유는 각각 자아와 세계의 균열을 극복하기 위한 내재적 외재적 노력의 산물이라고 할 수 있다. 위 시 「나를 지우고」에서도 자연과 나의 일체감 지향성이 특징적으로 드러나고 있다.

　　이건청의 경우는 전란의 피격 체험에서 비롯된 반문명 의식이 우회으로 나타나고 있다. 즉 문명, 현실에 대한 일체의 구체적 형상화를 다루지 않는 방식이 그 첫째이며 말, 이리, 개 등 동물(특히 인간에게 핍박받는 동물) 등을 비롯해 자연 생명체에 관한 애정과 이들이 고통을 감내하는 순수한 본성에 대한 애정을 표현하는 것이 두 번째 방식이라고 할 수 있다. 위 시 「황야의 이리·1」에서는 헤르만 헤세의 소설 『황야의 이리』의 주인공 하리 할러가 되어 빌딩숲

속에서 방황하며 원시의 순수함을 동경하는 현대인의 고독한 모습이 형상화되어 있다.

오세영, 이건청의 동양적인 정신적 가치에 대한 우호적인 시선은 각각 불교적 무아, 매천梅泉 선생의 인고의 정신을 통해 상징적으로 나타난다. 그러나 이들의 물질문명적인 것, 반자연적인 것에 대한 반감과 비판의 형상화 방식을 볼 때 상이한 점이 있다. 오세영의 그것이 다소 의식적이고 직접적인 차원에서 구조적으로 그려지고 있다면 이건청의 경우는 자신의 6·25 체험과 관련하여 체질적이면서 우회적인 방식으로 그려진다는 점이다.

3. 자아와 현실에의 탐구

1) 융화와 관찰 —마종하, 이유경

세계 내 현실 또는 빈부의 차에 의해 소외된 자에 대한 형상화를 보여주는 '현대시' 동인으로는 마종하와 이유경을 들 수 있다. 마종하는 사물과 현상, 주변에 대한 환원적인 사유를 통하여 본질적인 것을 응시하고 가난한 사람들과 남루한 일상 너머의 '소박한 빛'에 관한 사유를 보여준다. 그 '빛'은 사람들의 인간애가 이룬 '선의지'와 결합됨으로써 사물과 현상에 대한 몽상은 순수한 인간애를 추구하는 의지적 몽상으로 형상화된다.

마종하의 시가 주변의 소외된 사람들의 남루한 일상에 대한 융화를 통하여 따뜻한 '불', '빛'의 이미지로서 표상된다면 이유경의 경우는 소외된 주변 사람들에 대한 담담한 관찰자의 면모를 보여주고 있다. 이유경 시의 대부분은 주변의 친척, 가족, 이웃의 가난하고 비참한 일상을 감정의 개입 없이 형상화하는 데에 바쳐져 있기 때문이다. 이유경과 마종하 시의 유사한 이미지는 '빛'과 '시선'이다. 마종하의 '빛' 이미지가 선의지와 결부되어 남루한 일상과 소외받은 사람들의 진실한 표정에서 나타나는 것이라면, 이유경의 '빛'은 사회의 어두운 곳과 부조리를 고발하는 카메라적 시선이나 가난한 이웃을 관찰하고 소외된 실상을 고발하는 시선이라는 의미를 지니고 있다.

알몸의 산수유 빨간 열매 달고 있는 날
톱날에 잘려나온 각목, 통나무, 베니어 합판의 조각들을
난로에 쓸어넣으면서, 우리는 언제나
고향의 원목 같은 몸짓으로 허풍을 떨었다.
잘린 각목의 김씨가 산촌에 있을 때
숯도둑을 때려잡아서 함께 국수를 끓여먹었다는
끓어오르는 연민은, 오늘도 숯불처럼 마른 피를 튀기었고
끊긴 통나무의 조씨는, 젊은 날, 대도둑을 꿈꾸었는데
프레스에 손가락이 눌리어, 왼손잡이 목수가 되었다며
지금도 정직한 도둑에의 꿈을 통째로 드러냈다.
산수유 빨간 열매 흰 눈에 몸 가리는 날
결이 다른 속껍질의 나는 합판이었다.
커피나 여과지에 따라서 각성제나 흡입하면서
국외자들의 국외자가 되어, 교내 목공소나 들락거리면서
가로 세로 안으로만 교직된 힘살.
자칫 김씨의 연민에 찢기기도, 조씨의 쇠망치의 꿈에
부풀어 펄럭이기도 하는, 이 주름진 베니어의 숨결.
그럴 수밖에 없다. 나는 어이없는 합판의 자본주의자이므로,
그러므로 우리들의 허풍은 바람처럼
오늘도 아궁이 가득 행복하게 타올랐으며,
나로서는, 빨간 얼음 산수유의 알몸들만
타다 만 합판처럼 기우뚱 기대어, 가려주면 되는 것이다.

마종하, 「목공소의 자본주의」

嚴冬의 저문 들판 너머로
강물이 걸쳐져 있다 수군대면서
앞선 물이 남긴 흔적과
뒤선 물이 지운 흔적과

앞뒷 물의 살얼음 출렁이면서
햇살 한 가닥 그 밑에서
밀려다니고 있다 길게 흘러서 기껏
下端 갈대밭 허연 웃음 속에
부스럭대다가는 새벽에 얼어붙고
바다를 만났다가는 바다와 함께
퍼렇게 부은 얼굴로
되돌아온다 돌아와 종일을
발저리도록 섰다가 저무는 들판
강물은 수군대면서 지금
어둠에 잠기고 있다 속에선
햇살 한 가닥 깜박이다가
까만 재로 흩어지고 있다

이유경, 「嚴冬의 강물」

마종하의 '빛'은 가난한 이웃의 선의지와 관련되어 있으면서 동시에 자신을 비추는 '빛'이기도 하다. 즉 세속적인 가치 속에서는 빛나지 않는다고 여기는 자신 내면의 '빛'에 대한 상념을 반짝이는 것, 거울의 이미지를 통하여 일구어내거나 자기반성적 면모와 연관되기 때문이다. 그리하여 빛, 거울 이미지는 자기와 자기가 속한 계층보다 하위의 사람들과의 어울림 속에서 발견하는 아웃사이더로서의 의식과 결부되어 있다. 이때 그가 지향하는 진정한 '빛'이란 따뜻한 '장작불'과도 같은 것으로 위 시 「목공소의 자본주의」에서는 김씨, 조씨, 나와의 따뜻한 소통의 의미를 각각 잘린 각목, 끊긴 통나무, 결이 다른 속껍질의 베니어 합판이 어우러진 아궁이의 따뜻한 불로써 형상화되고 있다.

이유경의 '빛'은 기자로서의 그의 직업정신과 결부되어 있는 특성이 있다. 이유경은 초기시에서 사회의 부조리한 실상과 사람들이 들여다보기를 꺼려하는 암울한 뒷골목의 사건들을 카메라의 빛을 비추어서 객관적으로 보여주고 있다. 이러한 시 경향은 중기시 이후로 가면서 변화하는데, 주변의 소외된 사람들의 고통 그리고 이들이 죽음에 임한 상황을 관찰자적 시선으로 그려나가고 있다. 즉 언제 어디서나 그의 시선은 소외되고 고통받는 사람들의 얼굴에 나타난 표정을 비추어내고 있다. 위 시 「嚴冬의 강물」에서는 "햇살 한 가닥"이 강물에 걸쳐져서 하단 갈대밭 허연 웃음 속에 부스럭대다가 바다를 만났다가는 퍼렇게 얼어붙고 종일을 발저리도록 섰다가 어둠 속에서 깜박이는 모습으로 형상화하고 있다.

'빛'의 이미지는 마종하와 이유경의 공통된 형상화 방식이기는 하지만 마종하의 '빛'은 자신을 비추어내는 거울의 반짝임이 가난한 사람들의 순수한 선의지 등과 결부되어 '따뜻한 소통의 빛' 혹은 '밝은 빛'으로 형상화되며, 이유경의 '빛' 이미지는 주로 뒷골목길이나 어둠 또는 가난한 이웃의 고통받는 얼굴에 흐르는 '눈물이 비추는 빛'이라는 특징이 있다. 혹은 가난한 실상을 고발하는 냉정한 '카메라의 불빛'과도 유사하다.

2) 위혼과 현실비판 ―김종해, 박의상

마종하와 이유경의 경우가 '빛' 이미지를 중심으로 소외된 사람들과의 융화와 고발적 관찰자의 시선을 보여준다면 김종해, 박의상의 경우는 좀 더 적극적인 현실의식을 보여준다고 할 수 있다. 김종해는 부父의 부재의식, 즉 기중忌中의식이 초기시의 특징적인 국면이라고 할 수 있는데 그의 해사적 시편들의 주요 구도가 한겨울 돌아가신 아버지와 자신을 둘러싼 환상 구도라는 점에서 단적으로 나타난다. 이러한 기중의식은 1970, 1980년대 우리 사회의 정치적 현실로 확장 사유된다. '아버지'는 '당신'에 대한 지향으로 승화되어 나타나는데 이때의 '당신'이란 그의 아버지이기도 하면서 가난과 고통 속에서 사회 변혁과 정의를 꿈꾸던 역사 위인들의 원혼이기도 하고, 조국이나 유토피아 등의 다양한 의미역을 지닌다. 그의 사유는 자기의 안위를 넘어서는 영원과 역사를 염두에 둔 것에 놓여 있다.

김종해의 경우가 '당신'에 대한 지향으로서 현실을 개선하고자 하는 의지와 결부되어 호국 위혼들에 대한 추모의 성격을 지니고 있다면, 박의상의 경우는 구체적인 시사적 실상과 국내외 정세에 대한 날 목소리를 보여준다는 특성을 지니고 있다. 그렇기 때문에 박의상의 시는 후기시로 갈수록 시로서의 예술적 의장보다는 자신의 견해 피력과 메시지 전달에 치중한 면모를 보여주고 있다. 그는 타자와의 소통지점에서 자기를 새롭게 찾아나가는 것에 관심을 두고 있는데, 이때의 '자기' 찾기는 세속적 현실의 의미와 결부되어 유동적으로 자리 잡는 특성을 보여주기도 한다. 그는 아내의 죽음 이후 타자와의 소통에서 '타자'의 대상범위가 확장되고 있다. 그 타자는 국내외 사건 속 주인공뿐만 아니라 국내외의 이슈되는 사건들과 부조리한 상황의 대상들에까지 이른다. 김종해의 경우가 통시적인 측면에서 사회 현실에 대한 시정신의 발휘라면 박의상의 경우는 동시대적 공시적인 측면에서 사회의 부조리를 고발하고 비판하는 면모를 보여주고 있다.

> 잠수부 학재의 어머니는 점장이였다
> 그녀는 대를 흔들고 칼을 던져 점을 쳤는데
> 아들이 자라서 잠수부가 되리라고는 점치지 못했다
> 잠수부 학재가 물굽이를 넘나들며
> 해저에서 캐어올리는 것은 진주조개가 아니다
> 시퍼렇게 붙어터진 난파선의 혼령이었다
> 그 시체들을 하나씩 거머잡고 건져올릴 때마다
> 바다는 휘파람새의 깃털을 길게 날렸다
> 종로3가의 포장술집에서
> 휘파람새의 휘파람소리 같은 술잔을 들이켜며
> 오늘 내가 잠수부 학재를 떠올리는 것은
> 그가 이 도시의 어느 수면에서 자맥질하며

침몰해 가는 우리 시대의 난파선을, 그 주검들을
그의 검고 억센 주먹으로 거머잡으러 오지 않나
두려워해서다

김종해, 「항해일지 ⑪—잠수부 학재」

네가 時代에 대해서 말하지 않는 것이
내게는 충격이 된다.
오늘 우리 시대는 어느 意味로
말하지 않는 自由
말 없이 앉아 있어야 하는
相互拘束의 時代,
실상 正當하다고 볼 수 없으며
義理인 것도 아니나
그것이 오히려 和平이 되는 시대,
네가 認識하기만 하고
詩로 쓰지 않는다고 해서
누구도 지금 非難은 못 하리라.
네 뜻대로 너는 한 個人—
한 過程이다, 끝까지 말하지 않을 수 있다.
그러나 그처럼 말이 없는 詩
너만 있고 우리가 빠져 있는,
서로 묶인 人格이 없는
빼어버린 詩, 또
그처럼 하지 않을 수 없는 너의 怯
怯만 남아 있는 얼굴을 볼 때,
그것이 超倫理的이든 아니든
非詩的이든 아니든
네가 말하지 못하면

나라도 하여야 되지 않나,
그러나 그것이 되지 않는
우리의 怯, 怯의 時代에
너도 나도 큰 混亂이 된다.
더 큰 拘束이 된다.

박의상, 「怯」

　　김종해의 '당신' 찾기의 테마는 이성적 영역과 비현실적인 영역을 넘나
들고 있다. 그의 '당신'은 현실적인 사회상황을 개선하는 초월적인 힘이랄까
역사적 애국원혼들의 에너지에 대한 신뢰라는 영역에까지 이른다. 위 시 「항
해일지 ⑪-잠수부 학재」에서 "잠수부 학재"가 물굽이를 넘나들며 해저에서
캐어 올리는 것은 "시퍼렇게 불어터진 난파선의 혼령"의 형상을 하고 있다.
이 시의 테마는 김종해의 시세계를 상징적으로 보여주는데, 즉 그의 시 쓰기
는 현실적인 사회의 부조리 개선이라는 지향적 의미뿐만 아니라 '만적'과 같
은 원혼들의 무형 에너지가 사회 현실을 유토피아로 이끄는 힘을 지니고 있음
을 보여주는 듯하다.
　　김종해의 경우가 '만적' 장시로서 애국혼령을 위무하는 한편 공산주의
가 패망한 뒤 이념적 지향점을 상실한 지식인으로서의 방황과 갈등을 주요하
게 형상화하고 있다면, 박의상의 경우는 국내외에서 발생하는 시사적 이슈나
자신이 접하는 구체적 일상으로부터 현실의 부조리를 날카롭게 꼬집는 유추
적 사유를 특징적으로 보여주고 있다. 초기시에서 사회적 부조리를 알레고리
적인 것으로 치환하여 사유하는 면모를 보여주다가 후기시에 이르면 미국의
약소국 침공, 국내의 당대 정치인에 대한 비판적 사유까지 적극적으로 표현하
는 면모를 보여준다. 위 시 「怯」은 그의 초기시인데 시대에 대해 말하지 못하
는 우리들의 '겁'이 지닌 구속을 주요하게 형상화하고 있다. 후기시에 이르면
지식인으로서 당대 현실에 대한 '겁'을 탈피하여 자신의 정치적 견해를 자유

롭게 직설적으로 드러내고 이를 유추적으로 형상화하는 면모를 보여주는데 이러한 비판의 면모는 시 텍스트상의 형식에서도 나타나고 있다.

이와 같이 다양한 양상을 보여주는 '현대시' 동인들의 개성에도 불구하고 이들의 작업은 10여 년에 걸친 공통된 지향, 즉 내면탐구와 언어탐구 그리고 언어예술로서의 시라는 지점을 내면화하여 보여주고 있다. 즉 자연, 현실, 문명 등을 시의 테마로 하더라도 그것이 충분히 내면화된 바탕 위에서 시작업이 이루어진 것이다.

『현대시』 동인지가 현실적으로 지니는 가장 큰 의의라면 이 얇은 동인지의 10여 년에 걸친 지속이 오늘날 현역 대시인들의 시수업 기간이자 처녀시집 출간의 모태 역할을 하였다는 것, 그리고 이들이 지속적인 시창작을 평생의 업으로 삼게 한 주요한 추진제 역할을 하였다는 점일 것이다. 한편 이들의 다양한 시경향과 예술로서의 시라는 중심점 추구는 1960년대 이후 민중시 일변도로 편향되기 쉬웠던 시 영역을 다변화하고 심화, 확장 또는 내면화하였다는 의의를 지닌다.

뿐만 아니라 전대 1930년대 이미지즘 중심의 모더니즘 시 경향과 1950년대 전후 현실과 괴리된 모더니즘의 형식 추구양상에 이어서 모더니즘 시가 갖추어야 할 내면의 자리, 특히 내면의 무의식 또는 지식인으로서의 자의식 영역을 다양하게 미적으로 형상화하였다는 의의를 지닌다. 이를 통하여 1970년대 이후 모더니즘 시가 갖추어야 할 내용항의 기저를 마련해 주었다.

시가 인간의 사상과 정서의 산물이라고 할 때 '현대시'는 현대문명과 현실, 가족적 상처, 사랑 등으로 고통받는 인간 내면의 목소리, 무의식, 자의식, 욕망 등을 시로써 솔직하고 자유롭게 표현하는 탈출구 역할을 한 셈이다. 이들의 초기시가 지니는 난해성의 문제는 이러한 맥락에서 감안되어야 한다.

'현대시'의 전개 양상

1960년대와 '현대시'의 '내면' 발견

『현대시』는 1964년 11월 6집 이전까지는 중견 문인, 구체적으로는 모더니즘 계통의 순수시 지향적 시인들 중심의 종합문예지 성격을 지녔다. 3집부터 주문돈, 허만하, 황운헌, 이수익, 정진규 등 '현대시'의 동인들이 다수 지면을 차지하였고 6집부터는 김영태, 이승훈, 이유경 등이 가세하면서 동인지로서의 입지를 명확히 밝혔다. 7집부터는 이유경, 박의상, 주문돈, 이수익, 김영태, 이승훈, 이해녕, 황운헌 등 순수 동인 멤버 중심의 본격적 동인지 성격을 지닌다.

『현대시』는 뜻을 같이 하는 신세대의 문학적 장으로서 연 2~3회 발행을 규칙화하면서 꾸준한 활동을 보였고 1971년 6월 1000호[7] 돌파 기념집을 펴냈다. 주요 동인으로는 허만하, 김규태, 김영태, 이유경, 주문돈, 정진규, 이수익, 김종해, 박의상, 이승훈, 마종하, 오탁번, 이건청, 오세영, 이해녕(등단순)을 들 수 있다. 그리고 1972년 26집을 마지막으로 활동을 마감하였다.

'내면탐구'와 '언어실험'을 기치로 내건 '현대시'의 활동은 1960년대 기성 문단을 극복하려는 신세대의 문학적 새로움을 보여주었고 동인지 활동

---

7) 이때 '1000호'란 1000페이지를 의미한다. 『현대시』 동인지의 쪽매김은 앞 호의 페이지에 이어서 누적적으로 나타난다.

의 한 모범이 되었다. 1960년대 후반에 접어들면서는 자신들에 대한 비판의 목소리, 즉 참여론에 대한 대타의식을 반영하면서 '현실'을 재구성하여 '내면화'한 탐구가 이루어졌다. '현대시'가 '내면탐구'와 '언어실험'을 기치로 내건 점을 볼 때 이들 활동을 현실도피적 순문학 지향으로 판단할 수도 있다. 그러나 10여 년 걸쳐 발표한 시편들과 시론을 살펴보면 그들이 내세운 '내면탐구'의 영역이 '현실적인 것'을 극복한 포괄적인 범주를 지녔다는 것, 이와 함께 이들의 '내면탐구'와 조응된 '언어탐구'의 치열성을 엿볼 수 있다. 『현대시』를 발간할 무렵 1960년대 초 당시의 신세대가 보았을 때 기성문인들은 6·25 전란과 남북 이데올로기와 관련된 거시적 민족적 담론에 치우치는 경향이 있었다. 또한 당시 우리나라 시사에 대한 개관을 통하여 '내면성' 확보가 필연적 과제임을 인식하였다.

1960년대 초는 1955년 『현대문학』 창간을 비롯하여 『자유문학』, 『사상계』 등의 문예지가 등장, 전대에 비해 본격적으로 많은 문인들의 활동이 이루어지던 때였다. 한편으로는 정부의 언론사 정비조치, 신문잡지의 등록제 및 검열 등의 외부적 여건으로 인하여 작품활동에 제약이 따른 시기였다. 이런 상황 속에서 일간신문 신춘문예나 문예지를 통하여 등단한 신인들, 문학에 대한 열의로써 습작에 임하던 신인들에게는 외적 여건으로 인한 제약과 함께 문예발표지 확보에도 어려움을 겪었다.[8]

이런 이유로 신진시인들은 검열로부터 자유로우면서도 자신의 문학적 입지를 키울 수 있는 한 방안으로 동인지에 관심을 가졌다. 그런데 『현대시』는 다른 동인지들과 달리 지면확보 문제뿐 아니라 현대 한국시사에서 결핍된 '내면성'을 탐구하기 위한 에콜 형성이 중심축으로 작용하였다. '내면성'은

---

8) "시는 독자가 있어서가 아니라 신문이나 잡지에 형식상 필요한 장식쯤으로밖에 생각하려 들지 않았던 당시의 서글픈 풍토 속에서 시인들은 저마다 인심 사나운 종합지·문예지들의 곁방살이로나마 심한 갈증을 달래야 했다./뚜렷한 성격조차 찾아볼 수 없었던 숱한 동인지들이 쏟아져 나왔던 것도 이와 같은 異常풍조를 대변해 주는 기현상이었던 것이다." 이해녕, 「大作붐」, 『현대문학』, 1971. 5. 56쪽.

사회적인 의미에서의 이념성을 제외하므로 지속적으로 여러 목소리를 결집하여 시사적詩史的 에포크를 형성할 필요가 있었다.

그런데 1960년대 상황은 4·19와 5·16 그리고 문단의 순수참여 논쟁으로 인하여 사회, 현실에 대한 의식의 각성을 젊은이들에게 요구할 때였다. 그리하여 문인들은 이러한 논쟁을 거쳐서 자신들의 입장을 재고, 정립하는 계기를 삼기도 하였다. 당시 김춘수가 순수시 옹호 입장에서 방법적 입지 마련의 일환으로 '무의미시론'을 전개한 것도 이 맥락에서다. '현대시' 동인들도 신세대로서의 문학적 지향점을 추구하는 가운데 당대 사회적 요구와 그에 따른 고민 속에서 그들의 입지를 키워나갔다. 즉 1960년대 후반으로 갈수록 이들 작품과 시론에서 참여론에 대한 대타의식을 보여주는 가운데 '현실'을 재구성한 '내면탐구'를 시도한 것이다. 이것은 1960년대 중반 김수영과 전봉건의 난해시 논쟁 및 '현대시' 활동에 대한 문단의 비판적 논의에서 촉발된 측면이 있다. 주요 동인인 정진규가 동인지를 탈퇴하면서 「詩의 애매함에 대하여」와 「詩의 정직함에 대하여」를 발표한 것도 이 맥락에서다. 이를 계기로 동인들은 자신들의 기법과 내면탐구에 대하여 재고하게 되었고, 그 '내면'에서 '현실'과의 연관성을 포괄하면서 심화된 '내면성'을 추구할 수 있었다.

'현대시' 동인들은 당시 신문 신춘문예로 등단하거나 주요 문예지에서 신진의 이름을 쌓던 신인들이었다. 이들은 등단면에서 신문사의 검열을 통과한 세대인 만큼 사회 현실에 대한 관심보다는 내면탐구 및 언어형식에 관심을 지니고 있었다. 또한 동인들은 당시 명문대학을 졸업하거나 대학원에 재학 중인 엘리트들이었다. 이것이 의미하는 바는 작품 관문 통과방식 또는 이들의 계층적 기반 면에서 보수적인 순문학 지향성을 지니면서 문학적 새로움을 추구하는 신세대였다는 것이다. 이에 따라 동인들은 서로 밀접한 교류나 친분보다는 당시 시관詩觀과 시풍이 유사한 신진시인들의 예술적 결집력을 위한 하나의 통로로서 '현대시'를 공유한 것이었다.

'언어탐구'와 '내면탐구'의 등가성

'현대시'가 내세웠던 '내면탐구'는 이는 1950년대의 거시적인 전후 담론 및 휴머니즘 논의와 대비적으로 이해된다. 전대에서 결여한 내면성 탐구를 내건 '현대시'는 동인지라는 매체를 택했으며 동인지 활동은 1960년대 당시 활성화된 신진시인들의 주요한 작품활동 방식이었다.

'내면 지향'이라는 문학적 지향과 '동인지'라는 매체 성격을 같이하는 전대의 시 중심 동인지로는 『백조』를 들 수 있다. 『백조』의 낭만적이고 감정분출적인 성향은 『현대시』와 그 외현적 방식에서 차이가 있으나, 『백조』가 3·1운동 실패로 인한 지식인의 자의식을 배경으로 한 점과 『현대시』가 1950년대 전후상황 및 4·19를 배경으로 한 지식인의 내면문제를 다룬 점에서는 공통점이 있다. 그런데 『현대시』는 외적 '상황'에 의한 것이 아니라 자각적으로 내면탐구의 방식을 선택하고 이를 미적 영역으로 끌어올리고자 한 특성이 있다. 즉 거시적 민중적 시각이 부각되었던 당시 분위기에서 '현대시' 동인들은 사회 정치적 흐름과 예술로서의 시가 전혀 다른 차원에 있음을 주장하였다. 이것은 김춘수가 감성 중심 예술성 추구로서의 '시'와 사회에 대한 논의를 담은 '산문'을 구분하는 의식과 연속적 맥락에 있다. 구체적으로 동인들 작품에서는 시적 대상과 일상적 대상을 구분하는 면모를 발견할 수 있다.

이렇게 볼 때 鄭芝鎔에게서 본격적으로 시작된 리리시즘이 金光林 등 六〇年代에 이르기까지 變化가 어떠했는가를 우리는 단번에 알 수 있다. 그것은 한마디로 말해서 詩의 暗黑에서 韓國人의 精神世界를 支配하고 있는 리리시즘적 요소를 개발하여 리리시즘이란 무엇인가라는 疑問에 對한 答案作成의 課程이었다고 말할 수 있지 않을까 하는 것이다. (중략) 六〇年代의 詩人들에게 가장 아쉬운 것은 에꼴 形成이라고들 말한다. 에꼴이란 것은 同人誌 形式보다 理念的이고 詩史的인 에폭을 造成한다는 意

味에서 그 存在價値가 論議되고 있다.[9]

'현대시'는 현대시사에서 정지용을 필두로 한 모더니즘 계보에 있음을 알 수 있다. 위 글은 모더니즘 시에서 나타나는 정서, 자의식 등을 포괄적으로 '리리시즘'으로 칭한다. 리리시즘은 이후 동인들이 공동 연구과제로 내세울 정도로 강조점을 두고 있는 것인데 이후 내면, 내면성과 대체되면서 그들의 지향점으로 나타난다.

'내면탐구'를 기치로 내걸었을 때 그 '내면'에 대하여 이들은 "外延의 世界를 經驗했을 때 오는 內包된 多樣의 感覺이며 時代的인 意味에서의 精神的 流動의 斷面"이라 정의한다. 이것만 보면 '내면'이 외적 세계, 시대적 현실을 반영하고 포괄한 것이라는 이해를 하게 한다. 그런데 동인지를 통한 이들의 작품과 시론 전개과정을 고려해볼 때 '내면'에 관한 설명의 무게중심이 조금씩 다르게 나타난다. 동인지 활동 초에는 피수식어인 "內包된 多樣의 感覺"이나 "精神的 流動의 斷面"이 훨씬 강조되어서 현실로부터 초월하여 추상의 세계를 추구한 양상을 작품 속에서 보여준다. 그런데 동인지 후기로 갈수록 '내면'의 작품 형상화와 시론이 "外延의 世界" 혹은 "時代的인 意味"와 밀접한 상응관계를 지닌 것으로서 의미 중심이 조금씩 옮겨간다. 종합적으로 볼 때 이들에게 "外延의 世界"와 "時代的인 意味"는 '내면' 속에서 간접화된 것으로서 그 중심항은 '내면탐구'에 있다.

내면 중심의 입장에서 동인들은 "당시 한국 현대시가 내면을 응시하더라도 지극히 감각적인 것이거나 촉발적인 것이거나 아니면 이미지에 너무 기울어져 시적 효과가 단일화했었다."[10]는 진단을 한다. 이것은 우리 모더니즘 시의 계보가 주로 주지적 이미지즘과 결부된 이미지 중심의 시로 감정절제 성향을 보여준 것에 대한 지적이다. 더불어 초현실주의 계보에 드는 '이상'에게

<hr>

9) 이유경, 「定着의 座標」, 『현대시』 15집, 1968. 2. 530~531쪽.
10) 이유경, 앞의 글, 532쪽.

서 나타난 지식인의 자의식과 내면을 염두에 둔 한편 서구의 모더니즘 혹은 상징주의 시의 정점을 지향한 발언이기도 하다. 즉 당시 신세대로서 동인들은 우리 시의 취약한 내면성 확보가 보완해야 할 과제임을 주장하였다. 이렇게 볼 때 이들의 '내면'이 구체화되는데 그것은 순수서정시에서 표현되는 '내면'과 구분된다고 할 수 있다. 즉 현실로부터 추상된 것이면서 세계와의 불화를 겪는 현대인의 무의식 또는 의식과 관련된 의미에서 모던한 '내면'이라는 점이다.

동인들은 그들의 지향점을 드러내기 위한 방식으로서 '에콜 형성'을 주장한다. 에콜이란 것은 동인지 형식보다 이념적이고 시사적인 에포크를 조성하는 것이라고 지적하였다. 다시 말해 에콜은 단순히 발표의 장을 같이한다는 의미에서 나아가 시사적 이념적 지향점을 단일하게 추구하고 이를 지켜나가는 의미가 부가된 것이다. 그리하여 동인들은 1960년대 초 현대 모더니즘 시사에서 결여된 부분이 리리시즘, 즉 내면성이라 진단하고 이 지향점을 단일하게 모으는 '에콜' 형성을 도모한 것이다. 내면탐구, 언어실험에 대한 지향은 사회적 의미의 이념적 색채가 없으므로 시 한 편의 성취로서 총체적인 면모를 보여줄 수 없다는 것, 그로 인해 뜻을 같이하는 사람들이 모여서 통일적 목소리를 내고 그 지향점을 구체화할 필요가 있었다.

1. 詩語 : '詩는 言語다' '詩는 神話다', 이 두 개의 命題에서 '言語=神話'의 等價性을 우리는 詩로서 증명하고자 한다.
2. 內包와 外延 : 詩의 엘렉트론이 形成되는 그 根據는 外的 經驗의 蓄積, 變形, 融和라는 과정에 있다. 그러나 그 表出은 이미쥐와 技巧의 克明한 方法에 의해서만 가능하다.
3. 리리시즘 : 리리시즘은 모든 예술의 源泉이며 詩의 發生根據다. 現代詩에 우리는 그 變形的 造型을 實驗한다.[11]

공동 연구과제로 삼은 시어, 내포와 외연, 리리시즘은 시의 기본적 요소이다. 그런데 이 요소들의 설명에서 동인들의 강조점을 알 수 있다. 바로 시, 언어, 신화를 등가로 둔 점으로, 이들의 내면탐구로서의 시는 곧 언어탐구로서의 시와 등가의 의미를 지니며 이러한 시는 신화와 같은 절대적 경지라는 것이다.

이것은 시의 내포 실현이 "이미쥐와 技巧의 克明한 方法"에 의해 이루어진다고 한 것과 같은 맥락에 있다. 즉 내면의 표출로서의 '시'를 '언어'와 등가에 두는 것은 그 언어의 기교적 방법에 따라 그들의 내면이 상응하여 구체화될 수 있다고 생각한 것이다.

> 대체로 일반미학적인 견해에 同意한다면 시에서는 첫째, 낱말을 어떤 限定되고 恒久的인 뜻으로 사용할 것을 목적하지 않으며 둘째, 文脈의 充全性(fullness of context)을 강조함으로써 나타나는 의미변화가 중요한 局面을 담당하고 있다는 점에 留意해야 한다. 다만 이때에도 의미변화의 궁극적 要諦는 聯合(association)이라는 사실로, 무엇보다도 '의미에 따르는 二次的 이미지, 즉 話者의 靜的인 표현을 효과적으로 강조하는 요소'로 시에서는 얼마든지 논의될 가치가 있는 것이라고 하겠다.[12]

위 글에서는 낱말들을 "限定되고 恒久的인" 의미로 사용하지 않는 낱말들의 연합에 의한 "文脈의 充全性"을 강조하고 있다. 이것은 김춘수의 무의미시론에서 낱말을 색, 음처럼 써서 그 자체의 낱말 의미가 아닌 전체적 조화 속 낱말의 새로운 의미를 지향했던 것에 견줄 수 있다. 이 점에서는 '현대시'의 시적 언어관과 유사성을 지닌다.

무의미시론이 이러한 언어 사용을 통하여 '내면'을 드러내는 사실적 반추상적 이미지를 주로 형상화한다면 동인들의 경우는 '내면'을 드러내는 반

---

11) 「同人共同研究課題」, 『현대시』 9집, 1965. 3.
12) 이승훈, 「詩語의 解釋方法論」, 『현대시』 16집, 1968. 6. 563~564쪽.

추상 또는 추상적 이미지를 주요하게 형상화한다는 특성이 있다. 이 차이성의 표지는 관념어와 구체어의 비약적 결합이 두드러진다는 점이다. '내면탐구'의 정도에서 볼 때 동인들의 언어실험이 치열한 성격을 띤다.

이승훈은 이러한 시어관을 드러내면서 소쉬르의 논의를 인용한다. 즉 '언어와 지시물의 관계'가 오히려 간접적 상정적想定的 관계를 지니며 '언어와 개념의 관계'가 전자보다 직접적이란 것이다. 여기서 이승훈이 설명할 때의 이 '개념'은 내면의 그것에 가까운 의미를 지니는데 그는 현실과는 다소 거리를 둔 내면과 언어의 밀착성에 주목한 것이다. 그리고 그들의 '언어'와 상응하는 '내면'의 개념적 추상적 경향을 보여준다.

특기할 것은 '내면'을 드러내는 '개념들'과 시인의 개별적 '언어들' 간의 조응관계를 설정한 점이다. 그가 이상의 「街구의추위」에서 "네온싸인은 쎅 스폰과같이수척하여있다"를 내면 지향의 시편으로서 드는 것도 복합적 심리와 개별적 언어의 관계성에 대한 인식이 반영된 것이다. 즉 내면과 결부된 개념들에 조응하는 개별적 언어들을 상정하고 그 언어 결합의 다양한 양상을 통하여 개별화된 '내면'을 드러낼 수 있다고 믿은 것이다.

이들이 지향한 내면은 시인의 개별적 관념들과 그에 상응하는 개별적 언어들의 복합적 관계항 속에서 이루어지는 것이므로 매우 사적인 특성을 지닌다. 따라서 이들 시편이 난해하면서 모호함을 지니는 것은 필연적 결과라 할 수 있다. 이러한 작품의 난해성 및 관념성은 당시 문단에서 비난대상이 된 바 있다. 동인들은 난해성 문제를 I. A. 리차즈와 엠프슨의 애매성 논의에 의거하여 해명하려 하였다. 그런데 이것은 내면의 깊이, 즉 사적 극한을 실험하더라도 보편적인 미적 인식차원까지 포괄하는 예술성 담보가 우선적인 것이었다.

동인들의 내면탐구와 언어실험에서 특징적인 측면은 언어탐구의 기법면에서는 모더니즘적 성향을 지니면서도 내면이 추구하는 방향에 대해서는 상징주의적 지향을 드러낸다는 점이다.

보오드렐에서 시작하여 슈르레알리스트에 이르는 소위 詩의 형이상학적 투쟁이나, 또 형이상학에의 반항이나, 엘리어트, 오든, 스펜더, 딜런 토마스에 이르는 現實의 次元을 높이려는 지적인 努力은 詩로 하여금 그 本質에는 가까이 接近시킨 데 반해 大衆을 詩에서 멀리 떨어지게 하는 결과를 빚었다. 말하자면 詩를 이미, 大衆이 흔히 버리지 못하고 있는 센치멘탈리즘이나 俗物 취미에 영합할 수 없는 고차원의 세계로 끌어올려 놔버린 것이다. 그러면서도 그런 詩들은 現實의 非理를 들추면서 그 非理를 다른 어떤 秩序로 대치하려는 苦鬪를 수반하고 있었다고 보여진다.[13]

위 글에서 우리는 '모더니즘이 실패한 한국시의 정신구조상의 맹점을 지양시키는 모험'으로서 '상징주의적 극복'을 드는 점에 주목할 필요가 있다. 즉 동인들은 모더니즘 시 계보의 시인들 특히 이상의 시편을 염두에 두고 '내면'을 탐구하려 하였다는 면에서나 소양면에서는 모더니즘적 성향을 보여준다. 이것은 띄어쓰기를 무시한 표현 혹은 반추상적 회화적 이미지 등의 표현으로 나타난다.

반면 '내면'에서 구현하는 세계는 상징주의적 지향을 지닌다. 이는 동인지의 시론 중 보들레르, 발레리, 랭보, 말라르메 등 상징주의 시인들에 관한 논의에서 특징적으로 나타난다. 이들 시론에서의 '내면'의 방향은 상징주의에서의 '조응' 상태를 의미한 듯 보인다. 여기에는 불문학 전공자가 많았던 동인들의 이력도 작용했을 것이다.

1950년대 6·25 전란과 산업화 그리고 4·19의 사회적 격동기를 체험한 동인들은 당시 사회 여건을 볼 때 19세기 프랑스에서 발생한 서구 상징주의와 유사한 여건을 지닌다. 이들은 전쟁담론과 거시적 문제에 관한 관심에서 탈피하여 미학적 차원에서의 내면을 구축함으로써 그들 나름의 현실 극복을 시도하였던 것이다.

*
13) 이유경, 「歷史意識의 詩」, 『현대시』 22집, 838쪽.

보들레르의 '조응'이란 본질적 존재를 내재한 개별적인 현상들이 뿜어 내는 에너지가 다른 현상들과 결합, 조화함으로써 세계의 총체성을 드러내도 록 하는 상태다. 구체적으로는 지상계와 천상계, 인간과 자연, 감각과 이데아 의 수직적 조응이나 혼돈스러운 다양한 감각들의 조화된 수평적 조응 등의 미 학적 차원을 드러낸다.[14] '현대시' 동인의 시론에서 "사물의 형상 너머에 있는 신적인 지점을 발견"하는 것이란 이러한 상징주의적 이데아의 세계와 밀접한 성격을 지닌 것이다.

서구 상징주의가 후기로 갈수록 관념성과 결부된 난해성과 몽롱성을 비 판받은 것과 같이 '현대시' 동인의 시편들도 1960~1970년대 현실참여의 부 재, 난해성 측면에서 비판을 받았다. 따라서 19~20집 이후로 가면서 동인들 이 논의하는 언어, 내면탐구에 관한 이론적 논의나 작품의 성향도 자기방어적 특성을 갖게 된다. 이승훈은 현실참여와 예술옹호의 논쟁에서 가치형성 요소 는 비평가의 관점임을 강조하였고, 이유경은 자신들의 시는 현실을 뛰어넘는 시, 무의식, 현실, 이상의 갈등, 좌절을 담은 것이며 이것이 시의 본질임을 강 조하였다. 동인들은 그들이 지향한 '내면'을 확장, 해명할 필요가 있었는데 그 '내면'이란 '비합리적 현실'을 '상상'에 의해 사물과의 새로운 관계 속에 서 극복한다는 것이다. 당시 작품들에서도 현실적 폭력과 시대적 억압을 격렬 한 이미지의 언어로서 재구성한 면모를 보여준다.

---

14) 앙리 페르, 윤영애 역, 『상징주의 문학』, 탐구당, 1987. 30~32쪽 참고.

'현대시'의 전개 양상

1. '내면'의 폭이 보여주는 다양한 스펙트럼

'현대시'에 나타난 '내면' 양상을 구분, 그 전개 양상을 규정한다는 것은 어려운 일이지만 동인들의 내면화 양상은 각각의 개성과 당대 사회적 요구에 따른 작품활동에 의해 몇 가지 특징적 면모를 보인다. 즉 동인지 전개과정의 대략적인 구분은 그들이 극복하고자 했던 현실 혹은 그들에게 극복을 요구했던 현실과의 관계 속에서 윤곽이 드러나는데 그 내용항은 시기별 동인들의 '내면' 형상화 양상으로 구체화할 수 있다.

우선 6집부터 '내면' 발견과 언어실험의 기치를 내세운 초기 동인지의 양상을 살펴볼 수 있다. 이때의 '내면'은 현실로부터 자유로운 성격을 지니면서 다양한 형상화를 보여주고 있다. 14~15집을 전후해서는 '난해성' 문제에 대한 해명 및 이들의 '내면'이 지향하는 바에 대한 상징주의적 지향이 두드러진다. 마지막으로 20집을 전후로 외부현실 배제와 관련하여 '알코올적 언어'로 비난받은 국면에서 그들의 '내면'이 상상에 의한 비합리적 현실 극복의 차원임을 논의하는 시기이다. 정리해 보면 '내면'의 폭넓은 스펙트럼을 드러내는 시기에 나타난 모더니즘적 기법과 결부된 상징주의적 '내면' 지향 그리고 현실이라는 관계항과 결부된 '내면' 확장의 과정이라고 요약할 수 있다.

이 글은 이와 같은 구분을 토대로 하면서 내면탐구라는 공통적인 지향으로서 이념적 에콜을 주장한 '현대시'의 특성을 감안하여 동인들의 '내면' 양상을 '현대시' 속의 다양한 목소리들의 결합과 조화라는 측면에서 서술하는 관점을 취하기로 한다.

동인들의 공통적 문학이념은 '내면탐구'이다. 동인들은 자신의 내면이 추상화된 하나의 공간을 차지하고 있어서 그것을 언어로써 형상화하는 측면을 보여주거나 무의식의 비연속적 장면을 구상화하는 측면을 보여준다. 무의식과 결부된 동인들의 내면세계는 개성적이고 다양한 양상으로 나타나는데,

이것은 한 개인에게 내재한 요소이면서도 동인들마다 특징적인 측면에서 개성적으로 형상화된다.

    사나이의 팔이 달아나고 한 마리 흰 닭이 구 구 구 잃어버린 목을 좇아 달린다. 오 나를 부르는 깊은 命令의 겨울 地下室에선 더욱 眞摯하기 위하여 등불을 켜놓고 우린 생각의 따스한 닭들을 키운다. 닭들을 키운다. 새벽마다 쓰라리게 精神의 땅을 판다. 頑强한 時間의 사슬이 끊어진 새벽 문지방에서 소리들은 피를 흘린다. 그리고 그것은 하이얀 液體로 變하더니 이윽고 목이 없는 한 마리 흰 닭이 되어 저렇게 많은 아침 햇빛 속을 뒤우뚱거리며 뛰기 시작한다.

이승훈, 「사물 A」, 『현대시』 11집

청진동 선지국집 온돌방에
어린 슬라브 騎士는
순진한 말을 타고
대못 위에 걸린
죽은 外套를
투창으로 찌른다
유리그릇에 갇힌
아라베스크의 우중충한
별을 찌른다
聖經과
기운빠진 암소를 명중한다
구두 속에 들은 新婦의
이쁘고 살찐 발바닥을
혀가 질주하는
은혼식날

선량한 樂師들은
청진동 선지국집 온돌방의
장판지 속을 뛰쳐 나온다
순진한 말을 타고
어린 슬라브 騎士는
연한 잔디가
손톱 속에 돋아나는데
하얀 新婦의 겨드랑이 밑에
수풀이 깔 깔 깔 웃는다
겨울날 새벽
기울어진 예배당 위에
제일 낡은 구름이
十五世紀의 쥬단을 피고
우유가 가득 들은
샤갈의 마을에는
목이 달아난 새가
우수수 날아간다.

김영태, 「猶太人이 사는 마을의 겨울 Ⅱ 幼年詩」, 『현대시』 6집

알 수 없어요 나는
나의 설합이란
설합들을 다 뒤졌어요
내 의복들의
주머니란 주머들도
모두 다 뒤졌어요
찾고 있었어요
그렇지만 마지막 속주머니
하나만은

용기가 없었어요
나도 確認 못해본 나의 秘密
마지막 그것 하나만은 남겨두고 싶었던 거예요
나도 나의 이 俗物根性을
들여다보며 잠시 웃었지만 말얘요
대체로 비틀대인
그동안의 나의 步行들이 웅성대고 있었어요
놀란 건
당신의 편지들, 뒤져본 당신의 편지들
行間마다를
열심히 기어다닌 내 意識의
착한 버러지들이었어요
아직도 살아 기어다니고 있는 거예요
나는 그것 한마릴 잡아먹어보았지만
먹히지 않았어요 튀어 달아났어요
그건 이미 내게서 獨立되어 있더군요
나는 다시 놀랐어요
發見의 快感에 잠시 떨었어요
그 살갗의 소름의 꼭지마다에선
그때,
갑자기 精液이 흘렀어요

정진규, 「精液」 부분, 『현대시』 12집

　　「사물 A」는 사나이의 팔이 달아나고 목이 없는 흰 닭이 햇빛 속을 뛰어
다니며 소리들이 피를 흘리는 비현실적 장면을 보여준다. 그런데 피 흘리는
'닭'의 동의적 관형어가 "생각의 따스한 닭들"에서의 "생각"이며 닭들이 넘는
곳은 "문지방"과 등가의 관념을 지닌 "새벽"이란 점에 주목할 필요가 있다. 즉
시인의 내면 개념들이 사물 이미지와 결부되어 형상화된 것이다. 구체적으로

"생각"과 "새벽" 등이 비현실적이고 몽상적으로 것으로 변화하면서 시인의 내면이 '등불을 켠 지하실'로 형체화된다.

「猶太人이 사는 마을의 겨울」은 샤갈 그림의 특성을 공유한다. 즉 중앙부를 중심으로 행복하고 몽환적 소재들이 화면을 둥글게 채우는데 샤갈 그림처럼 따뜻하고 동화적 상상의 내면이 펼쳐진다. 구체적으로는 청진동 선짓국집 온돌방에서 어린 기사가 대못 위에 걸린 외투를 투창으로 찌르는 장면, 유리 그릇의 별을 찌르는 장면 그리고 신부와 악사가 등장하는 샤갈의 마을을 보여준다. 시인의 상상은 청진동 선짓국집 온돌방과 대못 위에 걸린 외투 그리고 그 방을 누비며 돌아다니는 유년시절의 자신의 회상으로부터 꼬마와 신부 그리고 악사가 등장하는 샤갈의 환상적 풍경으로 전이된다.

「精液」에서 시인은 '서랍 뒤지기'를 통하여 무엇인가를 찾고 있다. 그것은 불 꺼진 계단에서 자신이 떠올렸던 생각과 관련을 지닌다. 자신이 찾고 있던 것은 내 의식의 "착한 버러지들"로 표상된 자신의 경험적 '의식'이다. 그 '의식'은 '정액'으로 표상된 몸의 생명력과 관련을 맺는다. 이처럼 '의식'과 '생명력'을 결부시키는 유기체적인 사유방식은 이후 시인의 시적 사고의 한 일단을 보여준다.

이와 같이 이승훈의 '현대시' 초기 시편은 내면의 '개념들'로부터 불안, 공포와 결부된 무의식적 혼돈 과정을 거쳐서 비구상적 이미지의 연합적 특성을 드러낸다. 김영태의 경우는 내면의 '회상'으로부터 몽상적이고 동화적 상상을 통하여 유미적 몽환적 사물의 이미지들을 만들어낸다. 정진규의 경우는 내면의 '의식'과 '관능적 욕망'이 상호 교차하면서 현실적 사물의 이미지가 비현실화되는 특성을 보여준다. 동인지 초기에 나타나는 '내면'의 방향은 결국 시인 자신의 의식과 무의식을 형상화한 것이며, 시인의 개성적 상상에 의해 형상화된다는 특징적 측면을 보여준다.

'현대시' 초기 동인들의 '내면' 모색은 다양한 스펙트럼을 보여주는데 이것은 내면 자체의 형상화로서가 아니라 '외부' 현실과의 관계 속에 만들어지는 내면 문제와 관련된다: 김규태는 「타인끼리」 ("너의 부드러운/ 목소리를 벗겨 보면/ 차가운 江물소리가 난다. // 보슬비 같은/ 너의 머리칼들을/ 헤쳐 보면/ 절망의 깊은/ 못이 출렁인다. // 너의 연약하고/ 달콤한 蠱惑의 손길을/ 휘저어요/ 나의 눈시울은/ 그늘져 기운다."—김규태, 「타인끼리」 부분, 『현대시』 9집) 에서 서로간의 외면적 화해 너머에 존재하는 '차가움' 즉 현대인 내면의 '고독' 을 형상화한다.

박의상은 「電話」 ("귀는 입을 만들고/ 그렇게 다른 것들도/ 만들어진다. // 누구든 먼저/ 喇叭에/ 귀를 보내고/ 다시 自己를 보내는/ 것이 아니고는/ '아무' 도 되지 못한다. // 흔한 例이지만/ 벨이 울리는 동안/ 여보세요/ '우리' 는 서로/ 헤어져 있어야 한다."—박의상, 「電話」 부분, 『현대시』 10집) 에서 현대인이 서로 떨어져 있어야 하는 존재이면서 동시에 서로 소통해야 하는 존재임을 자각하는 내면의 '허망함' 을 형상화한다.

허만하는 「깡통소묘」 ("懷疑의 잇발에 핥키우면서/ 어늬 植民地의 砂丘에 墜落한 機體같이/ 觀念과 現實의 그 끝없는 海岸線 위에/ 肢體를 뻗고 있는 나의 變死體같이/ 누군가!/ 부드러운 아침햇살을 눈부시게 反射하면서/ 어느듯 내 思想의 江邊에서/ 腐植해가고 있는 이 싸늘한 銀빛 살갗은/ 어늬 異民族의 손으로 因해/ 어늬 平和스런 軍港을 거쳐/ 내 손바닥 위에 駐屯하게 되었을까."—허만하, 「깡통素描」 부분, 『현대시』 6집) 에서 콜라 캔을 보면서 아메리카니즘에 대한 비판과 함께 현대인의 소외를 만든 문명의 이기에 대한 비판을 보여준다.

김규태의 '현대시' 초기 시편이 주로 현대인의 상황과 결부된 내면의 소외를 형상화한다면 박의상의 경우는 '사물' 을 통하여 현실과의 관계에 걸쳐 있는 자아의 내면을 형상화한다. 그리고 허만하의 경우는 현대인에게 놓인 문명을 비판하고 원시적인 인간 내면에 대한 향수를 보여준다.

이와 같이 '현대시' 초기시의 특징적 면모는 내면의 다양성에 대한 탐색이다. 그리고 이들이 추구하는 내면은 주로 무의식과 결부된 시인의 대상 및 언어에 대한 개별성을 담고 있다. 그런데 전체적인 작품들을 볼 때 관념어와 구체어의 비약적 결합 및 무리한 사물의 의인화, 격한 느낌을 주는 시어들의 사용 등으로 내면의 형상화가 다소 무리하게 이루어진 측면을 지적할 수 있다.

　'내면탐구'라는 동인지의 초기 지향을 잘 드러내는 작품으로는 이수익의 「매」를 들 수 있다. 즉 동인들의 '내면'이 현실로부터는 어느 정도 초월하여 "머언 地上"을 떠나가고 있는 것이며 이들이 추구하는 내면의 '단층'과 개별적 '상징' 간의 조응관계를 드러낸다.

　　　푸른 숲
　　　幽谷의 段落을 벗어난
　　　매는

　　　麾下에
　　　바람과 구름을 率先하고

　　　天上
　　　높이
　　　專制의 폭을 펴고 있다.

　　　어떤 試圖도 이를 수 없는
　　　至高의
　　　段層을
　　　흐르는 象徵의 나래,
　　　나래 위엔
　　　햇빛이 絶望하고 있었다.

　　　堅强한 부리의
　　　입
　　　서늘한 눈매의 趨移에 따라

아래
구름의 離合을
보고 있었다.

푸른 숲
幽谷의 段落을 벗어난 매는
새로운 林野를 거쳐
머언 地上을 떠나가고 있었다.

이수익, 「매」, 『현대시』 10집

2. 모더니즘적 기법과 결부된 상징주의적 '내면'의 깊이

'현대시' 동인들은 15집을 전후로 하면서 그들의 언어실험이 구현하는
내면에 관하여 구체적으로 설명할 필요가 있었다. 이것과 관련하여 이들은 상
징주의적 '조응'에 바탕을 둔 '내면'을 이야기하는데, 특징적인 측면은 시창
작의 기법적 바탕은 모더니즘의 전통에 서 있으면서 형상화하고자 하는 내면
의 지향은 상징주의적 성향을 보여준다는 점이다.

종로에서을지로로걸어가는동안
가로등에불이당겨지고
가만히나의얼굴에와떨어지는
한장의잎사귀
나는뚫어진그空洞을주워들었다.
그때나는알수없는부상을입었다.

내가갖는文章속에서나는단순하지못한낱말이다.
복잡한몇개의미신과개성을포함한낱말이다.
이가을잘이어지지않는언어의관절을앓다가
두주일만에종로로나와서갖는내개인만의회합.

서점유리문에비친憂愁를밀고나와
종로에서을지로로걸어가는동안
나는하나님이경영하는마을의
제일불행한천사의발자욱을보았다.

김종해, 「가을보행」 부분, 『현대시』 19집

빛이 終焉하는 곳은 어딘가.
그때 일제히 나려지는
검은 吊旗의 우울
重壓을 감당할 힘은 이제
우리에겐 없다.
化石된 骨格만 남아
딩굴 것이다.

實體는 지금 어디 있는가.
누구도 開發할 수 없는
室息의 동굴 속인가. 가령
빛이 다시 드리닥칠 때
世界가 일순 生命을 찾아
急作스런 動作으로 丹粧하고 있을 때
實體는 눈멀은 거지처럼 彷徨하면서
그 香氣와 색갈을 뿌리고
우리의 眼中에선
씻을 수 없는 斑點으로
撮影될 수도 있다.

이유경, 「빛」 부분, 『현대시』 12집

저녁 한때, 우리는
스푼마다 뛰어오르는
死者들의 혼을 보았고
그 반짝이는 記憶을 손에 쥔다.
나는 듯이
날아오르는 듯이
내 가슴을 뛰어다니던 무희는 가고
오래 잊은 活氣와
무거운 步行에서 다시 찾는 律動.
함께 걷기 위하여
때때로 우리는
가볍게 지껄이기도 한다.
허리꺾인 波濤와
쓸어진 時間의 거품들.
우리는 한배 가득히
식은 햇빛을 거느리고 빠져나간다.

마종하, 「同行」 부분, 『현대시』 16집

土器 속에 불씨가 묻혀 있었다. 女子의 길고 여윈 손이 歷史 속으로 들어갔다. 그러자 女子의 눈에 火災가 일어났다. 火災에 쌓여 활활 탔다. 內面의 창틀에 끼었던 눈물이 굴러 떨어져 내렸다. 사태가 壓倒돼 갔다. 비스듬하게 걸려 있던 肉感의 女子가 사라졌다. 얼어붙은 大氣에 押針으로 꽂혀 파랗게 떨던 새의 歸巢를 기다린다. "모두 어디로 갔을까?" 비어 있는 土器, 엎드린 빈 土器의 無限空間 저쪽에서 부스스 일어서는 것이 있었다. 날개가 돋아 飛天하는 불길, 오 불길.

주문돈, 「토기(Ⅱ)」, 『현대시』 13집

김종해의 「가을보행」은 띄어쓰기를 하지 않고 자동기술적으로 내면을 드러내는 방식을 취한다. 이것은 모더니즘적 기교인 동시에 김종해 시의 특징적 면모이다. 종로 거리를 걷다 얼굴에 떨어지는 "한장의잎사귀"는 내면의 "空洞"으로 환치되며 그것은 군중 속에서 느끼는 '고독'의 양상을 보여준다. 그 고독은 적극적 의미를 지니는데 고독을 통하여 "내개인만의회합", 즉 내면의 자기를 응시하고 "낱말"로서 구상화할 수 있기 때문이다. 그가 고독을 경험하는 공간은 종로와 을지로라는 현실적인 도시공간이며 동인들의 '내면성'이 1930년대 및 1950년대의 모더니즘 시와 달리 물적 토대로서의 근대를 갖춘 자생적인 것임을 알 수 있다.

「빛」에서의 "빛"은 이유경의 '내면'이 추구하는 지향을 보여준다. 그러나 그의 시편들은 대부분 '빛'의 이면, 즉 세상의 어두운 곳에서 일어나는 복잡과 부정적 사태 또는 '추'의 형상화를 보여주는 측면이 있다. 이것은 궁극적으로 미추, 어둠과 밝음 등의 상반된 속성을 지양한 새로운 신성神性의 내면 모색이라는 방향성을 안고 있다. 당시 신문기자였던 시인이 매일 보는 신문의 부조리한 기사들은 그로 하여금 이에 상응하는 '내면'의 어두운 이미지들로서 재구성하게 한 측면이 있다.

「同行」은 마종하의 동인지 참여 첫 작품이다. 그래서인지 동인들이 지향한 언어실험 및 내면탐구 양상을 충실히 보여준다. 이 시에서 바다로 표상된 "허리꺾인 波濤"에 관한 상념이 특징적인데 '바다'는 동인들의 주요한 제재로서 태초의 모습을 지닌 자연의 광대한 일렁임은 무의식의 복합을 포용하는 깊이를 드러내기에 적절한 메타포였던 것이다. 위 시에서 파도는 순간순간 내면의 잔상을 표현하는 불연속적인 의식 흐름과 관련을 지닌다.

「토기 (II)」에서 "토기"는 시인 내면의 '역사'로 표상되며 그 속으로 "불씨"와 여자의 "여윈 손", 내면의 "눈물"이 떨어졌으나 그 속은 비어 있는 역설적 상황을 묘사한다. '토기'를 내면의 대상으로 한 주문돈의 상상은 복잡 다양하게 가지를 뻗쳐서 종잡을 수 없게 되는 내면의 경우에 견줄 수 있다. 즉 내면의 복잡다기함이 토기의 따뜻한 용적 안에서 부드럽게 모아진다. 이 속에서 시인은 "새의 歸巢"를 기다리는데 이는 날개가 돋아 토기 속에서 "불길"이 "飛天"하는 것으로 상징화된다. 여기에서 동인들이 지향하는 상징주의적 이데아의 한 양상이 나타난다. 즉 형언할 수도 없이 복합적인 내면의 감각 속에서 신비롭게 일어나는 내적 상태가 형상화되었다.

이와 같이 동인들의 시편들은 모더니즘적 물적 토대를 갖춘 자생적인 '내면성'의 획득이라는 측면에서 전대의 모더니즘 시의 '내면'과는 구분된다. 김종해의 동인지 중기 시편들에서는 띄어쓰기를 무시한 모더니즘적 기술방식을 취하면서 군중 속의 고독과 자기의 내면응시라는 모티브를 보여준다. 이유경의 경우는 사회 이면에 내재한 부정적 측면과 관념적 언어들을 결부시킴으로써 미추, 선악, 빛과 어둠 등 상반된 요소의 결합과 그 지양에 의한 '상징성'을 시도한다. 그의 암울한 내적 상징들은 사회적 암담함과도 밀접하다는 추측을 가능케 한다. 마종하의 경우는 동인지가 지향하는 모더니즘적 언어실험 및 내면탐구의 특성을 드러내며 주로 일상적 현실에서 순간적인 내면의 잔상을 형상화하고 있다. 주문돈의 경우는 내면이 담지한 복잡다기한 다양의 요소들을 지양한 상징주의적 이데아의 지향을 보여준다. 그리고 동인지의 중기 시편들에서 나타나는 내면 형상화의 주요한 특징은 모더니즘적 기법과 상징주의적 지향의 측면이다. 이들이 지향하는 내면 세계는 빛, 새 등의 상승적이고 확산적인 이미지와 결부하여 나타난다.

동인지 활동 중반을 넘어가면서 동인들은 그들의 내면탐구와 언어실험이라는 지향점에 대한 하나의 콤플렉스를 드러낸다. 그것은 그들이 속한 현실과 시대에 대한 참여 결여라는 문단의 지적과 맞물려 있다.[15] 다음의 시편은 이러한 동인들의 상황을 상징적으로 보여준다.

---

15) 이러한 지적은 1960년대 중반 김수영이 전봉건 시론에 대하여 '양심이 없는 기술'만을 드러낸다고 하여 공격한 데에서 표면화되었다. 김수영, 「난해의 장막」, 『사상계』, (1964, 12). 참고.

지나가는 것이 모두 상징이라면

다가와 있는 것도 상징이 아닌가.

李선생 尹선생 吳형 朱형 金양 李양 趙양 張군 尹군 權군

그대들도 모두 뼈아픈 상징이다.

(중략)

우리들의 아침에 흰 誤解가 내려쌓이고

回想과 산새와 상징과 空想을

각각 그 處所로 쫓으며

莊子가 죽던 民衆의 時代에 기후가 변한다.

아침 언덕으로 굴러내리는 僞善의

덩이는 부피가 늘어난다.

태어나지 않은 한 방울의 液體에 敬拜하며

언덕 위에서 하나의 상징은 쌓여

나뭇가지를 무겁게 한다.

수천 마리의 산새가 되어

堤川의 벌판과 웨일즈의 벌판을

날아오르며

세월은 가고 사랑은 남는다.

오탁번, 「象徵의 언덕에서」 부분, 『현대시』 25집

구체적으로 '현대시' 동인들에 대한 언급과 함께 이들이 모두 "뼈아픈 상징"임을 서술하고 있다. 그리고 아침에는 "흰 誤解"가 내려 쌓이고 이들의 "상징"이 쌓여 나뭇가지를 무겁게 한다고 말한다. 이들의 '내면'에 대한 지향도 "民衆의 時代에 기후가 변"하여 "아침언덕으로 굴러내리는 僞善의/덩이"로 변질되기 쉬운 것이다. 그러나 나뭇가지에 무겁게 쌓인 상징과 "수천 마리의 산새"의 비상이 지니는 관계성에 주목할 필요가 있다. 즉 '현대시' 동인들이 그들의 개별적 내면을 드러내는 언어의 다양한 '상징들'은 나뭇가지로 표상된 '현실'에 위태롭게 기대고 있지만 이들은 나뭇가지에 얹힌 '僞善

의 덩이'로 전락하지 않고 그것을 미적으로 초월해 내고자 하는 것이다.

3. '현실'이라는 관계항과 결부된 '내면'의 확장

19~20집을 넘어서면서 동인들은 그들이 지향했던 내면탐구 및 그 내면과 조응된 언어들이 결코 현실로부터 자유로운 것이 아님을 절감한다. 이것은 10여 년의 활동을 전개하면서 동인들이 이미 신진에서 중견 반열로 오르게 되었고 1970년도를 전후해서는 문예지의 중앙지면을 차지할 만큼 성장한 탓도 있었다. 『현대시』는 문단에서 글을 쓰는 사람들이라면 익히 아는 동인지가되었고 그들의 지향점은 문인들에게 각인되어 있었다. 즉 그들의 목소리는 사적 담론의 수위를 넘어서 있었으며 문단의 공적인 존재로서 시대와 현실을 외면할 입장에 처한 신진이 아니었다.

이런 의미에서 '현대시'는 당시 여타의 동인지와 달리 그들의 문학적 지향점을 오랜 기간 걸쳐서 탐구하였으며 '내면성' 탐구라는 1960년대 초의 시대적 요구에 충실한 노력을 보여주었다. 그리고 문학적 지향에 대한 기성 문단의 비판을 지속적으로 받을 만큼 입지를 굳히고 있었다. 따라서 신진문인의 문학적 지향과 사적인 담론을 펼치는 동인지로서의 장은 그 필요성이 반감된셈이다.

이런 문단의 분위기로 인하여 동인지 후기로 갈수록 동인들은 문단의 비판에 대해 자기방어적 성향을 보여준다. 즉 작품 형상화에서 격한 이미지들을 중심으로 시대와 현실의 억압적 분위기를 반영하면서도 이를 미적으로 극복하려는 암시적 측면을 보여준다.

> 누구도 미워할 수 없고, 아무도 사랑할 수 없고
> 들리지 않는 귀, 보이지 않는 눈까지 다 두고
> 이승의 모든 아픔을 진지하게 거두어들인다.

황야의 버려진 흙과
쓸쓸한 바위틈에서 뿌리를 내리는
나무들을 더욱 싱싱하게 한다.

날이면 날마다 만나는
저 낯선 얼굴들,
탐하는 눈과
범하는 손길들을 헐어버리고
棺 위에 열리지 않는
스무 개의 못을 박는다.

잠긴 門들을 두들기는
내 覺醒의 소리를
두려운 잠속에서도 깊이 들리게 한다.

毒물은 우리의 피를 더욱 진하게 한다.

이해녕, 「햄릿戀歌 Ⅹ」 부분, 『현대시』 26집

누가 한 장의 어둠을 들고 달아나는 마음의 벽에 예리한 뼈를 박는가.
구멍이 있는 뼈, 뼈의 우산을 쓰고 누가 또 달아나는가. 밤새도록 배추잎을
씹으며 떠나가는 마음의 벽엔 번쩍이는 녹색 오오 녹색의 입술이 희디흰 鑛
脈을 빨고 귀와 팔이 달아나는 마음의 벽에 누가 또 마음의 뼈를 박는가.

이승훈, 「어느 鎔接工의 徹夜」, 『현대시』 26집

自由는 獨裁와 구별된다는
이런 따위 말이 나를 웃게 만든다.
할일 없을 땐 다방에 앉아

미스 김의 눈에 말라 붙은 웃음이나 우려내어서
따끈한 茶라도 마시면 되지

우리가 하는 일이란
담배피고 술마시고
뚱보 김사장에게 고개나 숙이고
신문을 보면서 혀나 차는 일

웃어도 웃어도 울고 싶은
친구의 농담이나 들으면서
서울의 밤거리를 헤매다 돌아오는
그런 하루나 보내는 일이지

오세영, 「일, 詩人의 일」 부분, 『현대시』 26집

녹슨 깡통 옆을 지나
맨발의 어둠이 오고 있었다.

타버린 마을 곁
좁은 시내로 피라미들이 달리고
이따금
무장한 兵丁들을 싣고 지엠씨가 달리고
목발을 짚고 돌아온
형이 늦도록 퍼마신
이 빠진 사기 술잔에도
맨발의 어둠이 오고

학교길 옆

학살된 인간의 무덤 위
유달리 무성한 숲이 조금씩 흔들렸다.

이건청, 「유년의 숲」, 『현대시』 25집

「햄릿戀歌 X」는 햄릿의 상황, 즉 어머니에 대한 연민과 아버지 원수에 대한 복수 사이에서 빚어진 우유부단의 한 전형을 빌어서 '내면'을 형상화한다. 동인들은 이 시기 그들 내면을 '햄릿적 딜레마'라고 표현한 바 있는데 이는 시대적 현실이라는 항과 그들의 개별적 '내면'과의 관계 속에서 겪는 내면의 딜레마를 표현한 것이다. 구체적으로 "누구도 미워할 수 없고/아무도 사랑할 수 없고 들리지 않는 귀, 보이지 않는 눈"으로 형상화된 "이승", 즉 현실의 모든 아픔 또는 죽음의 순간을 형상화한다. 이처럼 동인들이 추구하는 '내면'의 방향성이 당대 현실에 맞물려서 겪는 딜레마적 상황을 유추적으로 살펴볼 수 있다.

「어느 鎔接工의 徹夜」는 "마음의 벽"에 뼈 박기, "그 구멍이 있는 뼈"를 누가 들고 가기, "귀와 팔이 달아나는 마음의 벽"에 다시 마음의 뼈 박기라는 그로테스크 상황을 보여준다. 이것은 '누가', 즉 타인으로 인한 내면 갈등과 자신의 마음의 벽에 다시 뼈를 박는 자아의 내적 갈등 및 심리적 공황을 드러낸다.

한편 시 제목이 "어느 鎔接工의 徹夜"라는 점에서 현실지향적 시편의 한 극단으로 해석될 여지가 있다. 자아 형체를 이루는 '뼈'는 구멍이 났고 그 뼈에 다시 뼈를 박는 자아 해체의 상황이 한 '노동자'의 삶과 연관된 것으로 볼 수 있다. 그러나 이승훈의 시작 경향을 염두할 때 '용접공'은 '자기'와 등가로 인식되는 개별적 언어로서 내면의 깊이를 촉각하며 그 언어들의 매듭을 이어 묶어내는 시인의 내면탐구의 모습을 보여준다.

후기 동인들의 작품에서는 현실반영적 측면과 맥이 닿는 중의성을 통하여 내면이 형상화되는 면모를 지닌다. 「일, 詩人의 일」은 "自由"와 "獨裁"라는 상거相距 단어의 차이를 앞세우면서 일상적으로 무기력하기만 한 시인의 일과 일상에 관하여 냉소적으로 표현한다. 오세영의 이 시기 동인작품에서는 감기, 열병, 병실 등의 모티브가 빈번한데 이것은 동인지 후반의 다른 작품에서도 주요하게 나타나는 것이다.

동인지 후반으로 갈수록 '내면'의 독자성에 일상성과 서정성이 개입되고 있으며 현실과의 관계항으로서의 내면을 의식적으로 드러내는 성향이 있다. 『현대시』 동인지가 1972년 26집을 끝으로 종결된 것은 내면탐구라는 그들의 지향점과 신진시인들의 의욕의 장을 담아내는 몫이 다했음을 보여주는 것이다.

이건청의 시 「유년의 숲」은 "무장한 兵丁", "지엠씨", "목발을 짚고 돌아온/ 형", "학살된 인간의 무덤 위" 등을 통하여 당대 폭력적 사회상황을 집약적으로 보여준다. 시인은 이 상황에 대하여 "유달리 무성한 숲이 조금씩 흔들렸다"라는 상징적인 간결한 어구로서 끝맺는다. '어둠'과 함께 오는 무성한 숲의 흔들림은 당대 현실로부터 시인이 절감하는 도덕적 윤리를 미적 방식으로 형상화한 것이다.

동인들은 '현대시' 동인지 후반으로 갈수록 자신들의 '내면'이 지닌 개별적 독자성에 주목하기보다는 당대 현실과의 관계항으로서의 지점에 입각한 다양한 내면지점을 보여준다. 이해녕의 경우는 현실과 내면 사이의 햄릿적 내면의 딜레마 양상으로, 이승훈의 경우는 현실과 내면의 관계성을 암시하는 중의적 내면의 양상으로, 오세영의 경우는 시인의 현실적 일상과 결부된 냉소적 시선으로, 이건청의 경우는 폭력적 현실의 미적 극복의 양상으로 나타난다.

이와 같이 '현대시'의 활동은 민중적 외부적 시각으로 편향되기 쉬웠던 당대 현실 속에서 모더니즘 시를 지향하되, 특히 '내면'의 폭과 넓이와 깊이를 탐구한 공로가 있다. 이것은 6·25 전쟁과 관련, 민족적 거시적 담론이 펼쳐진 1950년대에 결핍된 개별적 자아의 '내면' 문제를 이끌어낸 것이다. '현대시' 동인들이 개척한 '내면탐구'의 독자성과 그 깊이는 당대의 '난해성' 및 '현실적 비난'의 문제에도 불구하고 우리 문학사에서 돋보인다.

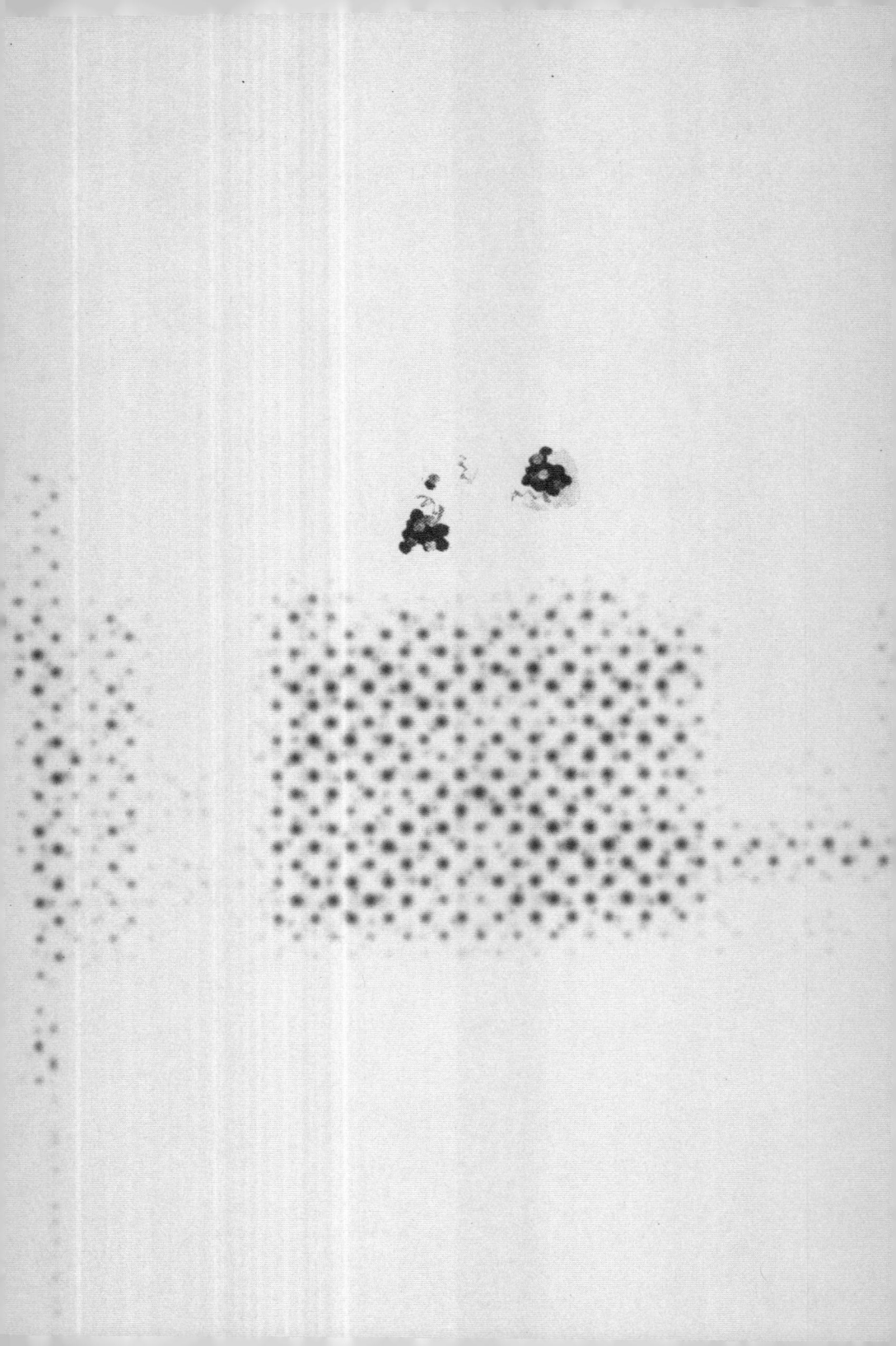

'현대시' 동인의
개별 시인론

네안데르탈인과 민들레꽃

허 만 하 론

내 동자에서 흘러나리는 끝없는 낙하

허만하의 시는 우리나라의 전통 서정시나 이미지즘계 모더니즘 경향의 시에 익숙한 독자가 볼 때 이색적이고 광활한 상상의 세계에 다소 낯선 느낌을 받을 것이다. 그 세계란 여행과 경험을 토대로 한 독특한 체험의 영역이다. 먼저 제재 면에서 지층, 바위, 석탄, 벼랑 등 무수한 세월의 압축 형상을 반영하고 있는 광물계 중심의 자연 소재를 통해 이를 알 수 있다.

시인은 세월의 증거인 이들 광물질의 줄그림, 화석, 퇴적물 등의 모습을 통하여 아주 오래 전 그 물질이 살아 움직였을 다양한 자연의 형상들을 그려보면서 상상의 날개를 펼치고 있다. 광대한 시간의 바위 틈 속에서 시인이 본 것은 끝없는 깊이와 심연이다. 그 시간의 깊이 속에서 시인은 인간이 자연에게서 배워야 할 인내와 치열의 정신을 응시한다. 이와 같은 시인의 독특한 세계의 근저에는 자연과 우주에 대한 해박한 지식과 깊이 있는 관찰 그리고 인생 체험에 대한 통찰 등이 자리 잡고 있다.

그의 시가 보여주는 자연 속 광활한 사연의 문제를 한 겹 걷어내면 그가 간직했던 내면의 깊이가 모딜리아니의 빈 동공 속처럼 끝없이 펼쳐진다. 자연의 광활함과 결부된 시인의 심연은 그의 처녀시집인 『海藻』에서 그 원형적 모습을 볼 수 있다. 허만하의 시세계를 말할 때 시인이 탐독했던 무수한 철학자와 작가들의 영향에 따라 이리저리 굴곡을 겪었다기보다는 원초적인 굵직한 나무둥치에 주요하고도 적절한 영양분인 사유와 철학과 경험이 그 높이와 둘레를 키우면서 잔가지가 많지 않은 거대한 나무로 뻗어나갔다고 하는 편이 옳다.

이렇게 볼 때 그의 처녀시 한 편의 절단면에는 이미 그가 퇴적할 혹은 성장할 형상의 물질조직 혹은 세포조직이 살아 숨쉬고 있다. 이와 같은 유기성은 그의 시적 사유가 지닌 독자적 생명력을 암시하는 동시에 나무의 세포가 자연의 뜨거운 태양에 급속히 나이테를 증식하는 것과 같은 사유의 단단한 성장과 일관성을 나타내는 것이다.

1969년에 상재한 처녀시집인 『海藻』의 세계는 그가 1960년대 '현대시' 동인활동을 한 시기와 비교적 일치하며 당시 문학가와 의학도의 갈림길에서 번민했던 삶의 일단을 반영하고 있다. '현대시' 동인지에 발표했던 「候鳥」, 「낙엽론」, 「창가에서」, 「깡통소묘」 등의 작품들은 관념적이고 절대적인 이데아에 대한 갈망과 현실, 문명에 대한 부정 혹은 비판 그리고 원시 세계에 대한 향수 등이 두드러지며 이것은 그의 시세계가 보여주는 주요한 특징적 국면이다.

이러한 성향을 보여주는 작품의 절편들을 비평이라는 현미경의 유리판에서 떼어내고 처녀시집 『海藻』에 있는 다양한 작품의 절편들을 다시 그 유리판에 올려서 이리저리 배율을 조정하면 그의 시세계의 주요한 특징들을 배태하게 한 원체험들이 화석 속에 박힌 삼엽충이나 공룡의 발자국처럼 구체적인 지층의 형상을 드러낸다. 말하자면 그의 시적 지향점을 배태하게 한 핏줄, 핏줄을 흐르는 적혈구, 적혈구 알갱이가 흘렀던 몸, 몸의 영혼이 움직였을 모습들이 세밀화의 세계처럼 펼쳐지는 것이다.

> 漂着한 곳은 다시 짙은 悔恨의 바닷가였다.
> 언제였던가 ——
> 不意하게 沈沒한 그 烙印의 자리
> 血痰처럼 추한 水深 아래서
> 얼마나 새벽이 두려웠던가.
> 다시 突出한 각박한 바위
> 그 시커먼 잇발에 깨물린 體壁
> 벌써, 나의 눈은 强力한 햇빛에 보이지 않는다.
> 물을 달라!

성싱했던 나의 팔은 지금 시들어가고 있다.
絶望의 더운 모래바닥 위에
나는 목숨의 毛根을 露出하고 쓰러져 있다.

「海藻」

위 시는 그의 6·25 전란 때의 종군 체험과 관련을 맺고 있으며 기진맥진
해서 어느 바닷가에 쓰러져 있는 자신의 모습에 관한 형상화는 그의 처녀시집
과 자전적 기록의 이곳저곳에서 볼 수 있다("나는 전란 때 딱 두 번 울었다. 나는
군번 없이 종군했다. 그 눈물은 물론 몇 방울의 소금물이다. 그러나 그 소금물에 내가
한 낱의 의미를 만들어주었을 때 그것은 역사의 새벽과 함께 있어온 모든 전쟁과 앞으
로 있을 모든 전쟁 때 눈물을 흘린 사람과 또 흘리게 될 사람의 온 슬픔을 담게 되는 것
이다."—『낙타는 십리 밖 물냄새를 맡는다』, 191쪽). 공부만 하던 당시 18세 청년
이 받은 종군 경험의 육체적 정신적 피로와 극도의 공포는 그의 초기시가 보
여주는 주요한 테마이다.

이 점은 다른 '현대시' 동인과의 차별성을 보여주는 부분인데 시작품 활
동과 등단 시기 면에서 그는 다른 '현대시' 동인들과 비슷하지만 연륜이나 체
험 면에서는 1950년대 기성시인들과의 경험을 공유하기 때문이다. 그리하여
그의 '내면'은 6·25 전쟁과 죽음을 목도한 자의 실존 또는 허무에서 비롯한
관념의 형태를 갖추고 있다.

그 허무의 내면은 주로 쓰러져서 시든 팔을 흔드는 형상으로 반복적으로
나타난다. "성싱했던 나의 팔"이 "시들어가"는 것이란 그의 고통 체험을 상징
적으로 드러내는 것인데 「橋梁」에서는 "그것은 애절히 마지막 손을 젓는 沈
沒直前의 흰 팔뚝. 자꾸 慣性의 深淵 쪽으로 미끄러져가는 泥濘처럼 執拗
히 重力의 方向으로 빨려드는 狀態"라고 표현하고 있다.

종군에서의 고통스런 체험을 기록하고 있는 「海藻」는 이 시가 실린 처
녀시집의 제목이기도 하다. '해조'란 바닷말로서 그 단어가 환기시키는 부드

럽고도 하늘거리는 이미지는 언뜻 위 시나 처녀시집이 보여주는 허무에 찬 관념적 내면과 어울리지 않는다. 그러나 위 시의 정황에서 보듯이 "血痰처럼 추한 水深" 속 모습, "물을 달라"는 외침 그리고 자신의 팔을 "시들어가고 있다"는 식물성의 이미지로 표현한 것 등에서 고통스럽게 쓰러져 팔을 힘없이 흔드는 자신 존재를 표현한 것임을 알 수 있다. 즉 '해조'는 그가 젊은 시절 겪었던 실존적 고통의 원체험을 상징적으로 드러낸다.

> 저물어가는 始原의 斷崖에서
> 咆哮했던 끝없는 니힐,
> 어쩌면 生前의 내 頭蓋骨을 내려치던
> 異族의 무딘 돌도끼.
> 아니, 팔랑이는 나비,
> 코를 고는 莊子의 선잠에 떨어진
> 나비가 잊고 간 硫黃빛 날개조각
> 그것은 拒否할 수 없는 누구의 질긴 磁力이었다.
> 그 보이지 않는 손짓을 따라
> 짙푸른 레에테의 밤江을 건너
> 미역잎같이 너풀거리던 怨死한 女人들의 머리숱
> 그 한없이 짙던 海藻林의 記憶밖에 없다.
> 눈먼 無意識의 무게 아래서 내 살은
> 陰刻된 羊齒類의 빈 잎사귀
> 한조각 粘板岩의 아득한 年代記에 지나지 않았다.
>
> 「地層」 부분

　　여기서 시인은 해조림의 기억을 "미역잎같이 너풀거리던 怨死한 여인들의 머리숱"으로 형상화한다. 그 해조림의 기억은 시인의 "눈먼 無意識의 무게", 즉 맹목적인 것으로 자리 잡고 있다. 위 시는 시인이 처한 실제적 구체적인 정황이 아닌 비유적 상황이 중심이지만 그 경험적 토대는 「海藻」와 공유한다.

「地層」에서는 끝없는 절망 상황 속에서 자신의 두개골을 내리치던 원시인의 돌도끼나 양치류의 빈 잎사귀 등을 연상하는 내용이 형상화되었다. 이것은 위 시 제목이 "地層"이란 점을 고려한다면 좀 더 그 윤곽이 구체적으로 나타난다. 즉 종군하던 길에 어느 바닷가에서 목마름에 흐느적이는 팔을 휘저으며 바위에 기진맥진 누운 자신의 모습이, 모래와 바위 위에 죽어서 다시 퇴적된 흙들에 의해서 지층 속 화석이 되어버린 양치류의 음각 혹은 점판암의 연대기에 지나지 않는다는 인식이다. 또는 전란 속의 자신이 전생에서 돌도끼에 두개골을 찍히던 원시인에 비유된다.

자신의 모습을 태고적 생명체 혹은 원시인의 그것으로 사유하는 양상은 그의 시 「네안데르탈人」에서 "아, 植民의 싱그런 永塊에 걸터앉아/ 덜렁거리는 認識票를 목에 걸고/ 목쉰 소리로 외치고 있는/ 그 무리들 속에서 나는 외로운/ 아, 나는 한마리 네안데르탈人"이라고 표현하는 데서 좀 더 구체화된다. 즉 그는 가슴에서 덜렁거리는 군 인식표를 목에 걸고 서로 싸우는 '현대판 네안데르탈인'이 되는 것이다. 이것은 원시인보다도 못한 문명인에 대한 환멸의 표현이기도 하다.

그는 한 수필을 통하여 과학학술지에서 네안데르탈인의 뼈가 나온 주변에 민들레꽃 화석이 가득 차 있다는 기록을 접한 체험을 말한 바 있다. 자신의 모습을 네안데르탈인으로 비유하는 그에게 한 원시인의 죽음을 애도한 장례의 형식으로 쓰인 듯한 '민들레꽃'은 퍽 인상적인 것으로 받아들여졌다.

네안데르탈인의 죽음을 애도했던 꽃에 관한 사유는 그의 삶이 주는 고통을 위로하는 한 방식이 되었다. 그는 무인無人 지구 위에 피어 있을 야생의 꽃과, 그 꽃들을 흔들었을 1억 년 전의 바람이나 적막한 절대 공간을 무서운 속도로 회전하는 지구의 모습을 상상하기를 즐겨한다("나는 뜨락의 목련꽃 터지는 소리를 들으면서 적막한 절대 공간을 무서운 속도로 돌고 있었을 지구를 생각해 보았다. 그리고 그 무인無人의 지구 위에 피고 있었을 야생의 꽃들과 그리고 그 꽃들을 흔들고 있었을 1억 년 전의 바람을 생각했다."—『낙타는 십리밖 물냄새를 맡는다』, 79~80쪽).

　　이러한 위로 방식은 현실을 철저히 부정하고 그것을 넘어서려는 사유의 단면이라고 할 수 있는데 이와 같은 비약적 사유가 필요했던 것은 그가 젊은 시절 겪었던 또 다른 '해조'의 기억과 관련을 지닌다.

　　　　　나는 가만히 너의 이름을 불렀다.
　　　　　속으로 울면서 나는 울지 않았다.
　　　　　잡아도 잡아도 새어나가던 모래알처럼
　　　　　지친 내 손바닥은 不在하였다.
　　　　　胸廓에 쌓인 눈송이만 한 무게를 못 이겨
　　　　　휘어져 있는 아, 내 肉體의 나뭇가지-
　　　　　化膿한 가슴을 가지고도 슬퍼서는 안 되었다.
　　　　　슬퍼할 수 있다는 것은 아직 切迫해 있지 않다.
　　　　　여태까지의 서로 외로운 依持 끝에
　　　　　지금은 沛然히 앞을 가리는 落葉들
　　　　　그것은 내 瞳子에서 흘러나리는 끝없는 落下였다.
　　　　　내가 지을 수 있는 가장 따뜻한 凝視로
　　　　　마지막을 내어다 보면서도 마지막 너를 놓치지 않고 있는.

　　　　　　　　　　　　　　　　　　　　　　　　　　　「體驗」

　　그가 아우의 죽음에서 목도한 것은 아우의 마지막 말인 "히이야 미, 안, 하, 다"(「고분발굴」 부분)가 아니었다. 그것은 "沛然히 앞을 가리는 落葉들"의 환영이자 "내 瞳子에서 흘러나리는 끝없는 落下"였다. 이때 "瞳子에서 흘러나리는 끝없는 落下", "잡아도 잡아도 새어나가던 모래알", "化膿한 가슴"이란 그가 체험한 슬픔의 심연을 단적으로 드러낸다.

　　감수성이 예민한 18세의 청년이 경험한 전란과 종군의 고통, 문학도를 지향하면서도 의학도의 삶을 영위했던 경험 그리고 다시 30대를 들어서면서 맞이한 아우의 죽음은 그의 시를 어떤 측면에서는 비정한 쪽으로 이끌었다. 즉 시의 사유에서 현실적인 인간의 냄새를 지우게 한 것이다. 그는 늘 수술대에서 만지던 인간의 상처 틈, 복강 속에서 끝없는 허무만을 발견했던 것이다.

　　바위는 기다리고 있다. 인류의 멸망을. 찢어진 바위틈에서 갈맷빛 물이 솟구쳐 바다가 되고 부스러진 스스로의 피부에서 다시 풀밭이 일어서서 눈부신 고함소리를 지르며 연둣빛 바람을 흔드는 부활의 순간을.

「바위의 적의」 부분

상처 입은 사슴이 가장 높이 뛴다

『海藻』이후 30여 년 만에 펴낸 『비는 수직으로 서서 죽는다』는 처녀시집에서 보여주었던 시인의 허무에 찬 내면이 좀 더 비장해지고 격렬해지면서 극한을 넘어서려는 의지와 결부되고 있다. 죽음 의지와 결부된 강렬한 허무의 이미지들은 시의 지면 위로 불쑥불쑥 튀어나오는 철사줄 같은 골격을 형성한다.

이러한 비장미를 돋우는 배경은 그가 여행한 곳과 긴밀한 관련성을 지니는 사막 오지나 원시적 풍경을 유지한 곳들로서, 이국적이면서 황폐한 풍경으로의 여행 체험이 두 번째 시집의 주요한 내용항이다. 그의 여행 체험은 그가 경험한 곳에 그만의 고유한 의미를 아로새기는 것이다. 이 고유한 의미 형성의 중심항에는 '죽음을 향한 의지'가 자리 잡고 있다.

여행길에서 절멸을 환기시키는 낯선 풍경을 만날 때마다 그는 끊임없이 죽음을 향한 파토스를 체험한다. 처녀시집에서 보여준 허무의식이 그의 시세계의 원형적 면모를 관념적으로 집약해 준다면 두 번째 시집은 허무의식이 육체적 고통 이미지와 결부된 '죽음에의 의지'로 형상화되면서 한층 격렬하고 비장해진 것이다.

> 목이 탄다.
> 나는 사막의 일몰을 마신다.
> 피 흘리는 지평선
> 주삿빛, 보랏빛으로 일렁이던 추억의 바다
> 이자벨! 수고 많았다. 고향의 어머니에게도 안녕
> 잘라낸 오른쪽 다리뼈 암종은 내 팔에도 번졌단다.
> 하싯슈로도 지워지지 않는 모진 아픔
> 나는 한 마리 야수처럼 소리질러 운다.

아픔은 슬픔처럼 내 몸의 일부다.
나는 모래 위에서 배암처럼 뒹군다.
보고 싶다. 초록의 평원이
눈송이처럼 지던 꽃잎이
나의 풍경에 이데올로기는 없다.
모래 언덕처럼 무너지는 나의 감수성
화약처럼 터지는 나의 언어
나는 불타는 언어로 내 두 눈을 태웠다.
절망의 끝이 이렇게도 평화로운 것인지
감은 눈시울로 슬픔을 보기 위하여
나는 은하처럼 사막의 밤하늘에 눕는다.

「사하라에서 띄우는 최후의 엽서」

다리뼈 암종이 팔에 번지며 "하싯슈"로도 지워지지 않는 모진 아픔에 "배암"처럼 사막을 뒹구는 화자의 모습은 시인의 모습과 밀접한 관련을 지닌다. 뇌출혈로 인한 좌반신 마비의 고통을 겪었던 시인의 체험을 토대로 한 것이기 때문이다. 황폐한 모래언덕을 배경으로 하면서 "피 흘리는", "잘라낸", "배암", "화약", "두 눈을 태웠다" 등의 시어에서 알 수 있듯이 처녀시집에서 보여주었던 관념적이면서 우회적인 시언어들은 다소 직정적이면서 강렬한 색채를 띠게 된다.

이 시의 "아픔은 슬픔처럼 내 몸의 일부다"라는 표현은 그의 다른 시 「상처」에서 "나는 나의 상처다"라는 진술로 단언된다. '상처'가 곧 '나'인 자신, 그 '상처'의 '아픔'이자 '슬픔'인 '나'는 자신을 응시하기 위하여 "사막의 밤하늘에 눕는다." 눕는다는 행위는 그의 시에서 그다지 낯선 것이 아니다. 그는 6·25전란 때 바닷가에서 목마름에 차서 누워 있던 체험을 시로 쓴 바 있다. 그리고 흰 눈 위에서 상처로 죽어간 사슴의 최후 점프를 생각하며 죽음을 준비하곤 한다("밤새 모국어의 가시에 상처입은 나는 흰 눈 위에 핏자국을 남긴 사슴의 최후의 점프를 생각하며 걸었다"—「상처」부분).

사막, 바닷가, 흰 눈 등에서 고통에 찬 자신이 눕는다 혹은 죽는다는 종결 방식이 빈번하게 나타나는 이유는 무엇일까. 그것은 그의 육체와 심리가 겪는 피로감을 일견 나타내는 것이면서 '해조'로 표상된 고통스런 정황을 무의식 속에서 반복적으로 재생하면서 고통과 죽음에 대한 공포를 이겨내려는 의지의 표현으로 볼 수 있다.

그는 이러한 고통의 상상적 반복을 통하여 위 시에서처럼 '아픔' 끝에 '절망'이 오고 '절망' 끝에 '슬픔'이 오며 다시 그것을 바라보는 '평화'가 온다는 것을 체험한다. 그리고 그 끝은 '죽음'으로, 생이란 궁극적으로 죽음을 향한 일회성 또는 완성에 그 의미가 있다고 믿는다. 시인은 누운 곳에서 "히이야, 미,안,하,다"란 말을 남기고 죽은 아우가 즐겨 듣던 브람스의 곡을 떠올릴 것이다. 혹은 모진 행군 끝에 바닷가에 '해조'처럼 늘어진 자신이 마치 화석이 된 네안데르탈인인 듯한 착각을 할지도 모른다.

격렬한 일몰 속에서 두 눈이 불타버리는 고통 혹은 죽음에 관한 사유는 그의 「고호」 연작에서도 나타난다("격렬한 일몰에/나의 두 눈은/불타버리지 않으면/안 된다. //몸부림치는/누런 보리밭 위를/이 숨막히는 쓸쓸함 위를/까마귀떼들이/낮게낮게 날고 있다.—「고호의 풍경」부분). 그는 고흐가 죽기 직전 그렸던 「까마귀가 날고 있는 밀밭」에서는 풍경이 아니라 전율이 빛깔과 형태의 가면을 쓰고 그림 행세를 하고 있는 것이라고 말하는데, 이 말은 자신의 시를 향한 것이기도 하다.

연대기란 원래 없는 것이다. 짓밟히고 만 고유한 목숨의 꿈이 있었을 따름이다. 수직으로 잘린 산자락이 속살처럼 드러낸 지층을 바라보며 그런 생각을 했다. 총 저수면적 7.83평방킬로미터의 시퍼런 깊이에 잠긴 마을과 들녘은 보이지 않았으나 묻힌 야산 위 키 큰 한 그루 미루나무 가지 끝이 가을 햇살처럼 눈부신 소리를 지르고 있었다. 사라져라, 사라져라, 흔적도 없

이 정갈하게 사라져라. 시간의 기슭을 걷고 있는 나그네여. 애절한 목소리는
차오르는 수위에 묻혀가고 있었다.

「지층」

저수지에 시퍼렇게 잠기는 "미루나무 가지 끝"이란 그가 초기시에서 "애
절히 마지막 손을 젓는 沈沒直前의 흰 팔뚝" 혹은 "하늘거리는 바닷말", "海
藻"의 연장선상에 있다. 즉 상처 입고 고통받는 화자 분신의 상징이다. 그런
데 이 "가지 끝"이 무어라고 소리 지르고 있는지에 주목할 필요가 있다. 마을
과 들녘이 모두 수몰되고 가지 끝만 남긴 채 잠겨 있는 미루나무가 "사라져라,
사라져라, 흔적도 없이 정갈하게 사라져라"고 외치고 있는 것이다. 차오르는
수위에 묻혀가는 미루나무의 외침은 사실 "시간의 기슭을 걷고 있는 나그네"
로 표상된 시인의 날 목소리이다. 흔히 물에 빠진 사람이 내는 말은 "사람 살
려"이다. 설사 그 사람이 강물에 투신한 사람이라고 할지라도 말이다. 그런데
시인은 "사라져라"고 외치고 있다. 자살을 시도한 사람도 종국엔 막상 그가
당면한 극도의 고통과 공포 앞에서는 나약해지는 것이 인지상정이다. 도스토
예프스키의 소설 『악령』에서 신이 되기 위해 죽음을 감행한 키리로프도 아마
죽는 문전의 공포 속에서는 '살려달라'고 외쳤을 것이다. 그런데 시인 허만하
는 그 순간도 '사라져라'고 외칠 것이라고 한다.

이것은 그의 죽음에 대한 가멸찬 의지를 보여주는 것이자 체험에서 비롯
된 정신적 심리적 심연 그리고 육체적 고통의 정도와 결부된다. 이러한 그의
사유는 기실 인간과 인간세계에 대한 비극적 혹은 비관적 세계관에 기인한 것
으로 『비는 수직으로 서서 죽는다』에서 주로 심연으로 빨려드는 하강의 이미
지를 통하여 반복적으로 나타난다.

분수령에 떨어진 비 한 방울이 비탈을 흘러내려 건너편 비탈의 물길과
합류하는 지점을 결정하는 것은 지형이다. 한 치의 차로 능선 저편으로 떨어

진 빗방울이 다른 이름을 가진 강물의 시원이 되는 것은 우연이다. 나무 둥치가 두 가지로 갈라지는 지점을 결정하는 데는 강물 줄기가 굽이치는 지점을 정하는 것과 달리 모진 아픔이 따른다. (중략)

목숨은 그 형상이 다를지라도 갈림길에서 불같이 밝은 밤의 몸살을 앓는다.

「영암사지 가는 길」 부분

방망이만 한 목을 앞으로 내민 철새가 떼 지어 진눈깨비 얼어붙는 납빛 겨울 하늘을 줄지어 나는 것도 펼쳐진 채 책상 위에 엎드려 잠들지 못하고 있는 쇼펜하우어의 외로운 책 한 권의 마지막 에너지 탓이다.

아직도 빙결한 이성의 바다를 녹이는 의지의 끓는 바윗물은 뜨겁다. 마른 풀잎 자리에 봄풀이 파릇파릇 자라나기 시작하는 화산재 지층 두께 밑에서는 다시 싱싱한 지하수가 흐르고 어둠을 붙들고 있는 흰 털뿌리 끝에서 잎 진 나무 우듬지 싹눈까지 연두색 물빛이 서서 흐르는 치열한 힘이 별빛처럼 똑똑하게 보이는 새벽 두시 작은곰자리.

「한밤에 외로운 책을 읽다」 부분

나무 둥치가 두 가지로 갈라지는 지점을 결정하는 데에 생명체로서의 고통이 자리 잡고 있으며, 이것은 인간이 겪는 고통과 동일한 것이라고 그는 생각한다. 즉 현상의 세계 너머에 있는 모든 생명체가 지닌 생의 의지는 본질적으로는 동일한 것이다. 그 개별적인 존재의 의지는 맥박 혹은 호흡과도 같은 맹목적인 것이다.

그리고 그 의지는 "이성의 바다"를 넘어서는 것이면서 인간세계와 자연세계를 작동하는 근원적 생명력이기도 하다. "쇼펜하우어"는 죽었지만 그의 "외로운 책"이 지닌 의지의 힘은 끝없이 작동하고 있다. 그리하여 그는 죽음이란 하나의 "잔인한 전신"(「진흙에 대하여 3」)이라 말한다. 그리고 생물과 무생

물을 아우른 의지의 단일성과 그 의지의 맹목성에 의해 움직이는 연속적이면서 유기적인 자연 속 존재들의 모습은 그의 시가 보여주는 특징적 국면이다.

이러한 의지의 단일성과 연속성은 근본적으로 그의 사유가 진화론적인 입장을 취한 데에서 비롯한 것이다.("바깥을 보겠다는 의지가/ 뇌신경 세포 단말을 /눈으로 만들었다"—「눈의 발생」 부분). 즉 개별적 의지들의 세계는 인간을 포함한 생물, 무생물 그리고 자연을 모두 변화시킨다. 이러한 의지세계의 객체가 바로 현상세계를 이루며 이것은 개별적 존재의 '몸'을 통하여 일원화된다.

그는 근본적으로 인간 세상을 지배하는 현상인 표상세계에 내재한 의지들의 충돌과 그로 인한 비극적 종말을 알고 있다. 인간의 맹목적인 의욕 또는 의지는 서로 충돌하면서 고통을 끊임없이 만들어낼 뿐인 것이다. 그는 이 극단의 한 전형이 되는 6·25를 직접적으로 겪었고 인간도 하나의 나약한 생명체에 불과하다는 사실을 절실히 체험하였다. 그리고 의사로서 시체의 배를 가를 때마다 느끼는 허무를 위로하는 방식이 필요하였다.

이러한 비극적 사유는 그가 직접적으로 드러내지는 않으나 그의 시편에서 인간에 관한 사유가 결여된 점, 죽음을 향한 의지, 그가 즐겨하는 무인無人의 지구가 회전하는 장면의 상상 그리고 "절멸"이란 시어의 애호 등에서 간접적으로 알 수 있다. 시인은 의지세계의 맹목성이 지닌 비극성을 인식하고 자연과 우주에 대한 본질적 환원의 사유를 통하여 이를 극복하려고 한다. 그 흔적은 풍경에 관한 사유와 결부된 우주적 시간에 대한 사유에서 단적으로 나타난다. 그리고 그 광대한 시간 속에서 자연계의 의지들이 어떻게 꿈틀거리고 존재하는지를 상상한다. 이것은 풍경 이면의 본질적 세계에 관한 사유이다.

가을 싸리는 불길 속에서도 연기를 내지 않는다

시인의 두 번째 시집에서는 주로 죽음에 대한 사유와 의지세계의 맹목성이 초래한 비극의 세계를 수직적 낙하의 사유로써 나타내고 있다. 두 번째 시집 이후 3년 만에 낸 그의 세 번째 시집은 이러한 가멸적 존재를 표상하는 수직적 이미지가 좀 더 아래 위로 뻗어나가면서 우주적인 존재로 확장되는 특성을 지닌다. '가릉빈가'에 관한 사유는 이를 단적으로 나타낸다.

'가릉빈가'는 정토淨土에서만 산다는 반은 말이고 반은 인간인 전설적 존재이다. 이 가릉빈가가 새겨진 반쯤 잘려진 와당은 시인의 애장품 중의 하나로 몸이 불편한 자신의 모습을 닮았으면서도 날개를 단 천인의 이미지를 나타낸다("살이 찐 봄의 흙. 논두렁길 돌무더기 속에 섞여 있는 기와 조각 한 토막. 아득히 페르시아에서 천산산맥 기슭을 돌아 실크 로드를 달려온 페가수스의 말굽 소리가 들린다. 長安의 거리에서 바라봤던 창녀의 허리 밑처럼 육감적인 허리"—「이름없는 절터에서」 부분).

그런데 두 번째 시집에 나타난 가릉빈가에 비하여 세 번째 시집의 가릉빈가는 '새' 이미지와 결부되어 날개를 달고 날거나 싱싱한 날개를 펼치면서 춤을 추는 모습으로 나타난다("불길이 휩쓸었던 쌍봉사 대웅전 훤칠한 키가 잿더미가 되어 무너질 때 불꽃도 잿더미 위에서 멸망했다. 잿더미 속에서 날아오른 가릉빈가가 싱싱한 날개를 펼치고 대숲 우듬지 위에 떨어지는 군청색 하늘을 두 팔 쳐들고 춤추며 날고 있는 놀라움"—「춤추는 가릉빈가—화순 이안 쌍봉사에서」 부분).

다시 말해 그가 좌반신 마비 후 죽음의 의지를 주조로 보여준 두 번째 시집에 비하여 세 번째 시집은 다소 희망적 요소를 품고 있다. 이것은 제목에 단적으로 나타나는데 "비는 수직으로 서서 죽는다"와 "물은 목마름 쪽으로 흐른다"이다. 전자가 중력과 결부된 낙하, 죽음, 소멸의 이미지를 지닌다면 후자는 중력을 거스르는 생성의 흐름을 보여주며 양자는 수직성이란 방향성을 공유한다.

이 수직성의 구도는 평면을 딛고 일어서는 인간의 의지와 실존을 나타내는 것이면서 하늘과 지구의 중심을 잇는 끝없는 심연의 세계 등을 상징적으로 드러낸다.

한 사나이가 비탈을 내려가고 있다. 휘어지는 길의 각도와 비탈의 기울기를 발바닥으로 확인이라도 하듯 천천히 걷고 있다. 그가 결별하는 것은 높이의 속성이다.

내리막을 내려갈수록 세계는 그 깊이를 더한다. 아래쪽으로 꽃이 피지 않는 아래쪽으로 어둠의 뿌리 쪽으로 땅바닥에 깔리는 엷은 어둠을 헤치며 자신의 안쪽 깊이의 밑바닥쪽으로 느릿느릿 걸어가고 있다. 그는 고집스럽게 뒤를 돌아보지 않았다. 몸의 한 부분처럼 그가 데리고 다니는 그의 뒷모습처럼 적막한 일몰도 거들떠보지 않았다. 오직 앞만 바라보고 비탈길을 내려가던 그가 자기의 짙은 감청색 뒷모습에 묻히고 말 때 사라지는 것은 그만이 아니다. 산비탈 소사나무 훤칠한 그림자마저 원래 없었던 것이 되고 만다.

어둠을 굴대로 시속 836마일의 원심력으로 돌고 있는 지구도 우주의 마지막 실루엣같이 사라지고 마는 것을 그는 알고 있다. 어둠은 태초부터 적멸처럼 그 빈자리에 있었다. 우리가 몰랐을 따름이다. 올라왔던 비탈을 그가 다시 내려간 이유를 모르는 것처럼.

「내리막의 끝」

위 시에서 나타나는 한 사나이 혹은 나그네 등은 시인 자신을 객관화한 표현이다. '그'는 천천히 고집스럽게 산비탈을 내려온다. 산비탈 소사나무의 그림자마저 사라진다. 그리고 원심력으로 돌고 있는 지구도 실루엣처럼 사라진다. 끝없는 '내리막의 끝'은 적멸이며 어둠인 것이다.

여기서 나그네의 수직적 하강은 인간의 필멸성을 상징하는데 인간의 죽음은 산비탈 소나무의 죽음이나 지구의 종말처럼 자연과 우주의 섭리 속에 존재하는 하나의 필연이면서 자연스러운 과정이라는 것이다. 생명체는 자연 속에 맡겨진 온전한 제 몫을 다하는 소멸의 과정을 격으면서 '죽음'의 계기로써 그 생을 완성한다.

죽음에의 수직성이 두 번째 시집에서는 '비'처럼 급격한 흐름을 지니고 '피'처럼 격렬한 이미지를 지닌 것이었다면 세 번째 시집에서는 자연, 지구 및 우주 생명체의 섭리와 관련된 수직적 소멸의 양상을 보여준다. 그리고 이 모든 것의 궁극적인 상태는 "어둠" 또는 "적멸"이라고 말하고 있다. 위 시에서처럼 '그'가 내려간 이유, 인간이 죽어야 하는 이유는 하나의 맹목적인 진실인 것이다.

그는 생에의 의지를 소멸시키고 자연과 우주의 숨결에 합치한 개별적 의지의 망각 속에서 '어둠'으로 표상된 공허를 발견한다. 그가 좋아하는 '절멸'의 이미지는 자연의 풍경과 인간이 만든 표상들을 걷어내고 그 의지들을 통찰하고 끊임없이 지속적으로 환원시킨 마지막 정답과도 같은 것이다. 이러한 사유는 풍경에 의미를 부여한 미적 관조 속에서 가능하다. 그 미적 관조의 대상은 주로 태초의 모습, 지구의 역사를 고스란히 담고 있는 '지층'이나 깎아지른 듯한 '벼랑', 거센 파도의 '물결' 등을 통해서 나타난다.

75만 칸델라의 등대 불빛이 비추는 것은 바람에 밀리는 은백색 빗줄기 너머 빛이 기진하는 언저리에서 오기처럼 더 두꺼워지는 어둠의 두께뿐이었다. 바람의 벽에 부딪힌 바람의 속도가 솟구쳐 오르는 사나운 너울처럼 부서지고 있는 해변. 찢어져 펄럭이는 검은 비옷을 걸친 한 사나이가 이쪽을 향하여 손을 흔들며 고함을 지르는 듯했으나 벌써 사라지고 보이지 않는다. 번개의 섬광에 잠시 모습을 드러냈다 다시 어둠의 물결에 묻혀버린 것은 빗물 흘러내리는 눈부신 앞가슴을 내밀고 수직으로 서 있는 알몸의 벼랑이었다.

「눈부신 어둠의 벼랑」 부분

'어둠'의 두께 속에서 검은 비옷을 걸친 한 사나이의 사라짐은 어둠의 물결에 눈부신 앞가슴을 내밀고 서 있는 알몸의 벼랑과 겹쳐진다. 여기서 한 사나이의 의지는 이미 소멸되어 나타나지 않는다. 남아 있는 것은 '눈부신 벼랑'이다. '벼랑'이나 '거센 파도'와 같은 거대한 자연물의 의지 앞에서 인간은 한없이 작아지고 무기력해진다. 동시에 인간은 자신의 의지를 잊고서 자기 안에 초감성적인 능력이 있다는 느낌, 자기의 고유한 한계를 넘어서 자연의 광대한 의지에 합류하는 '숭고'를 체험한다. 즉 인간의 영혼을 '벼랑'이나 '파도'의 광대함의 영역으로 확장시키고 그가 매인 맹목적 의지와 그로 인한 생의 고통으로부터 잠시 자유로운 존재가 되도록 한다. 시인은 자연과 우주의 거대한 힘 속에서 자신의 의지를 망각하고 그 본질적 실체를 구현하려고 한다. 그에게 이러한 사유를 보여주는 주요한 자연물이 '벼랑'이다.

벼랑은 직립한 수직성의 존재로서 그것의 뿌리는 지구의 중심을 향하고 있으며 그 높이는 하늘에 맞닿아 있다. 그리고 벼랑의 단층은 지구상 모든 존재들의 많은 이야기를 안고 있는 역사이자 축약도이다("우리가 절벽 앞에서 무서움을 느끼는 것은 아찔하게 긴 시간의 침묵을 만나기 때문이 아니겠는가. 그것은 본질적으로 파스칼이 무한한 공간의 침묵 앞에서 느꼈던 두려움과 놀라움과 같은 것이 아니겠는가. 아울러 절벽은 수평선의 안일을 거부하며 의연히 솟구치는 수직성을 보인다."—『청마풍경』, 65쪽).

벼랑이 지닌 견고한 수직적 존재에 비하여 큰 파도의 물결이 붕괴 직전 보여주는 순간적 수직성은 아름다운 소멸의 곡선 형태를 지닌다("살을 안으로 말아올리는 연속 동작은 수면에 떠오르는 가오리 가슴지느러미 너울거림같이 부드럽다. 절정에 이른 물결에 임의의 점을 설정하고 그 점을 이으면 물은 빠져나가고 아름답게 휘어진 곡선만이 뒤에 남는다."—「물결에 대해서」부분).

그는 벼랑, 파도, 지층 등과 같은 자연물에 대한 미적 관조의 체험을 통하여 현상세계에서 펼쳐지는 의지의 문제와 인간적 고통으로부터 초월하고자 한다. 즉 시간과 공간 및 인과율의 제약을 초월한 순수직관의 힘에 의하여 개별적 의지의 지배로부터 벗어나고자 한다. 또한 관찰하는 자연에 대한 그의 시간의식은 지구의 역사라는 거대한 키재기 자 속에서 아래위로 왔다 갔다 자유롭다. 이것은 그의 풍경에 대한 미적 관조의 사유 혹은 본질적 세계에 대한 그의 집중도를 나타낸다.

　　갈댓잎같이 휘청거리는 칼을 들고 함성이 물이랑치고 있는 콜로세움 안으로 들어섰다. 등에 이미 서너 개의 창이 꽂힌 소의 피부는 흘러내리는 선지피와 범벅이 되어 이상하게 빛나고 있다. 고개를 흔들며 땅을 긁던 소가 갑자기 동작을 멈추고 한 덩어리 검은 속도가 되어 달려오기 일순 전 나는 이미 쓰러져 있었다. 이마에 흔들리는 칼이 꽂힌 채 노을에 젖어 쓰러져 있는 물체는 주홍과 은백색 투우복을 입고 갈대 끝처럼 떠는 칼을 들고 서 있던 나였다.

　　시간의 한 부분이 앞서 있는 것은 무서운 일이다. 내 시간이 은박지처럼 구겨져 있었던 것이다.

「투우」

시인은 소와 함께 싸운 투우사의 모습에서 쓰러진 주검인 "나"를 본다. 궁극적인 것을 향한 환원의 사유는 시간과 공간 그리고 인과율의 제약으로부터의 자유와 관련이 깊다. 이에 대하여 "내 시간이 은박지처럼 구겨져 있"다고 서술한 것은 그의 시적 사유의 방식을 단적으로 드러내는 것이기도 하다. 그는 "시간의 한 부분이 앞서 있는 것은 무서운 일"이라고도 말한다. 즉 그의 시적 사유 속에 인간이나 현실적 세계의 모습이 주요한 의미를 지니지 못하는 것도 이러한 시간의 사유에서 기인한다. 인간의 현실적 욕망이나 표상세계가 지니는 겉치레 등은 그의 "구겨진 은박지"처럼 통시적이며 압축된 우주적 시간의 사유 속에서 볼 때 너무나 부질없는 것이다. 그는 지구의 역사를 1년으로 가정하여 인류의 지구상 등장이 한 해 마지막 그믐날의 밤 10시라고 유추적으로 설명한 바 있다(『낙타는 십리밖 물냄새를 맡는다』 29쪽). 지구의 역사를 다시 우주의 역사로 유추하여 생각한다면 인류의 등장시기는 '점' 과 같은 지점도 지니지 못할 것이다. 그럼에도 불구하고 우주와 자연 속에서 유한하기만 한 인간이 영원하고 의미 있을 수 있는 이유는 인간의 혼이 자아내는 미적 관조인 '예술' 때문인 것이다. 그가 네안데르탈인이 묻힌 곳에서 발견한 무수한 '민들레꽃' 이 표상하는 시적 사유의 일단에 무한한 감동을 느낀 것은 이러한 맥락에서다. 그리하여 시인은 원시적인 시공간을 넘나드는 현대판 네안데르탈인의 모습을 하고 그 원시인 주위에 흩뿌려진 '민들레꽃' , 즉 시라는 언어 예술에 무한한 가치를 부여한다.

"구겨진 은박지"와 같은 자유로운 시공간 속에서 그의 시적 사유는 여러 갈래로 펼쳐지고 그 갈래의 긴장된 틈바구니 속에서 또다시 새로운 시인의 말이 태어난다("말은 어느덧 달리고 있는 말과/생각하고 있는 말의 두 마리 말이 된다./두 마리 말 사이 틈새를 다시/한 마리 말이 앞으로 뛰쳐나와/간발을 앞서 싱싱하게 달리고 있다./말은 언제나 두 마리 말 사이에서 태어난다."—「말의 반란」 부분).

시간의 자유로운 넘나듦을 전제로 한 새롭고도 본질적인 시각의 창출은 이성적 사유를 넘어선 미적 직관에 의한 꿈을 보여준다. 그 꿈을 꾸는 의지 속에서 역설의 언어들이 나타난다("내가 색채를 짓기는 것이 아니라 팔레트가 일렁이는 빛깔을 낳는다. 난다는 말이 있기 때문에 새가 하늘을 나는 것처럼 나는 그리기 위하여 그린다. 화필은 내 손의 일부다. 나의 눈은 폭약이다."—「미완의 자화상—고흐의 눈 8」 첫부분).

동시에 그 새로운 의지란 개별적 인간의 의지를 넘어서고서 자연과 우주의 세계 너머의 '어둠' 을 응시하는 자의 것이며 궁극적으로는 자연과 인간의 통합된 의지를 지향한다. 그 통합된 의지 속에서 그의 몸 안을 흐르는 것은 자연의 피다. 그때 시인 허만하는 현대인이자 네안데르탈인이며 동시에 우주적 존재가 된다. 자연이 예술을 완성하는 것이 아니라 예술이 자연을 완전하게 한다는 것은 이를 두고 한 말일 것이다.

그것은 선사시대의 어느 날 아침 짐승같이 풀밭을 달릴 때 맨발의 발바닥이 느꼈던 감각같이 확실한 것이었다. 내 몸 안을 흐르는 시퍼런 풀의 피. 미세한 물길을 따라 살을 구석구석까지 적신 끝에 초록색 즙액은 등을 통하여 다시 흙으로 돌아갔다. 이슬이 보석 가루같이 쏟아져 있는 맑은 여름날 아침같이 싱그러운 풀물의 순환을 느끼는 순간 나는 풋풋한 바람처럼 풀밭에 태어나 몸을 흔들고 있는 포아풀과 식물의 일원이었을지 모른다.

「풀밭에 눕다―섭지코지」 부분

욕망과 절망이 시작되는 깊은 물목에 선 돈키호테

김 규 태 론

죽음은 내 속에서 곤충처럼 서서히 기어 나온다

시인 김규태(1934)는 『문학예술』지 추천(1957)과 『사상계』에 신인작품(1959)으로 등단하였으며 '현대시'의 주요 동인으로서 지금까지 『鐵製 장난감』(1969), 『졸고 있는 神』(1985), 『들개의 노래』(1993) 세 권의 시집을 상재하였다. 시인이라는 역할 이외에 생활인으로서의 그는 『부산일보』와 『국제신문』 기자를 평생의 직업으로 삼았으며 논설주간을 맡았다.

　　이러한 설명이 필요한 이유는 이 글이 시인 김규태의 전반적인 시세계를 처음 소개하는 자리가 되기 때문이다. 그만큼 그의 시는 과작寡作에 속하는 편이며 그리고 그의 시에 관한 사회의 관심이 적었다는 의미이기도 하다. 한 편으로는 기자로서의 직업과 시인으로서의 삶이 얼마나 병행하기가 어려운 두 영역인가 하는 것을 단적으로 보여준다. 즉 사회의 부조리로 가득 찬 냉엄한 현실의 축과 상상과 꿈을 필요로 하는 시의 축은 어쩌면 한 쪽이 어느 한 쪽을 갉아먹는 딱따구리와 나무의 관계가 아닌가 한다. 기자이자 시인인 그는 현실의 축과 이상의 축이라는 건너기 힘든 둘의 거리를 맨얼굴로 순간순간 부딪쳐야 하는 존재이면서 환멸적 현실과 환상 사이에서 끊임없이 투쟁을 해야 하는 위치에 선 돈키호테와 같은 존재이기 때문이다.

　　중세사회 기사로서의 위엄을 추구하는 돈키호테가 현실적 조건을 자기의 꿈으로써 헤쳐 나가는 모습은 현실과 자아의 이상이라는 사이를 왔다 갔다 하는 시인의 모습을 닮아 있다. 돈키호테가 풍차를 괴물로 판단하고 달려드는 것처럼 시인은 '우박' 혹은 '바다'를 상대로 '칼'로써 결투하는 시를 쓴다.

　　김규태에게서는 여느 시인들이 주로 보여주는 자연에 대한 미적 관조나 자연으로부터 치유력을 얻는 시편을 찾아보기 어렵다. 오히려 이러한 자연물들조차 그에게는 '적'으로 다가오며 '너'라는 대상으로서 인식하는 면모가 두드러진다. 이러한 비약적 설정 속에서 그는 자신의 모습을 직접적으로 드러내지 않으며 내면에 관한 파편적인 공간적 형상화로서 겨우 얼굴을 들이민다.

이러한 면모는 '현대시' 동인지가 보여주는 '내면'에 관한 형상화와 어느 정도 궤를 같이한다. 즉 그의 '눈'과 '목소리'는 바깥을 향하여 직접적으로 열려 있기보다는 그 바깥을 본 다음의 '눈'과 '목소리'가 지닌 세계를 공간화하여 간접적으로 그 내면을 보여준다. 그의 시에는 이러한 '눈'과 '목소리' 등의 모티브가 많은 편인데 개인적 영웅주의와 자기비하의 갭 속에서 허우적거리는 자아의 모습을 보여준다. 그 너머에는 자아의 불안과 공포가 덩그러니 자리 잡고 있다. 여기서의 불안과 공포란 언뜻 보면 그가 유년시절 체험한 6·25 전쟁 및 사회 현실과 결부된 것으로 보이나 더 안쪽 근저에는 가족과의 분리 불안과 같은 원초적 체험과 관련이 있다.

> 이를테면 現實에 돌려진 눈과 自我追究에로 향한 눈이 相容되기 어려웠기 때문에 詩世界의 內紛이 조장되었던 것 같다. 나는 이때부터 순수 自我, 純粹詩의 탐구란 데로 다소 이끌리고 있었다고나 할까.
> 그리하여 自己붕괴를 체득했을 때 비로소 또다른 自我의 모색에 나선 것도 나의 새로운 精神의 覺醒이 誘導한 것인지도 모른다.
>
> 『현대시』 13집, 472쪽

위 글에서 시인은 현실에 돌려진 눈과 자아탐구로 향한 눈이 상용되기 어려웠기 때문에 시세계의 내분이 조장되었다고 말하고 있다. 이것은 그의 초기시가 6·25전쟁과 관련한 현실적 발언의 시와 자아의 내면 중심의 시로 구분된다는 것을 의미하기도 한다. 이것을 그는 "내분"이라는 말로 표현하고 있는데 동시에 이 말은 그의 초기 시편이 지니는 카오스적 내면의 특성을 단적으로 드러내고 있다. 이어서 그는 현실 지향의 시편 쓰기를 지양하고 자기붕괴를 통한 새로운 자아 모색이 앞으로 자기 시의 과제임을 밝히고 있다.

이 주장은 그의 전체적 시세계를 고려해 본다면 그대로 실행되지는 못한 셈이다. 왜냐하면 그의 『철제장난감』, 『졸고 있는 신』, 『들개의 노래』의 시집들은 모두 제목을 비롯하여 그 제목을 단 시편들이 현실적 발언을 향하고 있으나 시집들의 주요 내용항은 시인 자아의 내면에 관한 모색에 초점이 맞추어져 있기 때문이다. 즉 현실적 발언을 취한 시편들이 더러 섞여 있으나 자아의 카오스적 내면에 관한 형상화가 중심적이라는 면에서 그가 "내분"이라고 칭했던 초기 시편들의 이중적 특성을 벗어났다고 보기는 어렵다. 이것은 시적 자아의 양상에서 좀 더 구체적으로 나타나는데 '벌레'로부터 '신'의 권능을 지닌 존재에 이르기까지 양 극단으로 나타난다.

이런 점으로 보아 그는 현실적 바탕과 자아의 이상과 욕망 사이에서 꽤 갈등했던 것 같고 그 갈등의 궤적이 바로 시의 근간에 흐르고 있다.

> 어머니는 햇볕바른 잔디밭에 묻혀 있으면서
> 명주실 같이 섬세하고
> 평등한 햇살 속에서
> 아들의 얼굴을 비쳐보고
> 아들의 나이를 헤아려보고
> 종달이의 노래도
> 가끔 들을 것을 잊지 않는다.
>
> 戰爭이 하루 밤새에
> 갑자기 일어났을 때
> 머리속에 꽂힌 破片을 빼지도 못하고
> 신음하고 있었을 때처럼
> 어머니의 죽음을 울던
> 사슬같이 끈덕진 시간을
> 어머니는 오늘 햇볕 속에서
> 명주실이듯 한가닥 골라가며
> 洗滌할 것을 잊지 않는다.

四月의 꽃비 속에
지금은 마치 구름으로 흘러간 듯한
상여를 回想하며
나는 어느 날, 어른의 세계를 알았을 때와 같이
비로소 어머니 다음의 어른이 되었다.

나는 戰爭이 내리는 뒷마당에서는
어머니의 울음 다음에 화투놀이, 그 다음에
酒酊으로 잠들기도 하고 깨어나기도 했다.
화투질과 빈정대는 酒邪로 지새는 동안에
전쟁은 장난이 아니라고
고개를 내젓던 어머니도
술국을 나르면서
아들과 전쟁을 자꾸만 떼어놓으려는 눈치였다.
술이 눈알을 충혈시킨 다음에
그리고 떨어져 잠든 뒤에
나는 迷夢 속에서 애매한 일로
누구와 다투고 있었을 뿐
겨냥해 오는 원수는 없었다.

「두 개의 戰爭」

　　　김규태의 시에서는 시인의 디테일한 일상이나 가족에 관한 형상화를 찾
아보기가 어려운데 위 시 「두 개의 戰爭」은 드문 경우에 해당된다. 전쟁에 관
한 자신의 유년시절의 기억을 다루고 있으며 그 전쟁의 기억이란 어머니의 모
습과 밀접한 관련성을 지니고 있다. 즉 "죽음을 울던" 어머니는 "사슬같이 끈
덕진 시간"을 "햇볕 속에서 명주실이듯 한가닥 골라가며 세척"하는 존재로 나
타난다. 그리고 '나'는 "四月의 꽃비 속에" 흘러간 "상여를 回想하며" "어른
의 세계를 알았을 때와 같이/ 비로소 어머니 다음의 어른이 되었다"고 고백하

고 있다. 그리고 전쟁 소식이 알려진 후 "나는 戰爭이 내리는 뒷마당에서는/ 어머니의 울음 다음에 화투놀이, 그 다음에/ 酒酊으로 잠들기도 하고 깨어나 기도 했다"고 형상화한다.

여기서 유의할 것은 전쟁의 공포는 어머니의 행동과 울음 또는 불안을 통하여 간접적으로 시적 화자에게 전달되고 있다는 점이며 '나' 와 '어머니' 라는 주체가 서로 구분되지 않는 서술이 나타나곤 한다는 점이다. 또한 "어머 니 다음의 어른이 되었다"고 한 대목에서는 유년시절의 6·25 전쟁에 관한 공 포가 어머니의 불안 속에서 가중되어 있으며, 아버지의 부재로 인한 "어머니 다음의 어른"으로서 자신이 '가장의 역할' 을 해야 하는 상황이 드러나 있다.

이것은 그의 다른 시편("아버지란 이름으로/ 몇 개의 씨앗을 잉태하고/ 나팔꽃 만치도/ 하루아침 피어보지 못할/ 엉뚱한 生物을 가꾸면서/ 영혼의 맛은/ 어디다 심어 주나/ 정말 영혼의 씨앗은/ 심어줄 데가 없다./ 나의 幼年엔/ 햇볕도 모로 눕고/ 잎새도 따로 눕더니/ 드디어 나의 幼年을 낳은/ 몇 개의 잉태도/ 半獸로 자라겠네."—「半獸 로 자라겠네」 전문)에서도 나타난다. 즉 자신의 유년엔 "영혼의 맛"이 결핍되었 다고 자각하는 것으로, 자아를 내적으로 풍요롭게 성장시키는 토대의 결핍을 의미한다("매미의 울음소리를 따라가보면/ 내 어린 날의 하늘이 트여 온다. …… 잃어 버린 하늘을 꿈꾸며/ 목이 잠기도록 쇠소리로 울부짖는 작은 넋"—「憂愁의 매미」 부 분).

그의 시에서 카오스적인 자아가 이상과 현실 사이의 심연 속에서 끊임없 이 유동하는 궤적을 보여주는 것은 아마도 그가 의식상에서 자아의 이상을 합 치시킬 '아버지' 라는 존재에 대한 부재의식과 관련이 있는 듯하다. "화투질 과 빈정대는 酒邪로 지새는 동안에/ 전쟁은 장난이 아니라고/ 고개를 내젓던 어머니도/ 술국을 나르면서/ 아들과 전쟁을 자꾸만 떼어놓으려는 눈치였다" 에서 보듯이 '나' 라는 주체와 '어머니' 라는 주체가 서로 불분명하게 공존하 는 가운데, 아들이 징집될까 하는 것에 대한 불안과 공포를 느끼는 '어머니' 의 심리를 '나' 가 공유하고 그것을 가중시키는 모습이 나타난다.

그의 유년시절에 관한 기억은 6·25 전쟁의 발발과 그로 인한 어머니의 공포에 의해 단적으로 나타나며, 전쟁의 소식보다는 어머니의 공포가 시인 '자아'의 불안정성을 초래하는 더 큰 요인으로 작용하고 있다. 시인은 전쟁이 아닌 어떤 평범한 상황에서도 빈번하게 불안과 공포를 체험한다. 즉 "소리 없이 닫혀 있는 문", "하늘에서 떨어지는 햇빛"마저 공포로 다가오는 것이다("한 시간 전부터/소리없이 닫혀 있는 門,/하늘에서 떨어지는 햇빛도//깨어진 창유리,/層階를 급히 내려오는 발자국소리,/하늘 한 가운데서 터져버린 風船도/나에겐 恐怖다."—「六月에 흩어진 記憶들」부분). 이러한 '공포'의 기억은 그의 후기시에서는 '악몽'과 '불면'의 모티브를 통하여 되살아나곤 한다.

> 내 머리의 皮下에
> 검은 구름의 寄生,
> 개일 날이 없는
> 어둔 苦惱의 수만 개 물결.
>
> 어제는 조난당한 태양을 위해
> 바래지지 않는
> 漂白劑로 머리를 감았다.
>
> 나뭇가지 끝에서 빛나고
> 죽은 어린이의 눈동자 속에서 사라져간
> 黃金의 낱말들을 주워 모으기 위해
>
> 내 漆黑의 머리 속을 향하여
> 빛의 住所를 물었다.
>
> 흐리면 맑고
> 구름 속엔 천둥이 운다.

비 뒤엔 초록으로 눈 뜨던 天地…….

오늘 내 魂의 깊숙한 골짜기를
타고 내리는 '하리케인'.
休日의 예보는 없는 것일까.

내일은 또 低溫에 多濕. 해돋이는 零時.

「氣象異說」

시인의 불안은 '내면'의 공간적 형상화에서 두드러지게 나타난다. 위 시에서 기상이설이란 "내 머리의 皮下"의 공간이다. 그의 머리 속은 "검은 구름의 寄生", "개일 날이 없는/ 어둔 苦惱의 수만 개 물결"로 표현된다. 이러한 그의 "머리 속"은 또 "내 魂의 깊숙한 골짜기"로 전이된다. 그는 이러한 "머리속"을 '바래지지 않는/ 漂白劑'로써 '머리감기' 하고자 한다. 표백제란 표백성분이 있어 흰 면에 쓰이는 독성이 강한 세제로서 인체에 쓰면 치명적인 것이다. 그는 이렇게 가끔씩 시에서 매우 강렬한 단어들을 구사한다. 이것은 "漆黑의 머리 속"을 맑게 하고자 하는 욕망의 강렬성을 반영하는 동시에 그의 시적 언어가 지닌 다소 세련되지 못한 면모를 보여준다.

그는 "나뭇가지 끝"에서 빛나고 "죽은 어린이의 눈동자 속에서 사라져간/ 黃金의 낱말들"을 주워 모으려 하는데 "黃金의 낱말들"은 다시 "빛의 住所"라는 것으로 나타난다. 즉 자신의 "漆黑의 머리 속"을 밝혀줄 "빛의 住所"이자 "黃金의 낱말들"이 바로 그의 시인 것이다. 결국 그의 시 쓰기는 자아의 불안과 공포를 벗어나고 위안하기 위한 몸부림이다. 위 시에 나타났듯이 그 자신의 내일 일기예보는 "低溫에 多濕이며 해돋이는 零時"이다.

이러한 내면의 기상 예측은 정확했다고 할 수 있는데 어두운 카오스를 떠도는 시적 자아는 이후에 지속적으로 나타나기 때문이다. 시인은 이러한 자신의 내면에 관하여 '감옥'이라고 표현하기도 하고 자신의 목소리는 '상처'

가 나 있다고 언급하기도 한다.("내 상처난 목소리를/ 먼 데서, 보이지 않는 天宮에서/ 달래며 달려 온 너는/ 내 不實의 햇수를/ 비로소 告解해준 鐘 소리"―「六年 만의 새」 부분).

그대가 화를 낼 때,
죽음은 내 속에서
昆蟲처럼 서서히 기어 나온다.
한 마리, 두 마리, 열 마리
내 전신에 번져 나와
내 침묵과 더불어 무덤을 판다.

나의 파탄을
나무라는 그대의 눈이
죽음의 昆蟲들과
내 침묵의 무게와 겨루고 있으면
그대의 生命은
한없이 피로해질 것이다.

살아 있는 내가
당신의 곁에서
하나의 징그러운 죽음일 때,
당신의 목구멍에서
올라오는 구역질은
참을 수 없을 것이다.

그대가 드디어
내 얼굴에 가득히 번져난
昆蟲들의 毒을 보고 미소지을 때

비로소 내 목구멍으로 되돌아가는
죽음의 平和를 볼 것이다.

「죽음은 昆蟲처럼」

김규태의 초기시에서는 타인과의 소통이 이루어지지 않는 데서 느끼는
고통이 주요하게 나타난다("너의 부드러운/목소리를 벗겨보면/차가운 江물소리
가 난다"—「타인끼리」부분). 이것은 여인과의 소통에 관한 문제에서도 나타나
고 있다.

일반적으로 타인이 화를 낸다는 것은 자신의 본심이 전달되지 않았거나
자신이 무엇인가를 잘못했기 때문이다. 위의 시 「죽음은 昆蟲처럼」에서 시인
은 "그대"가 화를 낸 이유에 대하여 "나의 파탄을/나무라는" 것으로 서술하
고 있다. 하나의 시편에서 시의 분위기와 내용에 넘치는 언어를 가끔씩 사용
하는 경향이 있는 그의 시작 경향을 고려해볼 때 "나의 파탄"이란 초기시에
관해서 그가 언급했던 '자기 붕괴', '떠도는 혼' 등으로 나타난 자아의 상태와
관련을 지닌다.

위 시의 기본적인 구도는 "그대"의 화로 인하여 어쩔 줄 모르는 화자가
엄청난 사과 끝에 용서를 얻는다는 것이다. 이것은 자신의 사과가 "그대"에게
서 어느 정도의 진실성을 획득했기 때문이다. 그런데 그 사과를 형상화한 장
면이 독특하다. "그대가 화를 낼 때,/죽음은 내 속에서/昆蟲처럼 서서히"
"한 마리, 두 마리, 열 마리" 기어나오고 있기 때문이다. 그리고 종국엔 "내 얼
굴에 가득히" "昆蟲들의 毒"이 번져난다. 이것을 보고 미소를 짓는 그대를 염
두에 둔다면 '곤충'은 내가 흘리는 눈물 한 방울 두 방울 혹은 눈물로 뒤범벅
된 자신의 얼굴 정도로 유추가 가능하다. 그리고 그대의 미소를 얻자마자 벌
레들은 내 목구멍으로 되돌아가 사라진다. 즉 시적 자아는 그대가 탓하는 "나
의 파탄"의 내용항에 관한 것이 문제가 아니라 자기반성의 제스처를 보여주
고 "그대"의 심경 변화를 얻어내는 것이 주요한 관심인 것이다. 이러한 다소

그로테스크하면서도 대상의 심경에 자아가 유동하는 상황에 관한 묘사는 시적 자아가 지닌 내적 불안정성의 지대를 드러낸다. 그리고 동시에 '나'에게서 나온 벌레들이 다시 그 자신에게로 귀환한다는 점, 벌레들은 죽음의 상징이라는 점으로 인해 "나의 파탄" 즉 자아의 원인 모를 동요는 지속되는 셈이다.

왜 시인은 자신의 '눈물'을 '벌레들'이 기어 나오는 것으로 표현했을까. 그것도 "죽음은 내 속에서/昆蟲처럼 서서히 기어 나온다"고 표현한 것일까. 자신의 얼굴이 벌레들의 독으로 가득 찬 모습이란 참으로 끔찍한 모습이며 그 '죽음의 형상'이 다시 자기 목구멍으로 들어가는 것이란 더 그로테스크하다.

시인은 자신의 내면에 영혼의 맛을 갉아먹는 벌레들이 상주하고 있다고 상상하는 듯한데 초기시에서부터 지속적으로 '벌레'를 주요한 모티브로 한 시편을 보면 이를 확인할 수 있다("나의 눈동자 속에/숨어 있던 우수의 곤충들이/또다시 살아서 기어나온다"―「雨季」 부분). 그런데 이 '벌레'의 모습은 이중적인 면모를 지닌다. 다소 징그러운 존재로 형상화되기도 하면서 자연의 평화로운 풀벌레의 울음과 결부되기도 하기 때문이다("풀벌레도 깊은 잠에 빠졌습니다//겨울 철새들이/이 황량한 들녘을/떼지어 들녘을/떼지어 지나갔습니다"―「終點에서」 부분).

니체에 의하면 '벌레'란 인간 내면 성향의 하나로서 다른 식물이나 생물에 기식한다는 점에서 비굴과 위선으로 표상되며 이러한 성향은 인간 사회의 데카당과 관련을 지니기도 한다. 그리하여 무비판적 순종을 표상하는 '원숭이'에서 이것을 초극하여 나아가야 할 '초인적 인간'으로의 이행 당위성의 연속선상에서 언급되기도 한다.

장자에게는 '쇠파리' 속에 있는 도道, 즉 죽은 사람을 짐승이 먹고 그 시체를 다시 '벌레'가 먹고 다시 사람이 먹는다는 점에서 사소한 존재라 할지라도 만물의 연쇄고리 속에서 평등하게 취급해야 할 것으로 사유된다. 한편 카프카는 자신의 상황에 불만을 지닌 외판원 그레고리가 한 마리 커다란 벌레로 변신하면서 가족들에게 '벌레'처럼 쓸모없는 인간으로 취급받는, 그래서 말 그대로 몸은 벌레이면서 생각은 인간인 소외된 현대인의 실존으로 형상화한다.

김규태의 '벌레'는 카프카가 형상화한 실존적 존재의 형상을 환기시키면서도 이러한 실존적 자아의 양면적 특성과 연관되어 있다. 즉 '죽음'의 표상으로부터 '자연' 속 풀벌레의 표상에 이르기까지 자아의 경계가 동요하는 표식이자 그것을 평정시키는 또 하나의 상징물이기도 하다. 또한 김규태의 '벌레'는 자신의 한 분신이면서 숨기고 싶은 내면의 한 일단이 되기도 하고, 자연의 '풀'과 결부되면 더없이 순수한 자아의 상징이 되기도 한다.

떨어지는 벌레 한 마리가 작은 몸부피의 열 배로 우는 소리를 들었다

김규태의 처녀시집이 6·25 전쟁과 결부된 자아의 공포 기억과 그 자아가 구성한 내면의 다소 추상적인 형상화로 나타났다면 그의 두 번째 시집인 『졸고 있는 神』은 사회비판적 측면이 좀 더 두드러지면서 자아의 내면에서 나오는 '목소리' 의 황량한 세계에 관한 사유가 주요하게 나타난다.

　　이것은 이 시집의 출판연도가 1980년대라는 점을 감안한다면 당시 정치적 시국을 염려하는 지식인이자 신문사 논설위원으로서의 목소리가 어느 정도 투영된 것이다. 시에서는 특징적으로 그의 '벌레' 가 우는 모습으로도 나타난다.

　　　　하늘 가까운 솔가지 위에서
　　　　떨어지는 벌레 한 마리가
　　　　작은 몸부피의 열 배로 우는 소리를 내었다.

　　　　부르트고 찢긴
　　　　상처투성이로 우는 소리를
　　　　내가 들었다면 환청이라 하겠지,

　　　　그것은 벌레의 몸에서 나오는 소리가 아니라
　　　　빈 솔가지 위에
　　　　남아 있던 소리의 뿌리였다.

　　　　우리는 헐어진 영혼 속에서도
　　　　제가끔 어떤 종류의 쓸쓸한 벌레 한 마리씩 키우고 있다.

돌아갈 수 없는 나뭇가지,
그러나 거기 걸려 있는 하늘의 빛, 그 어둠의 풍경들과
쓰라린 추억의 음악들은 아직 살아 있다.

「벌레 飼育」

　벌레 한 마리가 작은 몸부피의 열 배로 울고 있다. 이 벌레는 시인의 한 분신이라고 할 수 있는데, 벌레 한 마리가 작은 몸부피의 열 배로 우는 것이란 특별할 게 없지만 '벌레' 앞에 "떨어지는"이란 수식어가 붙은 점에 비극적 측면이 있다. 즉 그 소리는 "부르트고 찢긴/상처투성이로 우는 소리"일 수밖에 없다.

　떨어지면서 상처투성이로 우는 벌레는 시인의 "헐어진 영혼" 속에서 키우는 "어떤 종류의 쓸쓸"함의 한 형상으로 나타난다. 즉 벌레의 울음은 단순히 벌레의 몸에서 나오는 소리가 아니라 빈 솔가지 위에 남아 있던 "소리의 뿌리"인 것이다. 그 "소리"는 벌레가 떨어지는 그 나뭇가지에 걸린 하늘의 빛과 풍경들을 담고 있다.

　빈 솔가지에서 떨어지는 벌레 한 마리의 울음은 상처 입은 자아의 진정한 회복을 위한 몸부림의 형상을 담고 있다. 시인은 이러한 풀벌레의 전락 원인이 신이 졸고 있기 때문이라고 상상한다.

하느님은
요즘 계속 졸고 계신다.
눈을 뜨고
맑고 깊게 事物을 가늠해볼 여유가 없다.

옛날엔
단지 밤에만 주무셨다.
주무실 동안엔

풀벌레까지도 함께 잠들어 꿈꾸었고
자신도 흥건히 꿈속에 빠져들 수 있었다.

어쩌다 마른 기침 소리만 내어도
아주 잠에 곯아떨어진
땅 속의 두더지와
아슬한 가지 끝에서 숙면하던 날짐승까지도
흠칫 놀라 눈을 떴다.

나도 그때 깨어 일어났다가
다시 잠들어야 했다.

그때는 生物들이
한결같이 하느님 편이어서
그를 극진히 보살폈다.

요즘은
너무 변괴스러운 일이 많아
한밤에도 잠자리를 펴지 못하고
天上에서 안절부절하는 老人.

하느님이 한낮에도 졸고 있는 이상
우리는 모두 불면증으로 고생하게 된다.

「졸고 있는 神」 부분

위의 시 「졸고 있는 神」만으로 볼 때 그의 시는 매우 질박하면서도 굵직한 스타일일 것 같은 느낌을 준다. 이것은 실제 그의 시집 제목에서도 나타나는데 "鐵製 장난감", "졸고 있는 神", "들개의 노래"가 그것이다. 즉 시집 제목과 그가 선정한 대표시들은 모두 어느 정도 논리가 분명하면서도 사회적인 상황을 향한 목소리를 담고 있다. 그러나 이러한 시집의 두꺼운 표지를 넘겨

버리면 그 속에는 불안과 공포와 혼란 속에서 방황하는 시인 자아의 내면이 펼쳐진다. 마치 거센 파도를 당한 선장이 선원들에게는 큰 소리로 고무하면서도 자신들의 운명에 대하여 홀로 고뇌하는 듯한 상황에 비견할 수 있다.

시인은 이것을 단순명료한 사유로써 극복하려고 하기도 하는데 위 시에서 그는 옛날에는 신이 약간의 마른 기침소리만 내어도 세상이 밤과 낮의 평화를 유지했었다고, 즉 하느님이 졸고 있는 부조리한 현대에 살기 때문에 괴로운 것이라고 해명한다. 이처럼 옛날에 좋았고 오늘날엔 신이 졸고 있다는 사유는 단순한 이분법적 구도는 그의 시에서 빈번하게 나타나는 편이다. 그리하여 현대인의 일상과 사회 현실에서 무기력하기만 한 '신'의 존재는 그의 시에서 술잔 속에 빠진 존재들로 희화화되기도 한다("내 盞은/ 거대한 바다다.// 비워도 넘치고/ 넘치면 비운다.// 내 잔 속에는:/ 부처님도 빠져 있고/ 예수도 숨가빠 드러눕는다.// 그들이 취해 있을 때/ 나도 함께 몽롱해진다."—「盞의 바다」 부분).

시인의 독특함 가운데 하나는 자연에 관한 구체적인 묘사가 드물다는 점이다. 위 시에서도 풀벌레, 두더지, 날짐승 등의 자연물이 등장하지만 그들의 존재는 시인의 머릿속에 있을 뿐 관찰을 토대로 한 세부적 디테일이 사라진 것이다. 그의 시에서 나타나는 '자연'이 자체의 광대한 치유력을 시인에게 행사하지 못하는 이유는 여기에 있다. 즉 그의 자연이란 머릿속 상상에서 나타난, 일종의 복사된 것이어서 진짜의 효력을 발휘하지 못하는 것이다. 혹은 그의 내면이 떠안은 중압감이 너무 커서 평화로운 외부가 끼어들 틈이 없기 때문일 수도 있다.

김규태의 시편에서 나타나는 나이브한 시구나 다소 맥이 닿지 않는 비약적 표현들, 관형어나 주어의 잘못된 사용 등으로 볼 때 흐릿한 정신 속에서 단숨에 써버리는 시작 스타일인 듯한 느낌을 준다. 이것은 그의 내면세계를 적나라하게 드러내는 면이 있는데 단적으로 '술'과 '숙취'를 형상화한 시의 모티브가 자주 나타나는 것에서도 이를 알 수 있다("깊은 숙취에 떨어져/ 땀 배인 요자리 위에서 뒹굴고 있을 때,/ 그때 내가 혼자서 터뜨리는 어휘들은/ 화려한 裝幀이

거둬진 나의 事典, / 거기서 흘러나온 것이다. / 내 머리 속, 내 心肺의 깊숙한 데서 갇혀 / 숨가빠하던 산 목소리들이었다. // 그것은 나의 입가에서 / 떨어져 나간 이후 / 날개를 달아 날으고 싶은 / 말의 순백한 포말이 되었다."—「宿醉」부분). 숙취한 듯한 다소 엉뚱하면서도 비약적인 상상은 그의 시에 나타난 기본적 구도 설정에서 더욱 확연해진다.

갑자기 완두만 한 우박이
거짓말처럼 쏟아졌다.

한 사나이가
아우성처럼 몰려드는 구름들을 봤다.

그 사나이의 칼부림이 요란했으나
구름과 우박에는
물론 아득히 미칠 수 없었다.

그때 마침 우물 속에 떨어진
과실 한 개를 내려다보며 소리쳤다.

사나이는 우물가에 드리워진 나뭇가지의
그림자를 지운 적이 없었다.

떠나간 시간들을 울리던
벽시계의 작동을 유예시킬 수 없었는데도
그의 손은 우박을 향한 칼부림처럼
과거로 달려간
거친 말의 갈기를 끝내 휘어잡고 있었다.

한 사나이의 지운 日記 속의 寓話.

「지운 日記」

이 시의 기본적 구도는 한 사나이가 요란한 칼부림을 하는 것이다. 그런데 그 칼부림은 무엇을 향한 것인가. 그것은 "구름"과 "우박"을 향한 것이다. 물론 그 칼부림이 구름과 우박에 미칠 수 없는 것은 명약관화한 이치다. 이와 유사한 엉뚱한 구도는 그가 바다를 '너'라는 존재로 상정하고 '칼'로써 싸우는 장면에서 특징적으로 볼 수 있다("푸른 갈기를 세운/ 저 波長 저 匕首들은/ 나의 피를 먹을 대로 먹어도/ 핏물은 씻기어 어디에도 묻지 않는다./ 나의 겁 많은 상상도/ 저토록 날름대는 피의 혓바닥 앞에선/ 맥을 못 쓴다."―「바다에 대한 抵抗」 부분). 구름, 우박, 바다 등은 자연물이지만 시인 김규태에게는 자연물이라기보다는 그와 겨루는 '적'의 존재로서 인식되는 경향이 강하다.

그는 자신이 단 하루만이라도 '신적인 존재'가 되어서 세상의 평화를 가져왔으면 하는 열망을 보여주기도 한다("오 광폭한 者들의 냉혈을 도려내는 刀法,/ 나는 어느 날 그 刀法을 지닌/ 단 하루만의 化身이 되고 싶네."―「어느 날의 化身」 부분). 그의 시에서는 '너' 혹은 '적'과의 대결 구도를 보여주는 모티브가 빈번하게 나타난다. 이때의 상대방은 주로 위 시에서처럼 매우 거대한 힘을 지닌 존재이거나 혹은 정체를 구체적으로 알기 어려운 존재로 형상화된다. 그리고 '너'란 결국 시인 자신의 한 분신으로 귀결되는 양상을 보여주기도 한다.

결코 쓰러지지 않는 존재에 대한 대결의식은 그의 시세계를 특징짓는 것이기도 하다.("결코 쓰러지지 않는/ 바다에 대해서만/ 끝없이 저항의 피를 흘린다"―「바다에 대한 抵抗」 부분). 이러한 사유는 중세의 훌륭한 기사라는 자아의 환상 속에서 현실의 '풍차'를 괴물로 간주하고 돌격하는 돈키호테의 모습을 떠올리게 한다.

돈키호테는 16, 17세기 중세 귀족 사회와 기사 사회가 몰락하면서 왕권 다툼과 전쟁 그리고 새로운 다양한 계층들이 대두하던 스페인 사회의 모순적 양면성을 보여주고 있다. 즉 중세 기사가 마땅히 지녔던 기사로서의 위엄과 영웅주의의 패배라는 이중적 토대가 초래한 모순의 틈을 보여주는 것이다. 돈키호테는 현실적인 존재인 산초와 대조되면서 중세 기사로서의 고매한 가치와 이상에 사로잡혀 있다. 그리고 이상과 현실 사이에서 끊임없이 갈등하지만 또한 끊임없이 도전하는 매력적인 존재이다. 무모하리만치 빛나는 이상을 향하여 돌진해 나가는 그는 풍차를 거인으로 보고 양떼를 군사들로 보면서 현실과 환상 사이에서 이상주의적인 가치에 경도된 인물이다.

김규태의 시편에 나타난 주요 모티브에서도 이러한 환상과 현실 사이의 갭에 의해 끊임없이 고뇌하고 진정한 가치를 추구하기 위해 치열하게 갈등하는 한 이상주의자의 얼굴을 볼 수 있다("나는 어둔 바다에/ 한없이 떠도는 迷兒./ 이 적막, 이 혼돈을 털고 일어나라/ 숨죽어 있는 분노와/ 달아나버린 태풍을 불러일으키라/魔法의 바다여"―「蛇梁島」부분). 환상과 현실 사이에서 왔다 갔다 하는 이상주의자의 모습은, 그의 시 속에서 '신적 존재'가 되었다가 다시 '벌레'와 같이 사소한 존재로 단숨에 변신한다.

시인이 오랫동안 해온 현실의 '일'은 신문사 논설주간이었다. 그의 명쾌하면서도 논리정연한 논설문은 그의 시적 사유와는 대조를 이루는 측면이 있다. 신문지면의 논설이라는 것이 대개 그 당시 사회 현실의 부조리한 사안에 대한 진단과 방향성을 제시하는 글이라고 했을 때 내용은 물론 사회정의의 실현과 약자의 입장을 고려한 보편타당한 가치기준의 척도에서 구성되게 마련이다.

그러나 논설 그 자체에서 모든 현실적 사안들은 해결될 가능성의 여지를 지니고 있지만 실제 논설 내용의 대상인 사회 현실적 사안들, 즉 현실은 그렇게 되지 않고 사람들의 소망과 무관하게 굴러가곤 한다("혈액같이 끈적한 참말,/ 사무쳐 있는 어휘들은/ 신통력을 잃고/ 이 땅 위에선 휘발하고 있다."―「떠다니는 碑」부분, "굴복하지 않고 산다는 것은/ 여간 힘든 일이 아니다./ 하늘을 보고 침을 뱉고/ 욕을 던지지만 침은 다시 돌아오고/ 욕은 옆으로 눕는다."―「달팽이」부분). 논설이라는 글 바깥의 현실에서 시인은 무기력한 존재일 수밖에 없는 것이다("끝내 목젖에 걸려/ 가라앉지 않는 쇠가시들,/ 오 덫에 걸린 나의 자유"―「盞의 바다」부분).

시인 김규태는 이러한 사회적 부조리와 저항할 수 없는 거대한 힘들을 구름이나 우박, 바다와 같은 것으로 환치하고서 이를 향하여 피 흘리는 결투를 수행하는 돈키호테와 같은 상상의 테두리를 보여준다. 그 싸움의 결과는 물론 돈키호테의 패배다("달아난 말과/ 뜨거운 목소리들은/ 보이지 않으나/ 울고 있는 노래가 되었다"―「쓸쓸한 寓話」 부분). 이러한 상황에 대하여 시인은 자신의 목소리를, "황량한", "상처난" 것으로 표현하면서도 "빛의 회생과 죽은 소리의 부활"이 깃들어 있다고 상징적으로 표현한다("내 목소리는 비록 황폐하지만/ 눈으로 가늠할 수 없는/ 빛의 회생과 죽은 소리의 부활이 깃들어 있다"―「황량한 목소리」 전문).

> 내가 삼킨 바람은 그 부피를 헤아릴 수 없지만
> 내가 토해내어
> 너를 돌게 할 바람은
> 이미 시들었거나 잿빛으로 변했다.
>
> 「바람 불지 않는 날의 우화」 부분

나는 먼 역사 속 한 마리 울부짖는 원형의 짐승처럼
잠 못 든다

두 번째 시집이 부조리한 사회 현실을 향한 시인의 황량한 목소리를 통하여 자아의 확장과 축소를 반복하는 측면을 보여준다면 세 번째 시집인 『들개의 노래』는 사물과 현상에 대한 알레고리적 사유와 함께 경언구를 보여주면서 앞선 두 시집에 비하여 다소 안정적인 목소리를 들려준다. 그러나 그가 초기 시부터 겪었던 자아의 균열과 회복의 문제 그리고 자아의 확장과 축소의 되풀이는 '악몽'과 '불면'의 모티브를 통하여 출몰한다.

그의 처녀시집에서 전쟁 및 가족상황과 결부된 자아 정체성의 불안정성 지대가 '벌레'로서 상징적으로 나타났다면 그의 두 번째 시집에서는 풍차를 거인으로 간주하고 이를 향해 돌진하는 정의사회 구현의 한 이상주의자 돈키호테의 형상으로 나타난다. 그의 세 번째 시집에서는 이러한 이상주의자 돈키호테의 시인이 풍차와 대결하기 위해 스스로가 거대한 '괴물'로 변신하는 모습을 보여주고 있다.

　　　이상한 꿈을 꿨다.
　　　내 손가락이 미루나무의 가지처럼 뻗어나고
　　　그 손가락 하나가 다시 둘로 셋으로 때로는 다섯 개로
　　　가지치는 그런 꿈,

　　　미루나무의 가지처럼
　　　기하급수로 늘어난 손가락이
　　　가리킨 곳에 무수히 매달린 사과같이 태양이 열려 있는 그런 꿈.

그뿐 아니라
내 손가락으로 짚은 지폐까지도
헤아릴 수 없이 늘어났다.

게다가 한 점씩 놓아야 할 바둑판은
그 많은 손가락의 수효 때문에
어지럽혀졌다.
적수는 마침내 싸울 수 없다고 도주했다.

내 손가락만이 아닌
내 머리, 내 눈, 내 귀도 가지쳤다.
내 영혼까지도 분열되는 그런 꿈,
종잡을 수 없는 원형의 파괴,
식은땀에 젖은 이상한 꿈들이
꿈 밖에서도 살아 있다.

「악몽」

　　그의 논설 속 거대한 힘이나 자신이 상대할 수 없는 적과의 싸움은 현실 속에서는 돈키호테 기사의 우스꽝스런 패배로 결말짓지만 그것이 자아의 꿈이라면 얘기가 달라진다. 꿈이란 불가능이 가능한 것으로 되고 무의미가 의미 있는 것으로 바뀌는 판타지의 원칙이 작동하기 때문이다.

　　시인의 손가락은 미루나무 가지처럼 뻗어나고 그 손가락 하나가 기하급수적으로 늘어난다. 그리고 그 기괴한 시인의 손가락들이 가리킨 곳에는 태양같이 "사과"가 열려 있는 것이 아니라 사과같이 "태양"이 열려 있다. 그런데 이 시 4연을 보면 시적 화자의 꿈속 존재가 왜 이토록 기괴한 형상을 하게 되었는지를 짐작할 수 있다. 즉 "적수"가 "마침내 싸울 수 없다고 도주"하는 것을 보기 위한 소망이 있었기 때문이다.

　　거대하고 무수한 손가락들에 놀라 도망가던 적수는 "바둑판"을 두고 겨루던 이였다. 단순히 이 적수를 이기기 위해서라면 바둑을 이기는 꿈 정도로도 충분할 것인데 그 적수보다 훨씬 큰 몸집으로서 사과같이 무수한 태양들을 손가락 끝에 매달은, 말 그대로 초특급의 거대한 괴물이 될 필요가 있었을까. 그러나 이상과 현실 사이의 갭에서 무기력감을 느낄 때 꿈속에서 적수는 우스꽝스런 '돈키호테 기사'로 그려지고 자신은 '거대한 거인'의 모습으로 치환되어 버린다.

인간이 거대한 괴물 거인으로 변화하는 모티브는 사회 현실과 부조리가 개인에게 가하는 폭력적 동물성을 우회적으로 드러내는 것이다("투신에서 겨우 살아남은 육신의 한쪽 모퉁이,/ 적막한 눈동자, 꿈틀거리는 살점, 설익은 어휘들/ 그 속에 짓눌려 신음하는 혼가루들이 웅성댄다"―「어떤 투신」부분). 김규태의 시에서 반수반인半獸半人 모티브의 반복적 출현은 이러한 맥락에서 이해될 수 있다("한낮에/ 거대한 半獸半人의 꿈에 젖어 있었다"―「어떤 英雄」부분, "드디어 나의 幼年을 낳은/ 몇 개의 잉태도/ 半獸로 자라겠네"―「半獸로 자라겠네」부분).

자아의 기괴한 확장은 적수를 이기는 데서 끝나는 것이 아니다. 시 끝부분에서 보듯이 그는 손가락만이 아닌 머리, 눈, 귀 등이 가지치고 '영혼'까지도 분열되는 꿈을 꾸는 것이다. 즉 자아 속에 공존하는 다양한 갈래의 이질적 분신들이 서로 자리를 갖추면서 마침내는 이 분열된 자아상들의 기괴한 확장과 각각의 목소리에 시인이 질려버리는 형국이다.

이러한 자아의 불안정성을 내포하는 자아 증식 또는 자아 분열, 해체의 꿈과 관련한 시편들은 그의 시에서 반복적으로 나타난다("내 심장을/ 하나의 구심점으로/ 뿔뿔이 산화해간 내 생체의 부품들이/ 흙이 되고 별이 되고 눈발이 되는/ 꿈의 해체와 이합/ 참 별난 꿈이다"―「무릎팍의 꿈」부분).

그가 세 번째 시집에서 자기증식 또는 해체의 양상을 보여주는 계기는 주로 '악몽'과 '불면'의 모티브를 통해서이다("그 꿈에 주눅이 들고/ 설핏 설핏 지나가는 그 환영에/ 나는 바람에 흩날리는 포플러같이/ 전신을 가누지 못한다"―「기억에 없는 초대」부분, "보료 위의 보푸라기를/ 한없이 쓰다듬으며/ 나는 먼 역사 속/

한마리 울부짖는 원형의 짐승처럼 잠 못 든다"—「불면의 이유」 부분).

자아의 분신들이 각자의 경계에서 튀어나오는 불안정함의 지대는 주로 시인의 유년시절 체험이나 6·25 전쟁과 결부되어 근원을 알 수 없는 원초적인 정서로 자리 잡고 있는 듯하다("내 어릴 적의/목메이던 울음처럼/너의 눈물에는 地番이 없다"—「흐르는 言語」 부분). 그는 이러한 자신의 모습을 "쫓기는 새앙쥐"로 비유하기도 한다("쫓기는 새앙쥐를 나에게서 발견했다는/친구의 귀띔은 우스개가 아니었다"—「사라지는 연습」 부분).

너는 옆구리와 늑골 속에도
칼을 찼구나

서슬이 잠들 날이 없는
증오의 쇠붙이

누구의 심장인들 못 찌르리
내 흉곽에서 이미 떠난 순환기

하나의 심장이 익은 사과처럼
표적이 둥 둥 공중에 떠다닌다.

죽음을 피해 다니는
심장이 어디엔들 헤매지 못하리

베어라 떠다니는 혼들을 베어라

칼은 날마다 돌아다니며
증오의 피를 묻히지만
베어진 것은 사과 한 쪽,

바람의 결실을 찌는 작은 마찰음에 그친다.

「너의 칼」

　　시인은 시 속에서 '칼'로써 우박이나 구름, 바다와 싸우거나 공중을 떠다니는 존재를 베려는 상상을 보여주곤 한다. 이때의 '칼'이란 그 종류로 볼 때 정의의 사도의 칼이다. 다시 말해 기사도와 결부된 정의의 이름을 표상하는데, 이 시의 「너의 칼」은 불의에 대항하고 약자를 위하여 싸우는 중세적 가치와 정의감을 지닌 이상주의자 돈키호테가 갑옷과 투구와 칼을 손질하고는 거인(풍차)을 공격하고 군대(양떼)를 공격하고 그리고 모떼시노스 동굴을 무너뜨리며 마침내 마을 사람 카르라스코를 '달의 기사'로 착각하여 싸우다가 패배하는 모습을 연상시킨다.

　　이 시는 '너'라는 존재가 공중에 떠다니는 "심장들"을 베는 모습을 형상화하고 있다. 이처럼 김규태의 시에서는 '너' 혹은 '그대'와 같은 대상이 빈번하게 나타나는데 '너'는 '타인'인 동시에 '자신의 분신' 혹은 '자신'이라는 다양한 함의를 지닌다. 타인과의 경계 불분명은 그의 문장에서 주체가 불분명한 비문법적인 표현이나 내용의 애매성을 통해 표면화되기도 한다. 그의 자아는 유동하고 있다. 그것은 그의 자아들이 하나의 통일체를 이루지 못하고 다양하게 제 목소리를 내면서 불쑥불쑥 튀어나오기 때문이다. 그의 자아는 유년 시절에 관한 시편에서 아버지의 존재가 나타나지 않고, 어머니와 화자가 주체 구분되지 않거나 어머니의 불안과 공포를 고스란히 화자가 지니는 형태로 나타나기도 한다. 정신분석적으로 해석할 때는 아버지의 법칙으로 인한 자아 정립화 과정 이전에 어머니와의 관계에서 오는 분리불안 또는 그 관계의 불안정한 유동성과 관련한 것으로 볼 수도 있을 것이다.

　　이러한 자아의 불안정성은 시편에서 "떠다니는 혼" 혹은 자기 신체 부위의 해체와 기괴한 이합으로 나타난 자아분열 또는 해체의 형상으로 나타난다. 위 시에서 떠다니는 "심장"을 베고 다니는 "너"란 존재 역시 거대한 "거인"으로 나타난 앞의 시의 "나"의 다른 한 형상에 지나지 않는다.

　이처럼 그의 시 구도에서는 항상 누군가를 상정하고 겨루거나 싸운다. 이러한 상황이 현실적인 측면을 지닐 때는 사회 비판의 목소리를 내는 자아이지만 환상적인 측면을 지닐 때는 기괴한 존재와 칼을 겨누며 싸우는 '나'의 모습으로 형상화된다. 즉 현실의 부조리와 같은 거대한 권력체는 그의 환상 속에서 돈키호테가 맞서는 거인(풍차)으로 변신한다. 그리고 실제적인 현실에서와 달리 환상 속에서는 자신이 승리한다. 위 시에서는 이러한 면모가 아주 특징적으로 드러나고 있는데 "너"가 필사적으로 증오의 쇠붙이를 들고 찌른 "심장"이란 결국 "작은 마찰음"을 내면서 베어진 "사과 한 쪽"인 것이다.

　특기할 것은 이것이 단순히 현실적 '적수'와 '나'가 벌이는 실제와 환상에서의 대결을 드러내는 것만은 아니라는 점이다. 위 시를 좀 더 자세히 보면 "심장" 즉 "떠다니는 혼들"이란 단수가 아닌 복수의 모습을 지니고 있으며, 그 심장은 "내 흉곽"에서 떠난 것으로 표현되어 있다. 그렇다면 "너의 칼"이 끊임없이 겨누는 "심장"이란 '나'이며 그 '나'는 복수로 자기증식한 셈이다. 또한 다른 시편에서 주로 보여주는 구도인 '칼'을 가지고 거대한 존재와 싸우는 모티브들을 염두에 둔다면 '너'란 바로 시인인 '나'이기도 한 셈이다. 그리고 베어진 "심장"인 '나'는 또다시 베어진 "사과 한 쪽"일 뿐인 것이다. 즉 시인의 자아는 '너'와 '나' 그리고 나 자신의 '분신들'이 초래한 카오스적 대결 속에서 끊임없이 떠돌고 있다. 이에 대하여 그는 "내 혼의 이삭들을 낱낱이 쪼아먹고 있다"고 표현한 바 있다("이미 아무 영험도 없는/ 내 혼의 이삭들을 낱낱이/ 쪼아먹고 있다"—「혼의 이삭들」 부분).

　　　나는 해협에 누워 있을 것이다.
　　　그때 찬란한 어족처럼
　　　빤짝이는 비늘을 달고
　　　먼 태양의 눈짓과 교감할 것이다.

어둔 해협은
나의 욕망과 절망이 시작되는 깊은 물목,
불현듯 한류에 젖어드는 피부는
한없이 떨고 몸은 고드름처럼 차가와질 것이다.

심해의 표면과 하늘의 원색이 만나는 곳
나는 사생아처럼 거기 검은 조류 속에
떠 꿈꿀 것이다.

「꿈꾸는 海峽」

'나'가 바다에 누워 있는 것에 관한 상상은 독특한 것이 아니다. 그러나 그가 누운 '해협'이란 어떤 곳인지 살펴볼 필요가 있다. 그곳은 "한없이 떨고 몸은 고드름처럼 차가와질" 한류이다. 그리고 그곳은 "심해의 표면과 하늘의 원색이 만나는 곳"이자 "검은 조류"이다. 그 차가운 검은 조류 속에 떠도는 '나'는 꿈을 꾸고 있다. 그리고 "찬란한 어족"처럼 "먼 태양의 눈짓과 교감"한다. 즉 해협의 표면 위에서 태양의 눈짓과 교감하며 꿈을 꾸는 자아와 해협의 아래 고드름처럼 차고 검은 한류에 등이 오싹해지는 자아는 동시에 공존한다.

"심해의 표면"과 "하늘의 원색"이 만나는 그 지점에 시인은 유동적으로 '떠' 있다. 그 심해란 시인의 자아에 내재하는 일종의 카오스적 어둠의 표상으로 그는 "나의 욕망과 절망이 시작되는 깊은 물목"이라고 서술한다. 그 속에서 떨며 떠도는 '나'는, 그러나 "하늘의 원색"과 만나서 "먼 태양의 눈짓"과 교감할 것이라고 한다.

'자아'가 지닌 카오스적인 불안정한 유동적 힘의 물결이, '태양'으로 표상된 이상주의를 지향하는 '어떤 영웅'인 '자아'를 지탱하고 있다. 즉 그는 매우 섬세하면서도 연약한 자아의 소유자이면서도 그 자아 속 끊임없는 내분과 소용돌이라는 힘의 역동적 바퀴에 의지하여 사회적 부조리에 맞서고자 하며 사회적 약자를 보호하려는 강인한 의지를 지닌 '이상주의적 자아'를 떠받치고 있다. 그 이상과 현실의 실제적 관계항을 뒤집는 환상 그리고 "떠다니는 혼"과 같은 내적 자아들의 복합적 궤적이, 평범하게 보이면서도 실은 독특하고 역동적인 시인 김규태의 시세계를 이룬다.

> 한낮에
> 거대한 半獸半人의 꿈에 젖어 있었다.
> 그는 불타버린 시체가 꽃잎처럼 널린
> 市街戰 뒤의 거리를 걸으며
> 나비의 흉내를 내었다.
> 훈장 속에는 으레
> 꽃무늬가 빛나고 있는 법이었다.
>
> 「어떤 英雄」

춤추는 눈송이들 곁에 제 뼈를 걸레로 닦고 있는 어린왕자

김 영 태 론

친구들은 내 방을 샤갈의 집이라고 불러주었다

시인 김영태(1936)는 『사상계』에 「試鍊의 사과나무」, 「雪景」, 「꽃씨를 받아둔다」로 등단하여 지금까지 13권의 시집을 상재하였다. 『猶太人이 사는 마을의 겨울』(중앙문화사, 1965), 3인 공동시집 『平均律』(창우사, 1968), 『바람이 센 날의 印象』(현대시학사, 1970), 3인 공동시집 『平均律 2』(1972, 현대문학사), 『草芥手帖』(현대문학사, 1975), 『客草』(문예비평사, 1978), 『여울목 비오리』(문학과지성사, 1981), 『결혼식과 장례식』(문학과지성사, 1986), 『느리고 무겁게 그리고 우울하게』(민음사, 1989), 『매혹』(청하, 1989), 『고래는 暝想家』(민음사, 1993), 『남몰래 흐르는 눈물』(문학과지성사, 1995), 『그늘 반근』(문학과지성사, 2000)이 그것이다.

그는 시인으로서의 활동 이외에 1960년대부터 무용평론가로서 뛰어난 다수의 저서들을 남기고 있으며 인물의 소묘나 피아노와 발레 슈즈 등을 소재로 한 그림을 주조로 미술화가로서의 영역도 펼치는 등 다방면에 걸쳐 남다른 예술가의 일생을 보내왔다.

이러한 다양한 예술활동의 중심에는 아름다움에 대한 갈망 혹은 미적 체험이 자리 잡고 있으며 이것을 중심으로 글쓰기가 이루어진다. 김영태의 글쓰기는 시와 산문과 평론을 아우른 것으로서 "항상 시인이 되라, 산문에 있어서까지도"라는 말을 늘 염두에 두었던 자신에게 그 영역들은 뚜렷한 경계선 없는 하나의 통일된 예술행위로 귀결된다.

글쓰는 행위의 흔적들은 그의 일상적 삶의 물결 속에서도 물감처럼 섬세하게 번지고 있다. 이러한 예술적 활동의 중심에 있는 시 쓰기는 시인의 미적 체험과 일상 그리고 감추고 싶은 사소한 영역까지 들추어내고 있다. 그 폭로의 현장에는 "석유 열 드럼을 들이부은" 그의 시와 예술과 미적인 삶에 대한 열정들이 조용하게 들끓고 있다. 이러한 열정들은 '무광택' 혹은 '구석', '가장자리' 등의 자연스러움을 지향하면서 살짝 냉각된 채 표면적으로는 드러나지 않는다. 이처럼 자신의 존재를 드러내지 않으면서도 세련되게 자신을 두드러지게 하는 것, 이것이 그의 시적 사유의 특징이면서 예술가로서의 자신에게 평안 또는 불안을 주는 요소다.

시인은 삶 속에서 시가 지닌 고귀함을 실현하면서 살고자 하였다. 그런데 그 고귀함 특히 미적 체험 혹은 미적 황홀의 기록은 타인의 시선 및 인간의 욕망과 결부된 것이어서 그를 끊임없이 괴롭게 하기도 한다. 그 괴로움의 흔적은 그의 글에서 종종 나타나는데 자신과 관련하여 서슴없이 '걸레'를 언급하면서 끊임없이 '구정물'이 나온다고 말하는 것이 그 예다.

동시에 그의 바탕은 물에 빤 '별'처럼 맑고 깨끗해졌을 것이다. 그의 시적 사유는 일상과 산문과 시에 다양하게 퍼져서 공존하기 때문에 그의 시가 지닌 '고급한 바탕'을 충분히 느낄 수 있으면서도 가장 대표적인 작품들을 고르기에 난감한 면이 있다. 이것은 향과 맛이 좋은 차를 찻잔 한잔에만 풀어놓은 것이 아니라 시인이 몸을 담은 목욕탕 전부에 풀어놓아서 그 향과 맛을 시인의 몸 전체와 그가 접했던 일상의 물 전체에서 맡을 수 있으나 아주 은근하고 미미하여 압축된 지점을 찾을 수 없는 것과 마찬가지이다.

향이 좋고 고급한 시적 에너지를 실로 엄청나게 쏟아부었음에도 불구하고 은근한 향기로 남은 그 요체는 허공에 떠서 잡을 수 없는 진한 애수를 자아낸다. 즉 그의 시는 자신의 일상과 일생 그리고 '온몸'이며, 그렇기 때문에 그의 인간적 체취와 자리를 늘 함께 한다.

자신을 거짓 없이 드러낸다는 것은 쉬운 일이 아니다. 그것은 자기에 대한 철저한 반성이면서 옷을 점잖게 차려 입은 세상 사람들에 대한 도전이다. 그런데 김영태의 옷 벗기는 종종 아무 치장도 없이 너무나 적나라하게 자신을 고발하기 때문에 독자는 이 사람이 이래도 괜찮을까 하는 염려와 연민에 빠지게 된다.

그는 자신에 대한 폭로에서 당면한 억압된 시대와 상황에 대한 허무와 경멸의 자리를 보여주기도 한다. 그의 사회에 대한 냉소가 별다른 관심의 과녁이 되지 못한 것은 있으면서도 없는 듯한, 없으면서도 있는 듯한 그의 제스처와 관련이 있다. 그러나 이러한 제스처에 속아서는 안 된다. 그는 단순한 스타일리스트가 결코 아니다. 그의 시편들은 사회에 대한 통렬한 비판을 일상 뒤편의 지점에 정확히 모으고 있다. 그리고 일상의 또 다른 뒤편에는 예술주의자로서의 치열한 갈망을 숨기고 있다. 김영태의 일상 속 풍자적 면모나 관능과 결부된 체험을 다룬 자기고발적 시편들은 그가 누구보다도 현대적이고 세련된 언어의 마술사임을 입증해 준다. 끄적거린 듯한 시편들은 많은 부분 그가 그린 얼굴 소묘들과 같이 평범하고 단순한 펜화인 것 같지만 수많은 노력과 좌절을 포함한 일필휘지의 노련함과 개성이 묻어 있다.

또한 자기의 일상과 체험들에 대한 응시, 그러한 자신을 바라보는 타인의 이중적 시선, 그 시선을 느끼는 자기에 대한 새로운 응시, 다시 타인의 그러한 자신에 대한 시선……의 반복이라는 무한한 되풀이를 하고 있다. 그 반복 속에는 그가 지금까지 걸어온 시인으로서 삶의 외현적 형식이 존재한다. 그리고 그 형식 안에는 그림, 무용 등에 대한 미적 체험이 자리 잡고 있으며 그는 산뜻한 방식 혹은 관능적 유미적 방식으로 그 체험을 가볍게 낚아채곤 한다. 그것은 갑작스런 순간성을 보여주면서 어떤 이성적인 구조 개념이 작용하지 않는다.

나는 일층에서 엘리베이터를 탈 때에도 선착으로 타, 엘리베이터 안쪽 깊숙이 박혀야 마음이 놓인다. 내가 내릴 곳은 16층이니까. 어물어물하다 문 앞쪽으로 타면 여간 신경이 곤두서는 것이 아니다. 몸 둘 바를 모르는 것은 고사하고 깨끗하고 질서와 평화와 화목을 신조로 여기는 상사上司가 내 장발의 뒤통수를 보면 얼마나 혐오감을 앞세울까 하는 조바심과 또 몇 개월 전에 입행한 여행원들의 키들키들 웃는 소리를 나는 감내해야 되기 때문이다. 웃음에도 여러 종류가 있지만, 키들키들 웃은 웃음은 폭발 직전에 참지 못해

옆으로 새는 웃음 같다. 속시원히 웃는 것도 아니요, 어떤 꼴불견을 보고 파안대소하는 그런 통쾌함도 그 웃음은 격을 지니지 못하고 있다.

『눈썹을 그리는 광대』, 84~85쪽

체질적 특성을 살펴보면 그는 외향적 성격의 소유자가 아니다. 그런 그가 자신의 은밀한 사생활로부터 자신의 '틀니'에 이르기까지 모든 것을 드러내고 고발하는 것은 매우 모순된 일이다. 이 글에 의하면 그는 엘리베이터를 탈 때 안쪽 구석에 박혀 자신의 뒷모습을 다른 사람들이 보지 않기를 바란다. 이러한 조바심을 내는 이유는 그가 '장발'이기 때문이다. 이 글을 쓸 당시 그의 직업은 은행원이었다. 당시 장발은 경찰의 단속 대상이 되었는데 그런 점에서 그의 장발은 1970년대 억압된 사회에 대한 젊은이다운 저항감을 표출한 것이면서도 시인으로서의 강한 개성이 표현된 것이다.

은행원 장발로서 숨어 다니기와 마찬가지로 그는 자신에 대한 사람들의 비난, 예를 들자면 자신의 생활에서 '검은 우유'나 '죄의 냄새'를 맡는 세속인들에 대해 억울함을 호소하면서도 끊임없이 자기를 드러내고 있다. 그것은 자신의 일상적 삶 속의 체험과 그 형상화를 미적 감동의 행위로 인식하기 때문이다. 그 행위의 중심부에 빼놓을 수 없는 시작詩作 대상이 '자기'인 것이다. 동시에 그는 서사극의 '거리두기'처럼 미적 감동 속에 있는 '자신'을 그대로 두지 않고 일상의 현실로 재빨리 건져와서 객관화한다. 이러한 작업들은 '자기의 개선'을 이루어내며 그 '개선'의 자취는 미적 체험의 깊이와 아울러 그 체험 속 자아와 현실적 자아 사이에 놓인 거리 인식과 밀접한 관련을 지닌다.

사실 말이지 나는 그때나 지금이나 큰 생선은 되지 못하고(될 수도 없을 뿐더러) 뱃가죽이 까무잡잡한 피라미에 불과했다. 그렇지만 바위 그늘이나 얕은 냇물에서 피라미는 참 얼마나 신나게 달리는 것이냐. 소학교 육학년 때 나는 가외로 입시공부를 하러 가다가(삼청동 쪽으로 기억된다) 길가 우물에 빠진 적이 있다. 우물이 길 한가운데 있고 우물 전후로 계단이 있었는데,

그날 밤 누가 우물 뚜껑을 열어놓아 점잖게 계단을 올라가서 그만 추락해 버렸던 것이다.

　　중학교 일학년 때에는 국민대학 학생들이 공연하던 「햄릿」을 구경하고 하늘만 보고 걷다가 광화문 횡단보도에서 자동차와 부딪쳤다. 사흘 만에 병원에서 혼수상태에서 깨어났는데 내 바른쪽 다리는 철사처럼 비틀어졌고 뼈가 두 동강이가 났다. 나는 2년을 유급했고 그때부터 만신창이가 된 다리를 뻗친 채 책과 1대 1로 대결을 하기 시작했다. 시詩라고 말하기 어려운 습작을 끄적이던 것도 이 무렵이다. 나는 군대에 가서 기합을 몇 번 받았다. 이를 악물고 남들처럼 차렷 자세로 서 있었다. 나는 제대를 하고 복학을 하고 폭풍이 지나간 바다처럼 되어 있을 때 음악을 사랑하기 시작했다.

『눈썹을 그리는 광대』, 53쪽

우물 안에 빠진 체험과 교통사고와 3일의 혼수상태와 만신창이의 체험 그리고 병원생활로 인한 뒤이은 2년의 유급은 그가 시에 경도되는 중요한 계기를 마련해준 셈이다. 시인이나 작가는 일반적으로 인생의 어떤 고통이 계기가 되어서 창작적 욕망의 발화 지점이 되는 경우가 많다.

　　그가 다리를 다치는 사건은 이후 그의 통장 비밀번호인 '안짱다리'나 군대에서 남들처럼 차렷자세를 하려고 용을 쓰는 모습으로 담담하게 희화화되기도 하지만 그가 "이때에 죽었어야 했다", 시 습작을 "끄적이기 시작했다" 등의 표현을 볼 때 이것이 예술가로서의 출발점을 형성하는 개인적 상처였음을 보여준다.

　　위의 글에서 소개한 그 사건 설정이 유머러스하다. 굳이 우물 뚜껑 위로 걸어다니는 개구쟁이 소년이 뚜껑이 열린 줄 모르고 걷다가 우물에 빠진 일이나 「햄릿」 공연을 보고 감흥에 사로잡혀 하늘만 보고 걷다가 횡단보도에서 사고가 난 상황 등을 볼 때 그는 주변에 대한 조심스런 관찰보다는 골똘한 생각, 극적 체험에 대한 공상에 꽤 골몰했던 것 같다. 또한 그는 사고 후 좌절에 빠진 것이 아니라 시와 음악을 통하여 자신만의 세계를 풍요롭게 키워 나간 것

<u>으로</u> 보인다.

    예전에도 그랬지마는 지금도 나는 내 房을 사랑하고 있다. 퇴근시간 후에 열쇠를 열고 房 안에 들어섰을 때, 나는 낯익은 물건들의 應答을 발견한다.

    일곱 마리의 강아지 人形이 있는데 나는 그 중에서도 한쪽 다리가 不具이기 때문에 늘 다른 同僚들에게 劣等感을 느끼고 있는 개에게 더 情이 갔다.

    三년 전 길거리를 지나다가 작난감 장수가 不具라는 이유로 땅바닥에 放置해 버린 것을 사들고 왔었다.

    우연인지는 몰라도 이 강아지를 사던 날, 나는 그날까지 放置되어 버린 나의 사랑을 찾을 수가 있었다.

    샤갈을 좋아하게 된 것은 언제부텀인지 잘 기억이 안 나지만 친구들은 내 房을 샤갈의 집이라고 불러주었다.

「後記」, 「猶太人이 사는 마을의 겨울」

청진동 선지국집 온돌방에
어린 슬라브 騎士는
순진한 말을 타고
대못 위에 걸린
죽은 外套를
투창으로 찌른다
유리그릇에 갇힌
아라베스크의 우중충한
별을 찌른다
聖經과
기운빠진 암소를 명중한다
구두 속에 들은 新婦의

이쁘고 살찐 발바닥을
혀가 질주하는
은혼식날
선량한 樂師들은
청진동 선지국집 온돌방의
장판지 속을 뛰쳐 나온다
순진한 말을 타고
어린 슬라브 騎士는
연한 잔디가
손톱 속에 돋아나는데
하얀 新婦의 겨드랑이 밑에
수풀이 깔 깔 깔 웃는다
겨울날 새벽
기울어진 예배당 위에
제일 낡은 구름이
十五世紀의 쥬단을 피고
우유가 가득 들은
샤갈의 마을에는
목이 달아난 새가
우수수 날아간다.

「猶太人이 사는 마을의 겨울 〈II〉-幼年詩」

'방'의 이미지는 그의 초기 시세계를 여는 열쇠이다. 유년시절 그의 '방'은 어둡거나 우울하지 않다. 그의 시에 나타난 '방'은 관능적이면서도 동화적이며 온갖 기발하고 아름다운 잡동사니의 제재들로 둥글게 가득 차 있다. 위의 시 「猶太人이 사는 마을의 겨울 II」에서도 따뜻한 동화적 상상이 펼쳐진다.

구체적으로는 "청진동 선지국집 온돌방"에서 어린 기사가 "대못 위에 걸린/죽은 外套를/ 투창으로 찌르"는 장면, '유리 그릇의 별'을 찌르는 장면 그리고 신부와 악사가 등장하는 샤갈의 마을을 보여준다. 그가 산문과 초기시에서 자신의 '방'을 '샤갈의 방'이라고 칭하고 샤갈의 그림과 주제로 한 일련의 작품을 창작한 것은 샤갈의 그림이 그의 작품 성향의 유사성을 말해준다. 특히 주로 남녀의 결혼이나 사랑을 그리면서 악사와 당나귀와 하객 등 여러 주변 사물들이 두 남녀를 둥글게 둘러싼 행복한 사랑을 동화적이고 환상적인 장면으로 처리한 점이 공통적이다. 즉 남녀의 다정한 포옹이 늘 중심부에 나타나며 이들을 축하해 주는 악사와 당나귀와 자연물들이 이들을 둘러싸고 환상적으로 공중에 떠 있는 것이다.

김영태의 초기시도 남녀의 다정한 포옹과 사랑이 중앙부에 있으며 이 상황은 환상적이면서도 행복하게 또 관능적으로 묘사된다. 샤갈의 그림이 행복한 소재와 주제에도 불구하고 붉은 피, 혹은 어두운 녹색 등과 같은 색감으로써 내적 정서를 드러내는 것에 비하여 김영태 초기시의 '방'과 관련한 관능적 시편들은 우울한 면모가 발견되지 않는 편이다. 그의 방은 언제라도 빛을 향하여 '창'을 달 수 있으며 '문'은 그가 장난스럽게 '선'을 그으면 금방이라도 열린다. 그의 등단작품들에서도 볼 수 있듯이 마종기, 황동규 등 그의 친구들에 대한 애착과 사람들에 대한 섬세한 관심은 그가 만든 내면의 '방'이 자신만의 고립된 공간이 아니라 사람들의 온기와 체취와 향기를 담고 있는 따뜻한 공간임을 단번에 알게 한다. 그의 '방'은 아름다운 것들, 정겨운 것들, 혹은 행복한 환상들이 가득 차 있다.

흰 말[馬] 속에 들어 있는
古典的인 살결,
흰 눈이
低音으로 내려
어두운 집

銀빛 家具 위에
修女들의 이름이
無名으로 남는다
화병마다 나는
꽃을 갈았다
얼음 속에 들은
嚴格한 變奏曲,
흰 눈의
소리없는 低音
흰 살결 안에
램프를 켜고
나는 소금을 친
한잔의 食水를 마신다
나는 살 빠진 빗으로
내리 훑으는
漆黑의 머리칼 속에
三冬의 활을 꽂는다

「첼로」

위 시는 눈이 내린 정경, 샤갈풍의 흰 말, 엄격한 변주곡, 식수를 마시는
나, 첼로의 활 등이 조화를 이루고 있다. 즉 시각, 청각, 미각, 촉각 등의 감각
들과 결부된 사물이 미적으로 집중된다. 그 감각들은 "얼음 속에 들은/嚴格
한 變奏曲"이나 "흰 눈의/소리없는 低音" 등에서 보듯이 촉각 속 청각, 시각
속 청각 등 청각을 중심으로 한 복합적 결합으로 이루어져 있다.

한 편의 시를 구성할 때 시인이 잘 알고 익숙한 영역에서 무의식적 의식
적 조합으로 어구들이 이루어진다는 것을 감안할 때 김영태는 음악적 조예로
부터 비롯한 시상 구성이 두드러지며 그가 느끼는 미적 감흥에 대하여 다양한
감각적 제재들을 결합, 구성하는 것에 능통하다.

그의 초기 시편들에는 그가 대하는 시각적 풍경 속에서의 감흥과 음악 속에서의 감흥 그리고 현재의 일상적 공간에서 비롯한 감흥들이 혼재해 있다. 그리고 그 다양한 감흥들의 조화 속에서 유발된 새로운 미적 감흥에 의한 '환상'이 특징적이다. 그리고 그는 이러한 미적 풍경의 한 곳에 자기의 얼굴을 조그맣게 그려넣는다. 즉 그의 미적 풍경의 구도에는 항상 자신이 들어 있다. 그 유미적 공간 속에서 조화를 이루려면 자신은 좀 더 인간적이어야 하고 순수해야 하고 좀 더 세련되어야 하고 그리고 뒤를 돌아보지 않는 깔끔함을 지녀야 한다. 그렇게 볼 때 그의 시 경향과 유사한 모더니즘 계열 시편들이 대체로 시각과 관련한 형상화라면 그의 경우 시각적 장면과 함께 음악과 또 하나 대상으로서의 자신을 서로 입체감 있게 다루며 다양한 감각들의 조응 상태를 보여주기도 한다.

높은 데를 겨누지는 않지만 정확히 겨눈다

초기시에서 보여주었던 유미주의적이고 관능적인 성향의 세계는 『평균율』이후부터 서서히 변화를 보여준다. 그 변화란 그가 속한 일상적인 세계의 표현이자 자기 자신에 대한 거짓 없는 고발로서, 그의 산문 혹은 시편의 주요 시적 대상이었던 김수영과의 교우가 직접적인 계기가 되었다. 그는 김수영의 인간적 면모 혹은 예술과 현실에 대한 견해에 많은 영향을 받았다("아빠가 제일 존경했고 허물없이 제일 친했던 김수영金洙暎 아저씨의 「미농인찰지」란 친필親筆원고"—「눈썹을 그리는 광대」, 66쪽).

김영태의 초기작들이 『猶太人이 사는 마을의 겨울』을 중심으로 관능적이고 미적인 샤갈의 특성을 지니고 있다면 김수영과의 만남 이후 『客草』, 『草芥手帖』 등의 시집에 나타난 그의 시세계는 일상적 자기와 그에 대한 반성과 폭로에 역점을 두고 있다. 그리하여 관능적, 미적 특성을 지닌 시편들과 일상적 시편들이 다소 이분화되는 성향을 지닌다. 그리고 시집 『매혹』, 『느리게 무겁게 그리고 우울하게』 이후에는 자신의 일상성과 초기부터 지녀왔던 관능적, 유미적 특성이 서로 결부되면서 자신의 삶에 대한 성찰적 면모가 두드러진다.

이러한 변모 가운데서 시적 사유의 중심적인 대상은 '김영태' 자신이다. 그런데 관능적이면서도 미적인 언어로 구축된 그의 시세계를 전회하여 시대적 상황을 겨냥한 소시민의 일상에 대한 고발의 세계는 천성적으로 유미주의자인 그의 미적 코드를 채우기에는 미흡함이 있었다. 그는 연극 그리고 발레와 무용의 아름다움에 대한 미적 체험을 통하여 그 내용항을 채우려 했다. 그리고 그 체험의 중심부에는 '자기 안에서 새롭게 객관화된 자기'가 놓여 있다. 즉 자기를 빨래처럼 빨고 빛나게 하는 작업이 놓여 있다.

그는
작년부터 나와 內通하고 있다
끔직하게 나를 戱弄하고
暗黑에서 終點에서
곰팡이와 스리나 일곱 알,
處暑가 지난 다음
달밤에 그는
病들은 개처럼
나를 물어뜯었다

「詩人·K에서」 부분

그러니까 여기 引用한 「詩人·K」나 「잠」은 모두 ‘現實的인 條件’의 언어들이다.

現實的일수록 詩가 날조될 수 있는 가능성이 큰 반면에 또한 詩人의 생명과 같은 릴리시슴마저 상실하기 쉽지만 그러나 詩는 精神이고 말할 수 없는 고통의 결별이 아닌가.

자기의 변모를 고통없이 전환할 수 없는 것처럼 내 경우에 있어서 素描나 審美的 言語의 추적에서 벗어나더라도 本質的인 唯美主義 바탕에서 벗어날 수 없는 것은 거의 확실한 사실이고, 또 이러한 바탕이 나에게는 이익이 될 수 있다면 다행한 일이겠다.

「現代詩」 12집, 436쪽

그는 "本質的인 唯美主義 바탕"이라고 칭함으로써 자신의 예술적 체질을 단적으로 드러내고 있다. 그런데 "現實的인 條件의 언어"를 취하게 된 그의 변모는 시인으로서 새로운 세계의 개척이면서 당대를 사는 지식인으로서의 자부심을 갖게 하는 것이긴 하지만 자신이 지닌 ‘바탕’을 바꾸려 하는 것이기에 고통이 따른다. 그는 자신의 시 체질로부터 김수영의 ‘온몸의 시학', 즉 일상과 시의 조화 또는 통일이라는 방식을 배워나갔다. 그리고 그는 시와 일상의 통일과 조화 그것의 고발이라는 영역에서 소시민적 일상의 비천함과 분노로 떨어지지 않고 자신의 일상을 '시의 영역'에 가까운 것으로 끌어올리려고 한 노력을 보여준다. 이 과정에는 상당한 무리가 있는 것이, 그는 김수영처럼 현실과 시대에 대해 거침없이 비판적 발언을 하기에는 부르주아적 경향이 강했다. 그리고 시대와 사회에 대한 비판자의 입장보다는 그 지점을 비껴선 허무주의자의 입장으로서 유미주의적 예술성에 관심을 지니고 있었다.

이러한 자신의 모습에 대하여 그는 '무광택' 혹은 '있는 듯 없는 듯'한 존재라고 표현하는데 이것은 이중의 의미를 지닌다. 즉 지식인으로서 현실에 대한 입장과 시세계의 미적 특성 또는 지향점이라고 할 수 있다. 그런 동시에 그 '무광택'의 특성이 무개성 또는 평범함으로 전락하기 쉬운 아슬아슬한 자리에 놓여 있음을 보여준다.

그러나 그가 초기시로부터 전회하여 드러낸 시대상에 대한 비판과 풍자는 본질적인 측면에서 1970년대 유신시절의 억압된 사회상을 꼬집고 있다. 그는 현실에 대한 높은 목소리를 내지 않고도 아무렇지도 않은 낮은 중얼거림으로써 "높은 데를 겨누지는 않지만 정확히" 당대 현실을 겨누는 것이다.

머리를 깎으나 마나하게 쳐요. 나는 이발사 朱씨에게 말한다. "깎으나 마나하게" 이발사 朱씨는 바른손에 가위를 들고 近衛兵 같은 자세로 복창한다. 코에서 안경이 떨어져나가면 나는 앞이 캄캄하다. 깎으나 마나를 확인하려고 나는 좀이 쑤셔서 다시 안경을 쓰고 본다. 朱씨에겐 미안하다. 나는 될 수 있는 대로 빨리 거울 속의 나를 훔쳐본다. 분부대로 깎으나 마나하게! 朱씨는 시간절약이 그대로 미안해서 왼손에 성냥알을 집어들고 귀를 후비는 시늉을 한다. 귀 掃除나? 아니, 십분만 자겠어요. 아, 십분―. 네 십오륙분만. 옆 면도. 뒷 면도도 없고 귀 후비기도 포기하고 남보다 절약된 시간을 나는 잠간 존다. 십분을 졸면서 나는 저녁 風景 안으로 천천히 걸어들어간다.

「幕間―理髮所에서」 부분

순경 아저씨가 어느 날 내 머리를 깎았다 일리가 있다 순경이 머리를 깎으면서 왜 화를 내지 않느냐고 反問한다 역정을 내는 데도 지쳐 있으니 그렇지 얼만큼 많이 역정을 냈느냐고 빈정거리는 말단 순경의 말에는 일리가 있다 나는 꽃이 피어 있던 날 피었다가 시든 날 너에게 간다 비가 오던 날 물방울인 너에게 가서 손쉽게 추녀밑으로 떨어진다 샐러드를 먹다가 곰탕 국물을 마시다가 비좁은 雙和湯집에 들러 땀을 흘리지 않고 오만상을 찌푸리다가 무지개를 머리에 넣고 가는데 거리에서 당신은 나를 불렀지 나는 다른 사람들같이 억지로 억지로 머리를 깎진 않겠어 오만상을 펴고 좀전에 여유까지 보였지 않아 그 여유가 못내 못마땅하다면 일리가 있다 내 속을 들여다봤을 테니까 허둥지둥 안간힘을 쓰기 전에 나는 벌써 어금니에 얼음을 깨물고 깎아라 깎아라 깎아라 재량껏 치고 자르는데 요동없이 즉석에서 웃음을 만들었으므로 이 急造웃음은 나의 商標다 팔고 사고 사고 파는 웃음도 넝마가 다됐다만

「석탄 · 白炭 · 골탄 · 구공탄」 부분

그가 위의 시들을 쓰던 시절 '장발'은 억압된 사회에 대한 젊은이의 반항의식이었으며 몰개성을 강요하는 시대 분위기에 대한 반발이었다. 장발 단속과 미니스커트 단속은 1970년대 국민 기강을 바로잡자는 취지로 경범죄 처벌법에 의하여 단속 대상이 되었다. 여자들은 치마가 무릎 위로 15센티미터 이상 올라가면 단속이 되었고 남자들은 머리를 기르고 다니면 경찰들에 의해 머리칼이 사정없이 잘려지던 시절이었다.

매일 출근길에서 자신의 장발에 사람들이 관심을 보일까 봐 조바심을 내면서도 시인이 장발을 고집하고 은행을 다닌 속내에는 그 자신의 개성과 낭만 이상의 사회에 대한 저항과 반발이 담겨 있다. '장발'이 그에게 얼마나 소중한 의미를 지니는가는 이발에 관한 위의 에피소드에서 단적으로 알 수 있다. 그는 "깎으나 마나하게" 이발을 해달라고 주문하는 까다로운 손님이자 그것을 확인하려고 다시 안경을 쓰는 사람이다.

또한 은행원이었던 자신이 16층까지 올라가는 엘리베이터를 탈 때는 직장 상사들의 못마땅한 눈초리나 여성들의 수군거림을 피하여 구석자리를 찾는다. 이러한 긴장된 일상을 꿋꿋하게 버티면서 머리를 길러왔던 그가 '무지개'를 머리에 넣고 가는데 거리에서 순경에 의해 머리를 깎인 것이다. 말단 순경에게 머리를 깎이는 일이란 이발사에게 "깎으나 마나하게" 머리를 깎아달라고 하는 장면에 견주어볼 때 시인에게 얼마나 큰 모욕인지 알 수 있다. 그런데 그가 하는 말이란 고작 "석탄·白炭·골탄·구공탄"이라는 비유적 표현이다. 그는 "어금니에 얼음을 깨물고 깎아라" 하면서 "急造 웃음"을 짓는다. 그래서 신기한 순경은 왜 화를 내지 않느냐고 묻는다. 억압을 강요하는 사회에서 한 소시민이 부질없이 당하는 이 장면은 1970년대 상황에 대한 어떤 분노에 찬 목소리보다도 근원적인 측면에서 사람을 정확히 감동시키는 측면이 있다.

김영태가 미적 관능적 시작 기질로부터 일상적 상황의 자기고발 세계로 자리바꿈하고자 했을 때 처음에는 풍자적인 목소리 또는 판소리투로써 일상적 일과 시국적 상황을 연관시켜 폭로하곤 하였지만 그는 참여파 시인이 되기에는 체질적인 유미주의자로서 미적 체험을 갈구하는 갈증의 소유자였다.

> 이런 곳에 따라와서도
> 빛이 나지 않았다
> 無光澤 賞이라는 게 있다
> 빛이 나지 않는 者,
> 좀 더 풀어 쓰면 何時에도
> 있는지 없는지 分間하기 어려울 만큼
> 어려운 者에게 주자는 데 의견이 一致했다
>
> 「無光澤 賞」 부분

기실 무광택 혹은 있으나 마나한 사람이라고 자신을 표현한 데에는 표면적으로는 평범하나 심층적으로 매우 비범한, 즉 비범의 비범을 칭한다. 그는

"높은 곳을 겨누지는 않지만 정확히 겨눈다"란 표현을 가끔 하는데 예술적인 가치는 높은 듯 보이는 높이보다는 평범한 듯 보이나 상당한 높이에 그 질이 매겨진다고 할 수 있다. 그러한 관점에서 볼 때 '무광택'이란 표현에는 양날의 칼이 들어 있다. 즉 평범 속의 비범일 뿐 아니라 한낱 평범함과 사소함으로 지나칠 위험성을 지닌 존재를 뜻하는 것이기 때문이다. 그리하여 무광택의 체질 또는 지향은 김영태 자신의 색깔 유지하기, 나아가 예술적 정체성 찾기로 이어진다.

> 나는 무엇이 될 것인가
> 물 속에 비춰봐도
> 얼굴이 없다
> 등뒤에 보이지 않는 손이
> 잠시 보이다 사라진다
>
> 내 피 속에 石油를 부었으면
> 내 피 안에 감춘 石油가 무려
> 열 드럼이 넘는데
>
> 바지랑대 끝에 조그만 먹새야
>
> 낮은 곳으로 떨어지는
> 손짓 발짓 몸짓 묵사발의 저 滯症
> 눈 온다 허공에
> 내가 까맣게 매달려 있네
>
> 「얼음과 울음」

　위 시는 자신의 예술적 정체에 대한 고민의 흔적을 담고 있다. 그는 자신에 관해서 줄곧 글을 써온 사람이므로 스스로의 개성과 능력과 한계에 관하여 누구보다도 잘 알고 있다. '등뒤에 나타났다가 사라지는 손', 즉 자신의 예술 세계를 이끌어 나갈 무엇인가가 결핍 혹은 필요하다고 절감한다.

구체적으로 자신의 피 안에 쏟아부은 "열 드럼이 넘는" 석유의 행방에 관하여 그리고 이러한 예술적 에너지를 쏟을 '무엇'에 관하여 고민한다. 이 고민들의 탈출구를 찾지 못한다면 자신은 "묵사발"이 된 "손짓 발짓 몸짓"의 형태로서 "낮은 곳으로 떨어"져 "허공에 까맣게 매달"릴지도 모른다는 위험 성을 인식한다. 즉 일상과 그 일상 속 자기를 고발하는 적나라한 산문과 시가 스스로를 우스꽝스럽게 만드는 상황을 초래하지 않으려면 자기만의 고유한 "히든 카드"를 지녀야 하는 것이다.

자기를 둘러싼 일상에 대한 철저한 폭로는 자신에 대한 반성과 용기를 드러내는 한편 그 적나라함으로 인해 타인의 시선으로부터 자기를 옭아매는 결과를 초래한다. 한편으로는 일상적인 삶에 '안주한' 자신을 끊임없이 고발 하는 것은 결국 자신을 "낮은 곳"의 "묵사발"로 만들 위험성이 있는 것이다.

그리하여 그는 허공 속에 나타났다가 사라지는 "보이지 않는 손"을 모색 하기 시작한다. 이 구원의 '손', 즉 미적 지향과 체험에 대한 갈망은 이후 그 가 발레 무용의 전문적 평론가로 크게 성장하는 내적 계기가 된다. 그리고 그 미적 체험의 또 다른 핵심에는 인간의 아름다움, 특히 여성의 아름다운 몸과 영혼이 자리 잡고 있다. 발레복을 입은 "V형"의 무용하는 소녀들의 모습은 그 에게 "가벼운 공기의 요정들"이 숲속에서 날아온 '구원의 손'이었던 것이다.

> 바로끄時代의 의상을 입고
> 흰 창살 밑으로 걸어갔다
> 北歐의 겨울 저편에 밝은
> 舞踊所 실내에서는
> 少女들의 허리가 V型으로

구부러지고 흰 발 밑에
가벼운 空氣의 妖精들이
숲속으로 날아가고
날아오고 있었다

「눈」

매우 아름다웠으므로 내색은 하지 않았으나 나는
더러운 손을 들고 뒤뚱거리며 따라갔습니다

그의 평범한 일상을 고양시키는 계기를 만들어주는 것은 미적 체험의 순간들
이다. 김영태는 무용, 특히 발레의 공연관람에서 그것을 즐겼다. 자연의 아름
다움이 숭고와 평안을 가져다준다면 아름다운 여성 육체의 움직임으로 구현
된 춤이란 인간이 지닌 아름다움의 요체를 핀셋으로 건져낸 미의 결정체이다.
친구를 좋아하고 여행을 좋아하고 인간적인 냄새를 좋아하는 김영태는 인간
의 육체로 만들어낸 혼의 아름다움 또는 고귀함에 관심이 있었다.

> 움직이는
> 조그만 균형을 만났습니다
> 한 部分이
> 가만히 정지하다가
> 접히다가
> 다시 포개어집니다
> 매우 아름다웠으므로
> 내색은 하지 않았으나
> 나는
> 더러운 손을 들고
> 뒤뚱거리며 따라갔습니다
> 내가 서툴게 줄을 그어
> 매달은 窓 밑에서
> 속을 펄펄 끓이고 있었습니다
>
> 「그림-마카로바에게 주는 2」

"움직이는/ 조그만 균형"의 아름다움에 매료되어 그는 열심히 공연장에 출석한다. 그런데 가장 아름다움을 느끼는 순간 특히 발레리나들의 아름다운 육체와 그것이 뿜어내는 환상적 장면 속에서 그는 불현듯 늙어가는 고독한 자신의 육체와 모습을 인식하곤 한다. 구체적으로 그는 아름다운 순간을 포착할 때 자신의 모습에 대하여 "더러운 손", "물에 비친 낙지" 등으로 나타내기도 하고 자신에 대한 이발사 시선의 의미를 "너는 떡이야"란 서술로써 희화화하기도 한다.

이것은 시인 나름의 겸손한 자기확인 방식이지만 때로는 그것을 넘어서 자기비하로 이어진다. 그의 자기 낮추기는 물론 출세 정도나 사회적 경제적 지위의 격차와 관련한 열등감이 아닌, 극도로 정제하여 만들어내는 인간의 육체적 정신적 아름다움 앞에서 초라할 수밖에 없는 인간의 또 다른 실상에 대한 인식과 관련한다. 그는 아름다운 발레, 춤 공연이 좋아서 매일 출근도장을 찍으며 아름다운 꽃에다 날마다 물을 준다. 어린왕자가 자기만의 작은 별에서 매일 꽃에다 물을 주고 바람을 막아주고 꽃의 불평을 아름다움이란 이름으로 감싸주듯이 시인은 상상의 '방' 속에서 '꽃'으로 표상된 아름다움의 실체를 향한 존경을 바친다. 그리고 자신이 체험하는 미적 순간을 "칠쟁이"의 자존심으로써 포착하려 고심한다. 위의 시 「그림—마카로바에게 주는 2」에서는 그것이 "속을 펄펄펄 끓이고 있"는 모습으로 나타난다. 그 고심 속에서 자기 나름의 방식으로 줄을 "서툴게" 긋는 것이다. 그러고 나서 그는 자신이 줄을 긋고 "매달은 窓" 밑에서 다시 속을 "펄펄펄" 끓일 것이다. 왜냐하면 그가 서툴게 그은 줄은, 너무나 빨리 '창'으로 변화하여 자신의 '방' 바깥의 많은 시선들에 노출되기 때문이다.

너는
바구니에 나를 집어넣는다
그러면 비바람이 분다

천둥도 조금
대바구니 칠이 벗겨지고
金가루(金가루는 에릭 사티 曲인데)
銀모래가 묻는다 내 뺨에

「꽃·37」

네가 내 곁을 떠났을 때
그 밤은 장려했다
조여드는 우물 안에
나는 갇혔고 너의 몸의
돋은 소름을
손바닥으로 털었다
끝이 안 보이는
끝, 마지막 식사였다

「그늘 반근 3」

浴湯에 타이루가 떨어진
빈자리에 눈썹 연필로
피아노를 그려 메운다

피아노밖에 그릴 줄 모르는
동태눈이……

빈자리를 쓸던 물줄기
속에서 꽃이 걸어 나온다
「브레에서의 랑데부」란 영화
화면 속에서 동태눈이 만난
꽃이

「꽃·76」

시인이 위 연애시편들을 썼을 때, 즉 이 시들의 출전 시집인 『매혹』(1989)과 『그늘 반근』(2000)의 출간시기를 가늠해볼 때 시인의 당시 연령은 각각 50대 초반 혹은 65세 전후에 해당한다. 그런데 이 후기 시편들은 그가 초기시에서 보여준 연애시편보다도 강렬한 관능적 황홀을 다루고 있다. 즉 젊은날의 연애시편이 관능으로의 몰입 과정을 미적으로 형상화한다면 후기 연애시편들은 육체적 정신적 결합으로 인한 황홀의 찰나에서 번쩍이는 미적 이미지를 간결하게 형상화한 것이 주류를 이룬다. 어떤 측면에서는 좀 더 사랑의 중심부에 스스로가 놓인다. 또한 그의 초기 시편들이 동화적이면서 환상적 분위기를 나타내는 가운데 기쁨이나 행복감을 표현했다면 후기 관능시편들은 감각적 실체 속에서 간결한 고도의 비유로 표현하는데 여기에는 일종의 형이상학적 실체마저 깃들어 있다.

　　단시 형태의 후기 연애 연작시들은 사랑의 현존과 부재라는 주제를 조금씩 다르게 그러나 전혀 새로운 느낌으로 다룬다. 그가 애호하는 에릭 사티의 곡 「짐노페디」처럼 그의 시편들도 똑같은 반복이면서 새로우며, 두드러지지 않으면서 은근하게 한 구석을 사로잡는다. 이처럼 사랑의 현존과 부재는 평범한 일상적 제재들의 미적 결합으로 형상화된다.

　　위 시편들에서는 대바구니의 칠이 벗겨진 혹은 금가루 은모래 등으로써 사랑의 현존을(「꽃·37」), 몸에 돋은 소름 털기로써 이별의 순간을(「그늘 반근 3」), 그리고 오래된 아파트 타일이 떨어져 나간 빈자리에 피아노를 그려넣음으로써 사랑의 부재로 인한 그리움(「꽃·76」)을 형상화한다. 그는 사랑의 현존과 부재 그리고 빈자리를 쓸던 물줄기 속에서 꽃이 걸어나오는 환상을 통하여 사랑의 대상과 그 자신을 심미화한다. 그 심미화에 관하여 그는 클림트의 관능적 소묘를 빗대면서 "여체의 여행, 부끄러움과 피곤함, 숨막힘과 나른함, 그리고 용서받지 못할 아름다움이 그 안"(「클림트의 鉛筆畵 1」 부분)에 있다고 말한다. 이처럼 그는 일상의 미적 체험의 영역, 구체적으로는 무용이 주는 아름다움을 감상함으로써 자신의 비루한 일상을 미적인 것 또는 좀 더 숭고한 것으로 끌어올리고자 한다.

그가 향유하는 미적 체험의 중앙부에는 아름다운 인간의 육체와 혼이 뿜어내는 아름다움이 있다. 그에게 인간이 만든 가장 아름다운 예술이란 '무용'으로 표상된 예술이 선사하는 환상이며 이보다 더욱 본질적인 아름다움이란 심미화된 '사랑'인 것이다.

사실 미적으로 승화된 관능 혹은 사랑은 일부일처제를 제도화한 사회에서 '위반' 혹은 '금기'와 관련을 맺는다. 다양한 방식으로 존재하는 사랑 그 자체는 분명 미적인 것일 수 있으나 제도화된 영역에서는 죄의식을 낳는 금기이기도 하기 때문이다. 그렇게 볼 때 그의 사랑에 대한 기록은 미적 순간과 결부된 '자기' 고백이며, 애초부터 적나라한 방식으로 공개되는 측면을 지니므로 타인의 냉정한 시선에 맞부딪친다.

그러한 시선은 자기 내부의 금기를 인식시킴과 동시에 자신의 사랑과 욕망을 옥죄지만 오히려 부자유스러운 타인들의 시선 속에서 사랑은 조용히 고조된다. 그의 연애시편은 어떤 의미에서 타인의 감시 속에서 그리고 사랑에 대한 자신의 금기의식 속에서 은밀하게 타오르는 '불꽃'이다.

> 3
> 가만히 있는데도 여기저기서
> 씹는다 나의 연애는
> 남의 연애가 아닌데도 눈으로 씹는다
> 나는 자유롭고 싶은데 罪 냄새를 검은 우유를 그들은 권한다
> 사소한 것이 진정 큰 것임을 모르는
> 사소한 아름다움이
> (가령, 의자 家具 音樂 납으로 만든 매니큐어 칠한 손 터기産 분홍찻
> 잔……)
> 그들은 눈물임을 모르는
> (중략)

7
아니 세상이 온통 구정물이 아니던가
무슨 분홍빛이
나를 결박하면 내 온몸에 분홍 이빨 자국을, 침을,
지워지지 않는 저 황홀한 指紋 하나하나를 바늘로
네가 떠준다면
이 세상의 마지막 罪처럼
아프지 않아도 아픔이 또 있듯이

「씹는 소리」 부분

　　김영태의 시는 자기에 대한 응시, 자기의 미적 체험과 자신의 사랑에 대한 응시를 표현하는 것에서 출발된다. 그리고 그것을 보는 타인의 시선, 그 시선에 개의치 않음 아니 개의치 않는 것이 아닌 자기에 대한 응시, 그 자기응시에서 비롯한 슬픔 또는 당당함 등으로 이어진다. 이러한 움직임이 질적 '차이'를 두면서 반복적으로 이루어지는 가운데 나선형으로 상승되고 승화되는 사랑에 찬 자기상이 만들어진다. 여기에는 철저한 자기응시가 있다. 그의 사랑은 서로를 거울처럼 비추며 서로를 상승시키며 모든 아름다움에 예민하게 눈뜨게 만드는, 그 자체로 신성한 것이다. 그것은 로미오와 줄리엣의 사랑처럼 금기가 작용할 때 더욱 불타오른다. 에로티시즘은 금기에 대하여 위반의 욕망이 불러일으키는 팽팽한 긴장에서 더욱 배가된다.

　　그는 자기의 일상과 그 일상 속에 찾아온 사랑을, 타인의 시선과 자기응시 그 둘의 호응적 혹은 적대적 긴장의 주고받음 속에서 끊임없이 키워나가고 승화시킨다. 그가 이러한 시선과 응시의 '고통'을 감내하면서까지 '자기'를 드러내는 글쓰기를 계속하는 것은 그를 에워싼 상황과 그 사랑을 '지극히 미적인 것'으로 인식하기 때문이다.

　　일상적 삶과 사랑의 미적 승화라는, 예술에 있어서나 인생에 있어서나 지극히 어려운 과제 가운데 시인의 실존을 건 모험이 있다. 그는 이러한 자신의 예술장이로서의 삶에 대해서 "흰 빨래처럼 더러워지면 빨아도 자꾸자꾸 나는 구정물이 나온다"(「쏘나타式」 부분)고 표현하는데 이 말은 자기의 일상과 예술이 상호 조응하는 가운데 결백과 순수함을 얻는 경지의 표현이기도 하다.

> 모든 것은
> 끝에 이른다
> 제 몸이 남색끝동으로
> 거기 있다
> 남을 해코지 않았으며
> 제 몫을 평생 가꾸었다
> 여기까지 와서 보니
> 裝飾이었다
> 조그맣게 헐겁게 지나쳤던
> 線들이 이 끝에
> 묻어 있다
> 뒷짐지고 황혼에
> 남색끝동
> 하나가

「風景人 1」

위 시에서 "線들" 또는 "이 끝" 등의 표현에 유의할 때 "남색끝동"이란 저고리에 매달린 고름을 의미한다. 인생의 후반에 다다른 시인이 자신을 남색 끝동 하나로 표현한 것이다. 그리고 자신의 표상인 "남색끝동"이 "남을 해코 지하지 않았으며/ 제 몫을 평생 가꾸었다"고 말하면서도 그러나 그것이 한낱 "粧飾"이었음을 한탄하기도 한다. 그리고 남색끝동의 그 끝에 자신이 지나온 삶 혹은 예술의 흔적들이 맺혀 있다고 말한다.

저고리 고름의 끝이란 앉을 때나 설 때 혹은 잘 때나 일어날 때 혹은 외 출할 때 제일 먼저 바닥에 닿아 더러워지기 쉬운 것이다. 그리고 예의나 맵시의 표현이기도 하면서 정숙함 혹은 아름다움의 정리라는 의미를 나타내기도 한다. 춤에서의 저고리 고름이라면 그 흩날리는 선의 맵시로써 춤의 미학을 살려주기도 할 것이다. 이처럼 작은 바람에도 일렁이며 사소한 접촉에도 흘러내리기 쉽고 때묻기도 쉬운 남색끝동의 고름이란 일상 속 섬세한 시인의 감수성을 상징하는 것이기도 한다. 즉 지나간 흔적이 묻어 있는 저고리 남색끝동의 비유는 참으로 교묘하고도 예술적인 아우라의 자리를 보여주는 지점이다. "뒷짐지고 황혼에" 선 그 인생의 남색끝동은 그러니까 예술인이자 일상인으로서의 자신의 삶을 정리하는 김영태의 메타포이다. 이것을 서슴없이 '장식'이라고 말하는 데에 김영태 시인의 인간적 매력이 있다.

> 떠나가거라, 어서
> 뒤를 돌아보지 말아라
> 뒤를 돌아보면 賤
> 해진다
> 유치해지고말고,
> 너는 三流가 아니지 않느냐
> 한손엔 장미를 들고

「辭表」 부분

타지 않은 내면으로 타다 남은 초록을 그려 넣는
'생각하는 사람'

이 유 경 론

실체는 우리의 안중에서 씻을 수 없는 반점으로
촬영될 수도 있다

이유경(1940)은 1959년 「국제신문」 신춘문예 시 당선에 이어 그 해 『사상계』 3
월에 「봄」, 「노을」, 「果實」이 박남수의 추천으로 발표되면서 등단하였다. 그
는 처녀시집 『밀알들의 靈歌』(삼애사, 1969)를 비롯하여 『下南詩篇』(일지사,
1975), 『草落島』(문학세계사, 1983), 『구파발 詩』(문학세계사, 1990), 『몇날째 우
리세상』(문학수첩, 1998), 『겨울 숲에 선 나무의 전언』(아침나라, 2004)을 상재하
였다.

　　1960년대에 '현대시' 동인으로서 활발한 창작활동을 보여주었고 1975년
'한국시협상'을 수상하기도 한 그는 「국제신문」, 「중앙일보」, 「조선일보」, 「스
포츠 조선」 등에서 33년 동안 주로 편집 일을 하며 기자 생활을 하였다. 고등
학교 3학년 재학 중에 「국제신문」과 『사상계』에서 신춘문예와 추천으로 등단
한 그의 등단작들은 일반적인 시인 지망생들이 초기에 보여주는 세계와 같이
순수 서정세계나 섬세한 감수성의 영역을 보여주는 것이었다.

　　　　흔들리며 넘쳐 가던 새 소리는 시방
　　　　따시한 바람 속에 언덕을 넘어오고

　　　　머언
　　　　출렁이는 바다
　　　　파아란
　　　　언덕을 넘어가는 작은 짐승 하나마저
　　　　그리운 풍경으로 투영되어
　　　　스쳐가는 왼갖 것에 조용히 손짓을 보낸다.

우리들 가슴마다 무성히 피어나는 樹木의 이름으로
물체들은 제마다 파란 언덕을 마련하는가

언젠가는 가지를 타고 올라와 고운 結實이 되고
한번은 아슬히 떨어져
항거할 수 없는 나래를 펴고

잎은 햇살을 보듬은 깃발이 되어
파란 하늘 위에 일렁일 물여울

「봄」

그의 등단작인 「봄」, 「노을」, 「果實」은 자연의 아름다움과 결부된 순수
서정의 세계를 형상화하고 있다. 위 시에서는 봄날의 화창한 파란 하늘을 배
경으로 파란 언덕을 넘어오는 새소리를 모티브로 하여 우리들 가슴속에서 자
라나는 "파아란 언덕", 즉 언젠가는 고운 결실이 되고 나래를 펼칠 파란 하늘
과 같은 희망과 동경의 세계를 보여주고 있다.

여기서 짐작할 수 있는 그의 시작 경향은 바로 의식적으로 이미지의 전
이를 구사하지 않는다는 점이다. "새 소리"는 '자연스럽게' 언덕을 넘어와
"우리들 가슴"에 동경의 나래를 펼치는 "파란 언덕"으로 어느새 내면화되는
모습을 보여준다. 그러니까 이미지의 자연스런 전이 방식은 그가 굳이 애써
노력하지 않아도 얻어지는 셈인데 이러한 면모는 그의 다른 등단작에서도 나
타나는 주요한 특징이다.

또한 그의 등단작에서는 단순한 자연풍경의 묘사에 그치지 않고 시인이
펼치고자 하는 동경 또는 꿈의 세계가 "파란 언덕"처럼 펼쳐지고 있다. 그의
"파란 언덕"은 새로운 것, 진취적인 것이 끊임없이 열려져 있는 세계다. 위의
시 「봄」에서 나타나듯이 이미지의 자연스런 전이 능력과 "파란 언덕"으로 표
상된 새로운 세계에의 동경 또는 꿈 등은 이후 그의 시에서 형상화 방식과 지

향점에서 내재적으로 작용하고 있다.

　이와 같이 다른 시인들처럼 등단이라는 관문에서 별다른 어려움을 겪지 않았고 이미지 전이 방식의 세련성이 자연스럽게 연출되었다는 점은 앞으로 전개되는 그의 시세계에 중요한 역할을 하게 된다. 왜냐하면 이후 그는 시 형상화의 방식에 관한 고민보다는 시세계의 나아갈 새로운 방향성 또는 주제의식에 치중하게 되는 면모를 보여주기 때문이다. 더욱이 시인으로서 그 자신이 지닌 '알'의 세계를 깨어서 새롭게 태어나려는 노력보다는 그가 지향하는 다양한 세계의 '알들'을 바라보고 품으려는 방식으로 전개되기 때문이다. 즉 앞으로 배우는 새로운 것 혹은 진취적인 것을 향한 변화에 그가 중점을 두게 된다는 뜻이다.

　이유경은 고향 하남에서 서울로 상경한 다음 대학생활과 '현대시' 동인 활동을 활발하게 전개한다. '현대시' 동인지에 발표한 다수의 산문은 이론적 색채를 지닌 것이었는데 주로 '현대시' 동인이 지닌 '내면'의 의미와 '상징주의'에 관한 논의가 주종을 이룬다. 이것은 그의 전공인 불문과의 이력이 상당 부분 작용한 것으로 보인다. 또한 이 시절의 그는 초기 등단작의 경향에서 꽤 전회한 시창작을 선보인다.

　이렇게 볼 때 鄭芝鎔에게서 본격적으로 시작된 리리시즘이 金光林 등 六〇年代에 이르기까지 變化가 어떠했는가를 우리는 단번에 알 수 있다. 그것은 한마디로 말해서 詩의 暗黑에서 韓國人의 精神世界를 支配하고 있는 리리시즘적 요소를 개발하여 리리시즘이란 무엇인가 라는 疑問에 對한 答案作成의 課程이었다고 말할 수 있지 않을까 하는 것이다.

　그러나 一九六〇年代의 韓國詩는 결코 「리리시즘에 對한 證言의 作業」으로 集約될 수는 없는 것 같다. 主流에 對한 反撥과 順從과 異質의 合唱이었다.

　現實에 對한 排戰이라든가 觀念世界로 向한 執念이라든가 혹은 原始世界를 具現하려는 노력 역시 보여줬던 것이다. 굳이 하나의 分類를 할 수 있다면 內面意識의 多樣化 傾向과 言語의 콘트라스틱으로 내보인 抒情의 深化作業과 外部世界에 對한 觸發的인 反應의 詩, 포엠에의 自覺으로 詩의 再編成追究로 大別할 수 있다.

「定着의 座標」, 『현대시』 15집, 530∼531쪽

보오드렐에서 시작하여 슈르레알리스트에 이르는 소위 詩의 형이상학적 투쟁이나, 또 형이상학에의 반항이나, 엘리어트, 오든, 스펜더, 딜런 토마스에 이르는 現實의 次元을 높이려는 지적인 努力은 詩로 하여금 그 本質에는 가까이 接近시킨 데 반해 大衆을 詩에서 멀리 떨어지게 하는 결과를 빚었다. 말하자면 詩를 이미, 大衆이 흔히 버리지 못하고 있는 센치멘탈리즘이나 俗物 취미에 영합할 수 없는 고차원의 세계로 끌어올려 놔버린 것이다. 그러면서도 그런 詩들은 現實의 非理를 들추면서 그 非理를 다른 어떤 秩序로 대치하려는 苦鬪를 수반하고 있었다고 보여진다.

「歷史意識의 詩」, 『현대시』 22집, 838쪽

그가 동인지에 발표한 위 산문을 통해 자신의 전회한 시세계의 정체가 밝혀진다. 그의 지향점이란 시인의 개인적인 성향과는 성격을 달리하는 것이다. 즉 이 글에서 볼 때 1960년대 그의 시적 전환이 꾀하는 의미는 우리 현대시사 전개에서 필요한 부분이라는 것이며 전대 우리나라 현대시가 지닌 취약점을 개선한다는 의미까지 안고 있다.

그는 정지용에게서 본격적으로 시작된 리리시즘이 김광림 등 1960년대에 이르기까지 어떻게 변화되었는지를 개관하면서 리리시즘적 요소를 심화, 다양화할 것을 강조한다. 리리시즘적 요소, 즉 서정성의 언급에서 그가 정지용을 필두로 현대시사를 언급하는 것을 볼 때 그의 시세계 계보는 모더니즘계 시에 그 근원을 둔다고 할 수 있다.

그렇다면 정지용 등으로 시작된 리리시즘을 어떤 측면에서 심화시킨다는 것인가. 이때의 리리시즘이란 모더니즘적 시편에 나타나는 서정성을 뜻하는 것으로, 당시 모더니즘 시가 지녔던 성향을 살펴봄으로써 파악될 수 있다. 우리나라에서는 당시 영미 모더니즘 계열의 시가 주종을 이룬 편이었는데 주로 회화적 풍경을 맵짠 언어로 압축화한 것이 특징적이다. 또한 감정적 요소가 상당히 감추어져서 우회적으로 나타난다. 즉 리리시즘의 심화와 다양화라는 것은 압축적인 내적 정서의 표현만으로는 불충분한 '내면'을 본격적으로 형상화하자는 것이다.

이것은 『현대시』 동인지에 게재한 산문에서 그들의 지향점의 한 예로서 이상 시인의 시편을 든 것에서도 단적으로 나타난다. 즉 회화적 풍경과 감정 절제의 깔끔함 그 너머에 있는 복합적이고 모순된 현대인 내면의 분출상을 형상화하자는 것이다. 이것은 우리나라 현대시사의 전개상에서 볼 때 1960년대 당시로서는 필요한 개척의 영역이었다. 이러한 그의 의도는 시의 형상화에서는 구체적 풍경과 추상적 풍경의 상호 융합, 언어적 측면에서는 구체어와 추상어의 비약적 결합을 통한 내면 상념의 거침없는 표현의 형태로 나타났다.

이유경과 이승훈의 시론으로 주요하게 대표되는 '현대시' 동인의 이러한 지향은 1960년대의 시작품 경향의 주요한 특성을 설명해 주는 것이기도 하다. 이유경의 경우 주로 보들레르로 대표된 프랑스 상징주의적 세계를 예로 들어서 내면성의 지향점을 설명하였는데 이것은 불문과 전공자로서의 이력 때문이기도 한 듯하다.

이때 이유경은 상징주의 계열의 시인들에게서 "現實의 非理를 들추면서 그 非理를 다른 어떤 秩序로 대치하려는 苦鬪"의 측면을 부각시켜 본다. 즉 보들레르의 상징주의 시가 안고 있는 모순된 현실의 우회적 이미지나 문명비판의 측면에 주목한 셈이다.

> 빛이 倒錯하는 어디서나
> 알몸을 드러내는
> 實體는 거울보다 明瞭하고

表皮엔 짙은 색깔
開方되는 향기까지 볼 수 있다.
일체의 混沌을 물리쳐
가장 세밀한 秩序도 陳列해 준다.

빛은 神의 황홀한 안광이다.
빛에 照應하는
저 실체의 알몸을 봐라
우리에게 思惟의 의지를 제공하고
우리를 술취하게 하는
그것은 차라리 풍요한 양식이다.

빛이 終焉하는 곳은 어딘가.
그때 일제히 나려지는
검은 吊旗의 우울
重壓을 감당할 힘은 이제
우리에겐 없다.

化石된 骨格만 남아
散在될 것이다.

실체는 어디 있는가.
누구도 개발할 수 없는
질식의 동굴 속인가. 가령
빛이 다시 드리닥칠 때
일체가 일순 生命을 찾아
급작스런 동작으로 단장하고 있을 때
실체는 눈 먼 거지처럼 방황하면서
그 향기와 색깔을 뿌리고

우리의 眼中에선
씻을 수 없는 斑點으로
촬영될 수도 있다.

「빛」

위 시에서 나타난 "빛"은 의식적 의도에 따라서 형상화된 것이라기보다는 이유경의 다른 초기 시편들처럼 무의식적 언술의 방향을 따라서 형성된 것으로 이 시에서 빛은 자연계의 색과 향기와 세밀한 질서를 들추어내는 상징주의적 색채를 지니기도 한다. 혹은 "실체"와 결합되면서 "神의 황홀한 안광" 혹은 "思惟의 의지"를 지닌 명징한 시선의 의미를 지니기도 하며 그 '빛'이 사라진 곳은 "검은 吊旗의 우울"이 있을 뿐이다.

그리고 빛이 비칠 때 실체는 "눈 먼 거지처럼 방황"하면서 "우리의 眼中에선/ 씻을 수 없는 斑點"으로 "촬영"되기도 한다. 즉 빛은 이유경이 지향하는 상징주의적 조응의 세계와 그 맥락이 닿기도 하지만 실체를 비추는 빛으로 표상된 명징한 이성의 세계 혹은 우리의 실상을 대낮처럼 환하게 드러내는 행위, 즉 찍을 때마다 '빛'이 터지는 카메라와 같은 시선의 의미가 되기도 한다.

여기서 주목할 것은 이 시기 시인의 시세계를 해명할 수 있는 '시선'이 드러난다는 점이다. '빛'과 같이 명징한 그의 시선은 어둠 속에 묻힌 사물과 현상계의 미와 추, 향기, 색채 등을 속속들이 들추어낸다. 그런데 그 실체는 일상적인 현실세계 속에서 흔히 씻을 수 없는 반점으로 나타나기도 하는 것이다.

위 시에 나타난 '빛'이 상징주의적 세계를 환기시키면서도 명징한 이성을 지닌 시인의 '시선'을 환기시키는 것과 같이 그의 시편들도 이러한 특성을 공유하고 있다. 이것은 그가 보들레르나 상징주의 계열의 시인들에게서 그 내면의 이미지가 안고 있는 현실문명에 대한 비판적 의미를 우회적으로 읽어낸 것과 관련이 있다.

'빛'과 함께 터지는 그의 카메라적 시선은 주로 어둡고 암울한 사회의 뒷골목을 향하고 있다.

1
한 알의 밀알이 땅에
떨어지면 나르는 새가 겨냥의 눈을
깜박이며 下降하고
한 알의 밀알이 시궁창에 빠지면
흘러 바다에 가서 싹이 틀까.
한 알의 밀알이
높은 빌딩의 屋上에 떨어지면
人子의 눈이 그것을 분별할까.
分別하는
謀利輩의 뱃구멍에서 밀알은
든든한 뿌리를 뻗고
살찐 收穫을 거둘까.
불휘 기픈 놈고 브룸 에 아니 뮐세
꽃됴코 여름 ᄒᆞ니
여름은 잔인한 근육을 내밀고
한 알의 밀알에도
千의 未知를 개간한다.

2
비가 내린다.
죽어 추한 흔적 위에 비는 裸體를 보이면서
깔깔깔 射精의 쾌감을 퍼붓고 있다.
죽은 者는 地下에서 묵묵히 신음하고
人子는 수군대며 마주 앉는다.
비가 내린다.
존재의 안팎에서 덜커덩대며

상한 뿌리를 진술하고
죽은 모체의 자궁을 일깨워준다.
영혼이 사방에서 떨고, 울지만
비는 비정한 욕심에 골몰해 있다.

비를 머금은 草綠은
신선한 얼굴로 大衆의 눈을 빛나게 하리라.
비를 掠奪한 땅은 흥분의 頂點에서 흔들리다가
쓸쓸한 瓦解 속에 빠져 가리라.
오 그런데 비는
모리배의 뱃구멍 그 튼튼한 동굴에 파고든다.

오 그런데 비는
가난한 여인의 머릿칼 위에 射精한다.
비정한 잇발을 내놓고
우리의 아픈 곳을 쑤시고 있다.
넘치는 江과 人夫들
산과 工場을 넘어
존재의 빛을 반사시킨다.

「밀알들의 靈歌」 부분

朝刊新聞을 펼치는 그대 눈은
못 볼 것이다. 간밤에 일어난
피투성이 事態가 모두 正常이 된 것을
어나운서가 주워대는 말 속에도 없는 더 커다란 목소리와 悲鳴이
밤을 꿰뚫고 지나간 것도 모를 것이다.

몰라도 좋은 그 죽음의 밤

비에 젖은 용수철에 녹이 한 점 올라붙고
솟두껑 위엔 허우적대는 쥐의 놀란 눈
충치를 앓는 고양이
神經을 갉으며 간다.
犯手의 動作처럼 재빠르게
첫 추위가 가지 사이로 오르내리고
소름 돋은 철조망 너머
시멘트 바닥에 떨어졌다가
진창에 곤두박질 뜀뛰기 절뚝걸음
유리조각 위로 休紙더미 위로
피투성이 된 발바닥의 强行
逃走의 골목에 도둑의 눈이
번뜩인다 달이 쫓겨 다닌다.

「간밤의 消息」 부분

「밀알들의 靈歌」는 이유경 초기시 중 대표적인 장시이면서 그의 처녀시집의 제목으로 쓰이기도 한 작품으로, 밀알이 떨어져 썩으나 썩지 않으나 별반 다를 바 없는 현실의 추악상을 자유연상적으로 보여주고 있다. 여기에는 미적인 형상화나 시의 구조적 짜임새에 관한 인식의 배려가 잘 나타나지 않는다. 대신 무의식적인 언술과 함께 사회 구석구석에 존재하는 모리배, 외국병사, 매음녀 등의 부조리한 모습을 빗대어서 언술 중간중간에 끼워넣고 있다. 이것은 일종의 몽타주 장면을 형성하고 있는데 마치 부조리한 삶의 현장을 장면장면 찍어서 파편적으로 엮어놓은 듯한 장치를 취하고 있다. 여기에서 나타나는 시의 소재들은 그 자체가 통일되고 조화된 의미의 세계와는 거리가 있으며 그것들 자체가 각각의 기호로서만 작용하면서 전체적인 편집 의도를 강화시키는 쪽으로 작용한다고 보아야 할 것이다.

「밀알들의 靈歌」가 부조리한 사회현상을 몽타주 기법으로 여러 장면을 잇대어 형상화하고 있다면 「간밤의 消息」은 액자식 구성을 취하면서 부조리한 장면을 연속적으로 찍어댄 듯한 효과를 보여준다. 이 시의 내용은 "조간 신문"을 펼치는 그대 "눈"이 간밤에 일어난 도둑과 강간 등의 장면을 구체적으로 상상하는 것인데 그 상상의 장면은 간밤의 사건 현장을 리얼하게 드러내고 있다.

이때 시인은 "그대 눈은 못 볼 것이다"를 덧붙이는데 이것은 단순한 기사로 실린 간략한 글이 함의하고 있는 실제적인 엄청난 폭력과 잔인함의 표현이며 현장에 관한 상상에 스스로가 질식해 버리는 형국이다. "충치를 앓는 고양이"가 "神經을 갉으며 가"는 장면은 매우 거북한 느낌을 주는 상상의 한 일단이기도 한데 이 시의 생략된 뒷부분은 도둑과 강간의 현장을 리얼하게 형상화하고 있다.

그가 이렇게 자신뿐만 아니라 독자들에게도 다소 거북한 불쾌감을 주는 내용들을 굳이 장시의 시편으로 쓰고 또한 이것을 초기시의 대표시격으로 선정한 이유는 무엇일까. 이것은 앞에 나온 '빛'에 관한 시에서도 알 수 있듯이 시인이기에는 너무나 이성적 시선을 지닌 기자라는 그의 직업과 관련지어 생각할 수 있다. 사실 현대의 많은 시편들은 조화롭고 통일된 정서의 상태 그리고 승화로 향하는 의지의 정도를 보여주고 있다. 말하자면 현상계에 나타나는 개별성 속에서 조화롭고 신성한 '그 무엇'을 발견하면서 '그 무엇'이 모든 개별적 존재의 형상들을 덮는 상징의 세계를 형상화하는 것이다. 그러한 시가 비록 개인의 내면에서는 평화와 안정을 가져다주고 조화와 선의 가치라는 보편적인 지향점을 담은 것이라고 하더라도 그 상징적 세계는 모든 개별적 존재들이 지니고 있는 이질성과 차이와 그 사이사이에 존속하는 가늘지만 깊은 틈을 일시적으로 덮어씌울 수도 있다.

이유경은 이러한 상징적 세계의 구현이 현실적 상황, 특히나 1960년대라는 시대가 안고 있는 상황과는 거리가 있다고 보았다. 그의 시는 실제 존재하지 않거나 그가 확인하지 않는 것에 관해서 섣불리 말하지 않는다. 편집일을 주로 하는 기자로서의 입장은 사회의 좋은 일들보다 부조리한 부분들을 들추어내고 그것을 고발하면서 사회를 개선해 나가야 하는 위치에 있기 때문이다. 즉 늘 보는 사건 기사들이나 정치적 사회적 이슈들이 지닌 도덕적 문제들의 무게는 그로 하여금 내적 평화와 안정을 기하는 시편들을 쓸 수 없는 처지로 만든다. 그리하여 그는 부조리한 기사들이 안고 있는 문제를 상상력으로써 더욱 리얼한 비참상을 형상화하면서 그것을 시에서 몽타주적으로 이어가되 그 방식은 무의식적 언술의 흐름을 취하고 있다.

그의 시는 자본주의 사회가 떠안고 있는 부조리한 개별적 파편조각들을 그대로 잇대어 보여줌으로써 개별적 존재들이 떠안은 이질성과 균열의 틈새를 보여주고자 하면서도 한편으로는 이러한 세계가 단순히 그것에 그치고 마는 것은 아니라는 확신을 포함하고 있다. 인간의 불완전한 주관성을 그대로 보여줌으로써 그 불완전한 주관성에 대한 새로운 인식 혹은 그 속에 내재한 인간의 숨겨진 신성 또는 선의지를 일깨우는 변증법적인 힘이 그 속에 내재해 있다고 그는 믿는 것이다.

이에 대해서 그는 "나의 詩는 '現實人으로서의 自我'가 '理想의 自我'와 마주칠 때 오는 갈등과 딜레마의 모든 것이다. 죽음 意識과 惡과 섹스와…… 이런 것들이 나로 하여금 '理想의 自我'로 인도해 주리라 믿는다"라고 말하고 있다.

하단 갈대밭 허연 웃음 속에 햇살 한 가닥 깜박이다가……

이유경은 1975년 두 번째 시집 『下南詩篇』을 발표하면서 그 서문에서 그의 처녀시집인 『밀알들의 靈歌』에 대해서 다음과 같이 말하고 있다.

> 현실적으로 나의 삶, 나의 주변, 그리고 '우리들'이라는 말이 허용된다면 우리들의 괴로움 그것을 詩에 적어보려고 애쓴 적이 있고, 그것이 失敗로 돌아온 것이 첫 詩集 「밀알들의 靈歌」.
> 나는 신경질나는 그 世界와 결별하고 싶었다. 下南의 들판, 바람과 언 강물과 파릿한 보리의 아픔으로 다시 돌아가 그 시달리며 움츠린 악몽의 세계를 내 사랑의 획득과 함께 고뇌하고 싶다. 실로 都市의 이 추악한 상식에다 나를 매몰시킬 수는 없는 것이다.

위의 글은 그가 「밀알들의 靈歌」에서 도시 속 부조리한 삶의 파편들을 형상화한 것으로부터 '하남 들판'의 세계로 변화하게 된 계기를 말한 것이다. 신문기사 속 부조리한 사건들이나 도시의 어두운 욕망이 들끓는 곳의 편집적 장면 또는 그것의 내면적 인상이나 상상의 형상화는 그의 처녀시집의 주종을 이루는 것이었다. 그는 이러한 자신의 시세계를 "신경질나는"이라고 표현하고 있다. 그 의미는 명징한 빛과 같은 시선으로 포착하여 낱낱이 고발하고자 한 내용항이 환기시키는 분노나 어두운 힘이 시인을 둘러싸 압도하게 만든 형국과 관련이 있다. 즉 자신이 고발하고자 하는 현실세계가 개별적 존재로서의 자신을 둘러싸고 정신적 정서적으로 압박해 오는 것으로부터 탈출할 정서적 비상구가 필요한 시기가 되었던 것이다. 그리하여 그는 "都市의 이 추악한 상식에다 나를 매몰시킬 수는 없"다고 다짐하고 자신의 고향 하남 들판을 향하고 있다.

이 시기부터 그의 시세계는 외관상으로 큰 변화를 갖는다. 그 주요한 부분은 그의 시에서 서걱거리는 '풀잎 소리들'의 등장이다.

베인 벼 그루터기의 비명이 들판에 가득히 앉아 있는데
몇 조각의 얼음이 반짝이다가
봉창을 열고 어둠을 몰아오데
꺼멓게 선 산 그늘이 되돌아와
집집마다 등불을 켜고 둘레엔
까만 사람들을 게워놓고
집집마다 여윈 얼굴로 누운
혹은 코딱지 귀까지 묻은 아이들
그 사람들 중의 하나인 내가
악몽에 가위눌려 있고
누나의 初經 숨죽인 울음 같은
바람소리가 문밖에 멈추어 섰고

바람은 질린 얼굴로 강으로 가서
쉴 새 없이 모래를 퍼올리면서
스스로 바람을 보게 만들데
어느새 다 자라버린 버드나무가
늪가에 잎 한 개 없이 흔들리고 있데

栢山에 가서 서울 꿈을 꾸고 떠나면
몸조심 하거라 늙은 어머니의 기나긴 배웅
비명보다도 아프게 사방에서
내 이름 부르는 옛 소리

기다려라 기다려라 바람의 울부짖음

사방에서 지나가고 있데

「栢山소식」

고향 하남에서 그는 "베인 벼 그루터기의 비명"을 듣는다. 그리고 집집마다 등불을 켠 둘레엔 "까만 사람들"과 "여윈 얼굴"로 누운 아이들, 그리고 유년시절의 "내"가 악몽에 가위눌려 있고 누나의 숨죽인 울음소리를 듣는다. 그리고 "栢山"을 떠날 때면 늙은 어머니의 기나긴 배웅을 듣는다.

그가 도시로부터 돌아와 고향 하남에서 보고 들은 것들은 유년시절에 대한 안온한 향수와는 거리가 있다. 즉 유년시절의 삶을 형상화한다기보다는 그가 도시 속 어두운 삶의 군상들을 명징한 시선으로 바라보던 것과 유사한 방식으로 고향과 가족들의 모습을 바라보고 있는 것이다. 이것은 자신을 포함한 과거의 삶과 고향의 모습에서 자신이 고발하고자 했던 도시 뒷골목 삶의 연속적 국면을 발견했기 때문으로서, 행복했다고 믿었던 고향 들판과 나무와 풀들도 비판적 시선을 지닌 어른이 된 시인에게는 민중의 고통스런 삶의 비유적 장면으로 인식될 뿐이다.

이와 같이 『下南詩篇』은 자신을 포함한 고향 터전의 사람들이 안고 있는 고통과 아픔을 형상화함으로써 시적 진정성을 얻고 있다. 「밀알들의 靈歌」에서 도회지의 어두운 인생들을 위에서 내려다보며 찍어대는 시선이 아니라 자신을 포함한 가족과 시골 사람들이 안고 있는 공동체적 아픔을 자신까지 포함하여 함께 찍고 있는 형국이기 때문이다. 결국 사회와 문명비판이라는 그의 목소리는 자신의 실체험과 결부되어서 민중과 삶을 함께 아파하고 고통을 겪는 화자의 얼굴을 드러내고 있다. 그리하여 초기시에서부터 시도해 왔던 현실문명 비판은 추상적인 것 혹은 세속적인 향수로부터 벗어나게끔 한다. 현실의 부조리를 찍어대던 카메라적 시선은 이제 자신을 포함한 고향 사람들의 셀프 카메라가 되어 있다.

고향의 구체적 삶의 형상들은 '풀'이란 것으로 환치되어 있는데 그 풀들은 한결같이 마르거나 황폐한 모습을 지니고 있다.

> 파리한 보리가 차갑게 웃고 있었다
> 마을 속으로 들어가는 논 길
> 어머니의 손같이 터진 땅을 걸어
> 늙어 파리해진 어머니의 그 손을 잡고
> 섧게 웃는다 보리처럼 나는
>
> 보리가 뿌리를 반쯤 내놓고
> 바람에 부대끼던 지난 怒冬처럼
> 어머니는 속에 아픈 세월을 감추고
> 긴 나이만큼 나를 흔들어주었다
>
> 서울의 二月의 시린 안개
> 속으로 돌아오면서
> 나는 내내 파리하게 흔들리었다

「보리」

"파리한 보리"는 고향에서 "아픈 세월"로 고생한 "늙어 파리해진 어머니"를 닮아 있다. 그리고 그 어머니의 손을 잡고 배웅받는 나도 보리처럼 "섧게 웃는다." 즉 "파리한 보리"는 시골 가난한 삶의 터전인 논길, 터진 땅인 동시에 어머니의 삶이기도 하면서 자신을 포함한 뿌리의 결정체가 되어서 자신을 "파리하게 흔들"고 있다.

보리, 마른 풀 등은 그의 중기시에서 주요하게 나타나는 시적 제재이다. '풀'이 '민초'를 상징하는 것과 같이 '민중'의 의미도 그 맥을 같이한다. 그런데 이유경의 '풀'은 민중을 지식인이자 기자인 자신과 동떨어진 것으로 인식하지 않는 데에 진정성이 있다. 자신을 그 '풀'의 뿌리로부터 결과한 하나의

'보리'로 인식하는 데에 당대를 사는 지식인으로서의 자세를 나타낸 것이다.

　그의 시편들은 우리가 외면하고 싶은 사람들과 사물들, 사건들을 구체적인 형상으로 담고 있다. 『밀알들의 靈歌』에서는 그것이 나이브한 몽타주의 형식으로 나타나고 있으며 『下南詩扁』 이후의 중기 시편에서는 가난하고 고통받는 자신의 고향과 가족, 부모님의 얼굴들로 채워져 있다. 그것도 아주 사실적인 형상화와 함께 감정을 가능한 한 배제한 채 담담하게 서술하고 있다. 이것은 시대를 사는 지식인이자 기자로서의 용기를 보여주는 동시에 가족과 이웃에 대해 시혜적이 아닌 평등한 사랑을 보여주는 한 단면일 것이다.

　『下南詩扁』 이후부터 그는 노골적이고 직접적인 도시 체험이 아니라 분노의 목소리를 가라앉힌 담담한 서술과 비유적 방식으로써 하남과 유사한 성격을 지닌 서울의 또 다른 자신의 고향 구파발에서의 일상 체험, 이웃 여인의 울음, 가난한 이웃의 아픔을 공유하고자 한다. 그리하여 그의 초기시에서 암울한 사회적 단면들을 밝고 명징하게 바라보던 '빛'과 같은 그의 시선은 다소 희미해지고 있다.

　　　嚴冬의 저문 들판 너머로
　　　강물이 걸쳐져 있다 수군대면서
　　　앞선 물이 남긴 흔적과
　　　뒤선 물이 지운 흔적과
　　　앞뒷 물의 살얼음 출렁이면서
　　　햇살 한 가닥 그 밑에서
　　　밀려 다니고 있다 길게 흘러서 기껏
　　　下端 갈대 밭 허연 웃음 속에
　　　부스럭대다가는 새벽에 얼어붙고
　　　바다를 만났다가는 바다와 함께
　　　퍼렇게 부은 얼굴로
　　　되돌아온다 돌아와 종일을

발저리도록 섰다가 저무는 들판
강물은 수군대면서 지금
어둠에 잠기고 있다 속에선
햇살 한 가닥 깜박이다가
까만 재로 흩어지고 있다

「嚴冬의 강물」

"嚴冬의 저문 들판" 너머로 강물이 걸쳐져 있는데 그 앞선 물과 뒤선 물의 흔적, 출렁임 사이로 "햇살 한 가닥"이 밀려 다닌다. 갈대밭 속에서 부스럭대다가 새벽에는 얼어붙고 바다를 만나서는 퍼렇게 붓고 종일을 발저리게 섰다가 어둠에 잠기곤 하는 "햇살 한 가닥"은 세상의 어둔 곳에서 움츠린 사물들과 사람들의 모습을 그대로 따라가면서 내적인 고통을 함께 겪는 시인의 행방을 상징한다. 세상의 어둔 곳을 종일 따라다니는 "햇살 한 가닥"으로 표상된 시인의 진정한 행복이란 자신을 둘러싼 가족과 이웃과 사회 전체의 평안이 함께할 때 이루어지는 것이다.

사실 그의 시에서는 행복한 표정이나 평안한 얼굴들을 찾아볼 수가 없다. 그래서 독자들로 하여금 다소 불편하게 하는 측면을 지니고 있다. 불편스럽고 괴로운, 고통스런 상황과 얼굴만을 보고 싶어할 사람이 어디 있겠는가. 그러나 그는 보통 사람들이 하기 힘든 이웃애 또는 인류애를 보여주려고 노력한다는 점에서 그리고 시 속에서 자나깨나 그러한 정신을 잃지 않는다는 점에서 시대 양심을 지닌 지식인이라 할 수 있다. 그렇다고 해서 오버하지 않는다. 섣불리 민중의 희망이나 행복이나 웃음을 그의 시에 그려 넣기보다는 아주 적확하게 자신이 체험하고 보고 들은 사회의 구석구석을 객관적으로 드러내려 하며, 그것에서 억지스런 희망이나 행복을 끌어내지 않는다. 그렇기 때문에 그의 시는 행복의 상상력보다는 부정적 상황을 일깨우는 상상력의 형상화가 빈번하며 미적인 장면보다는 현실적인 소외와 욕망의 장면이 더 지배적이다.

물론 그 장면들 속에서 섣부른 희망이나 조화, 신성의 세계를 귀결시키지도 않는다.

또한 표현방식에서도 마주하는 현실 묘사에 충실하기 때문에 의도적인 배치보다는 무의식적 언술에 가까운 구조를 보여준다. 즉 그의 시는 일반적인 시가 지녀야 할 미적인 완결성 혹은 숭고, 선의지와 연관된 예술적 특성이 결여된 측면이 있는 것이다. 뒤집어 말하면 서걱거리는 '풀소리'와 투박한 목소리 속에 담긴 인간적인 시선이 시인의 개성이다.

위 시에서 인간적인 시선이 서린 "햇살 한 가닥"은 "깜박이다가/ 까만 재"로 되어버리기도 한다. 그런데 그 "까만 재"는 '검음' 속에서 슬며시 되살아나는 불씨를 지니고 있다. '햇살 한 가닥'이 '까만 재'로 되는 것은 세상에 대한 명징한 그의 시선이 느끼는 고통의 상징적 표현이다. 그에게는 봄과 같은 계절도 산뜻하게 와닿지 않는다. 이상화의 「빼앗긴 들에도 봄은 오는가」에서의 화자처럼 시인은 그가 '봄'을 만끽하는 것에서조차 자의식 또는 자조의식을 지니는 것이다. 그만큼 속악한 현실과 이웃의 고통으로 인한 압박감이 시인에게 엄청난 무게로 작용하는 것이다. 그의 "시린 귀"에 들려오는 "병신아 벌써 봄이야!"라는 환청은 이러한 그의 고통을 상징적으로 드러내는 모티브이다.

> 막막한 신작로가 먼지
> 투성이 포플라에게 속삭이고 있었다
> 병신아 벌써 봄이야!
> 수없이 들리는 그 소리에 나는
> 시린 귀를 다 막았다
>
> 「헛소리」 부분

이 가지들의 간절함은 타지 않은 내면으로 타다 남은
초록 그려 넣는 일

시인 이유경은 초기 시편들에서 사회적 부조리의 현장, 모리배나 매음녀, 사건의 현장 등을 몽타주 방식으로 형상화하였으나 그 자신이 도덕적 부조리에 압도되는 시점에서 『下南詩扁』의 '마른 풀잎' 표상들로 전회하였다. 그 '풀잎'들의 세계는 문명적이고 사회적인 형상들의 비유일 뿐이며 실체는 그의 가족, 이웃 그리고 자신의 터전인 고향의 비참한 모습들이었다. 즉 거칠고 부정적인 묘사의 언어들은 자취를 감추었으나 억압받는 대상들이 자신의 뿌리와 관련된 실질적인 형상을 지닌다는 점에서 좀 더 사실적이며 그들의 고통스런 얼굴이 그에게 더 큰 고통을 안겨주는 것이었다. 그는 이러한 고통의 문제와 관련하여, 그리고 기자로서의 직업의 완결이나 세월의 연륜과 관련하여 또한 번 시세계의 변화를 가진다.

그의 시적 변화는 시집 『몇날째 우리세상』이나 『겨울 숲에 선 나무의 전언』 등에서 단적으로 나타난다. 여기에서 그는 부조리 현장의 생생한 현장의 묘사든 고통받는 자신 터전의 비유적 형상화든 개별적인 존재들이 지닌 차이성과 틈의 세계를 표현하는 것에서 전회하여 자신이 처한 고통을 위로하고 세계와의 조화를 추구하는 듯한 상징의 세계에 관심을 가진다.

그리하여 그의 시는 언어표현 측면에서 볼 때는 많은 변화를 가진다. 즉 구조적 완결성이나 시어의 선택 등 미적 특성이 강조되며 자신의 개별적 내면에 좀 더 초점을 맞추게 된다. 개별적인 기호로서 강조되던 그의 시어들은 이제 조화와 통일을 겨누는 의미의 세계로 탈바꿈하려 하는 것이다.

그는 지금껏 도시의 부조리한 현장에서 고통받는 민중들로부터 고향의 가난한 이웃과 가족들의 형상화로, 그리고 자신의 주변과 내면으로 관심을 옮겨왔다.

> 늙어서 버림받은 누나여 많은 주검들을 보고 아이도 못 낳고 장터에서
> 나 가끔 만나보던 웃음 금이빨도 빼버린 텅빈 비웃음 겨울인데도 비가 으스
> 스 내려 장터의 시꺼멓게 언 흙 녹여 쌓이고 쌓인 恨 짓이기듯 내려 들판으
> 로 흩어졌다가 다시 강으로 흘러 내려가기도 하네 버려진 아이 하나 주워 강
> 아지처럼 키우며 살아가는 守山 누나여 겨울에 비 내리고 으스스으스스 비
> 내리고 당신은 뽀얗게 분칠하고 귀신처럼 아랫목에 누워 혼자 앓는 늙어서
> 버림받은 외톨이 과부

「守山 누나」

시인이 자신의 주변, 특히 자신의 친지와 가족들의 모습을 통해 인생론
적 의미의 또 다른 관심을 지니게 되는 주요한 계기는 그들의 '병'이나 '죽음'
이다. 가족과 친지 그리고 아내의 죽음에 이르기까지 주변 사람들의 죽음에
관한 형상화는 이유경의 후기 시편들에서 많은 부분을 차지하고 있다. 그는
자신이 잘 알았던, 고생스러운 삶을 살았던 사람들의 무수한 죽음들 앞에서
비교적 담담하게 그들의 삶을 형상화한다.

즉 '죽음을 앞둔' 혹은 '죽음'에 관한 형상화에는 위 시「守山 누나」에
서처럼 그들 각각이 떠안은 운명적 가난과 고통의 궤적이 아로새겨져 있다.
그리고 그들에 대한 감정적인 표현은 자제하지만 개별적 고통의 형상화 그 자
체에 이미 시인의 감정이입적인 고통이 내재해 있다.

그가 목도한 죽음의 당사자들에게는 한결같은 공통점이 있다. 고통스러
운 삶일지언정 기쁨과 희망적 요소가 분명히 있었을 터인데 시인 이유경은 그
들의 삶 속에서 고통과 고뇌의 측면만을 형상화한다. 그리하여 그들의 삶 속
에는 마치 조금의 행복도 없이 고통스런 인생을 참고 살아갔을 뿐이라는 느낌
을 주는 것이다. 그러니까 그가 세상과 사람들을 보는 시선에는 비극적인 요
소 또는 고통 감식이라는 렌즈를 끼우고 있다. 이러한 그의 시선은 로댕의 조

각작품 「생각하는 사람」의 모습을 연상하게 한다. 「생각하는 사람」의 형상은 그 자체로 보면 턱을 괴고 생각에 잠긴 듯한 인물상이다. 그런데 그가 턱을 괸 시선의 방향을 따라가보면 아득히 먼 아래쪽을 향하여 있다. 그리고 그 시선은 고뇌에 차 있는 것이다. 다시 말해 「생각하는 사람」은 개별적 존재 하나로서가 아니라 전체적으로 단테의 『신곡』에 등장하는 거대한 지옥문의 중앙 위쪽에 위치하여 그 아래쪽 고통받는 수많은 군상들을 바라보는 존재로서 구성될 때 그 시선의 의미가 부각되는 것이다. '생각하는 사람' 처럼 이유경은 그들의 고통과 비원에 찬 모습들을 볼 수밖에 없는 운명을 지닌 것이다. 그것을 보지 않으려면 눈이 멀거나 눈을 감는 수밖에 없고 그리고 자신의 '시린 귀'를 막으려는 노력을 할 수밖에 없다.

> 속절없는 세상 문을 닫고
> 불을 지핀다 끓어오르는 물의 포근함이
> 서럽게 죽어간 젊은 혼들의
> 서러운 노래 잠드는 듯하구나
> 녹차 한잔을 달인다
> 연초록으로 번져나가는 향기
> 잊어버리리라 문밖의 차가운 어둠과
> 사람들의 아우성
> 녹차 한잔을 마시고 속절없는 자유여
> 비로소 속에 번지는
> 서러운 소망

「녹차 한잔」

그가 "속절없는 세상"을 향한 "문을 닫고" 그리고 "문밖의 차가운 어둠과 사람들의 아우성"을 "잊어버리"려고 하여도 끓어오르는 "녹차 한잔"이 그의 가슴에 연초록으로 번져나가며 "사람들의 아우성"과 "서러운 소망"을 불러일으킨다. 이렇게 잠시도 자유로울 수 없는 자신의 모습에 대하여 그는 "속절없는 자유여"라고 되뇌는 것이다. 세계의 부조리함 혹은 고통받는 사람들을 잊어보고자 하는 개별적 주관성으로의 몰입은 그에게 이러한 "서러운 소망"과 함께 죄책감을 불러일으키게 하기도 한다.

> 그대 입원한 날
> 5년생 자두나무 한 그루 사다 심었어
> 자잘한 꽃들 피워 우리 집 뜰 한 귀퉁이
> 낯설은 웃음
> 걸치고 있는 것
> 그대 하늘에서도 아득히 내려다보이는가?
> 아니면 며칠 후
> 바람 타고 다니며 저 꽃 지우고
> 또 몇 달 후
> 크다 만 자두
> 한두 알 열게 할는지
>
> '미안해! 그대 위해 한 짓이
> 자꾸, 禍 부른 것만 같아서'

「자두나무─죽은 아내에게 보낸 詩 Ⅲ」

그에게 개별적 주관성으로의 몰입을 가능하게 했던 계기는 주변 사람들과 친지들의 수많은 죽음이며, 그 결정적 계기는 그의 아내의 죽음이었다. 그는 아내의 죽음을 맞이하면서 사회에 대한 고발적 시선에서 자신 내부의 주관성의 영역으로 시선을 옮겨간다. 그런데 아내의 죽음을 맞이한 극도의 홀로됨 속에서 그는 또한 죄책감을 키워나간다. 즉 아내의 죽음이 자신이 사다 심은 "크다 만 자두/ 한두 알 열게 하"는 자두나무 때문이라고 여기는 것이다.

명징한 '빛'과 같은 시선으로서 세상의 부조리와 못 가진 자의 아픔을 객관적으로 형상화하던 시인이 이와 같이 원시적이면서도 직관적인 사유, 즉 자신이 사다 심은 자두나무와 아내의 죽음을 연관짓는 것은 그가 떠안고 있는 죄책감의 무게 때문이다. 크다 만 자두나무를 심은 것은 자기 자신이며 자신이 그 나무를 심음으로써 아내의 죽음을 재촉했다는 것이다. 아주 사소한 부분에서도 자신을 탓하고 자신을 '화를 부른 대상'으로 규정짓는 것으로 보아 그는 개별적 주관의 세계 그 극단에 서 있음을 알 수 있다. 그 주관의 극단 속에서 그는 단지 하나의 우연한 사건조차도 자신을 질책하는 것으로 귀결짓는다.

> 수십 년 잠 깨고 깨어서
> 내가 알아낸 건 꿈의 허황함이다
> 지나간 꿈속에는
> 그러니까 나를 따라다닌
> 어리석음
> 몇 개가 노상 떠오른다
>
> 잠을 자다가 누구는
> 꿈을 안은 채 이 세상 뜨기도 했다
> 우주까지 흘러간 시간이나
> 세상의 물길 다 모였어도
> 여태 육지 다 뒤덮지 못 했듯
>
> 하지만 잠들어서
> 꿈에 헤맬 수 있는 이 무망한 행복!
> 내가 없으면
> 모두 멈춰서 없어질 장면들이다
>
> 「잠」

그는 아내의 죽음을 겪고서 그리고 자신의 지나간 꿈을 회상하면서 자신도 죽음 가까이 있는 인간일 뿐임을 확인한다. 그리고 그 속에서 자신이 꾸었던 '꿈'의 어리석음을 떠올린다. 그리고 한편으로는 자신이 잠들 수 있고 꿈에 헤맬 수 있음이 "무망한 행복"임을 인식한다. 세상의 모든 것이 '내'가 없으면 없어질 장면들임을 새삼스럽게 인식하는 것이다. 우주와 세계는 끝없이 펼쳐지지만 유한한 인간인 내가 꾼 꿈이란 결국은 "어리석음"의 결과일 수밖에 없다. 그러나 그 "어리석음"의 꿈이라도 꿀 수 있기에 살아 있다는 것이 "행복"이라고 깨닫는 것이다.

위 시는 그가 "행복"이라는 단어를 사용한 드문 시편으로 여기서의 "행복"이란 '겨우 살아 있음'의 다른 표현이다. 그렇다면 그 의미는 살아 있음이 비록 고통일 뿐이지만 그 고통마저도 감사하게 받아들여야 한다는 인식일 것이다. 그는 나, 우리 그리고 모든 생명체에 대해 살아 있음의 소중함을 인식한다. 모든 인간들의 삶이 고통뿐일지라도 세상이 속악하더라도 나는 꿈꿀 수 있는 인간이기에 행복한 것이다.

'생각하는 사람'인 그는 지옥문에 아로새겨진 수많은 고통받는 인간들의 모습을 바라보면서도 그 세상 속에 있는 존재이므로, 즉 인간이므로 의미가 있는 것이다. 그리하여 그는 '플라톤의 빛'과 같은 시선에서 '가느다란 햇살 한가닥'으로, '깜박이는 햇살 한 가닥'이 '까만 재'로 그리고 다시 '눈이 다 멀어서'도 사람들을 바라보는 의지를 키우고 있다.

　　　　벼락 맞아 불탄 나무 한 그루
　　　　눈이 다 멀어서 서 있다
　　　　차단된 세상사의 독과 전자파로부터
　　　　이 가지들의 간절함은
　　　　타지 않은 내면으로
　　　　타다 남은 초록
　　　　그려 넣는 일

숲으로 가는 길은 멀기만 하다

「불탄 나무」

　"벼락 맞아 불탄 나무 한 그루"란 노년이 된 시인의 모습으로, 이제는
"눈이 다 멀어서 서 있"는 채 무엇을 하고 있는가. 그는 "타지 않은 내면"으로
자신의 꿈을 담은 "타다 남은 초록"을 그려 넣는다. 그런데 "숲으로 가는 길은
멀기만 하다"는 것을 그는 잘 알고 있다. 여기서의 '숲'이란 시인이 생각하는
유토피아이며, 그러한 그 세계는 '지옥문' 앞에 선 고통받는 사람들이 고통받
지 않고 행복하게 사는 것이다. 세상이 속악하더라도, 유토피아는 결국 부재
한다 하더라도 시인은 그가 부여받은 '생각하는 사람'의 운명적 몫을 다하기
위하여 그 꿈을 그려 넣는다. 비록 끝이 절망과 불가능일지라도 그는 그 "타다
남은 초록"을 열심히 그려 넣는다.

　시인 이유경은 '생각하는 사람' 혹은 고통받는 자들을 바라보는 자로서
의 운명을 타고난 것 같다. 그리고 그는 그들의 고통을 누구보다도 예민하게
인지하고 공감할 줄 아는 감식안을 지니고 있으며 기자로서의 삶과 시인으로
서의 삶을 어느 정도 조응하면서 일관된 시세계를 이루어왔다.

　처음에는 명징한 이성적 시선을 지닌 밝은 '빛'과 같은 눈으로 세상 속
부조리와 현실의 뒷골목을 바라보았고, '깜박거리는 햇살 한 가닥'과 같은 눈
으로 자신의 고향과 이웃 그리고 가족들의 삶이 떠안은 고난의 무게를 바라보
았다. 그리고 고통의 극단이라고 할 수 있는 주변 사람들의 '죽음'을 목도하
면서, 아내의 죽음을 목도하면서 자신이 바라보는 '그 눈'을 탓한다. 그러나
이미 그 '눈이 다 멀어서'도 그가 바라보는 사람들이 꿈꾸는 '숲의 초록'을
'타지 않은 내면'으로 열심히 그리려고 한다. 그런데 그들을 바라보는 '생각
하는 사람'인 이유경 자신도 지옥문에 선 고통받는 자들의 한 존재라는 점에
서 역설적 측면이 있다. 한마디로 시인 그 자신도 행복보다는 고통에 훨씬 민
감한 자로서 형벌받은 이 시대를 사는 천형의 시인인 것이다.

토기의 무한공간 저쪽, 거울나라에 간 앨리스의 모험

주 문 돈 론

모두 어디로 갔을까요

주문돈(1939)은 1959년 「한국일보」 신춘문예(조지훈, 박남수 심사)에 「꽃과 의미」가 당선되면서 등단하였고 '현대시' 동인지에 창간 멤버로 참여하여 25집까지 지속적인 창작활동을 하였다. 시집으로는 처녀시집인 『잎핀 날에』(성문각, 1968)와 『둘 혹은 하나』(문원사, 1970), 『비처럼 그리고 비되어』(예문관, 1976)를 상재하였다.

그의 시집들은 '현대시' 동인지 활동과 주요하게 맞물려 있으며 그 내용에서도 언어탐구와 내면탐구라는 '현대시'의 지향을 충실하게 반영하고 있다. 그리고 시집들에 나타난 시세계의 흐름도 연속적인 변화를 보여주되 이질적 변모는 두드러지지 않는 편이다.

그의 세 시집에 담긴 시편들은 주로 바람, 새벽, 어둠, 빛, 소리 등을 주요 제재로 삼고 있다. 이 제재들의 특성을 살펴볼 때 그가 잡히지 않고 정형화되지 않은 것, 실재하면서도 일상적으로는 잘 의식하지 못하는 것 그리고 추상적인 영역에 관한 지속적인 관심을 보여주고 있음을 알 수 있다. 이것은 시인 주문돈의 독특한 개성이 나타나는 주요한 출발점이다.

그의 시에 나타난 주요한 제재들의 특성 또는 제재들로써 작품을 형상화하는 방식을 살펴볼 때 당시 시인 지망생들에게서 엿볼 수 있는 초기 습작의 경우와 유사한 듯하지만 그 형상화의 방향성은 이질적이다. 그의 시는 사물이나 대상 그 자체에 관한 사유로부터 출발하여 그것이 환기시키는 여러 다변적 상상으로 나아가는 것이 아니라 사물이나 대상이 만들어내는 공기의 흐름이나 파장의 변화에 특징적인 측면이 있기 때문이다.

그림으로 비유하여 정물화를 그린다고 할 때 일반적으로 정물 대상의 형태나 색감을 중심으로 그리는 것이 보통이라면, 주문돈의 경우는 그 대상의 형체나 색감보다는 그것들의 외곽 혹은 그것들이 흔들거리며 출렁이는 주변 공기의 다양한 변화의 특성을 포착한다.

　이러한 양상은 주문돈의 시편들에서 일관된 주제나 단일한 하나의 의식을 건져 올리기 어렵게 한다. 대상들을 에워싼 바람과 공기와 하늘은 마치 투명한 거미줄로 엮어져 일렁이고 있어서 그것이 환기시키는 섬세하고 복잡한 내면의 일부를 이루는 한 가닥을 끌어올리자면 얇게 퍼져 있는 거미줄 전체가 흐물거리면서 엉키면서 끊어지는 현상을 일으키기 때문이다. 즉 그의 시에서 '공기와 바람'이 형상화하는 내면의 표상물들은 매우 복합적으로 얽혀 있으며 때로는 조화롭기도 하지만 혼돈된 흐름의 상태를 보여준다. 그리하여 제재들을 에워싼 요소들이 보여주는 전체적인 움직임이나 질감의 상태를 따라가면서 시적 대상과 시인의 의식 사이에서 발생하는 '환상'의 테두리를 읽어가는 것이 시인의 내면을 이해하는 방식이 될 것이다.

두꺼비가 꽃비 속에 엎드려서
懺悔를 한다.

거침없이 꽃잎은 흘러내려
地獄의 殺伐한 季節에서
따스운 것을 更生시킨다.
그 칠흑의 하늘에서는
정지했던 해가 움직이기 시작하면서
찬란한 빛을 投射한다.

언제나 終末 같은 진실한 빛깔로
살아나가는 꽃이어서
죽은 그 屍體도 타는 것이구나.
......

꽃밭은
어느 큰 흐름의 斷面.
하늘의 뭇 容態를 陳述하고 있는
꽃들은
수런거리며 속삭이며 제각금 塔의
頂部를 이루어가고―.

휘어 휘어 뻗어간 꽃가지는
어느 바다에
적시우고 있는가.

아지랑이와도 같이 어른대고
무지개 빛으로 황홀해 보이는
맑은 것들이 뭉어리로 뭉어리로
엉키어 있는
꽃밭을 보노라니

아 新羅. 新羅.
그 마음 위에 감돌던 꽃구름은
어디에 가 俱現될 날을 摸索하며
있는가.
꽃은 조심스럽게
벼랑을 맞받으며 쉬임없이 피고
領土를 擴張하며 있다.

來年이면 나올 다른
꽃가지가 뻗어 적실 바다는
지금에도 期約으로
출렁이고 있는가.

너울 너울

和暢히 떨어져 내린 꽃잎은

꽃보다 붉은 生命의

비인 部分을 채우고

있는 것이다.

「꽃과 意味」

　위 시는 주문돈의 등단작으로 그의 시세계가 나아갈 원형적 면모를 볼
수 있다. 이 시의 주요한 제재는 꽃인데 그 꽃을 에워싼 풍경이 꽃의 상태에
따라 매우 동적으로 작용함을 알 수 있다. 먼저 "終末 같은 진실한 빛깔로/ 살
아나가는" "꽃잎"이 흘러내리면서 "地獄의 殺伐한 季節"에 있는 "칠흑의 하
늘"에는 "정지했던 해가 움직이기 시작"하고 "찬란한 빛을 投射"한다.

　그리고 "꽃밭의 꽃들"은 "하늘의 뭇 容態를 陳述"하고 "휘어 뻗어간 꽃
가지"는 "어느 바다"를 적시운다. 그 "꽃밭"은 "新羅"를 환기시키며 "꽃"은
조심스럽게 "벼랑을 맞받으며 쉼 없이 피고" "領土를 擴張"한다. 그리고
내년에 나올 "다른 꽃가지"가 뻗어 적실 "바다"는 "期約"으로 "출렁인다". 즉
꽃의 낙화는 칠흑의 하늘에서 정지한 해를 움직이며 뻗어나간 꽃가지는 하늘
을 '바다'처럼 적신다. 그리고 그 꽃가지 주변의 하늘은 미래에 나올 꽃가지
의 기약으로 출렁이며 그렇기 때문에 떨어지는 꽃잎이 지나가는 하늘의 자리
는 새로운 생명의 빈 부분을 채우는 셈이다. 즉 위의 시는 '꽃의 낙화'가 주요
한 구도를 이루고 있으나 그 꽃가지가 뻗거나 꽃이 떨어지는 것의 의미는 그
것들이 맞닿은 하늘의 출렁임이나 변화로서 구체적으로 형상화된다.

　시간적 흐름에 따른 꽃의 변화는 꽃이 피고 지는 형세로서 구체화되지
않는다. 즉 꽃이 일렁이게 하면서 맞닿은 공기가 이룬 하늘의 갑작스런 변화
로써 현재 상태의 경이를, 뻗어나간 꽃가지와 꽃밭이 적셨던 '신라의 바다'로
써 과거의 하늘을, 그리고 '하늘'의 빈 부분이 출렁이는 것으로써 내년에 나
올 다른 꽃가지가 차지할 기약의 미래 공간을 형상화하고 있다.

꽃이 일렁이는 바다, 과거와 현재 그리고 미래의 꽃가지가 건드리며 하늘거릴 때의 '공기의 일렁임'을 간접적으로 보여주면서 '꽃의 낙화'가 지니는 의미역을 확장시킨다. 즉 시인은 오랜 시간과 광활한 공간을 염두에 두면서 그 속에서 생성하고 사멸하는 아름다움의 대상을 감싸고 있는 '여백'의 상태인 하늘, 공기, 바람이라는 무형의 것으로써 시인의 복합적인 내면 상태를 형상화한다.

그리하여 그는 꽃이나 나무나 잎 등이 거느린 바람, 하늘, 그늘 등의 모습으로써, 즉 대상의 외곽을 구체화함으로써 대상의 이미지와 의미를 두드러지게 하는 방식을 보여준다. 이에 대하여 그는 "바람은 思想하는 나무의 陣痛의 流露"이며 "나무는 참다라운 잎사귀들로 하늘 한 언저리에 理論을 체계화"(「잎편 날에」 부분)한다고 말한다.

　　　　야채를 써는 女子의
　　　　손에 들린
　　　　食刀다 바람은, 사내의 주먹
　　　　속에
　　　　埋伏한 反亂이다.
　　　　내 虛點을 향해 소리 죽여
　　　　뛰어오던 바람의
　　　　모가지가 수없이 잘리워져
　　　　몸부림치는
　　　　풀밭, 그
　　　　수렁에서 잠을 깨는
　　　　암당나귀 갈기를 타고 거꾸로
　　　　떨어지는
　　　　빛살의 이랑,
　　　　一九六〇年代는 어느새

숨어들어 濃度를
더해 가는 어둠 속이다.
전등의 스위치를 비트는 내
손을 잔인하다고 야유한
그를 세차게
세차게 비틀면서
무성한 바람의 풀밭 위에
나를 放牧한다.

「바람」

　위 시는 주문돈의 처녀시집인 『잎핀 날에』의 맨 처음을 장식하는 시편인
만큼 그의 시의 전형적인 특질을 보여준다. 위 시는 "야채를 써는 女子의／손
에 들린 食刀", "사내의 주먹", "암당나귀 갈기" 그리고 "그"와의 몸싸움 등이
실제적인 중심 제재를 이루고 있다.

　이러한 다양한 제재들이 함께 묶이게 된 것은 이들이 '바람'을 일으키는
실체이기 때문이다. 즉 "야채를 써는 女子의 食刀"가 일으킨 바람, "사내의
주먹"이 "내 허점을 향해 소리 죽여／뛰어오던 바람", "암당나귀 갈기를 타고
거꾸로／떨어지는／빛살의 이랑", "그를 세차게／세차게 비틀면서" 하는 몸싸
움, '나'가 일으키는 "무성한 바람"이 그것이다.

　꽃을 주요 제재로 한 그의 초기 등단작에서 꽃나무가 환기시키는 바람,
공기는 꽃나무의 과거, 현재, 미래와 관련하여 바다 또는 하늘의 일렁임이나
출렁임이라는 것으로써 표현되었다. 그리고 그 신비스런 일렁임이 가능했던
것은 그 꽃이 "언제나 終末 같은 진실한 빛깔로／살아나가는" 것이고 "무지개
빛으로 황홀해 보이는／맑은 것들이 뭉어리로 뭉어리로／엉키어 있는" 것이었
기 때문이다.

　하나의 꽃이 일렁이게 하는 하늘의 물결, 바람의 거대하면서도 숭고한
일렁임과는 다른 자리에서 위 시는 일상생활과 관련한 인간의 다양한 움직임

이 일으키는 바람, 인간의 갈등이 일으키는 바람을 형상화한다. 그것은 "야채를 써는 여자의 食刀"의 바람처럼 '빠르지만 무미한' 것이기도 하고 "사내의 주먹"의 바람이 일으키는 "埋伏한 反亂"의 것이기도 하고 "내 虛點을 향해 소리 죽여/ 뛰어오던" 공격의 "몸부림"이기도 하며 "그를 세차게/ 세차게 비틀면서" 싸우는 "나"가 일으키는 바람, 즉 '인간적 분노'와 결부된 것이기도 하다.

그의 시에서 일상 속 인간의 움직임이 일으키는 바람은 '꽃가지'가 일렁이게 하던 '신비와 숭고'의 바람과는 대조적이다. 즉 인간의 움직임이 일렁이게 하는 '바람들'은 자연의 "수렁에서 잠을 깨는/ 암당나귀 갈기를 타고 거꾸로/ 떨어지는/ 빛살의 이랑"에서 '바람'이 '빛'이라는 긍정적인 속성과 결부되는 것에 대비하여 볼 수 있다. 위 시가 "무성한 바람의 풀밭 위에/ 나를 放牧한다"로 맺는 것에서 보듯이 시인은 자연과 일상 속에서 사물이나 대상이 환기시키는 섬세한 움직임, 분위기 그리고 그것이 지나간 자취에 관하여 관심을 지닌다.

> 우리들의 土器는
> 무덤 속에 있었다.
> 우리들의 土器는
> 질화로 위에 있었다.
> 우리들의 土器는
> 뒤틀린 당신의 肖像을
> 안고 있었다.
> 된장찌개가 끓고 있는
> 우리들의 土器는
> 溫突 아랫목에서
> 당신을 기다리고 있었다.
> 우리들의 歸家를 收納하는

아내의 눈망울 속에
있었다.
凍土에 剝製되어
오천년을 살아온 우리들의
土器는
바람이었다. 목마른 소리를
지르며 벌판을 徘徊하는
바람이었다.

「土器 Ⅱ」

土器 속에 불씨가 묻혀 있었다. 女子의 길고 여윈 손이 歷史 속으로 들어갔다. 그러자 女子의 눈에 火災가 일어났다. 火災에 싸여 활활 탔다. 內面의 창틀에 끼었던 눈물이 굴러 떨어져 내렸다. 사태가 壓到돼 갔다. 비스듬하게 걸려 있던 肉感의 女子가 사라졌다. 얼어붙은 大氣에 押針으로 꽂혀 파랗게 떨던 새의 歸巢를 기다린다. "모두 어디로 갔을까요?" 비어 있는 土器, 엎드린 빈 土器의 無限空間 저쪽에서 부스스 일어서는 것이 있었다. 날개가 돋아 飛天하는 불길, 오 불길.

「土器 Ⅲ」

대상이 뿜어내는 에너지와 움직임으로서의 '바람'은 그것의 속성상 끊임없이 넘나들고 이동한다. 주문돈의 시에서 자연 대상이 일으키는 바람이 신비와 평화를 일렁이게 하는 바다의 속성을 지닌 것이었다면 인간 일상의 힘과 관련한 바람은 다소 폭력적이면서 급격한 흐름을 지닌 것이었다.

유동적이면서 퍼지기 쉬운 바람의 속성처럼 시인의 시적 사유도 사물의 이편과 저편으로 넓게 퍼져서 종잡을 수 없는 내면의 상태를 형상화한 것이 많다. 시인은 자신의 이러한 상상과 사유의 통로로서의 '바람'이 정착할 하나의 메타포가 필요했는데 「土器 Ⅱ」의 "土器는/바람이었다"에서 알 수 있듯이 토기, 항아리 등의 용기 형태로 나타난다. 그의 '토기'는 담는 용도로서의 그릇이라는 일상적 의미를 넘어서 오랜 세월을 견뎌낸 견고한 역사적 유물을 환기시킨다. 구체적으로 「土器 Ⅱ」에서 형상화된 토기는 동토凍土에서 오랜 세월을 견뎌낸 역사적 유물의 이미지와 일상적인 생활 속 용기로서의 이미지를 공유하고 있다. 그 토기 안을 넘나들었고 넘나드는 것은 오랜 세월 흔적의 스침과 현재를 메우는 일상적 공기로서의 '바람'이다. 그리하여 그 토기는 "우리들의 土器"이면서 "당신의 肖像"을 보여주는 것이다.

"당신의 肖像"이자 시인의 초상을 좀 더 단일한 형태로 모아주는 바람의 용기로서의 토기는 「土器 Ⅲ」에서 볼 수 있다. 「土器 Ⅱ」의 토기가 역사적인 것이면서 일상적인 것의 형상으로서 사적인 범주를 어느 정도 넘어서는 의미를 지닌다면 「土器 Ⅲ」의 토기는 시인의 사적인 상념과 내면의 소용돌이를 단일한 용적 안에 부드럽게 감싸고 있다.

이 시의 토기속에는 "불씨"가 묻혀 있다. 그리고 그 토기의 '불씨'를 향하여 "女子의 길고 여윈 손"이 들어온다. "女子의 눈에 火災"가 일어나고 "內面의 창틀"에 낀 "눈물"이 떨어진다. 그리고 "肉感의 女子"가 사라지고 "얼어붙은 大氣"와 비어 있는 "빈 土器"는 "엎드려" 있으며 그 "빈 土器의 無限空間 저쪽"에 "날개가 돋아 飛天하는 불길"이 있다. 토기 안에서 일어나는 상상의 궤적은 흙과 물과 불과 공기라는 4원소와 결부되어 독특한 양상을 보여준다. 즉 시인의 토기 속에 있는 바람, 공기는 불과 결부되면서 활력을 지니며, 이 시의 중심적인 이미지는 공기와 바람과 결부된 '불'의 이미지이다.

묻힌 '불씨'는 여인에 의하여 화재로 변화하는데 내밀하게 응축된 불은 밖으로 강력하게 확산되는 움직임을 보여준다. 여자의 여윈 손에 의한 '화재의 불'이 성적 욕망의 무의식과 결부된 것이라면 그 불이 눈물과 결부되면서 사라지고, 엎어진 빈 토기에서 다시 부스스 날개가 돋아 비천하는 두 번째의 불길은 다른 차원의 의미를 지닌다. 이것은 공기와 결부된 일반적 불의 속성이 아니라 "얼어붙은 大機" 속에서 나타나는, 모든 것이 무화되고 비어 있는,

그리고 제대로 있음이 아닌 '엎어져 있음'에서 생성되는 '무한의 불길'이다. 토기의 불이 공기와 결부되어 만들어내는 '성적인 불'로부터 모든 것이 무화된 허무와 일그러짐의 상태를 극복한 '생성의 불'이 되는 것이다.

공기와 바람을 용적한 시인의 토기에는 빈번하게 불의 이미지가 나타나는데 이것은 시인이 지닌 몽상적 사유의 주요한 동력이 무의식적 욕망임을 보여준다. 그리고 그 욕망을 동력으로 한 환상은 시인의 꿈을 꾸는 의지에 의하여 승화의 과정을 보여주는데 그 복합적 궤적이 「土器」 연작의 주요한 테마이다.

시인의 '토기'는 토기라는 대상 그 자체의 속성을 넘어서서 시인 내면의 움직임을 담는 통로로서의 '바람과 공기'를 부드럽게 용적하는 역할을 한다. 그리하여 토기라는 구체적인 대상이 없어도 시인의 내면을 부드럽게 감싸는 공기의 흐름이 형성된다면 그것이 바로 시인의 '토기'인 것이다.

> 당신이 밝힌 한 접시 기름불에
> 어둠이 허물어지기 시작하면
> 土器는 아내와
> 남편의 얽힌
> 팔 속에 있다.

「土器 V」 부분

그 안에서는 겹쳐도 쌓이지 않는다

주문돈의 처녀시집 『잎핀 날에』의 세계에서 바람, 공기 이미지는 자연물과 인간의 움직임이 만들어내는 물결을 섬세하게 포착하였고 그것을 사적인 내면 사유의 틀로 끌어들인 제재가 '토기'의 형상으로 나타났다. 그 토기의 안은 사적인 몽상의 공간이면서 '불'의 욕망을 동력으로 한 내적 갈등과 그 지양의 과정으로서 혼합된 내면을 보여준다.

　　이후 시집들인 『둘 혹은 하나』와 『비처럼 그리고 비되어』에서는 사적인 욕망과 몽상의 궤적을 보여주는 시인의 '토기'가 투명해지고 있다. 이것은 몽상의 외현적 형식으로서의 '토기' 공간이 점점 생활의 측면을 거세하고 순수한 내면의 진공 상태를 형성하기 때문이기도 하다. 몽상의 형식을 보여주는 '토기'는 투명해지면서 정화되는 반면 시인의 일상적 현실은 속화되고 속악한 것으로 형상화된다.

　　　　기울어진 角度의
　　　　몇 모금의 멜로디가
　　　　그의 유리컵을
　　　　채우고
　　　　경사를 바로하는
　　　　그의 전신을 향해
　　　　고추서는 내
　　　　유리컵의 異變.
　　　　그를 채우기 위해
　　　　기울어졌다가
　　　　결국 쏟아놓은 것은

무형의 멜로디뿐임을
알게 되는 뜻밖의 自覺.
기울어졌다가
쏟아 받은 진한
체온의 感銘.
눈바람의 海溢 속에
독립하는 두 개의 실루엣으로부터
기울었던 만큼의
멜로디가 천천히
안으로 안으로 沈降하는
둘 혹은 하나.

「둘 혹은 하나」

위 시는 그의 초기 시편인 「토기」 연작의 중심 구도와 비교해볼 때 '토기'는 '유리컵'으로 '바람'은 '멜로디'로 변화하여 있다. "나의 유리컵"이 "그의 유리컵"으로 경사되면서 "몇 모금의 멜로디"를 채우고 있다. 그 "무형의 멜로디"는 "진한/ 체온의 感銘"을 싣고 있으며 두 유리컵의 경사가 다시 제자리를 찾아감으로써 기울다 남은 "멜로디가 천천히/ 안으로 沈降"한다.

두 유리컵은 공통된 멜로디를 공유한 '둘이면서 하나'인 셈이다. 시인의 초기 시편에서는 주로 사물의 지각을 토대로 하면서 시각의 작용에 의하여 환각 또는 환상의 세계를 펼쳐나간다. 그런데 그의 두 번째 시집부터는 주로 머릿속에서 이루어지는 상상의 장면 혹은 대상과 개념의 사유를 토대로 한 '추상적' 환상의 측면이 두드러진다.

위의 시 「둘 또는 하나」에서도 이러한 추상적 장면이 두드러지지만 이 환상 속에서 일상적 장면을 유추시키는 구도를 찾아내자면, 하나의 유리컵의 물을 다른 유리컵에 담는 장면이다. 이 기본적 구도가 시인의 머리 속 환상이라는 대상과 개념의 사유를 통하여 재구성된 것이다. 즉 유리컵은 나와 그의 형상을 담고 있으며 내가 그를 채워주는 '물' 은 체온을 담은 "무형의 멜로디"
가 되는 것이다. 그리고 다시 제자리에 놓이는 두 유리잔이 잠시 공기의 일렁
임을 가지다가 안정되는 국면에 대하여는 "멜로디가 천천히/안으로 안으로
沈降"한다고 표현한다. 즉 시인의 머리 속 환상의 과정은 일상적 풍경과 겹치
고 '나' 와 '너' 의 합류라는 성적 욕망과도 겹치면서 추상화된 장면을 만들어
낸다. 그런데 그 복합적인 겹침의 과정을 통하여 환상이 최종적으로 이루어내
는 시각적 장면은 빛이 겹치는 것처럼 투명함을 얻는다.

그의 처녀시집에서 들판 속 꽃가지의 일렁임과 몸싸움을 통해 보여주었
던 광활하고도 동적인 '바람' 은 내면의 테두리로서의 '토기' 의 용적 속에서
'유리잔' 안의 '투명한 멜로디' 로 바뀌어진 것이다. 유리컵에 담겨서 투명하
게 스스로를 반사시키고 일렁이는 '멜로디' 는 시인의 사적 환상이 이루어낸
내면의 잔잔한 '바람' 인 것이다.

시인은 일렁이는 무형의 바람, 유리컵 속 투명한 멜로디와 같이 자신 내
면을 반사시키고 응시할 수 있는 것에 관심을 지닌다. 자기를 비추는 반사와
투명성의 속성을 지닌 대표적인 매체는 '거울' 이다.

> 그 안에서는
> 겹쳐도 쌓이지 않는다
> 여자 위에 남자가
> 초코리트 위에 크림이
> 경험 위에 상상이 겹쳐도
> 쌓이지 않는다
> 그 안에서는
> 사물들의 실체가
> 얼보이지 않는다
> 사진틀에 들어간 裸婦의
> 인조눈썹이 깜빡이지도 않는다

떨어진 베꼬니아 꽃잎이
꽃나무에 다시 접착되는 일이 없다
그 안에서는
사물들이 증발해 버린다
말씀의 진실이 헤체돼 버린다
그 안에서는

「거울」

거울 안에서는 사물의 두께가 사라진다. 여자 위에 남자도 초코리트 위에 크림도 모두 그 두께의 표면이라는 얇은 막을 보여줄 뿐이다. 인간의 '상상과 경험'의 두께는 거세되고 표면적인 표정만 남는다. 거울 안에서는 사물들의 실체가 드러나지 않는 것이다. 그리고 동시에 "떨어진 베꼬니아 꽃잎이/꽃나무에 다시 접착되는 일이 없다". 즉 자발적인 의지의 행위가 거울 속에서는 이루어지지 않는다. 그리고 거울 안에서는 사물의 속성이 문제되지 않고 증발되어 버린다. 즉 "말씀의 진실", 기의의 세계가 의미 없어지는 것이다. 루이스 캐럴의 『이상한 나라의 앨리스』에서 앨리스가 이상한 나라로 들어갔을 때 카드병사들, 즉 납작한 기표들로만 가득 찬 세계 속에서 부표와 같이 떠다니는 언어들 속에서 부조리한 모험을 한 것은 아마도 이러한 거울 속 세계의 속성을 단적으로 형상화한 것이 될 것이다.

시인의 거울에 관한 상념은 시인의 시 쓰기가 언어 내부의 미끄러짐에 관한 사유에 맞닿아 있음을 보여준다. 그리고 언어실험의 개별적 과정을 통하여 기의들이 떨어져 나가고 얇은 기표들이 떠다니는, 즉 "말씀의 진실이 헤체"되는 상황에 대한 인식을 보여준다. 그가 앞 시에서 '나'와 '그'를 유리컵으로 '물과 공기'를 멜로디로 환치시켰을 때에는 최소한의 의미에서 기존의 기표와 기의 관계가 어떤 방식으로 자리바꿈하고 있는지를 보여주는 구조적 모형이 존재했었다. 그런데 여기서 이 구조적 모형을 허물어버리는 기표 놀이를 한다면 그것은 뫼비우스의 띠와 같이 두께 없는 언어들의 표면이 바로 의미가 되는 글쓰기가 될 것이다.

> 젖어 있는 것과
> 젖어가는 것의 차이라든가
> 말을 해버린 자와
> 가슴 속에 묻어두고 있는 자의
> 차이, 또는
> 가버린 사람과
> 떠나고 싶은 사람의 차이가
> 실은 막연하기만 하다
> 철쭉과 개나리 거기에 버들강아지를
> 섞어 묶음으로 만들면
> 단지 하나의 계절일 따름이다

「차이」 부분

이상한 나라와 거울 나라에 간 앨리스는 '커지다'는 것은 동시에 '작아지다'와 등가를 이루는 것을 체험한다. 즉 움직임의 상황은 그 전후의 시간적 방향성에 따라 커지기도 하고 작아지기도 하는 것이 진실이라는 역설을 보여준다. 마찬가지로 시인의 사유에도 이러한 측면이 나타나고 있는데 시인은 "젖어 있는" 상태가 곧 "젖어가는" 것과 동일한 것임을 발견한다.

즉 "젖어간다"고 말하는 순간 "젖어 있는 것"이며 "젖어 있다"고 말하는 순간 동시에 "젖어가는" 것이다. 즉 시간의 흐름에 따른 변화의 상태를 포착하는 언어는 그것을 말하는 순간 변화된 새로운 진실에 무력해지는 것이다. 그리하여 시인은 "가슴 속에 말을 묻어두고 있는 자"와 "말을 해버린 자"의 "차이"에 적용하여 견주어보기도 한다. 그리고 이를 확장하여 "떠나고 싶은 사람"과 "가버린 사람"의 '차이'에 관해서 생각해 보기도 한다.

결국 언어는 발화하는 순간 그것이 지칭하는 상태를 놓치고 미끄러지면서 언어와 실체 간의 끊임없는 차이만을 만들어낼 뿐이다. 이에 대하여 그는 "철쭉과 개나리 거기에 버들강아지를/ 섞어 묶음으로 만들면/ 단지 하나의 계절일 따름"이라고 비유한다. 즉 변화하는 실체를 건드리지 못하는 기표들의 속성이란 결국 차이만을 만든다는 점에서 동일한 것이다.

이것은 앞에서 보여주었던 '거울'에 관한 사유와 연속선상에 있다. '거울'의 사유에서 시인은 기의와의 고리가 끊어지거나 사라진, 기표들의 떠다님이라는 '언어실험'에 관한 구상을 보여주었다. 그리고 변화하는 어떤 속성이나 상태를 드러낼 때 그것을 보여주는 기표라는 것이 기의로부터 얼마나 끊임없이 미끄러지는지 그 국면을 보여주는 것이다.

그리하여 시인은 이것을 유추적으로 확장시켜서 가슴 속에 고백과 이별의 생각으로 가득 찬 존재가 그것을 표면적으로 발화하느냐의 유무는 결국 무력한 차이라는 결론으로 나아간다. 이러한 서술은 그 이면에 시인 자신이 개별적으로 형상화한 내면의 구축물로서의 언어들이 단순한 기표들의 연쇄로서만 존재할 수 있다는 회의의 한 일단을 보여주는 것이라고 할 수 있다.

> 무엇이 바람인지
> 무엇이 눈물인지
> 무엇이 어둠인지
> 단지 그 사이에 설 수밖에 없다
>
> 「사이」부분

말의 피가 고이는 심장은 어디에 있을까

주문돈의 시에서 주요하게 나타나는 것은 '어둠' 의 심장, '돌' 속의 햇살, '소리' 의 피, '언어' 의 광맥 등을 끊임없이 찾아나가는 과정이다. 이 과정은 '무엇' 에 관한 탐구 또는 실험의 형식을 지닌다. 그런데 그 '무엇' 이란 '언어' 라는 것으로 귀결된다. 이런 의미에서 그의 시적 사유는 시적 언어 실험의 궤적 그 자체라고 할 수 있는 것이다.

> 어둠의 어디를 깨뜨리면
> 빛이 터질 것인가
> 어둠은 단지 어둠일 뿐인가
> 어둠의 심장이나
> 어둠의 눈을
> 날선 비수로 찌르면
> 빛이 터지지는 않을까
> 어둠이 어둠 위에 겹쳐지고
> 어둠을 어둠이 쌓고 있다
> 쌓이고 겹쳐진 어둠의 어디에
> 불씨가 숨겨져 있는가
> 잠든 불씨를 깨우는 것은
> 그 마음으로 스며들 노래나
> 그 운명을 적실 눈물이 아니라면
> 어둠의 어디를 깨뜨려야
> 빛이 터질 것인가

「어둠 考」

말의 껍질을 벗기고 알몸으로 만들면 부끄러워할까. 말의 피가 고이는 심장은 어디에 있을까. 말의 눈, 말의 귀, 말의 입은 말의 얼굴이 아닌 말의 몸둥아리에 뾰도라지처럼 돋아 있는 것은 아닐까.

     *

말과 말이 혼인을 하고 말과 말이 헤어지기도 하고 말과 말이 싸우다가 한쪽이 쓰러지기도 하지만 말과 말의 결합, 말과 말의 이별, 말과 말의 결투는 비겁하지가 않다.

     **

무딘 바늘로 말을 꿰매고 현미경으로 말을 관찰하고 말을 우리에 가두기도 하고 말의 피를 뽑아 시험관 속에 넣기도 하고 말의 새끼들을 飼育하기도 하고 요컨대 말의 性으로부터 말의 臨終까지를 관장하는 척한다.

     ***

어둠을 거쳐 밝음으로 가는 시간의 驛頭에 서면
말의 바다의 파도가
눈 높이까지 기어오른다
말의 바다의 파도의 손톱
말의 바다의 파도의 눈물
말의 바다의 파도의 웃음이
히허옇게 히허옇게
새벽을 칠한다.

「말에 대하여」

위의 두 시편에서 주요 시적 대상은 각각 '어둠'과 '말'이다. 「어둠 考」은 '어둠'에서 '빛'이 터지는 부분이 어디인지를 찾고 있다. 그 '빛'이 터지는 부분이란 어둠의 심장이나 눈이라고 사유한다. 그리고 '어둠'끼리 겹치고 쌓기를 하면서 그 속에서 숨겨진 불씨를 찾고 있다. '어둠'의 자리에 '소리'를 혹은 '말'을 넣어도 이 시는 어색하지 않다("소리의 옷들이 사그러지고/소리의 냄새들이 사라지고/소리의 피가 스러져버리는 것을/그대 소리의 방에서 보았다"—

「소리로써 소리를」 부분).

　　주문돈의 실험과 탐구 과정을 보여주는 시편에서 어둠, 소리, 돌 등은 언어의 표상과 등가의 의미를 지니는 것이다. 그렇다면 「어둠 考」의 마지막 부분인 "그 마음으로 스며들 노래나/ 그 운명을 적실 눈물이 아니라면/ 어둠의 어디를 깨뜨려야/ 빛이 터질 것인가"라는 구절은 그가 "마음으로 스며들 노래"가 아닌 노래, 즉 감정을 기저로 한 시가 아닌 언어 그 자체에 관한 모더니즘적 언어실험에 선 시작詩作의 입지점을 암시하는 것이라고 할 수 있다.

　　언어탐구의 과정을 간접적으로 보여주는 모티브는 「말에 대하여」에서 '말' 과 관련하여 좀 더 직접적인 방식을 보여준다. 말을 알몸으로 만들고 "말의 피가 고이는 심장"을 찾고 말의 눈과 귀와 입을 찾고 그 말들을 혼인시키고 그 말들이 헤어지기도 하고 서로 싸우기도 한다. 그리고 "말을 꿰매고 현미경으로 말을 관찰하고 말을 우리에 가두기도 하고 말의 피를 뽑아 시험관 속에 넣기도 하고 말의 새끼들을 飼育"하기도 하는 등, 한 마디로 "말의 性으로부터 말의 臨終까지를 관장"하고 있다.

　　이러한 '말들' 은 "바다의 파도"를 이루어서 "손톱"과 "눈물"과 "웃음"을 만들면서 "히허옇게/ 새벽을 칠"하며 지새우는 것이다. 작은 곤충들도 인간과 마찬가지로 생명체로서 그 나름의 복잡한 기관을 지니고 활동하는 존재이지만 곤충학자가 아닌 일반 사람들은 그것을 자세히 알 수 없는 것처럼 시인 주문돈은 '말' 에 관하여 치밀하게 관찰하고 실험하고 또 그것 때문에 고통받기도 하는 '언어탐구' 의 전문가인 셈이다.

　　시인의 언어탐구는 거울 속에서 실체가 쌓이지 않고 기표들만이 늘어선 것처럼 기의와 기표 관계의 미끄러지기를 통한 시적 언어의 새로움을 모색한다.

　　　　기가 죽어
　　　　쓰레기통 곁에서

뼈다귀를 핥는 새벽을
몇 차례 만났다
햇살 속에 숨은
母性의 입술과
제일 가녀린 南海의
숨소리가 시리다
풀싹이 송곳니를
열심히 갈고 있다

「早春」

　　위 시는 "새벽"과 "南海" 그리고 "풀싹"을 의인화하여 조춘早春의 새벽
을 추상적으로 형상화하고 있다. 그런데 이 시를 추상적인 것으로 만드는
열쇠들은 의인화의 주체인 "새벽", "남해", "풀싹" 등이다. 이들의 자리에
'개'를 넣는다면 어떻게 될까. 고친다면 "기가 죽어/ 쓰레기통 곁에서/ 뼈다
귀를 핥는 '개'를/ 몇 차례 만났다/ 햇살 속에 숨은/ 母性의 입술과/ 제일 가
녀린 '개'의/ 숨소리가 시리다/ '개'가 송곳니를/ 열심히 갈고 있다"의 구성
이 된다.

　　이처럼 의인화의 주체들을 그 주체를 뺀 나머지의 문맥으로써 가령 뼈다
귀를 핥는다든지 송곳니를 간다든지의 표현에 유의하여 이 맥락에 어울리는
주체인 '개'라는 단어로 교체한다면 이 시는 새벽녘에 쓰레기통 곁에서 햇살
을 맞는 개의 모습이 보여주는 평범한 장면으로 단숨에 변화하는 것이다.

　　시인은 시 속에서 끊임없이 언어의 광맥이나 말의 피가 고이는 심장 혹
은 어둠 속에서 찌르면 빛이 쏟아지는 지점을 찾아 헤맨다. 그렇다면 그가 시
에서 빈번하게 찾고자 하는 것은 빛을 보는 '눈'과 생명을 상징하는 '심장'의
속성과도 같이 아주 작은 부분이지만 사실은 그것의 변화로 인하여 평범한 언
어들의 결합체가 생명력을 지닌 시편으로 변신하는 그 자리일 것이다. 위 시
에서 "말의 피가 고이는 심장"이란 아마도 "새벽"과 "남해"와 "풀싹"의 언어

를 갖다놓은 주체들의 자리일 것이다.

'개'라는 기표가 놓일 자리에 "새벽", "남해", "풀싹"이란 기표가 놓임으로써 나머지 시의 문맥에 나타난 기의와 기표 관계의 체계는 전혀 새로운 것으로 변화한다. 즉 "뼈다귀를 핥는"이나 "숨소리가 시리다" 그리고 "송곳니를 갈고 있다" 등의 술어들이 일상적인 차원에서 갖는 의미역보다 훨씬 광범위한 차원 또는 추상적 영역으로 확장되는 것이다. 즉 시인에게 "말의 피가 고이는 심장"을 찌르는 것이란 아마도 새로운 의미역을 가질 언어의 기표 찾기와 깊은 관련을 지니고 있을 것이다.

주문돈은 초기시에서 사물이나 대상이 환기시키는 분위기 또는 그것의 움직임으로 달라지는 '공기'와 '바람'의 상태에 관한 관심을 보여주었다. 즉 자연물이 일으키는 움직임을 둘러싼 자리는 신비스럽고 출렁이는 '바람'으로, 인간의 일상적 사물이 일으키는 움직임은 빠르면서 격렬한 '바람'으로 나타났다. 그리고 그 '바람'은 시인의 내면 사유의 통로를 보여주는 궤적이었다. 게다가 내면을 가다듬는 자리인 '토기'의 용적 안에 공기와 바람을 부드럽게 모아서 응시함으로써 그의 몽상은 한층 풍요로워진다.

그 몽상의 동력은 무의식적 욕망과 결부되지만 시인의 꿈꾸는 의지와 결합되면서 '바람'에 일깨워진 '불씨의 비천飛天'이란 승화된 것으로 형상화된다. 그리하여 그가 내면의 바람을 가다듬고 모으는 공간인 '토기'는 투명하게 정화된 '유리컵'의 상태가 되기도 하고 때로는 아내와 남편이 맞잡은 팔 안에 있는 '무형의 따뜻한 용기'가 되기도 한다. 즉 그의 '토기'는 유리컵으로 그리고 공기의 흐름으로만 느낄 수 있는 '무형의 공간'으로 탈바꿈하면서 내면을 반영하는 또 다른 투명성의 공간인 '거울 안'이 되기도 한다. 거울처럼 토기의 안이 투명성을 얻을수록 사물들의 두께는 날아가버린다. 사물들의 얇은 표면의 투명한 장막만이 오가는 것이다.

이것에 대하여 그는 "유리컵의 안에 출렁이는 멜로디"라고 표현하고 있다. 유리컵 혹은 거울 안에서 나오는 멜로디, 어둠, 소리, 말 등은 투명한 공기 또는 투명해진 용기의 모습을 닮아 있다. 그 언어들은 일상적인 기표에 붙은 기의라는 관계에서 좀 더 자유로워진 기표들의 관계항 추구라는 언어실험의 방식을 보여준다. 시인은 이것을 "말의 피가 고이는 심장" 찾기라는 식으로 형상화하고 있다. 즉 일상적 언어들의 관계에서 '말의 심장' 격인 기표 자리에 시인의 새로운 개별적인 기표를 놓음으로써 달라져 재창조되는 새로운 언어의 의미관계에 관한 호기심을 보여주는 것이다.

이와 같은 시인의 기표 중심의 언어탐구와 언어실험의 추구방식은 이상한 나라의 앨리스의 모험을 연상시킨다. 호기심 많은 앨리스는 시계를 보며 말을 하는 토끼를 따라 들판 언덕의 둥근 '굴' 아래의 이상한 나라로 떨어진다. 그 이상한 나라의 세계에서는 앨리스가 기존에 배웠던 현실적 언어들이 엉뚱한 오해를 불러일으킨다. 즉 그곳은 고정된 관계를 지닌 언어의 기표와 기의의 관계가 끊임없이 미끄러지는 '거울'의 세계인 것이다. 그 세계는 실체는 사라지고 거울 밖 영상의 기표만이 남는 곳이다. 기의들의 두께는 사라지고 두께 위의 얇은 투명한 막의 기표들만이 남는다. 즉 거울 밖에서 왼손을 들면 거울 안의 기표는 오른손을 들고 거울 밖의 실체와는 동떨어져서 서로 만질 수 없고 만날 수 없는 곳이다. 앨리스의 이상한 나라는 이러한 두께와 기의가 사라진 기표들의 납작한 표면들이 '카드 병사'와 납작한 '하트 여왕'으로 상징화되어 있다.

그 세계는 "하트의 여왕은 어느 여름날, 하루 종일 걸려 파이를 만들었다. 하트의 잭이 그것을 훔쳐 어디론가 사라졌다"는 동요의 가사만으로써, 즉 실제적인 실체 없이 '하트 여왕'이 '하트의 잭'을 재판할 수 있는 곳이다. 또한 앨리스가 "너는 누구냐"는 쐐기벌레의 물음에 대답하면 할수록 미궁에 빠지는, 언어와 실체가 일치하지 않고 끊임없이 미끄러지는 공간이다. 그리하여 앨리스는 "내가 말하고 있는 것은 내가 생각하는 것이다"라고 궁여지책 끝에 자신의 존재를 말한다.

시인 주문돈의 언어모험도 이러한 이상한 나라에서 앨리스의 언어모험

과 닮아 있다. 그는 그만의 몽상과 사유를 전개시킬 투명한 '토기' 속에서 욕
망과 환상이 결부된 무한공간의 실체를 발견하였다. 그 무한공간으로 들어가
는 곳은 유리컵의 물결이면서 '거울'의 일렁임을 통과하는 것이다. 그 거울
세계 속에서는 사물들의 두께가 사라지고 얇은 표면의 언어들만 남는다.

그도 그 세계 속에서 언어를 통한 모험을 행한다. "마음으로 스며들 노
래", 즉 일상적인 의미역을 담은 시가 아니라 기표들이 지닌 기존의 기의자리
를 떼어내고 시인의 개별적인 새로운 기표를 붙여줌으로써 새로운 기표들의
관계가 추상적으로 형성되는 이상한 나라의 언어법칙이 작용하는 모험에 빠
지는 것이다. 그런데 그 기표들의 실험은 기존 기표체계와 기의체계에 대하여
전면적으로 이루어지는 것은 아니다. 이를 테면 "말의 심장의 피가 고이는"
곳 몇 개를 겨냥함으로써 일상적 의미역을 새로운 미지의 영역으로 바꾸어놓
는 정도의 것이다. 즉 그는 '현대시' 동인이 표방했던 내면탐구의 몫을 정밀하
고도 치열한 언어탐구를 통하여 현대적인 차원에서 진행하고 있었던 것이다.

그러나 앨리스가 이상한 나라, 거울 나라의 모험 속에서 하트 여왕의 분
노를 사서 쫓기다가 꿈에서 깨어 다시 현실세계로 돌아온 것과도 같이 시인
주문돈은 1976년 세 번째 시집 이후로 더 이상 시집을 내지 않았다. "이름만
있고 얼굴이 없는/바람이 떼지어 다니는/잠의 안뜰"을 꿈꾸기에는 "엷어서/
더 엷어지지 않는/아우성", 기표들의 모험 세계는 냉정한 현실과 너무나 동
떨어져 있었던 때문일 것이다.

> 흐름 속으로 사라지든지
> 고요의 밑바닥으로 가라앉든지
> 잠은 잠이다
> 이름만 있고 얼굴이 없는
> 바람이 떼지어 다니는
> 잠의 안뜰에
> 가고 없는 이들의 한숨이

뒹굴고
그 꿈속을 드나드는
더러 낯익고 더러 낯선 얼굴들은
결국 엷어서
더 엷어지지 않는
아우성이다

「잠」

엠페도클레스 콤플렉스적 열정의 궤적

이 수 익 론

굿 이상의 열정이 나를 스치고 지나가야 하네

이수익(1942)은 1963년 「서울신문」 신춘문예에 「고별」, 「편지」가 당선되었고 (서정주, 박남수 심사) 그후 박남수의 추천으로 『현대시』 4집부터 참여, 꾸준한 작품활동을 펼쳤다. 1969년 첫 시집 『우울한 샹송』(삼애사)을 상재하였고 『夜間列車』(예문관, 1978), 『슬픔의 核』(고려원, 1983), 『단순한 기쁨』(고려원, 1987), 『그리고 너를 위하여』(문학과비평사, 1988), 『아득한 봄』(미학사, 1991), 『푸른 추억의 빵』(고려원, 1995), 『눈부신 마음으로 사랑했던』(시와시학사, 2000)을 발간하였다. 이 중 『슬픔의 核』과 『그리고 너를 위하여』는 신작시를 일부 실은 시선집의 형태이다.

그는 『夜間列車』를 펴낸 이후 1980년 부산시 문화상(문학 부문)을 수상했고 『단순한 기쁨』 상재 이후 이듬해 1986년 제32회 현대문학상을, 『그리고 너를 위하여』로 대한민국문학상을, 1995년 시 「승천」으로 제7회 정지용문학상(시와시학사)을 수상했다. 생활인으로서 그는 1968년 부산 MBC 프로듀서 공채로 입사하여 활동하였고 1981년 서울 KBS로 직장을 옮겨 라디오 정보센터 주간, 국장 등을 역임하였다.

그의 시세계는 생활인으로서의 면모와 마찬가지로 처음부터 지금까지 그다지 큰 변화 없이 일관된 세계를 형성하고 있는 편이며 주로 사랑과 좌절, 삶과 죽음 등의 양가성에 기반한 비애와 열정의 움직임을 보여주고 있다. 그의 시세계를 구분하자면 크게 1969년 『우울한 샹송』 이후 『夜間列車』, 『슬픔의 核』의 시기와 『단순한 기쁨』, 『그리고 너를 위하여』의 시기 그리고 1991년 『아득한 봄』 이후 『푸른 추억의 빵』, 『눈부신 마음으로 사랑했던』의 시기로 크게 나누어볼 수 있는데, 후기시 무렵에는 신의 존재와 삶의 연륜을 보여주는 특성이 두드러진다.

나는 巫堂은 아니지만
때로는 굿을 해야 하네
때로는 굿 以上의 熱情이
나를 스치고 지나가야 하네
화살처럼 的中하고 나를 관통하여
내가 쓰러지게 해야 하네.
오후 여섯時,
屋上의 비둘기가 내리는 때
낡은 外套의 옷자락처럼 夕陽에
밀리는 人類의 그림자 속에
내가 빈 가방을 들고
서성이면
아무것도 없네, 가을의 들판
아아, 누가 부른 듯이 내가 와서
걸어갈 뿐이네.

나는 巫堂은 아니지만
때로는 굿을 해야 하네
붉고 푸른 무명의 천을 두르고서
미친 듯이 神을 불러야 하네.

「이 世上에서」

이수익의 초기시에서 두드러지는 특성은 그의 존재로부터 뿜어나오는
에너지의 모습이다. 그의 시편들을 살펴보면 뚜렷한 대상이나 이야기를 찾을
수 없고 어떤 주요한 관심사의 변화나 어떤 대상에 관한 뚜렷한 관심 또는 그
대상의 형상화를 보기도 어렵다. 더욱이 수필이나 산문을 통하여 자기 이야기
를 펼친 적도 없다.

대신 그의 시편들은 다양하고 수많은 대상들의 영역에 살짝살짝 걸쳐 있

으면서 이들에 대한 그의 시선을 살짝살짝 비춘다. 즉 그의 시는 대상과 자신의 의식 사이에 떠오르는 에너지의 형상화를 중심으로 이루어진다. 그렇다고 그 대상이 중심적으로 얼굴을 내미는 것도 아니며 자신의 뚜렷한 의식이 떠오르는 것도 아니다. 굳이 요약하자면 어떤 대상, 어떤 장소, 어떤 무엇에 대한 그리움의 궤적이라고 할 수 있다. 잡으려고 추구하지만 신기루와 같이 사라져 버리면서 그를 유혹하는 어떤 무엇에 대한 갈망, 이러한 갈망에 관한 형상화가 빈번한 주제를 이루고 있다.

그리하여 그의 시에서는 자기 존재로부터 뿜어 나오는 에너지의 궤적이 섬세한 미적 흐름을 형성한다. 그가 대하는 대상이나 경험들로부터 그가 느끼는 미적 순간 혹은 정서의 떨림 그 자체의 순간들을 놓치지 않고 이미지로써 드러내는 것이다. 이것은 이수익이라는 시인이 지닌 아우라의 궤적이라고 해도 타당할 것이다.

일상에서 혹은 상념에서 접하는 미적 의식 혹은 감정의 떨림을 즐기며 그것을 시로써 구체화한다는 의미에서, 그에게 시란 자기 존재를 풍부하게 하는 동력인 셈이다. 그가 화가 천경자를 '무녀'에 견주어 형상화한 시편에서 "자신의 불행을 보이면서/감미롭게 불행을 즐긴"다고 한 것은 자기 자신을 향한 것이다("자신의 불행을 보이면서/감미롭게 불행을 즐기는/여자./—지금 神을 만나러 가는 길이에요"—「畵家 千鏡子」부분).

「이 世上에서」는 그는 무당이 굿판에서 벌이는 열정보다 더한 열정이 자신을 지나간다고 표현하고 있다. 이것을 그는 "화살처럼 的中하고 나를 관통"한다고 표현한다. 그런데 "붉고 푸른 무명의 천을 두르고서/미친 듯이 神을 부"르게 하는 존재에 관하여 시인은 알 수 없다. "아무것도 없"는 "가을의 들판"에서 "누가 부른 듯이" 걸어갈 뿐이다. 그에게 시는 이러한 "굿 이상의 열정"을 표출하고 다스리는 것이다. 이런 의미에서 그는 시적 영감과 시적 자질을 근원으로 어쩔 수 없이 시를 써야 하는 타고난 시인이다. 그가 방송국의 프로듀서 일을 평생 해오면서도 시창작을 꾸준히 병행하였던 것도 이러한 맥락과 관련이 깊다.

　　방향지울 수 없고 어찌할 수 없는 무언가에 대한 그리움의 에너지가 시적 에너지로 변환할 수 있었던 것은 그가 지닌 섬세한 감성 때문이다. 그의 몸은 미세한 무게에도 움직이는 "천칭"처럼 혹은 대기의 바람을 따라 떠다니는 "비눗방울"처럼 맑고도 투명하면서 벗겨지지 않는 섬세하고 투명한 막을 지닌 물방울의 존재가 되어서 가볍고도 부드럽게 움직인다("천칭아, / 너는 몸이 가벼워서 / 가벼운 몸만큼 천칭아 / 너는 마음도 한없이 부드러워서"—「天秤에게」부분).

　　　　　　사랑하는 남자와 여자가
　　　　　　능금나무 아래서
　　　　　　터질 듯한 風船을 만지고 있데.

　　　　　　햇빛은
　　　　　　신문지의 行間을 교묘히 빠져나오는
　　　　　　냄새처럼
　　　　　　잎사귀의 저 멀리서 스미어 오데,

　　　　　　성숙한 두 사람의 볼은
　　　　　　잘 빚은 능금酒,
　　　　　　帝王의 盞을 찰찰 넘치는
　　　　　　요염으로
　　　　　　발그레져 있데.

　　　　　　서로 말하지 않는
　　　　　　두 사람의 視線이
　　　　　　한 사람의 약속 위에 머물 때
　　　　　　배암의 요설은
　　　　　　분과 연지를 찍고

한 사람이 손이 그만,
空中에 風船을 놓치고 말데.

능금나무 뒤에
이미 해가 져버렸는지
아니면 神明에 날아갔는지
어둠의 寂寥를
지르는 다리,
다리에 한 사람이 와서 울데.

세상에 이른바 永遠이란
믿을 수 없다
손 치드래도
두 사람의 손길이 마주 잡은
사랑의 이메지는 믿을 수 있데
믿을 수 있데.

「사랑이 주고간 對話」

어둔 밤하늘에 쏘아올린 火藥들이
펼치는
화려한 파라슈트.

어떤 것은 활짝 피는 꽃모양으로 열렸다가
끈이 떨어진 寶石목걸이처럼
주르르,
아래로 흘러내리기도 하고.

또 어떤 것들은

타래를 풀어내는 색실처럼 줄줄이
다른 빛깔로 뿜어나와.

오오, 숱한 지상의 눈들이
경악과 찬탄으로 지켜보는 눈동자 안에
한동안 머물더니

필경 그것은 최초의 어둠 속으로 멸망한다.
가을의 뜨락에 버리는
검은 씨앗처럼.

「꽃불놀이」

시인에게 "무명의 천을 두르고 굿을 해"야 하는 에너지는 무정형 무방향의 힘으로 나타나고 있다. 이러한 에너지가 일정한 형상을 갖게 되는 것은 주로 대상과의 관계를 통해서인데, 주로 시인의 열정을 내부에서 뿜어나오게 하는 대상은 여성으로 나타난다. 그런데 시인은 그 대상의 형상화보다는 그 대상을 향한 자신의 열정, 정서의 미의식에 관심을 지니고 있다.

이것은 어떤 경험에 대한 미적 관조 혹은 대상에 대한 미의식을 불러일으키게 하는 상태의 형상화로서 우리가 일상에서 느끼고 체험하는 감정을 시인은 "슬로비데오"로 미분하여 이것을 즐기고 있다("속도를 훨씬 삭감한/동작이/畵面을 가볍게/공처럼 떠오르고 있었다./무중력의 진공 속으로 떠밀린/한 사내의/박제된 움직임의 표본을/지켜보면서/마침내 우리는 찾아내었다."—「슬로 비데오」 부분).

대상과의 관계에서 형성되는 열정이란 곧 시인이 지닌 내재적 열정의 분출과 결합되면서 일상과는 다른 에너지의 흐름을 형성한다. 「사랑이 주고간 對話」에서는 이것이 "터질 듯한 風船"으로 형상화되고 있다. 이 시는 능금나무 아래서 남자와 여자가 서로 풍선을 맞잡고 있다가 배암의 요설에 의해 풍선을 놓치는 내용으로, 아담과 이브의 설화를 모티브로 하고 있다. 여기서

"터질 듯한 風船"은 사과의 비유로부터 출발하지만 남자와 여자의 손과 손 사이의 에너지를 두드러지게 하고 있다. 시인이 강조하고자 했던 것은 바로 이 "터질 듯한 風船"의 존재이자 "사랑의 이메지"에 대한 '신뢰'이다.

이때 「이 世上에서」의 주체할 수 없고 형상화할 수 없었던 "굿 이상의 열정"은 아담과 이브로부터 비롯된 인간 본연의 열정으로 변주된다. 그리고 아담과 이브의 선악과 비유인 '풍선'은 금기를 나타내는 것이자 동시에 사랑을 나타내는 것이며, 신의 존재를 인정하는 것이자 인간의 사랑을 긍정하는 다변적 의미를 지니고 있다.

중요한 것은 터질 듯한 풍선을 맞잡고 선 남녀의 풍경에서 '풍선'은 시인이 생각하는 "사랑의 이메지"를 보여준다는 점이다. 이와 같이 그의 열정의 한 형상화로서의 '풍선'이란 사랑과 금기, 사랑의 열기 표상으로서 부풀어 있음과 터짐 사이의 긴장을 지닌 시인의 에너지의 한 형상인 것이다.

"굿 이상의 열정"의 한 형상인 '풍선'의 연장선상에서 「꽃불놀이」의 '꽃불'이 존재한다. 여기서 "꽃불놀이"란 "터질 듯한 風船"으로 형상화되었던 동그라미 속에 집약되어 공중에 떠오르기 쉽고 터지면 사라지기 쉬운 무정형한 공기의 흐름과는 달리 '불'의 이미지와 결부되어 구체적인 형태를 보여준다. "꽃불"은 어둠 속에서 "화려한 파라슈트"처럼 꽃모양으로 피기도 하고 "끈이 떨어진 寶石목걸이"가 되어 주르르 흘러내리기도 하고 "타래를 풀어내는 색실처럼 줄줄이" 뿜어나오기도 한다. 그리고 이러한 모습들은 이를 지켜보는 "눈동자 안"에 머물다 "최초의 어둠" 속으로 멸망한다.

불꽃놀이의 장관을 통해 자기의 열정이 분출되는 상을 구체화한 것처럼 시인은 자신이 대하는 주변의 대상들이 불러일으키는 감흥들을 자기만의 섬세한 언어로 이미지화한다. 그런데 "터질 듯한 風船"의 비유와 마찬가지로 '꽃불' 또한 최초의 어둠 속으로 멸망하여 "검은 씨앗"으로 사라지는 소멸의 속성을 공유하고 있다. 부풀어오름과 사라짐, 불탐과 재의 양면적 속성 그리고 그 두 가지가 동시에 일어나는 순간적 속성들은 미적 체험이 지니고 있는 특성이기도 하다.

시인의 열정과 미적 체험의 순간들은 사랑의 체험과 결부되어서 '지뢰밭', 즉 "터지면 일시에 가루로 분산할/불씨의 알갱이들이/일촉즉발/순간의 드라마를 기다리는" 대상으로 형상화되기도 한다("적막의 비듬을 하얗게 덮어쓴/숲,/숲은 가슴 깊이 폭음을 안고 있었다./터지면 일시에 가루로 분산할/불씨의 알갱이들이/一觸卽發/순간의 드라마를 기다리고 있었다."—「地雷밭」 부분).

> 타오르는 한 자루 촛불에는
> 내 사랑의 몸짓들이 들어 있다.
> 오로지 한 사람만을 위하여
> 끓어오르는 白熱의 침묵 속에 올리는 기도,
> 벅찬 환희로 펄럭이는
> 가눌 길 없는 육체의 황홀한 춤,
> 오오 가득한 비애와 한숨으로 얼룩지는
> 눈물,
> 그리고 너를 위하여
> 조금씩 줄어드는 내 목숨의 길이
>
> 「그리고 너를 위하여」 부분

터질 듯한 풍선이 나타내는 원죄의식과 결부된 긴장감, 꽃불이 보여주는 아름다운 소멸, 그리고 지뢰밭의 일촉즉발 순간성 등은 각각이 시인이 지닌 열정의 크기랄까 성격을 좀 더 구체적으로 형상화한 이미지이다. 그리고 이들의 공통점으로 지적할 수 있는 것은 공기와 불 원소의 결합이다. 불은 공기와 접촉하면서 위로 상승하고 자신을 소멸시키면서 자신의 죽음이 지니는 치열성만큼 불타오른다. 이수익의 시편들에서는 이러한 공기와 결합된 불의 이미지로서 대상에 대한 감흥을 형상화하고 있다. 그런데 이러한 열정들은 흔히 '풍선'과 같은 투명한 막 속에 감싸 있는 형태이기 때문에 표면적으로 잘 드러나는 않는 '내재적인 불'이다.

그는 주로 열정과 절망, 사랑과 소멸, 불탐과 어둠 등의 경계를 동시적으로 드러내는 대상들에 대하여 관심을 지니고 있다. 아마도 이러한 대상들이 보여주는 에너지의 특성이 시인의 "굿 이상의 열정"이 지닌 속성과 맞닿아 있기 때문일 것이다. 이것은 엠페도클레스 콤플렉스를 연상시킨다. 엠페도클레스는 세상을 해석하는 중심적인 원소로서의 '불'에 대한 끊임없는 존경과 사랑을 보여주며 이러한 원소들의 순환으로서 인간사의 생성과 소멸을 해명하려 한 그리스의 철학자이자 시인이다. 그리고 '불'과 관련한 '사랑' 에너지의 크기로서 세계의 변화를 구분하였다. 이 고대 철학자는 자신의 신념을 확신하기 위하여 불에 대한 끝없는 존경을 보이면서 에트나 화구의 불 속에 투신하였다. 불이 그 자신을 태우면서 환한 생성을 지속하는 양초는 그 자신의 태움이 곧 생성인 것처럼 엠페도클레스의 불에 대한 경도는 자신의 소멸이자 신뢰이며 그리고 또 다른 의미에서 자신의 생성인 것이다.

시인 이수익에게서도 이러한 열정 또는 사랑에 대한 신뢰, 그것이 보여주는 에너지에 대한 신뢰, 상상력의 근저에서 이러한 원소의 에너지를 근저로 한 윤회적 사유를 볼 수 있다. 그리고 그 열정은 삶과 죽음, 사랑과 죽음 그리고 생성과 소멸의 경계선, 즉 에트나 화구의 불을 바라보는 엠페도클레스와 같은 심경을 보여주고 있다. 그리고 이러한 양가적 감정의 경계에서 반복적으로 비애와 미적 감흥의 순간들을 이끌어낸다.

「그리고 너를 위하여」에서 한 자루의 촛불은 시인의 사랑의 몸짓을 보여준다. 그가 보여주었던 "꽃불놀이"의 아름다운 순간들은 오로지 한 사람만을 위하여 끓어오르고 불타오르는 초의 형상으로 변주되어 있다. 한 자루의 초가 타기 위해서 심지 속에 끝없이 자신을 소멸시키듯이 촛불은 생성이자 소멸인 것이다. 시인은 그 사랑의 불 속에서 자신을 태우면서 동시에 황홀하게 생성한다. 불꽃의 "황홀한 춤"의 크기만큼 조금씩 "내 목숨의 길이"는 줄어드는 것이다.

내가 만나려고 불을 켜니까 여자는 하얗게 부서져 내렸다

이수익이 보여주었던 형언할 수 없고 방향 잡을 수 없었던 "굿 이상의 열정"의 행방은 원죄의식과 결부된 터질 듯한 풍선, 불과 결부된 꽃불놀이 속 소멸의 아름다움, 그리고 지뢰밭의 일촉즉발의 드라마 등에 이어서 불 속에 자신의 태우면서 사랑을 타오르게 하는 '촛불'의 모습으로 나타나고 있다. 즉 사랑과 죽음, 생성과 소멸, 삶과 죽음 등의 중심에 선 대상의 형상화를 통하여 자기 열정의 궤적들을 드러내며 그 양가적 경계선 사이에서 배어나오는 비애와 심미적 정서를 보여준다. 그에게 시란 이처럼 조용하면서도 치열한 정서를 숨기고 있는 것이다.

> 1
> 과수원에 가면
> 나도 한 마리 벌레가 되고 싶다.
>
> 해맑은 아침이슬 먹고
> 푸른 달빛 먹고
> 흠뻑 향기가 무르익어가는
> 과일과 과일,
> 그 熱望에 빛나는 눈빛 사이를
> 느리게 아주 느리게
> 기어다니고 싶다.
>
> 2
> 과수원에 바람 부는 날은 잎새에 매달려 춤이나 추고
> 과수원에 비 내리면 후둑후둑 빗소리에 가슴을 열고

과수원에 번개치는 날은 깜깜한 盲目으로 엎드려 있으면서
나도 자랄 것이다, 조금씩 키가 크는 아이처럼.

3
그리고 마침내
단물이 흘러넘쳐 무거워진
과일이 제 무게를 견디지 못해 뚜욱 뚝
떨어져 내리면

나도 떨어져 스밀 것이다, 부드러운 흙 속에
내 향기로운 몸을 묻으면서.

「과수원」

이 시는 「그리고 너를 위하여」에서 제 몸의 불순함을 태워버리면서 순수한 사랑의 불꽃을 피워올리는 촛불의 의지와 연장선상에 있다. 즉 생성과 소멸이 별개의 것이 아니라 동시에 태우면서 불타오르는 하나의 것이면서 궁극적으로 불타오르는 상승의 순수한 불꽃을 지향한다.

「과수원」의 전체적인 구도는 시인이 한 마리 벌레가 되고 싶다는 것인데 그 이유가 재미있다. 과수원에 사는 벌레가 되어서 아침이슬, 푸른 달빛을 먹고 과일과 과일의 향기를 맡으면서 자신도 과일처럼 자랄 것이라고 한다. 그리고 과일이 단물이 흘러 넘쳐 떨어지면 자신도 떨어져 스미며 향기로운 몸을 묻으며 죽을 것이라고 한다.

향기로운 과일에 스미어 과일과 함께 부드러운 흙 속에 몸을 묻는 상상에서 보듯이 사랑의 상상적 형상화에서 그는 순수하게 단일한 환희나 기쁨을 보여주지 않는다. 그의 사랑의 형상화에는 늘 죽음과 삶의 그늘이 겹쳐서 존재한다. 또한 불행과 행복의 표정도 함께 교차한다. 향기로운 과일에 몸을 스미는 벌레는 과일의 단물을 한껏 맛보겠지만 과일 속을 파고들수록 그 깊이의

단물 속에서 허우적거리다 죽음을 맞이할 것이다("달디단 맛 향그러운 냄새에 취한/ 벌레는 그렇게 죽어도 좋았으리라./ 녀석은 차라리 과육이라도 되고 싶었겠지"—「벌레」 부분). 그러한 죽음 속에서 시인은 행복의 이미지를 발견한다.

시인이 대상을 대하는 미적 감흥 순간의 형상화는 그의 시에서 주요한 주제를 형성하고 있다. 그것은 처음에는 시인의 주체할 수 없는 "굿 이상의 열정"이나 무정형의 공기 또는 에너지의 모습으로 나타났다. 그리고 이 공기 이미지는 '불 원소'와 결부되어서 다양한 형상을 띠게 된다. 그 형상 궤적의 다양함이 시인의 주요한 부분을 이루고 있다.

이때 불원소와 결부된 시인의 열정 또는 사랑은 늘 양가적 정서를 보여준다. 부풂과 터짐, 삶과 죽음, 사랑과 소멸 등의 경계에서 나오는 시인 특유의 긴장감과 비애의 정서를 보여주는 것이다. 그러고는 생성과 소멸, 사랑과 죽음 등이 동떨어진 것이 아닌 한몸임을 초의 불꽃의 사유를 통하여 보여준다. 즉 죽음 속에서 생성하고 소멸하면서 사랑하는 것이다.

시인이 대상을 대하는 에너지는 이렇게 불의 원소와 관련한 사랑의 양가성으로 구체화된다. 위 시에서 과일의 단물 속에서 행복해하다 그 속에서 허우적대며 죽는 벌레란 곧 시인이 파악한 인생의 철리에 다름 아니다. 그가 파악한 사랑의 사유는 이와 같이 비극적이랄까 치열한 무엇인가가 늘 내재해 있다("合宮의/ 뜨거운 快樂을/ 터뜨리는,/ 다물지 못할 입……//속으로 아프게 물고 있는/ 克己의/ 푸른 치아들"—「석류」 전문).

이러한 사유는 초기시부터 비교적 최근에 이르기까지 지속적으로 이루어지고 있는데 시인은 이러한 비극적이고 양가적인 정서 속에서 그만의 행복감을 지니는 듯하다. 이것을 명명한다면 '비극적 황홀감'이라고 할 수 있을 것이다.

> 벚꽃이 하얗게 불붙는 길을 따라
> 봄향기에 넋을 잃은 사람들이

몽유병 환자처럼 조용히 멀어져가는 4월,
다리 위를 지나는 푸른 電鐵만이 움직이고
그 밖의 풍경들은 오후 2시의 나른함에 묶여
권태로운 몸짓으로 드러눕는다. 부드러운 흙이 부어올라
벼랑에는 작은 沙汰들이 거듭 일어나고.
나는 안경을 벗어 다치지 않게 곁으로 밀어두고
게으른 고양이처럼 따뜻이 눈을 감는다.
지금은 봄이 痲藥이라고 해도 나는
결코 중독을 두려워하지 않겠다.

「痲藥」

　　"봄향기에 넋을 잃은 사람들"이란 결국 시인 자신이다. 위 시는 시인이
꿈꾸는 시적 사유나 열정에 사로잡히는 자신의 상황을 비교적 객관적 시선으
로 사로잡아 보여준다. 사랑과 죽음 그리고 삶과 죽음 속에서 불러일으키는
황홀한 비애를 꿈꾸는 시인의 현실적 자리인 것이다.

　　시인의 시적 사유는 이처럼 벚꽃이 하얗게 불붙는 길을 따라 이루어지며
자신을 둘러싼 풍경들이 나른하게 드러눕고 안경을 벗은 흐릿한 몽상 속에서
이루어진다. 이러한 상태에 대하여 그는 마약, 혹은 중독 상태로 표현하고 있
다. 실상 '중독'이란 말은 그의 시적 사유의 궤적을 살펴보면 적절한 표현이
기도 하다. 그의 시에는 다양한 대상들과 다양한 정서들이 혼재해 있는 것 같
으나 결국은 자신의 열정의 상태 또는 죽음충동과 결부된 사랑의 형상화의 반
복인 것이다. 그의 사랑의 상념에는 결코 순수한 원색의 붉은색은 없다. 그것
은 검은빛과 결부된 핏빛의 형상을 이루며 그 끝은 늘 비애의 정서에 귀착된
다. 이것은 그의 초기시부터 지속적으로 나타나는 모습인데 이런 의미에서 그
의 시는 비극적 황홀에 대한 중독이라고 할 수 있다.

　　그에게서 여성은 이러한 정서를 불러일으키는 수수께끼 같은 존재이자
"만나려고 불을 켜니까 하얗게 부서져 내리는" 존재이다. 사랑과 죽음, 생성

과 소멸, 기쁨과 슬픔 그리고 나타남과 사라짐은 동시에 나타나며 이러한 사랑의 사유는 '불의 원소'의 속성과 결부된다. 즉 형체를 알아보려고 하니까 하얗게 사라지는 밝음과 어둠의 모순된 속성을 보여주는 것이다("女子는/ 깜깜한 밤이다./ 흔들어도 깨지 않는 어둠이다./ 내가 만나려고 불을 켜니까/ 女子는 하얗게 부서져 내렸다"—「여자 2」 부분).

잃어버린 것은
꿈 속에 있다,
넋을 잃고 취한 잠의 어느 벌판에
가득히 햇빛을 쓰고 반짝이는
그것이 보인다.
꿈은 잠에서 깨면 잊게 되므로
언제나 우리들 허전한 傷心만이
빈 베갯머리 위에 맞게 되지만,
오오 숨을 죽이며 멀리서 물끄러미 바라보았던
알타미라 洞窟壁에 역력히 남아 있던
人間의 손
의
흔적처럼
그것은 살아 숨을 쉬고 있었다.
한 장의 죽지 않는 꽃잎, 펄럭이는 말
그리고 뜨거웠던 우리들의 피.

「記憶」

봄 향기에 취한 나른한 환상 속에서 시적 상념을 일깨우는 것과 마찬가지로 시인은 "넋을 잃고 취한 잠의 어느 벌판"에서 "햇빛을 쓰고 반짝이는/ 그것"을 발견한다. "그것"이란 알타미라 동굴벽에 역력히 남아 있던 인간의 손의 흔적과 같이 살아 숨쉬는 것으로서 시인은 "한 장의 죽지 않는 꽃잎, 펄럭이는 말/ 그리고 뜨거웠던 우리들의 피"라고 표현한다.

　　그는 자신의 나른한 꿈의 환상 속에서 알타미라 동굴벽에 그림과 글자를 새겨 넣었던 원시인의 뜨거운 피와 자신의 '그것'을 연속선상으로 이해한다. 그리하여 이것을 총체적으로 자신의 '기억'이라는 테두리 속에 둔다. 마치 알타미라 동굴벽에 새겨 넣은 원시인의 피가 다시 자신의 것으로 환생한 것과도 같이. 이러한 '피' 속에 내재한 '불의 원소'의 열정이 시인으로 하여금 시를 쓰게 하는 동력인 것이다. 이처럼 시인은 자신의 열정의 궤적을 공시적으로 형상화하는 데에서 나아가 통시적으로 사유한다. 즉 그는 원시인의 예술적 감흥과 자신의 열정을 연속선상에서 사유하는 것이다("짐승같이 묻혀 사는 동굴 속에서 오랜만에 그가 밖으로 나와 시야에 무한정 쏟아지는 눈부신 햇빛과 푸르디푸른 녹음이 고요한 산중에 密敎의 盛饌처럼 가득히 펼쳐져 있음을 보았을 때!//아, 그때 그의 마음 속 깊숙이 매장되어 있던 기쁨의 原石들은 뇌관을 얻어맞은 爆藥, 그 순식간의 발파로 터져서 그는 山峽을 향하여 참을 수 없이 분출하는 희열을 토해내며 발성하였다. 힝히, 힝히야, 힝야!"—「단순한 기쁨」 부분).

　　이와 같이 그의 열정과 사랑에 관한 시적 상상은 삶과 죽음의 양가적 감정과 결부된 비애를 띤 것이면서 행복감과 자리를 같이 한다. 그의 이러한 몽상의 자리는 그에게 나른하고도 평온한 휴식을 안겨준다. 그리고 그는 이러한 몽롱한 꿈 너머에서 불 이미지와 결부된 자기 사랑의 열정이 원시적 조상으로부터 이어온 '피'의 원소에 기반한 것임을 인식한다. 즉 "굿 이상의 열정"이 보여주는 공시적 궤적으로부터 그 열정의 통시적 근원에 관한 관심을 보여주는 것인데, 이것은 그가 고요한 산중의 동굴 속에서 처음 바깥풍경을 맞이한 원시인의 '단순한 기쁨'의 소리를 그의 시집 표제로 선정한 것과 무관하지 않다.

　　　　일생이 달의 磁場 속에
　　　　갇히기를 원했던 내 조상의 달빛 체질은
　　　　지금

내 몸 안에 피가 되어 돌고 있다.

밤하늘 떠오르는 달만 보면
왠지 가슴이 멍해져서
끝없이 夜行의 길을 더듬고 싶은 나는

아, 그것은 母體의 胎盤처럼 멀리서도
나를 끌고 있다는 생각이 든다.
마치
보이지 않는 引力이 바닷물을 끌듯이.

「달빛 체질」

신은 전율하는 색채의 오로라를 비쳐주면서

그는 후기시로 갈수록 자신의 열정에 관하여 통시적으로 상상하고 그리고 객관화하는데 이것에 관하여 그는 젊음의 열정이 식어간 것이 아닐까 하고 염려하기도 한다("그러나 시인은 나이가 들어서도 말을 해야 하고 그 인식과 표현에서 생기를 잃지 말아야 한다. 50대 중반에 들어선 나는 늘 이런 데에 신경이 쓰인다/나이에 걸맞는 인식을 젊게 표현하려면 어떻게 하지?"―『푸른 추억의 빵』 자서 부분).

> 더 가야 할
> 길이 끝없이 펼쳐진 사막 위로
> 神은, 이따금씩 신기루를 보여주면서
> 단조로운 모랫빛 절망으로부터 공포로부터
> 다시 사람들을 일으켜 세우듯이,
>
> 얼어붙은 시간 속
> 어두운 새 한 마리 날지 않는
> 저 極地, 황량한 무인지대와 얼음바다 위로
> 神은
> 전율하는 색채의 오로라를 비쳐주면서
> 몇 달 간의 밤을 잠들 수 없는
> 얼음과 눈에 갇힌 사람들을 위로한다.
>
> 그렇게 온 천지에
> 神의 생각이
> 들어 있다.
>
> _「神의 생각」

그의 후기시에서 두드러진 특징 중 하나는 자연과 인간의 모습에서 '신'의 형상을 발견하는 점이다. 이것은 갑작스런 시적 사유의 변화가 아니다. 초기시에서 "터질 듯한 風船"을 맞잡고 선 남녀는 바로 아담과 이브의 선악과 모티브를 기저로 한 것이다. 즉 그때 그는 "터질 듯한 風船" 혹은 "꽃불놀이"와 같은 열정의 에너지에 관심을 지니고 있었기 때문에 '신'의 존재보다는 인간이 지닌 원죄의식과 관련한 에로스의 문제를 주로 형상화하였다. 그리하여 자신의 열정과 에로스의 정서를 미적 이미지로서 구체화한 '불의 이미지'를 보여주었다. 그 불의 이미지는 엠페도클레스 콤플렉스의 성향을 띤 것으로 불에 대한 사랑과 마찬가지로 소멸의 두려움이 동시에 작용하는 것이었다. 자신을 태움으로써 불타오르는 초의 양가적 정서의 화산구 경계에 그는 늘 서 있다. 또한 그는 이러한 양립적이고 모순된 열정 속에서 비애와 황홀감을 느낀다. 이러한 정서를 반복적으로 보여주는 시편들을 창작하면서 그는 나른한 휴식을 체험하기도 한다. 그런 동시에 '피'의 기질에 관하여 통시적으로 사유하기 시작한다. '피'의 이미지는 '불의 원소'가 내재화된 형태라고 할 수 있다. 그는 자신이 소유한 설명하기 어려운 열정의 근원을 깊은 숲속 동굴에서 막 나와 처음 숲을 바라보는 원시인의 '기쁨'에 견주기도 하고, 내 조상의 달빛 체질이 자신의 '피 속'을 흐르고 있다고 형상화하기도 한다. 그리고 화석에 새겨진 원시적 생명체에 관한 관심을 보여주기도 한다.

그리하여 시인이 후기시에서 보여주는 통시적인 광활한 사유는 근본적으로 그의 '피'에 흐르는 '열정'의 궤적에 관한 사유이다. 그리고 인간의 생의 에너지에 관한 사유는 결국 '신'의 존재로까지 거슬러 올라간다. 이렇게 규정할 수 없이 모순적이고 양립적이고 신비로운 인간의 열정이 궁극적으로는 신의 입김으로부터 비롯한 것이라고 생각하기에 이른 것이다.

'신'에 관한 사유와 함께 그의 시는 모순되고 양립적인 정서의 혼란으로부터 안정감 있는 시적 사유로 점차 변모한다. 이것은 아마도 그의 삶의 연륜과 함께한 듯하다. 이와 동시에 그가 시에서 대상을 형상화하는 방식이 바뀌고 있다. 중기시 무렵까지 그의 시는 주로 자신의 열정의 궤적과 근원에 관한 것으로서 자아와 대상의 관계에 관한 미적 형상화가 중심적인 것이었다. 그런데 후기시로 오면서 삶의 모순된 열정의 근원, 즉 '신'에 관한 단일한 사유로부터 시적 사유는 단순해지는 측면을 지닌다. 모든 현상과 사물의 이치의 근원에 대한 해답으로서 '신'을 상정하기 때문이다. 위 시에서도 그는 공포와 희망을 동시에 심어주는 사막의 "신기루", 얼음 바다 위의 전율하는 색채의 "오로라"의 환상이 "神의 생각"으로부터 비롯한 것이라는 깨달음을 형상화하고 있다.

> 바람은 꽃밭을 흔든다
> 바람이 강하면 꽃들은 일제히 세차게 흔들리고
> 바람이 약하면 꽃들도 부드럽게 달밤처럼 흔들린다
> 때로는 바람이 꽃밭의 한 모서리를 흔들어
> 꽃밭 일부가 일렁이는 경우도 있지만
> 바람이 기척 없이 갈앉아 숨을 죽이면
> 꽃들은 또한 침묵으로 조용히 기립한다
> 바람은 꽃밭을 다루는 멋진 園丁,
> ―그처럼 지휘자의 손이 오케스트라의 악기들을 흔든다
>
> 「음악」 부분

> 작은 햇살에도 나서지 못하는
> 서투른
> 시골아이들처럼
> 아직도 주위에 파헤쳐진 황토흙
> 겸연쩍게
> 얼굴 붉히고 있는
> 변두리 서민아파트 단지에는

층마다 베란다로 나와 따뜻이 볕살쬐는
그들 眷屬의 옷가지들, 모처럼 때를 벗긴
홀가분한 기분의
나들이들.

(싱싱한 우리들의 슬픔을 보세요
싱싱한 우리들의 기쁨을 보세요
비누거품으로 빨아도 빨아낼 수 없는
싱싱한 우리들의 가난을 보세요)

옷가지들은 펄럭이면서
바람하고 말한다.
옷가지들은 펄럭이면서
太陽하고 말한다.
옷가지들은 펄럭이면서
펄럭이면서 저희들끼리 말한다.

「유쾌한 풍경」

신적 존재에 관한 사유는 그의 시 구도 전반에 걸친 변화를 가져온다. 즉 자아의 내부로부터 발생한 열정의 궤적을 미적으로 형상화하는 문제로부터 자아를 객관화하고 전체적인 풍경 속에서 자신을 그 조화의 일부로 사유하는 것이다. 초기시에서 시인의 열정의 에너지가 외계와는 분리된 공기의 흐름을 형성하는 '풍선' 속과 같은 열도에 찬 것이었다면 후기시에서 시인의 시적 에너지는 그 경계가 허물어지고 자연의 공기 흐름과 함께 움직이며 조화를 이루는 측면이 있다.

그의 열정의 흐름이었던 풍선 속 바람은 이제 그 풍선 밖 자연의 바람에 흔들리는 꽃들의 바람과 조화를 이루고 있다. 「음악」에서 꽃들의 세차고 부드러운 흔들림 혹은 꽃밭 일부만의 일렁임이나 꽃들의 조용한 기립은 모두 바람의 궤적의 결과인 것이다. 여기서 시인의 섬세한 눈길이 두드러진다. 그는 이 것에 대하여 "바람은 꽃밭을 다루는 멋진 園丁"이라고 말하고 있다. 그리고 이 바람의 손짓이란 꽃들의 음악을 연주하는 "지휘자의 손"이며 이것은 신의 존재와 관련된다.

여기서 시인의 모습이 나타나지 않는 것은 시인의 시적 에너지와 꽃밭의 움직임과 바람의 손짓이 일체화된 양상을 보여주기 때문이다. 이에 따라 신의 손길로 불어넣어진 숨결의 일부로서 자신의 열정을 해석하면서 그의 시세계 는 주로 자아를 객관화하거나 자아와 함께 풍경과 주변에 관한 사유를 보여주 기 시작한다.

「유쾌한 풍경」에서는 신의 숨결인 자연의 바람이 '옷가지들의 펄럭임' 으로써 형상화되고 있다. 그 옷가지들이란 변두리 서민아파트 단지에 층마다 베란다로 조밀하게 나와 따뜻이 볕살을 쬐는 권속의 것으로서 그것들은 결코 누추하지 않다. "비누거품으로 빨아도 빨아낼 수 없는/ 싱싱한 우리들의 가 난" 또는 "우리들의 기쁨"으로 형상화되는 것이다. 즉 그 "옷가지들"이란 비 록 변두리의 좁은 아파트일망정 집집이 다닥다닥 붙어서 하얗게 펄럭이는 빨 래들 속에 깃든 가족과 이웃의 친밀함 또는 주부의 가족애와 정의 상징인 것 이다. 이러한 주변에 관한 관심의 확대는 그의 초기 시세계를 생각해볼 때 놀 라운 변화라고 할 수 있다.

「유쾌한 풍경」의 옷가지들의 펄럭임은 「음악」에서의 바람으로, 일렁이 는 꽃밭의 움직임과 연장선상에 있다. 다시 말해 옷가지들의 펄럭임도 꽃밭을 움직이는 '바람'으로 인한 것이며, 이것은 '신의 숨결'이 가난한 이들과 자연 을 만지며 지나가는 것이기에 몹시 따뜻하면서도 조화로움을 주는 것이다.

이와 같이 이수익의 시는 자아의 내부에서 나오는 열정의 궤적을 떠나 자아를 객관화하고 자연이나 주변의 구도 속에 위치한 자아의 문제로 다가가 는, 중심적인 형상화의 축이 바뀌는 것이다. 그리하여 그의 시편은 마치 하나 의 풍경화를 보여주는 것 같기도 하면서 한 폭의 동양화를 보여주기도 한다

("메마른 나뭇가지 위에/하얀 백로들/종이학을 접어 매달아둔 듯/적절한 配置로 앉아 있다. //어떤 녀석은 東으로 고개를 돌리고/또 어떤 녀석은 西로 고개를 돌려/각기 무엇을 생각하는 듯, 골똘히 응시하는 듯/모양새를 짓고 있는 일이/어느 극중의 한 장면 같다."—「깨끗한 풍경」부분). 즉 시적 구도의 축이 단아하면서도 단순화된 형상으로 변화한다.

그리고 그가 중기시까지 주로 보여주었던 사랑과 죽음, 삶과 죽음, 생성과 소멸 등의 양가성에서 나왔던 혼돈된 긴장의 미학에서 긴장의 국면이 차츰 사라지고 양가적 정서의 대립상만이 명확하게 두드러지는 경향을 나타낸다 ("나이프는 폭력처럼/쟁반 위에 놓여 있고//그 옆에 붉은 사과 한 알/단죄를 기다리듯 놓여 있다"—「오래된 기억」부분).

> 대나무는 평생
> 좀체로 꽃을 피우는 법 없지만
> 만에 하나
> 동지 섣달 꽃 본 듯, 꽃을 한 번
> 피우기라도 할 양이면
>
> 온 대밭의 대나무마다 일제히
> 희대稀代의 소문처럼 꽃들 피어나지만,
> 그 줄기와 잎은 차츰 마르고 시들어
> 결국
> 죽고 만다고 한다.
>
> 꿈같은 개화의 한 순간을 위하여
> 스스로 죽음을 선택해야 하는 대나무, 오오
> 눈부신
> 자멸自滅의 꽃.
>
> 「한 번만의 꽃」

위 시에서 대나무의 개화의 순간은 죽음의 순간이다. 즉 대나무의 꽃은 한 번만의 꽃이자 자멸의 꽃인 것이다. 삶과 죽음의 경계선상의 사유는 그의 오랜 시적 테마였다. 그런데 삶과 죽음의 문제가 그의 후기시에서는 초기시와 매우 다르게 형상화되어 있다. 초기시에서 삶과 죽음의 정서는 팽팽한 긴장감을 형성하면서 열정적인 미적 충만의 순간을 보여주었다. 반면 위 시에서 죽음의 문제는 "스스로 죽음을 선택해야 하는 대나무"에서 알 수 있듯이 '대나무'가 상기시키는 절개나 자신의 믿음에 대한 신뢰 또는 염결성 등을 떠올리게 한다. 즉 초기시에서 삶과 죽음의 문제는 궁극적으로 사랑의 정서로 귀결되지만 후기시에서는 인생의 의지랄까 뜻의 문제에 귀결되는 특성을 지니고 있다.

또한 초기시에서 양가적 정서의 긴장감이 팽팽하게 형상화되었다면 그의 후기시에서는 그러한 긴장감이 어느 정도 사라지고 삶과 죽음, 흑과 백, 나이프와 사과 등 대립적 제재를 통한 전체적 구도의 형성에 초점이 맞추어져 있다. 시인의 시적 대상은 바로 자신의 열정의 궤적에 관한 것이었는데 '불꽃'과 같았던 열정 또는 에너지는 세월의 연륜에 따라 자연의 조화로운 공기의 흐름 속에서 '바람'처럼 엷어지면서 투명해지는 모습을 보여준다. 즉 그의 시적 사유가 열정의 소멸이랄까 열정의 정화 궤적의 형상을 따라 움직이는 것이다.

이러한 시세계의 흐름 속에서 시인 이수익의 내재적인 본질을 '눈부시게' 보여주는 부분은 바로 "은빛 살로 날으던 새를 쏘"았던 그의 엠페도클레스 콤플렉스적 열정의 궤적이다.

　　　바다에 띄워놓은 原木들은
　　　소금물에 저려진 검은 色調로
　　　이제는 체념한 꿈의 타령을
　　　서로서로 부딪치며 울리고,

그들이 바다로 오기 전에 있었던
무서운 童話같은 원시림에서는
오늘도 바람과
은하, 물소리가
어린 나무들을 성장시킨다.

부딪쳐라 술잔이여, 한때는 우리들도
은빛 살로 날으던 새를 쏘지 않았던가
그렇고 말고 그렇고 말고
그렇고 말고……

酒店에는 불그레한 얼굴들이 몇 둘러 앉아
감격한 이 밤을 지키고 있다.

「酒店에서」

물가를 배회하는 나르시스가 피워올린 수선화

정 진 규 론

발견의 쾌감에 잠시 떨었어요

정진규(1939)는 1960년 「나팔 抒情」으로 「동아일보」 신춘문예로 등단(조지훈, 김동명 심사)하였고 1963년부터 '현대시' 동인지 활동을 하였다. 처녀시집 『마른 수수깡의 평화』(모음사, 1965)를 비롯하여 『有限의 빗장』(예술세계사, 1971), 『들판의 비인 집이로다』(교학사, 1977), 『매달려 있음의 세상』(문학예술사, 1979), 『비어있음의 충만을 위하여』(민족문화사, 1983), 『연필로 쓰기』(영언문화사, 1984), 『뼈에 대하여』(정음사, 1986), 8시집인 『별들의 바탕은 어둠이 마땅하다』(문학세계사, 1990), 『몸詩』(세계사, 1994), 『알詩』(세계사, 1997), 『도둑이 다녀가셨다』(세계사, 2000), 『本色』(천년의시작, 2004)이 있다.

그의 시세계는 『마른 수수깡의 평화』와 『有限의 빗장』의 욕망을 중심으로 한 내면탐구 성향, 『들판의 비인 집이로다』로부터 『뼈에 대하여』에 이르기까지 시인으로서의 자기 정체성에 대한 모색, 그리고 『별들의 바탕은 어둠이 마땅하다』, 『몸詩』, 『알詩』, 『도둑이 다녀가셨다』, 『本色』에 이르기까지의 자연과 우주의 생명력에 대한 탐구로 요약할 수 있다.

첫 번째 시기는 '현대시' 동인지 활동시기에 해당되며 1969년 「詩의 애매함에 대하여」와 「詩의 정직함에 대하여」를 발표하면서 운문 형식을 탈피, 산문 형식을 그의 고유한 시 쓰기로 삼았다. 그와 동시에 내용적 측면에서도 자기 정체성을 찾기 위한 방황과 모색기를 갖는다. 이 시기 그는 교직생활을 청산하면서 '진로'에 입사, 홍보관계의 일을 하게 된다.

『별들의 바탕은 어둠이 마땅하다』를 중심으로 한 세 번째 시기부터 그는 시세계의 비약적 발전을 보여주는데 이 시기는 정진규 시세계의 본령에 해당된다. 또한 이 시기는 1988년 『현대시학』을 승계하여 주간을 맡아온 현재까지의 시기에 상응한다.

그의 초기 시세계에는 다른 '현대시' 동인들의 경우와 마찬가지로 개별적인 언어 만들기를 통한 내면탐구가 주를 이루며, 그 내면탐구는 구체적으로 개별적 욕망에 관한 형상화와 맞물려 있다. 즉 인간의 욕망이 지닌 맹목성에 관해 보여준 시인의 반성적 면모는 다른 시인들의 내면탐구와 변별되는 지점이기도 하다. 그의 초기시에서는 사랑이나 욕망의 대상이 문제시되지 않는다. 그에게는 단지 욕망한다는 것, 욕망의 행위 그리고 욕망의 방향성이 문제시되기 때문이다. 이것은 서정주의 『화사집』의 세계에서 시적 화자가 '꽃뱀'에게 돌멩이를 던지면서 쫓아가는 모순적 욕망과 관련을 지을 수 있다. 그 꽃뱀은 단지 '가시내'로만 명명되는 것이다. 정진규의 초기시는 이러한 인간의 적나라한 거친 숨결을 거짓 없이 보여주고 있다.

인간이라면 누구나 자기 내부에서 꿈틀거리는 욕망의 움직임을 지니고 있다. 일반적인 시 쓰기에서는 그것을 외면하거나 이성적인 것으로 눌러버리거나 혹은 그것의 존재가치를 폄하하곤 한다. 그러나 인간 삶의 가장 근본적인 의미에서의 원동력은 바로 욕망이다. 생명체라면 어떤 경우에도 필사적으로 숨쉬고자 하고 먹고자 하며 배설하고자 하는 생리적 욕구에 충실하다. 어떤 개미는 몸체를 둘로 자르면 떨어진 그 둘이 서로 싸우다 죽는다고 한다. 이렇듯이 생존 본능과 연관된 맹목적 의지는 모든 생명체에서 인간에 이르기까지 작용하고 있다.

모든 개체는 어떠한 환경에서도 자신을 생존시키고 확장시키고 일으켜 세우려 한다. 이러한 맹목적 삶의 의지를 지닌 수많은 개체들이 자연계를 이루고 있으며 인간도 그 일부로서 존재한다. 그런데도 큰 범주에서 보면 이러한 개체들이 자연계의 어김없는 조화를 이루고 있는 것은 모순된 일이다.

이러한 자연계의 조화는 인간의 이성으로 만든 표상세계의 질서와는 구분된다. 인간의 이성이 이룬 표상세계는 이러한 맹목적 의지의 세계들을 간과한 채 논리적이고 체계적인 것으로 세웠기 때문에 인간과 자연의 전체를 해명하기에는 너무나 불완전하다. 시인이 시를 쓰는 욕망, 밥을 먹고 숨을 쉬듯이 시를 써야 하는 욕망도 근원적인 측면에서는 이러한 맹목적인 생의 의지의 강렬성과 관련을 지니고 있다.

무엇 때문이었는진 몰라요
그날,
불꺼진 階段의
정확히는 여섯 번째의 階段과
일곱 번째의 階段 사이에서
떠올랐던 생각
그걸
나는 왜 그렇게 찾고 있었는지
알 수 없어요 나는
나의 설합이란
설합들을 다 뒤졌어요
내 의복들의
주머니란 주머니들도
모두 다 뒤졌어요
찾고 있었어요
그렇지만 마지막 속주머니
하나만은
용기가 없었어요
나도 確認 못해본 나의 秘密
마지막 그것 하나만은 남겨두고 싶었던 거예요
나도 나의 이 俗物根性을
들여다보며 잠시 웃었지만 말얘요
대체로 비틀대인
그동안의 나의 步行들이 웅성대고 있었어요
놀란 건
당신의 편지들, 뒤져본 당신의 편지들

行間마다를
열심히 기어다닌 내 意識의
착한 버러지들이었어요
아직도 살아 기어다니고 있는 거예요
나는 그것 한마릴 잡아먹어보았지만
먹히지 않았어요 튀어 달아났어요
그건 이미 내게서 獨立되어 있더군요
나는 다시 놀랐어요
發見의 快感에 잠시 떨었어요
그 살갗의 소름의 꼭지마다에선
그때,
갑자기 精液이 흘렀어요
기뻤어요
기뻤던 거예요
당신은 무어라 定義하시겠어요
찬란한 精液이라 생각했어요
여보세요
集中할 수 있었애요
당신도 어지러울 땐
설합이란 설합들을 다 뒤져보아요
주머니란 주머니들도 다 뒤져보아요
그렇지만
그렇지만 아니었어요
그날,
불꺼진 階段의
정확히는 여섯 번째의 階段과
일곱 번째의 階段 사이에서
떠올랐던 생각
찾고 있는 그건
아니었어요

不感이어요
不感이어요.

「精液」

　위 시에서 시인은 무엇인가를 열심히 찾고 있다. 그것은 그날 불꺼진 계단의 여섯 번째의 계단과 일곱 번째의 계단 사이에서 그에게 떠올랐던 생각이다. 이것은 서랍과 주머니를 뒤지는 행위로서 구체화된다. 그가 발견한 것은 편지들이며 행간마다를 기어다닌 내 의식의 "착한 버러지들"이다.

　그는 발견의 쾌감에 기뻐하면서 갑자기 흐른 정액에 대하여 "찬란한 精液"이라고 표현한다. 그런데 그가 열심히 찾던 것이 지난날 그가 기록한 "편지들"이었는지 혹은 "찬란한 精液"이었는지 혹은 그가 지난날 떠올린 생각이 "不感"이었는지는 모호하다.

　특이한 것은 그가 자신이 찾은 편지들의 행간을 기어다닌 "내 의식의 착한 버러지들", 즉 글씨를 잡아먹는 장면이며 그것이 먹히지 않고 튀어 달아나는 모습이다. 그리고 이 행위는 자신의 생리적 반응과 밀접한 관련을 지니고 있다. 이것에 대하여 그는 "集中"이라는 말로 표현한다.

　'집중'은 그의 초기시에 비교적 빈번하게 나오는 단어로, 같은 제목의 연작으로도 관심을 표명한 바 있다. 위 시에서 '집중'은 발견의 쾌감과 관련을 지니는데 구체적으로는 그가 지난날의 생각을 적은 글을 읽고서 그 글 속 글자들을 벌레처럼 잡아먹는 행위로 나타난다. 그런데 주목할 것은 글자를 잡아먹는 행위와 몸의 반응이다. 글자를 잡아먹음으로써 그 글자들이 이룬 환상의 세계에 새롭게 접근하고 그로 인해 시인은 정신적 육체적 반응을 동시에 일으키는 것이다. 시인은 이것을 반성적인 시선으로써 기록하고 있다. 마치 어린아이가 어머니의 대치물로써 손가락을 빠는 것 그리고 오줌을 누는 꿈을 꾸면서 실제 잠자리를 적시는 것처럼 시인은 성인이면서도 정신적 육체적인 측면에서 어린아이 또는 자연인으로서 동시적 반응을 보여준다. 이것은 시인의 초기시에서 주로 성적 욕망에 관한 장면을 환기시키는 표현들이 빈번한 한 가지 이유가 될 것이다.

위 시는 형식적으로 운문의 형태를 갖추고 있으나 이것을 줄글의 형태로 바꾸면 그가 세 번째 시집 이후 본격적으로 써나간 산문시의 형태와 크게 다르지 않다. 그것은 위 시가 정신적인 것과 육체적인 것이 서로 맞닿은 지점을 그대로 형상화하는 문체 또는 호흡률의 방식을 따르고 있기 때문이다.

위 시가 정신적인 것과 육체적인 것이 함께 반응하는 '글자 먹기'를 보여준다면 다음의 시도 그 연장선상에 있다.

> 내가 한 마디의 말을 알았을 때
> 처음 내가 한 마디의 말을 알았을 때
> 나의 나무엔 슬기의 이파리 하나,
> 피어나고
> 漸
> 漸
> 그것은 叡智의 숲을 이루어가던
> 그러한
> 나의 榮光이여. 集中의 때여.
> 잠들지 않게
> 끊임없이 나를 이끌고 가던
> 가장 훌륭한 溺死의 바다여.
> 나는 기억한다.
> 설레이는 이파리마다에
> 아아, 한 홉씩의 소리를 물고
> 하늘에서 떨어져 오던 한 마리씩의 새들
> 새들의 홉程으로 노래하던
> 그날의 숲을 기억한다.
> 무엇 때문인지,

말오양간 냄새와
平和는 같은 몸이라고
그것은 말구유에서 태난 예수 때문이라고
이런 證明뿐을
내가 밝은 分別로 가르칠 수도 있었던
그맘 때의 나의 가장 新鮮한 大衆
純粹의 아이들도 또는 기억한다.
아아, 集中의 때여.
나의 영광이여.
救援해다오.
지금 부슬거리며 눈만 내리는
이 기나긴 겨울 저녁녘
내 小康 속을
가장 어두운 어둠들이 기어다닌다.
가장 어두운 어둠들이 기어다닌다.

「集中 Ⅰ」

　　"한 마디의 말을 알았을 때" 시인의 나무엔 "슬기의 이파리 하나" 피어나
고 그 말들이 조화를 이루어갈수록 시인의 나무는 "叡智의 숲"을 이룬다. 시
인은 이러한 때를 그의 "榮光"이며 "集中의 때"라고 명명하며 이것이 끊임없
이 자신을 매료시킨 "溺死의 바다"라고 지칭한다.
　　시인은 그가 개별적으로 이룬 한 마디의 말을 만들었을 때 창작의 기쁨
을 느낀다. 그리고 그 말들이 오묘한 상징의 숲을 만들어갈 때 그 기쁨은 이
루 말할 수 없는 것이다. 그 기쁨에 대하여 그는 자신이 쓴 "한 音씩의 소리"
를 "하늘에서 떨어져 오던 한 마리씩의 새들"이 물고 오는 것으로 형상화하
고 있다.
　　이런 의미에서 정진규는 가장 시인다운 시인이라고 할 수 있는데 이것은

농부가 농사를 짓는 모든 과정에서 생명체가 갖는 충만감을 오롯이 만끽하는 것과 같은 비유로 설명할 수 있다. 진정한 시인이란 세상과 자연의 이치를 오롯이 깨닫고 그것을 거짓 없는 황홀 속에서 글로 만들어가는 데에 헤아릴 수 없는 기쁨을 누리는 자라고 할 수 있다. 시인은 이러한 시 쓰기를 "그날의 숲" 이란 말로 표현한다. 이처럼 그에게 황홀감을 주었던 사건에 '그날' 이라는 수식어가 붙곤 하는 것은 그의 시 쓰기가 과거의 오롯한 체험에 기반한 것임을 보여준다. 그리고 시인은 "그날의 숲"을 이룬 때를 가리켜 "集中의 때"라고 지칭한다.

이러한 집중의 때는 과거의 것으로 나타나는데 마지막 부분에서 "지금" 소강상태에 있는 "가장 어두운 어둠들이 기어다"니는 순간으로부터 자신을 "救援해다오"라고 말하고 있다. 즉 시 쓰기의 황홀하고 순수한 순간이 그의 일상과 어둠을 구원한다는 의미인 것이다. 시인은 이것에 대하여 "集中의 하루를 위하여/ 나는 한 달을 벌었다. / 또는 集中이란 말을/ 俗物들 앞에선/ 快樂이란 말로 바꾸어 쓸 줄도 알면서/ 나는 한 달을 벌었다"(「集中 Ⅱ」 부분)고 표현한 바 있다.

시인에게서 '집중' 의 또 다른 주요한 장면은 성적 욕망의 순간과 깊은 관련을 지닌다.

> 그대가 참으로
> 나의 運命을 다스릴 수 있다면서
> 입을 벌리면서
> 目的으로 내 안에 던진 아름다운
> 銀金의 사슬들
> 삐걱대는 子正에 와서 비는 내리고
> 무엇이 가능하다고 그러는 걸지,
> 잘못 생각이었다고 울음을 삼키면서
> 우는 그대의 잔등 기어올라 개미 한 마리

쫓아서 나도 어디로 橫斷해 가면서
마지막으론 깊게 철저한 錯覺들
그대 잘못 생각을 그대 목걸이로 걸어주면서
禮儀 있는 言語로 내가 달래었을 때
갑자기 秘密로 가고 있는 금이 하나,
그대 틈서리에서 어느 날의 파브로·피카소는 일어서면서
빛두른 맨몸으로 일어서면서.
오늘밤도 生鮮의 살쩜만
깨끗이 발라 먹으면서
다치지 않는 生鮮 가시, 그분의 敬虔을
접시 위에 무겁게는 그리고 있었네.
끊임없이 빗디뎌 빠져드는
아하, 그대의 알몸도 生鮮 가시.
나의 驚異는 사뭇 비틀대이면서
그대의 살쩜은
내가 이 밤에 다 먹으면서
이 밤에 어서, 그대의 살쩜은 내가 다 먹으면서
무슨 救援처럼 빛깔 나고 있었네.
그대가 참으로
나의 運命을 다스릴 수 있다면서
입을 벌리면서
目的으로
내 안에 던진 아름다운
銀金의 사슬들
삐걱대는 子正에 와서 비는 내리고.

「生鮮 가시」

　　시인의 관능적 욕망을 담은 순간들의 형상화에서 특기할 점은 사랑의 대
상이 문제시되지 않는다는 점이다. 그 대상보다는 자신의 의식과 무의식의 순

간에 대한 것이 훨씬 압도적이다. 그런데 시인은 맹목적 욕망의 순간에 찾아온 환상적 상념들에 관심을 지니고 있다. 즉 시인은 성적 결합의 순간에도 자신의 욕망과 의식에 관한 관심이 더 주를 이룬다.

이것은 그의 나르시스적 경향을 짐작하게 하는 한 일단이 된다. 그리고 이 시에서 나와 그대의 사랑의 순간의 묘사에서 특기할 것은 "그대의 알몸"과 "生鮮가시"의 발라먹기, 그리고 "접시 위에" 생선가시 그리기의 장면이 교차하는 점이다. 즉 성적 결합의 순간을 시인은 독특하게도 '생선가시 먹기'라는 비유로 나타낸 것이다. 이것은 "그대"가 "내 안에 던진 아름다운/銀金의 사슬들"이 투망을 연상시키는 것과 연관이 있다.

시인에게 '먹다'라는 서술어는 '글자', '벌레' 혹은 '그대' 등의 대동사처럼 사용된다. 시인은 자신의 육체적 욕망의 소리에 누구보다도 민감하게 반응한다. 이때 그 욕망의 소리는 '먹다'라는 것으로 표출되는데 이것은 시인에게 '인식한다'는 것보다 더 절실하고 체험적인 것이며 정신적인 갈망과 육체적인 갈망을 함께 아우른 것이라고 할 수 있다.

또한 생선과 관련한 비유도 특징적인 측면이 있다. 이것은 시인의 태몽이 '잉어'이기 때문에 그가 잉어를 먹지 못하는 그만의 독특한 결벽성과 밀접한 관련을 지니고 있다. 잉어는 생명력 자체의 상징이면서 주로 산모나 임산부의 몸보신으로 먹는 경우가 많은데 시인은 남성임에도 "몸을 한다"고 표현하거나 물에서 알을 낳는 상념 또는 생선 가시와 육체를 견주는 것 등을 강박적으로 경험한다. 즉 자신의 태몽과 관련한 원체험적 상상과 깊은 관련으로써 물가에서 물고기가 입질하는 소리에 관한 것, 물고기를 잡는 그물과 관련한 비유, 물고기의 알들에 대해 두드러진 반응을 드러낸다.

　　뭣 때문인지
　　내가 만나고 있는
　　내가 投身한

깊이의 연못물
찾고 있는 밑바닥의 모래알 但只 두 개
아니되는 引揚으로 울고 있는
나의 물 속 울음소릴 누가 들었을까.
뭣 때문인지 나의 모래알 但只 두 개 때문에
千年을 못 잔 잠, 잠의 閉門을 열고
검은 속 흔들리는 하얀 그대 손 誘惑.
참으로 나는 자고 싶지만
아퍼라, 나의 물 속 울음소릴 누가 들었을까.
반짝여 빛나는 金箔
銀箔으로 쉽사리 처리된
잎새들의 아침을 찾을까.
잎새들마다에서
아름다운 햇살들 引揚하고 있을
사랑스러운 神들을 찾을까.
엎드려 秘藥을 얻을까.
뭣 때문인지
어느 날은 치어들을 내 引揚의 그물
속에 번쩍이는 한 마리
眞生魚 비늘 밑 나의 모래알
숨어 있을 但只 두 개여.

「모래알 但只 두 개」

위 시는 연못 물 속에서 우는 화자를 대상으로 하고 있다. 여기서 행위의
주체를 물고기, 즉 "眞生魚"로 볼 때 위 시는 일관성 있는 구체적인 의미맥락이
형성된다. 즉 '나'가 '물고기'가 되어서 연못 속에서 울고 있는 것이다. 물 속에
서 우는 상상이란 그러니까 정진규만의 독특한 상상이 드러나는 부분이다.
    그는 "引揚의 그물"에 건져 올려지는데 물 속에 빠지기 전과 건져올려

진 다음의 차이점이란 "모래알 但只 두 개"를 비늘 밑에 지니고 있다는 점이다. 여기서 "모래알 但只 두 개"는 구체적으로 형상화되지는 않는다. 그러나 "모래알 但只 두 개" 때문에 시인은 "참으로 나는 자고 싶지만" "千年을 못 잔 잠을" 참는다. 시인을 불면하게 만드는 그 모래알은 그러니까 시인을 불편하게 하면서도 끊임없이 따라다니고, 그래서 시인이 그 실체를 알아보고자 하는 어떤 대상이 될 것이다.

여물어 벙그는 알밤처럼 할 일이야

그의 초기시에서 "모래알 但只 두 개"에 관한 상념은 그의 중기시를 넘어오면서 '알'과 관련한 콤플렉스의 형태로 나타난다.

> ……친구에게 그 얘기를 했더니 어느 날 이것이 하루살이라는 것이라며 확대경으로 보여주었다. 설명에 의하면 입은 완전히 퇴화되어 먹이를 섭취하기에 적합하지 못하고 위 부분은 절개해 보아도 들어 있는 것은 공기뿐, 아무리 봐도 그런 것이었다. 그런데 알만은 뱃속에 소복히 충만하여 홀쭉한 가슴 부분까지 꽉 차 있었다. 그것은 현기증 나도록 반복되는 삶과 죽음의 슬픔이 목덜미까지 치밀어 올라온 것 같았다. 슬프고도 외로운 빛의 알알이었다.
>
> 장황스런 인용이 되어버렸지만 목덜미까지 치밀어 오른 알들, 그것은 탄생을 기다리는, 그것도 절대적인 생명의 어떤 형국을 제시한 것이고 볼 때 지금의 나의 내면과 그대로 맞아 떨어지는 것이었다. 그 꿈을 꾸고 난 날은 하루종일 일도 손에 잡히지 않고 온 몸에 계속 소름이 돋아 있었다. 그 알들이 톡톡 하나씩 터지면서 생명의 모습을 짓기도 전에 죽음의 벼랑 밑으로 형체도 없이 떨어져 갈 것 같기도 하고 그 알들 속에서 한꺼번에 수만 마리의 하루살이 떼들이 날아오를 것 같기도 한 그런 착각에 시달려야만 했다.
>
> 「房과 椅子」부분, 『따뜻한 상징』

여기서 알 수 있는 것은 입도 퇴화하고 며칠 살지도 못할 하루살이의 뱃속에 소복이 꽉 찬 알에 관한 상념에 시인이 사로잡혀 있다는 것이다. 이것은 앞선 "모래알 但只 두 개"에 관한 상념과 연속선상에 있다. "모래알 但只 두 개"가 시인에게 천년을 자지 못하게 하면서도 그것을 확인하게 하는 대상이었다면 마찬가지로 위의 글에 나타난 '하루살이의 알들' 또한 시인을 소름돋게 하면서 생과 죽음의 경계에 관한 생생한 상상에 사로잡히게 하는 대상이다.

'알들'에 관한 콤플렉스는 그가 아침식탁에 오른 청어구이가 머리까지 알이 꽉 찬 상태인 것을 보고 "물고기는 (알이) 목구멍까지가 아니라 대가리까지이다"라고 되뇌며 목이 메어 밥을 못 먹는 사건에 이어진다("청어구이를 먹다가 청어의 알들이 청어의 대가리까지, 아가미 바로 밑까지 가득 차오른 것을 나는 보았다 목이 메어서 밥을 먹는 일을 그만두었다 물고기는 목구멍까지가 아니라 대가리까지이다"─「청어구이─알29」부분).

이것은 그의 태몽이 '물고기(잉어)'라는 점, 그리고 그가 '잉어'를 못 먹는다는 그의 결벽적 성향이나 인간으로서 지닌 축복이랄까 동시에 불행인 강한 욕망 및 생명력과 깊은 관련을 지니고 있다. 그러니까 인간적인 동시에 자연적이고 우주적인 생명력을 상징하는 몸, 알, 모태로서의 물 등에 관한 사유는 그로서는 내재적인 필연성을 지닌 것이었다고 할 수 있다.

잉어를 못 먹는다는 것은, 시인이 어떤 관련성을 짓기 때문이며 자신의 욕망에 관하여 사유할 때 잉어의 알과 관련을 지으려는 성향을 지녔기 때문이다. 물고기에 관한 유추를 볼 때 시인은 자신에 대하여 자신이 영적인 측면보다 욕구적인 측면이 강하다고 생각하고 이를 자신의 콤플렉스로 여기는 경향이 있다.

이것은 실제의 시인상이 아니라 시인이 자신의 욕망을 처벌하는 상이며 다른 사람들에 비하여 자신의 욕망이나 잘못 등에 대해 예민한 내적 도덕성을 보여주는 것이라고 할 수 있다. 이런 측면에서 그는 자신의 욕망을 긍정적인 것으로 자기화하고 물고기와 관련한 알 콤플렉스로부터 벗어날 사유의 통로가 필요했다. 즉 그가 후기에 본격적으로 전개시킨 몸과 알의 시학이란 외재적인 것이 아닌 시인의 본질적인 욕망의 자리이자 상처이며 그것의 승화를 지향한다. 이것은 시인의 아가미 속 "모래알 但只 두 개"로부터 '우주적인 알'로의 변화, 비유하자면 조개에 상처를 주는 모래알을 생명력 있게 빛나는 진주의 알로 키워나가는 것이라 할 것이다.

그가 "넌출거림", 끊어지지 않는 호흡을 담은 산문시에 경도되는 것은 그가 추구한 생명의 꿈틀거림을 오롯이 담아내기에 적절한 형식이었던 것이다.

　그러면 무엇 때문에 이런 형태의 시를 계속해 왔는가.
　그것은 극히 자연스러운 만남이었다고 할 수가 있다. 여기서 자연스러운 만남이란 다름 아닌 나의 詩意識의 변화에 따른 표현 양식의 변화를 뜻한다. 거기에 걸맞는 표현을 하다 보니 그렇게 되었다는 이야기이다. 나의 세 번째 시집 『들판의 비인 집이로다』(1977)를 낼 무렵부터 나의 시는 산문 형태인 내면의 심층에 갇혀 있었는데, 여기서 그 계기를 장황히 밝힐 겨를은 없지만 개방적인 집단의 세계에 나를 스스로 동참시키기 시작하면서 자연스레 그런 형태를 선택하고 있었던 것이다. 왜냐하면 좁게는 주변적인 생활로부터 시대나 역사까지 수용코자 하는 이 散文的인 세계를 형상화하는 데는 아무래도 陳述的인 요인이 개입될 수밖에 없었고, 詩 本來의 암시적이며 상징적인 표현을 그대로 가지고 간다고 할지라도 굳이 行과 聯을 구분하는 일반적인 시의 형태로서만 그것의 성취가 가능한 것이라고는 여겨지지 않았다. 실제로 해보니까 그러했다. 이를테면 일반적인 시의 형태에 있어서의 行과 聯의 조절은 그 行間에 표현되지 않은 어떤 함축의 공간을 형성하기 위한 것이며 음악적인 리듬을 형성하기 위한 의도적인 장치일 터인데 산문 형태에서도 그것이 또 다른 각도에서 가능했던 것이다.
　우선 진술적인 표현에 의한 寓意的인 세계의 제시를 통하여 표현되어 있는 것 이상의 깊은 의미나 내용을 推察시킬 수가 있었다. 부분적이고 감각적인 반짝거림을 수용키는 좀 어려웠지만 큰 이미지의 덩어리 같은 것을 던져볼 수가 있었다고 생각된다. 리듬도 그렇다. 우리의 전통적인 詩歌類나 英詩의 그것처럼 애초부터 音步나 韻 같은 것을 의도적으로 배려하지 않은 우리의 현대시일 바에야 굳이 行과 聯을 구분하지 않고서도 자유로운 리듬의 조절은 얼마든지 가능하다는 생각이었고, 우리의 옛시가 가운데서 長歌類가 지녔던 그 넌출거림, 그 悠長함 같은 것이 산문 형태로 가능했던 것처럼 그런 리듬의 맛을 새롭게 살릴 수가 있다고 생각했다. 또 실제가 그랬다. 특히 어떤 긴장된 분위기를 조성하는 데는 반복적인 나열에 의한 산문 형태가 일반적인 시 형태의 그것보다 더 효과적이었다고 할 수가 있다.

「시인의 말」 부분, 『연필로 쓰기』

여기서 시인은 자신이 중기시부터 산문적 형식을 가져온 이유에 관하여 구체적으로 서술하고 있다. 그가 산문시를 쓰게 된 계기가 되었던 것은 물론 그가 「詩의 애매함에 대하여」와 「詩의 정직함에 대하여」를 발표하면서 현대시 동인활동을 접고 주변적인 생활로부터 시대나 역사까지 수용하고자 한 새로운 방향 설정과 깊은 관련을 지닌다. 크게 보면 애매함의 시, 즉 순수시 경향으로부터 정직함의 시, 즉 사회참여시 경향에 가깝게 방향전환을 하겠다는 의지인 것이다. 그런데 보성전문 출신의 부친 서가에서 법률서적들 가운데 꽂힌 노천명 시집 『산호림』에 매료되어 그것을 그 자리에서 모두 읽어 내려간 그로서는 현실보다는 자기를 표현하는 낭만주의자로서의 기질을 버릴 수가 없었다(『따뜻한 상징』, 309~310쪽). 그리하여 그의 중기 그의 시편들에서는 이쪽 저쪽을 탐색하고 방황하면서 일상을 생략하지 않고 드러내는 흐름이 주류를 이루고 있다.

이렇게 볼 때 위의 글에서 그가 산문시를 택한 세 가지 이유, 즉 사회 현실을 비롯한 개방적인 세계의 형상화, 새로운 산문적 리듬에의 눈뜸, 큰 이미지의 덩어리 및 깊은 의미의 추구 중에서 그가 시적 전환을 모색한 주요한 이유로 들었던 첫 번째 항은 그다지 큰 의미를 지니지 못하게 되었다.

그런데 그가 애초에 뜻한 '사회참여적 시경향'은 자기 일상의 솔직한 고백이라는 측면만을 취하게 된 것이다. 그리고 이것은 그가 추구할 새로운 시의 경향에 대한 모색이라는 큰 과제를 남겨주었다. 그의 중기 시편들은 물론 산문시의 형태를 취하고 있는데, 산문시를 운문시로 만든다면 매우 긴 장시 형태의 서정시가 만들어질 것이다.

시인은 자신이 체험한 바로 그것을 압축하거나 손대지 않고 오롯이 전달하기를 기한 것 같다("비유로 만들어진 정서가 아니라 소설적 체험(리얼리티)의 행간을 통과하면서(빠듯이) 묻혀 가지고 나온 정서, 그 끈끈함이 산문시라고 믿는다"—「산문과 산문시」부분, 『질문과 과녁』).

산문시란 산문이 지닐 수 있는 구체적인 체험의 디테일을 지닌 동시에 시가 지닌 시인의 자기 표출의 영역을 함께 지니고 있다. 그러니까 한 시인이 주로 서정적 산문시만을 써나간다는 것은 자기의 체험과 일상과 정신적인 것, 육체적인 것, 그 밖에 모든 것을 오롯이 드러낸다는 의미가 된다. 따라서 모든 것을 다 드러낸다는 것과 동시에 그것을 활자화한다는 것은 곧 미적인 영역뿐만 아니라 윤리적인 영역에서 자기검열을 강하게 통과할 수밖에 없다.

이렇게 볼 때 서정적 산문시는 시의 내용항의 측면에서나 시인의 삶의 측면에서 서로 상응관계에 있지 않다면 시 쓰기가 위선이 될 수 있으므로 오히려 시인에게 또 다른 고통일 수 있는 것이다. 그리하여 시인은 자신의 시 쓰기를 어떻게 할 것인가, 무엇을 쓸 것인가에 관하여 누구보다도 치열하게 고민한다.

고향엘 갔었어. 알밤들은 여물어 벙글고 있었어. 날카로운 가시들의 무수한 近衛兵들을 거느리고 노려보고 있었어. 누가 건드리면 터져, 全量으로 그렇게 지키고 있었어. 용기를 내어 툭, 건드려 보았어. 진짜, 진짜, 와르르 쏟아졌어. 좋아라, 좋아라, 바구니에 주워 담다가 가득가득 주워 담다가 아무래도 나는 처참해질 수밖에 없었어. 알밤들 하나하나가 나를 가두어버렸어. 나는 가짜야, 가짜야. 돌아와 乙支路쯤의 저녁 거리를 걸어가면서 가볍게 어깨를 치는 낙엽 한 장의 무게에도 깜짝깜짝 놀라고 있었어. 다 알아버렸어. 들켜버렸어. 누가 지금 가장 詩다운 詩를 쓰고 있는지 누가 가짜인지 누가 진짜인지 다 알아버렸어. 이 가을에 나는 분명해졌어. 抒情詩건 愛國詩건 여물어 벙그는 알밤처럼 할 일이야. 그렇게 지키는 일만이 중요해. 이 가을에 나는 분명해졌어.

「여물어 벙그는 알밤처럼」

되도록 처절한 혼자일 것 心象의 깊은 그림자들과 만날 것 단 젖을 것 깊이 젖을 것 비를 내리게 하실 것 꿈보다 더 꿈이실 것 그러나 예의 그 눈물 목소리로부터 해방되어 있을 것 사물이나 사태의 이행 변화를 뜨거운 감각 으로 수용하되 의미를 버리지 말 것 음악의 풀밭에서 돋아나는 싱그런 상추 한 잎 그걸 어렵게 따물고 하늘로 날아가는 한 마리 새일 것 그런 內緣의 여 자 하날 깊이 감추어둘 것

「어느 날의 나의 詩法」

시인은 고향에서 알밤들을 따다가 문득 깨달음의 순간을 체험한다. 밤나 무를 툭 건드리면 쏟아지는 알밤들을 주워담다가 "나는 가짜야, 가짜야"라고 되뇌는 것이다. 즉 여물어 벙글어서 툭 한 번 치면 와르르 쏟아지는 알밤들의 힘을 시창작에 견주어본 것이다. 이것은 그가 후기시에서 내용과 형식을 구분 하지 않고 내용이 곧 형식이며 형식이 곧 내용이 되는 경지가 그의 '몸'과 '알'의 시학이라고 한 것과 상통한다.

그리하여 "抒情詩건 愛國詩건 여물어 벙그는 알밤처럼 할 일"이 중요 한 것임을 깨닫는다. 자신의 삶과 정신과 시 쓰기가 혼연일체가 되어서 체험 이 곧 정신이 되고 그것이 곧 말이 되는 경지를 가리키는 것이다. 나아가 시 쓰기가 곧 내면의 수양이 되며 그것이 삶의 온전함이 되는 것을 의미한다. 이 런 의미에서 그의 시학은 시를 유기체적인 생명력을 지닌 것으로 파악한 특징 이 있다.

그의 시법에 대해서는 위의 시 「어느 날의 나의 詩法」에서 말했듯이 혼 자일 것, 심상의 깊은 그림자와 만날 것, 깊이 젖을 것, 꿈보다 더 꿈이실 것, 감상주의로부터 벗어날 것, 사물과 사태에 대한 뜨거운 감각의 수용이며 의미 일 것, 하나의 시편이 하나의 잎이 되어 그것을 물고 가는 새가 있는 경지를 만들 것, 그런 내연의 여자를 깊이 감출 것 등으로 열거하고 있다.

여기서 특기할 것은 "그런 內緣의 여자 하날 깊이 감추어둘 것"이라는

항목이다. 시인은 초기시부터 욕망과 성적 이미지를 보여주는 많은 시편들을 써왔으며 그리하여 사랑시편으로 보아야 하는 게 아닌가 하는 의혹을 자주 갖게 한다. 그러나 곰곰이 보면 그의 시는 사랑의 시편이 아니라 욕망을 보여주는 시편이며 궁극적으로 시 쓰기에 대한 집중 또는 집념을 보여주는 시편이다. 즉 사랑의 자리보다 욕망의 자리, 시 쓰기의 자리가 먼저 가서 자리를 잡고 있다. 이 점은 다른 시인들과 차별되는 정진규 시인의 독특한 영역이기도 하다.

위의 시 「어느 날의 나의 詩法」에서 "음악의 풀밭에서 돋아나는 싱그런 상추 한 잎 그걸 어렵게 따물고 하늘로 날아가는 한 마리 새일 것 그런 內緣의 여자 하날 깊이 감추어둘 것"이라는 구절에 이러한 특징이 나타난다. 여기서 "그런 內緣의 여자"란 시인의 시로 표상된 싱그런 이파리를 따물고 하늘로 날아가는 한 마리의 새와 같은 '그런' 여자인 것이다. 결국 여성에 대한 사랑이 아니라 자신의 시에 대한 사랑, 궁극적으로는 자신에 대한 사랑이 시인에게는 절실한 것이다. 이것은 나르시스 신화의 한 장면을 떠올리게 한다. 아름다운 청년인 나르시스는 많은 남녀의 구애를 받았으나 모두 거절했다. 님프인 에코 역시 그를 사랑하게 되었지만 나르시스에게 외면당하자 헬리콘 산의 샘에 비친 자기 모습에 반하도록 하였다. 나르시스는 샘에 비친 자신의 모습을 사랑하게 되고 결국 죽었는데 그 자리에 수선화가 피어났다.

시인 정진규의 초기 시세계를 살펴보면 매우 강한 욕망과 열정의 방향성의 대상이 결국 자기 자신에게 맞추어져 있다. 서정시인이 흔히 여성을 사랑의 대상으로 상정하고 고귀한 대상으로 끝없이 끌어올리면서 은유적 이미지로서 자신의 사랑을 고양하는 면모를 그의 시 속에서는 찾을 수 없다. 즉 그의 시에서 '여성'의 역할은 자신의 욕망이나 정신적인 그 무엇을 이끌어 올리는 데에 있다. 그리하여 '물 속에 비친 자신의 영혼'의 형상에 대한 끊임없는 '갈증'의 연속만을 보여주는 것이다.

절망의 늪에서 견디고 견디어 마침내 만나는 한 송이 꽃을 승리라 할 것인가 그 꽃의 깊이가 절망의 늪의 깊이 만하다 할 것인가 그렇지 아니하더라 그렇지 아니하더라 꽃은 결국 그에 값하는 것이 아니더라 꽃의 깊이를 향하여 두레박 하날 드리우면 영혼의 물은, 우리들의 갈증을 식히우는 아름다운 물은 한 두레박만으로 겨우 끝나더라, 우리들의 갈증은 또다시 시작되더라 이것이 詩다.

「갈증」

안과 밖이 하나의 몸으로 다시 태어나게 해야

나르시스는 물 속 자기의 영상을 사랑하고 그것에 입맞추려다 죽는다. 그리고 한 송이 수선화로 피어난다. 그러나 나르시스의 죽음은 육체적인 죽음이며 그 영혼은 한 떨기 수선화로 피어났다는 것이다. 그가 자기의 영상에 입맞추며 죽는 순간 그는 자신의 욕망이 덧없는 것임을 깨닫는다. 그 깨달음과 동시에 그는 자기의 진정한 영혼과 일체화된 하나의 순결한 생명의 꽃으로 환생하는 것이다.

시인 정진규의 시세계도 이러한 나르시스적 면모를 보여주고 있다. 그는 초기시에서 다른 어떤 대상이 아닌 자기 자신에게 집중되는 욕망과 욕구의 자리를 보여주었다. 그리고 '알 콤플렉스'로 표상된 자기의 맹목적 욕망과 욕구에 대한 반성적 시선에 의하여 끊임없이 고통을 받는다. 그리고 이 고통의 종식은 '죽음'과도 같은 '깨달음'의 체험들을 통해서 이루어진다. 그 깨달음이란 자기가 사랑하고 응시하는 대상이 결국 정신적인 존재로서의 자기 자신이라는 것이다. 따라서 현실적 자기와 물 속에 비친 자기의 영혼이 서로 마주하며 끊임없이 서로 일체화되는 시선이 맞닿은 지점에 시인의 시 쓰기가 놓여 있다. 즉 시인의 시 쓰기는 자기의 '밖'과 '안'이 "하나의 몸으로 다시 태어나"는 지점에 있는 것이다. 이때 시인의 새로운 나르시스를 끊임없이 정신적으로 끌어올리는 대타자는 바로 그의 '어머니'이다.

> 그는 麝香 가득 든 환약 한 알을 내게 먹였다 어머니였다 막힌 氣를 뚫고 흐르는 물소리 하날 밤새 들었다
>
> 「물소리 5」

어머니 쓰시던 놋수저 한 벌을 간직하고 있다 어머니의 고봉밥에 오늘
도 놋수저를 꽂는다 제삿날 메올리는 揷匙가 아니다 어머니의 고봉밥을 어
머니의 놋수저로 내가 먹는다 혼령의 밥을 내가 먹는다 어머니는 오늘도 내
밥이시다 죽이 아니라 밥이시다 어머니 가신 뒤 늘 배가 고팠다 그럴 때마다
어머니의 고봉밥에 놋수저를 꽂았다.

「놋수저」

어머니는 내게 있어 언제나 가장 완벽한 나의 '시법詩法'이다. 이런 말
을 할 수 있는 근거가 되는 어머니와의 사이에서 일어난 체험과 기억을 나는
지니고 있으며 그것들은 내 시의 한 불문율로서 그 바탕을 이루어왔다고 할
수 있다. (중략) 이러한 내 어머니의 밥은 그냥 밥이 아니라 그것도 고봉밥이
었다. 한 그릇 다 채우고도 모자라 그 위에 봉우리 하나를 더 얹은 넘치는 충
만의 그것이었다. 당신의 기다림과 사랑을 이렇게 실물화하셨던 어머니의
그 고봉밥에서 나는 두 가지의 시법詩法을 터득했다. 그 하나는 시詩가 아무
리 결핍과 상처와 혹은 갈등과 절망을 그 인식의 바탕으로 한다 할지라도 그
궁극은 충만과 화해, 저 어머니의 고봉밥과 같은 사랑의 양식樣式이라는 본
질적인 자각이었으며, 다른 하나는 역시 저 어머니의 고봉밥처럼 시詩란 보
이지 않는 것을 보이게 하는, 안과 밖이 하나의 몸으로 다시 태어나게 해야
하는 가장 적극적인 사랑의 실체화라는 깊은 깨달음이었다

「녹두따기와 고봉밥」 부분, 『질문과 과녁』

그에게 어머니는 막힌 기를 뚫고 흐르는 물소리를 들려주는 "환약 한
알"로 표상되는 치유자이다. 그리고 어머니는 나의 끝없는 나의 욕망을 채워
주는 "고봉밥"과 같은 "혼령의 밥"인 것이다. 또한 어머니는 그의 가장 완벽한
"시법"이다. 시인에게 '시법'이란 자기의 영혼만큼 소중한 의미로 형상화되
곤 한다.

"시가 아무리 결핍과 상처와 혹은 갈등과 절망을 그 인식의 바탕으로 한

다 할지라도 그 궁극은 충만과 화해, 저 어머니의 고봉밥과 같은 사랑의 양식"
이라는 깨달음이며 "저 어머니의 고봉밥"처럼 "보이지 않는 것을 보이게 하
는, 안과 밖이 하나의 몸으로 다시 태어나게 해야 하는 가장 적극적인 사랑의
실체화"라는 깊은 깨달음인 것이다.

시가 시인의 정신적인 것의 발현체라고 볼 때, 그 시란 궁극적으로 자식
을 위해 밥 위에 밥을 동그랗게 더 얹은 고봉밥과 같은 충만한 사랑의 실체를
지향한다는 것이다. 즉 현실적인 자아의 결핍과 상처와 갈등과 절망은 자기를
비추는 또 하나의 자기인 어머니의 모습 속에서 화해로 충만한 영혼의 자아로
변화하는 것이다.

그 연속적인 지점에 시인의 시가 놓여 있다. 이런 의미에서 시인의 "사랑
의 양식"으로서의 시는 에로스적인 것이 아니라 아가페적인 것이면서 절대적
인 것이다. 그리고 그 사랑의 대상인 '어머니'로 표상된 자기의 완전한 분신
을 비추며 끊임없이 자기를 끌어올려 승화시키는 진정한 자기애의 작업인 것
이다.

진정한 자기애는 타인들과 모든 생명체와 자연과 우주에 대한 사랑의 출
발점이다. 또한 자연과 우주의 작으면서도 오묘한 신비의 실체들에도 귀를 열
게 하고 눈을 뜨게 하며 모든 깨달음의 체험을 가능하게 하는 장인 것이다.

달과 해의 매달림. 땅과 바다의 매달림 그런 흐름. 오, 흐르는 매달림.
한 송이의 꽃이 하나의 꽃대궁에 하나의 宇宙로 매달려 있음. 열매는 하나
의 가지 끝에 勝利처럼 매달려 豊饒로움. 아가는 엄마의 가슴속에 宇宙로
매달려 平和, 平和. 音樂이여, 그대가 적시며 그으며 흔들며 닮아주며 이끌
고 가는 그 純粹의 集結 끝에 겨우겨우 날 가담시켜 주던 그런 매달림. 행복
한 사랑의 引力. 오, 그러나 요즈음엔 그것들이 무너지고 무너져 내리는 소
리 天地 가득함. 사랑 밖으로 쫓겨난 저 벼랑 끝의 아우성들. 그렇게 매달려
있는 것들의 소리만 듣고 있음. 매달려 있는 것들의 냄새만 맡고 있음. 아픔.
그들은 때로 모습마저 없고 소리마저 없고 냄새마저 없사오나 내게는 더욱

분명히 보이오며 분명히 들리오며 분명히 맡아지는 그런 一大 事件임. 더욱 아프고 아픔. 매달려 있음의 세상, 매달려 있음의 세상. 一大 事件임. 어느 날엔가 매우 강력한 힘이 하나 나타나 이들의 손목을 잡아줄 것임. 풀어줄 것임. 분명히 달려 오고 달려오고 있음을 믿음. 행복한 사랑의 引力이여. 오세요. 오세요. 지금 그립고 그리움.

「오세요, 오세요」

달과 해도 매달리고 땅과 바다도 매달리고 한 송이 꽃이 하나의 꽃대궁에 매달리고 열매는 가지 끝에 아가는 엄마의 가슴속에 매달려 있다. 이들의 매달림은 모두 공통적인 특성을 지니고 있다. 음양의 조화와 사랑이라는 테두리 속에 있는 것이다. 이것에 대하여 시인은 "행복한 사랑의 引力"이라고 표현한다.

그러나 실상 이러한 "사랑의 引力"이란 현실적으로는 자연 속에서 혹은 아가와 엄마의 관계에서나 가능한 것이다. 현실적으로 사랑 밖으로 쫓겨난 "벼랑 끝의 아우성들"의 존재는 이러한 "매달려 있는 것들"의 충만한 존재들의 소리나 냄새 혹은 그마저도 들리지 않고 맡아지지 않는다. 그런데 시인은 이러한 자연과 우주의 충만함이 더욱 분명히 보이며 분명히 들리며 분명히 맡아진다고 말하고 있다. 그는 이러한 사랑에 찬 충만한 존재에 대한 끌림을 "오세요. 오세요"라고 표현한다. 이러한 끌림이란 각박한 현대를 살아가는 현대인에게도 그것을 예민하게 인지하는 자에게는 언제나 열려 있는 것이다.

자신의 집에 '꽃 한송이가 피었다' 는 소식은 바깥세상을 걸어다니는 때묻은 시인의 발을 하루 종일 끌어당긴다("살이 오른 향기의 꽃 한송이를 마침내 피워내었다는 소식, 밝은 목청의 전갈, 바깥 세상을 걸어다니는 나의 때묻은 발을 하루종일 끌어당기는 제 곁으로 오세요, 오세요, 힘으로서 힘으로서 그렇게 있었습니다"—「힘」 전문). '꽃' 과 같이 충만한 생명의 존재는 현대인으로 하여금 발걸음을 끌어들이고 충만한 생명의 과정에 참여시키는 힘을 지닌 것이다.

이러한 충만한 생명의 결정체의 메타포가 바로 시인의 '알'이다. 시인의 '알'이 의미를 지니는 것은 그가 이러한 깨달음의 과정을 통한 진정한 자기애를 실현함으로써 그의 과거 알 콤플렉스를 내재적으로 극복하였다는 점에 있다. 그의 초기시에서 보여주었던 알 콤플렉스는 구체적으로 "알들이 톡톡 하나씩 터지면서 생명의 모습을 짓기도 전에 죽음의 벼랑 밑으로 형체도 없이 떨어져 갈 것 같기도 하고 그 알들 속에서 한꺼번에 수만 마리의 하루살이 떼들이 날아오를 것 같기도 한 그런 착각"의 장면으로 나타난다.

이것은 시인이 과거 '알'을 맹목적 욕망의 구체적 형태 또는 지성의 결여태로서의 생식적 산물로 인식했던 것으로 볼 수 있다. 그런 시인이 알 콤플렉스를 벗어나게 된 것은 온몸 가득히 알로 가득 찬 하루살이나 머리까지 치밀어오른 물고기의 알들이 부여한 부정적인 체험을 극복함으로써 가능한 것이었다. 이때의 '극복'이란 '알'에 관한 다변적 사유와 생에의 맹목적 의지에 대한 긍정적 이해라고 할 수 있으며 그 다각적인 노력의 자리에는 새로운 그만의 '알'들이 아로새겨지고 있다. 이것 역시 절실한 체험을 통과함으로써 가능한 것인데, 구체적으로는 풀잎의 '알'인 이슬을 통해서이다.

> 봄철의 나의
> 그 중 놀라운 事態는
> 이른 아침의 산책길의
> 풀 끝에 맺힌 동그란 感性이었다.
> 이슬이었다.
> 이슬방울 속으로 내가
> 들어가는 일이었다.
> 세상에서 가장 상쾌한
> 拘束이었다.

「四季練習」부분

미리 젖어 있는 몸들을 아니? 네가 이윽고 적시기 시작하면 한 번 더
젖는 몸들을 아니? 마지막 물기까지 뽑아올려 마중하는 것들 용쓰는 것 아
니? 비 내리기 직전 가문날 나뭇가지들 끝엔 물방울들이 맺혀 있다 지리산
고로쇠나무들이 그걸 제일 잘 한다 미리 젖어 있어야 더 잘 젖을 수 있다 새
들도 그걸 몸으로 알고 둥지에 스며들어 날개를 접는다 가지를 스치지 않는
다 그 참에 알을 품는다

　　봄비 내린다
　　저도 젖은 제 몸을 한 번 더 적신다

「봄비」

　　「四季練習」은 그의 처녀시집에 수록된 작품이며 「봄비」는 그의 후기시
집에 수록된 작품이다. 두 시가 대상으로 하는 것은 모두 풀 끝이나 나뭇가지
들 끝에 맺힌 이슬에 관한 것이다. 그런데 그 이슬은 외재성과 내재성이라는
측면에서 차원이 다른데 그것은 시인의 시각의 차이 때문이다. 전자의 시에서
풀잎에 맺힌 이슬은 시인에게 "상쾌한/拘束"을 주는 자연이며 자연의 순결
성에 가까운 의미를 내포하고 있다.

　　한편 「봄비」에 나타난 "가문날 나뭇가지들 끝에 맺힌 물방울"은 스스로
"마지막 물기까지 뽑아올려 마중하는" 식물 스스로의 내재적인 것이면서 생
에의 의지 그 결정체인 것이다. 그리고 이러한 의지는 새들이 날개를 접어
'알'을 품는 것과도 동일한 생명의 이치이며, 세상의 모든 초록을 적시는 봄
비와도 무관하지 않은 자연의 이치인 것이다.

　　이로 인해 시인은 그저 순수한 결정체로만 인식되는 나뭇가지의 '이슬'
도 우주적인 생명력의 오묘한 이치를 지닌다는 체험의 깨달음을 통하여 자신
의 알 콤플렉스를 극복했음을 알 수 있다. 즉 자신 내부의 맹목적인 의지와 욕
망이 지닌 불순함의 사유를 자연과 우주의 일부로 사유함으로써 긍정하고 이
를 승화시킨 것이다.

인간이 지닌 맹목적 의지, 동물이 지닌 맹목적 의지, 하물며 곤충이나 쌀알, 석탄 등과 같은 모든 대상이 지니고 있는 생에의 의지는 그 자체로 보면 지극히 이기적인 것이며 서로 충돌하는 것이며 또한 지극히 슬픈 것이다. 그런데 이러한 의지들의 충돌 속에서 자연은 거대한 조화와 순리를 이루어내며 그 속에 인간은 존재한다.

그러니까 시인의 '알'은 자신의 개별적인 욕망과 의지를 드러내는 '알의 세계'이자 그 세계를 뚫고서 다시 새롭게 맞이하는 자연과 우주로서의 그것이다. 그리고 시인의 '알들'은 부화 직전 엄청난 생의 에너지를 지닌 섬세한 시의 분자들이 끊임없이 유동하는 장소이다. 그리하여 시인에게 스스로를 생성하고 실존하도록 하는 힘을 부여하며 새로운 것이 끊임없이 태어나게 하는 가능성의 장을 열어준다.

초혼의 언어를 건져내는 거인

김종해론

아버지가 살아 있을 때 내가 한 일은 이것뿐이었다

김종해(1941)는 1963년 『자유문학』 신인상에 「저녁」으로 당선하였고 1965년 『경향신문』 신춘문예에 「內亂」으로 다시 데뷔하였다(박목월, 조지훈 심사). 1963년 『신연대』 창간 동인으로 활동하였고 1966년 처녀시집인 『인간의 樂器』(서구출판)를 간행, '현대시' 동인으로 12집부터 끝까지 활동하였다.

그 후 『神의 열쇠』(문원사, 1971), 『왜 아니 오시나요』(문학예술사, 1979), 『賤奴, 일어서다』(서문당, 1982), 『항해일지』(문학세계사, 1984), 『바람부는 날은 지하철을 타고』(문학세계사, 1990), 『별똥별』(문학세계사, 1994), 『풀』(문학세계사, 2001)을 상재하기까지 꾸준한 시작활동을 보여준다.

그의 시세계는 크게 세 단계로 나누어볼 수 있는데 모더니즘 기법을 중심으로 내면을 탐구한 『인간의 樂器』 및 '현대시' 동인활동과 맞물린 『神의 열쇠』의 시기, 시대현실과 민중의식을 반영한 『왜 아니 오시나요』, 『賤奴, 일어서다』, 『항해일지』의 시기, 소시민적 일상 및 유년기의 회상을 담은 『바람부는 날은 지하철을 타고』, 『별똥별』, 『풀』의 시기이다.

또한 시의 영역은 정신분열적 내면의식을 보여주는 초기시로부터 사회참여의식을 보여주는 그리고 중기시 자신의 시세계를 변증법적으로 통합한 후기시의 세계에 이르기까지 매우 광범위한 부분에 걸쳐 있다. 시세계의 변화는 대체로 추상적이고 파편적인 의식세계로부터 현실에 대한 인식의 추상, 그리고 자기와 민중을 결부시킨 구체적 형상화를 보여주는 데에 이르고 있다.

그리고 광범위한 시세계의 변화만큼이나 한 편의 시에서 구사되는 상상의 폭도 넓다. 또한 전반적으로 비애와 심연을 주제로 한 시편이라 할지라도 선이 굵은 남성적인 흐름을 유지하고 있다. 이와 같이 광범위한 그의 시세계는 보기에는 단절적인 국면을 지니고 있는 듯하지만 내재적 계기에 의한 비약의 국면을 지니는데, 한 권 한 권의 시집들은 전단계를 극복한 새로운 세계를 열어 보인다. 그리고 그 세계를 떠받치고 있는 주요한 힘은 시인으로서의 선천적 기질, 그와 함께 결부된 극한으로 밀어붙이는 치열한 열정이다.

초기시의 근저를 이루는 것은 부父의 부재의식이다. 이것은 그가 유년시절 체험한 아버지의 죽음에 기인한다. 아버지의 죽음과 관련한 주제는 정신분열적인 고통과 내면의식을 다룬 시편들에서 반복적 테마를 이루고 있으며 자기 정체성 찾기의 모습을 보여준다. 이와 같은 아버지 부르기의 테마는 1970년대 시대현실에 대한 인식과 맞물리면서 '님' 찾기의 모습으로 형상화되는데 이때의 '님'이란 그가 상실한 아버지의 범주를 넘어 억울하게 숨진 원혼들, 민중들, 혹은 조국, 신에 이르기까지 광범위한 의미역을 지닌다. 그는 이 땅의 민중의 원혼들을 불러내고 애도하는 시 쓰기를 통하여 시인으로서의 맡은 역할을 해내려 한다. 이러한 시도의 한 사례가 바로 고려시대의 노비 '만적'을 대상으로 한 장편 서사시이다.

한편 그는 자신의 소시민적 일상이나 유년시절의 회상을 통하여 현재 핍박받는 사람들의 고통을 건져내는 글쓰기를 계속한다. 그는 자신의 신념이 퇴색된다고 느낄 때마다 '당신'을 부르는데 이것은 그가 유년시절 상실한 '아버지'이자 '님'이자 자신만의 '신'이기도 하며 이를 통하여 치열한 자기반성과 비판의 긴장을 유지한다.

아마
아침에 먼저 일어난 사람들이 흔들어놓은 장난 같은 것일 게다.

간간이 흘러오는 이웃의 음성 속에
노오란 電燈불이 켜 있고 밥상이 세워지고
家庭의 둘레가 달무리처럼 서릴 때다.

한자리에 모여 지껄이는 歡談 속에
장작개피나 無煙炭이 소리없이 불타고
수은주가 한 치씩 풀어질 때다.

구멍난 이웃의 돌담을 넘어간 담장잎이
되돌아오지 못할 것을 느끼는 시각이다.

이웃의 住宅 뒤에 最初의 불빛이 새어나고
창문의 크기만큼 당신 집안의 뜰을 오려내야 할 때다.

紙雨傘을 받아 쓸 때다.
소금맛이 쓸 때다.

아마
아침에 먼저 일어난 사람들이 쓰고 있는 모자 같은 것일 게다.

「저녁」

낙엽이나린다. 雨傘을들고
帝王은운다헤맨다. 검은碑閣에어리이는
帝王의깊은밤에낙엽은나리고
어리석은民衆들의햇불은밤새도록바깥에서
闕文을두드린다.
깊은돌층계를타고내려가듯
한밤중에燭臺에불을켜들고
闕안에나린낙엽을投石을
맨발로밟고내려가라 내려가라
내려가라깊고먼地境에沈潛하여
帝王은행방불명이된다.

帝王은화구의불구멍이라自己혼자뿐인거울속에서
여러개의卓子위에나린
낙엽이되고投石이되고
獨裁者인나는맨발로난간에나가앉아
벽기둥에꽂힌살이되고
깊은밤이된다. 帝王은群衆속에떠있는
외로운섬인가. 낡은法廷의흔들리는벽돌을헐어
이한밤朕에게碑文을써다오.
火焰인채무너지는大理石처럼깊은밤인경은
侍女같이누각에서운다누각에서떠난다.
아한장의풀잎인가迷宮속에서
內殿에세워둔내銅像은흔들리고
나는거기가서꽂힌匕首가되고
한밤동안石殿을내리는물든가랑잎에
붉은龍床은젖어
雨傘을들고帝王은운다헤맨다.

「内亂」

위의 시 두 편은 시인의 문단 데뷔작이다. 시를 살펴보면 당시 다른 시인
들의 등단작이 문인지망생으로서의 감수성이나 낭만적 동경 등을 주요하게
보여주는 것과 다른 일면을 찾을 수 있다. 시편들이 해사적 말투를 쓰고 있기
는 하지만 그의 시에서는 슬픔이 끝간 데 없이 뻗어나간 심연의 모습이 언뜻
언뜻 내비친다. 「저녁」에서는 그것이 "구멍난 이웃의 돌담을 넘어간 담장잎이
/ 되돌아오지 못할 것을 느끼는 시각"이나 "紙雨傘을 받아 쓸 때" 또는 "소금
맛이 쉴 때" 등으로 형상화되어 있다. 구멍난 돌담을 넘어간 담장잎이 되돌아
오지 못할 것을 느낀다는 표현에는 영원한 이별을 체험한 자의 감성이 깃들어
있다. 그리고 그의 초기 시편들에 빠지지 않고 등장하는 소재 중 이색적인 것

은 지우산과 우산이다. 그런데 이 '지우산'은 "장의사의 곰보 운전수는/ 검은 紙雨傘으로 어둠을 받는다"(「살의 惡夢」)에서 가장 구체적인 형상을 입는데 장례식 또는 죽음과 결부된 이미지를 지니고 있다.

또한 김종해 시인의 처녀시집인 『인간의 樂器』에서 '인간의 악기'라는 표제를 단 시편은 없으나 이를 구체화한 구절, 즉 "그 측은한 늙은이의 가슴 속에서/ 한밤 내 우는 人間의 樂器를"(「忌中」)이라는 표현이 있는데 이것은 장례식 때 사람들의 곡성을 비유한 것이다.

「저녁」이 시인이 체험한 심연의 모습을 '담쟁이'로써 수평적으로 형상화한 것이라면 「內亂」에서는 그가 발을 딛고 선 바닥이 무너져내리는 수직적 심연의 한 양상을 보여준다. 여기서도 어김없이 화자는 '울고 있으며' 그의 시에서 주로 장례식과 죽음의 상징인 '雨傘', '碑文'등이 나타난다.

시의 화자인 '제왕'은 홀로 고립되어 낙엽과 투석을 밟고 끝없이 내려가고 침잠하여 행방불명되면서 "화구의불구멍"이 된다. 그리고 어느새 '나'로 바뀌어져 버린 '제왕'은 "붉은龍床"이 젖어서 우산을 들고 울고 있다. 이와 같이 그의 초기 시편들은 추상적이고 난해한 장면의 근저에 죽음을 체험한 자의 깊은 슬픔이 흐르고 있으며 이러한 곡성의 기록이 바로 그의 처녀시집인 『인간의 樂器』이다. 그리고 앞서 말했듯이 그의 심연의 원체험에 해당되는 것은 유년시절 그가 목도한 아버지의 죽음과 깊은 관련이 있다.

김재덕金載德, 마치 클라크 케이블처럼 콧수염을 길렀던 사나이. 40년 전 그 여름에 아버지는 우리에게 유산 하나 남겨놓지 않고 무책임하게 타계하였다. 그가 남겨놓은 것이 있다면 궁핍과 가난과 널빤지로 만든 판자집 한 채와 젊은 아내와 어린 아이들 넷이었다. 거기다가 아버지의 병 치료를 위해 끌어들였던 힘겨운 사채뿐이었다.

아버지가 눈을 감던 그 여름날 황혼 무렵, 바람은 이상하게 나무울타리 바깥에서 눈을 내리깔고 있었다. 아버지의 임종을 지켜보던 나는 그가 숨지기 전에 무엇인가 해야 할 일이 있을 것 같았다. 아무리 떠올려보아도 그가 생존해 있을 때 내가 해야 할 일은 얼른 생각나지 않았다.

'아직 아버지가 살아 있을 때' 추억처럼 표지판처럼 남겨둘 일은 아무 것도 없었다. 그의 지기였던 옆집 '복쌩'이 숟갈로 물을 떠먹일 동안 나는 세 차례나 나무울타리로 둘러싸인 다섯 평 남짓한 뜰의 안쪽에 있는 수챗구멍에 다 오줌을 누었다. '아버지가 살아 있을 때' 내가 한 일은 이것뿐이었다.

「항해일지를 쓰면서」 부분

잠들지 못하는 人間의 밤마다 巨人은 일어난다.
한밤중의 雷雨가 그를 맞는다.
긴 冬季의 초록빛 바다가 그의 안에 뒤척인다.
고요한 夜半에 암초에 걸려
의식의 全身이 침수되고
켜놓은 燈이 꺼질 때
그는 결코 沈沒로써 죽지 않는다.
지금 밤은 너무나 어둡고
世界는 고요한 깊이에 나락되어
생활 저편에서 들리는 福音을 귀 멀게 했다.
알 수 없는 迷宮의 깊이 안에서
우리의 마음이 가장 惡化한 밤에
저 彼岸에서 들리는 소리,
푸른 燐이 떠다니는 설레이는 해협에서
들려오는 노래여.
플로오렌쓰·나이팅게일의
파아란 등잔불을 가지고
肉聲으로 우리를 불러주는 그 巨人들의 노래를
날마다 듣는다.

「巨人의 詩」 부분

앞의 시 「巨人의 詩」에서 보듯이 13세의 사춘기 소년이 체험한 아버지의 죽음은 유년시절의 커다란 충격이었다. 그와 동시에 감당해야 할 고통의 크기 또한 그로서는 엄청난 것이었다. 그가 아버지가 돌아가시기 전에 무엇인가를 해야겠다고 생각했을 때 그가 겨우 한 일이 '오줌'을 누는 일밖에 없었기 때문에 그는 이후 '오줌'을 눌 때마다 아버지 앞에 선 아들처럼 자신을 반성하고 채찍질하였다.

유년시절 체험한 아버지의 죽음과 당시 장례식의 풍경을 드러내는 곡성, 비문, 지우산 등은 반복적으로 그의 초기시에 나타난다. 그의 초기시집들을 내재적인 측면에서 살펴보면 대체적으로 죽음을 애도하거나 울음을 우는 자신 앞에 죽은 아버지가 서 있는 구도를 취하고 있다. 그리고 가장 가슴이 아팠던 이 장면을 시 속에서 반복적으로 재생해 내고 있다. 이것은 시인이 아버지의 부재의식을 극복해 내는 방식이었다고 생각된다. 그의 초기 시편들에서 '제왕', '짐' 혹은 '거인'이 주요한 화자로 등장하는 것도 아버지의 부재의식을 극복하고 상징화한 어떤 대상이라고 짐작된다. 특히 「巨人의 詩」에서 특징적인 측면은 자신의 의식 속에서 "파아란 등잔불을 가지고" 자신을 부르는 "巨人들의 노래를/ 날마다 듣는다"는 것이다. 여기서 '거인'이란 일종의 아버지의 대체물인 것이다("나는 잠을 잘 수 없는 고통 속에 빠졌습니다./ 나는 당신의 환영을 그리워하고, 날마다 거인巨人을 꿈꾸었습니다./ 나의 정신은 연기를 뿜었고, 나의 영혼은 불꽃으로 이글거렸습니다./ 날마다 거인의 꿈을 꾸었으므로 나는 나의 침구를 거인의 키에 맞추려고 노력하였고, 우리집을 고쳐 더 크게 지으려 하였고, 겉옷과 속옷마저 큰 것으로 맞춰 입으려 하였습니다./ 당신을 만나기 위해서, 당신을 즐겁게 하기 위해서 나는 덩치를 키우려 했었지요."—「당신을 위하여」 부분).

그는 이와 같이 아버지의 부재의식과 감당한 고통의 크기를 시로써 반복적으로 형상화하면서 자기 정체를 채워나가게 된다.

사나이는 날마다 바깥에서 삽질을 하였오.

九十日間 겨울의 잠과 幻覺과 발작에 시달리며
사나이는 그의 암흑과 迷宮의 시간을 미친듯이 팠지요.
그의 겨울집에선 벽틀에서 고요히 구리털 수염을 기르는 죽은 아버지
가 이 겨울
남아 있는 사나이의 유일한 迷信이 되어 걸려 있었지요.
깊게 쌓인 눈과 겨울숲이 사나이를 밤마다 불러내고
두터운 털가죽의 그의 防寒외투 주머니에서
절그럭거리는 銀製의 열쇠가 그의 동무였오.
허나 死沒한 아버지가 가졌던 그 열쇠로는
세상의 어느 門도 열지 못했지요.
늘 자물쇠가 걸려 있는 사나이의 겨울집 通話를 위해
神은 하늘에서 눈의 書翰을 내려주었오.
폭설이 내린 날의 고요한 아침
들창으로 바라보며 명상하는 사나이의 沈痛한 겨울.
사나이의 內部에 열린 잔잔한 초록빛 바다와
그의 論議와 고뇌를 담고 정박한 한 척의 선박을
神은 방문할 수 있지요.
눈덮인 사나이의 겨울집 木柵을 밀고
날마다 양유와 고기를 나르는 그의 배달부는
그에게 悲劇도 함께 식탁에 날라다 주었지요.
이미 세상 사람들이 잊어버린 눈덮인 邊境.
인간의 내부에 서 있는
그 먼 曠野의 겨울집에서 사나이는 혼자 지내오.
불타는 壁煖爐의 고요한 아우성 속에
죽은 시간의 석탄을 집어넣는 사나이의 겨울,
그 언 의식의 坑路를 타고 오는 미칠듯한 환각증이
깊은밤 사나이의 겨울집 木柵門을 다급히 두드리오.
壁에서 잠자는 아버지는 고요한 집안의 夢幻 가운데서도
複道 위를 조심스럽게 걸어다니는

沈痛한 이 집안의 하인의 침묵들과 중얼거리고.
실경 위에 놓인 아들의 최후의 言語와
舊約書를 뒤적이며 들창가를 오가고.
허나 사나이는 날마다 바깥에서 삽질을 하였오.
밤마다 의식의 그 먼 빈 坑에서 울려오는 삽소리.
알 수 없는 저 깊은 나락을 향해
사나이는 날마다 침몰하였고
暴風이 치는 거센 눈보라의 언덕 위로 달리며
눈을 덮어쓴 겨울숲이 사나이를 밤마다 유혹하며 불렀오.
그러던 어느 날 사나이의 목쉰 肉聲이 잃어버린 그의 믿음을 찾아
영원한 田園과 겨울집을 떠나버렸오.
그의 겨울집에는 안온한 아버지가
아들이 소리치며 쓰러뜨린 黑薔薇의 화분을,
아들의 그 最後의 동요를 정돈하며
벽틀에서 가만히 구리털 수염으로 미소하고 있을 것이오.

「겨울집·悲劇」

　　위 시는 '현대시' 동인시절에 쓴 작품으로 그의 두 번째 시집에 실려 있
다. 동인에 합류하기 전에 펴낸 『인간의 樂器』에 실린 시편들에 비하면 오히
려 문맥상 난해성이 덜한 편이긴 하지만 역시 아버지의 모습과 아들의 환각증
이 등장한다. 그런데 아버지의 죽음 장면의 반복적 재생 모티브는 위 시편에
이르러 오히려 몽환적이고 동화적인 면모까지 띠고 있다. 이 시에서 아버지는
벽에서 잠을 자고 벽틀에서 구리털 수염으로 미소하며 아들의 모습을 보고 있
는 것으로 나온다. 즉 시인이 아버지의 죽음에 대한 상징적인 극복을 자신의
내부에서 이끌어냄으로써 그가 맞은 슬픔을 의연하게 극복해냈다는 것을 보
여준다. 그의 초기 시편에서 '아버지'가 지녔던 '열쇠'에 대한 상념도 주요하
게 나타나고 있다. 또한 아버지가 돌아가실 때 바람과 함께 내리던 '눈발'은

그의 첫 번째 시집과 두 번째 시집의 주요한 배경으로서 늘 자리 잡았다.

감수성이 예민한 소년이 맞이한 슬픔의 심연이 얼마나 큰 것이었는지 그리고 이것을 얼마나 의연하게 극복해내고 자기 정체성을 형성하는지를 보여주는 것, 그것이 바로 그의 초기시의 주요한 내재적 주제라고 할 수 있다.

아, 나는 식어가는 그대 입술 위의 마지막 향기를 입술에
물고 천고 뒤까지 날아야 하네

그는 두 번째 시집을 상재하고 나서 1970년대 중반에 이르러 시세계의 큰 변화를 맞이한다. 표면적인 변화는 우선 글의 난해성이 없어졌다는 점으로, 이것은 내면의식의 분열적 갈등이 치유되는 과정과 맞물려 있다. 그리고 그의 세 번째 시집인 『왜 아니 오시나요』 이후 두드러지게 나타나는 대상은 '님'이다. 이때 '님'은 유년시절에 돌아간 '아버지'의 형상을 하고 있다. 그런데 특기할 것은 그의 아버지, 즉 힘들게 노동을 하다가 몸에 상처를 입고 돌아간 그의 아버지와 같은 원혼들로 '님'의 대상을 확장시킨 점이다. 그리고 나아가 '조국'의 형상으로도 '신'의 형상으로도 나타나고 있다. 즉 그의 중기 시편들은 자연스럽게 자신의 아버지와 이 땅의 고통받는 민중의 원혼들을 위로하는 경향을 띠고 있는데, 1970년대 중반 당시로 볼 때는 민중시의 형상을 지닌 것이다.

> 님과 나는 날으지 못하는 한 마리 새 되어
> 숨어서 울어라
> 떨리는 님의 숨소리 내 품속에 사무쳐 오니
> 이 아픔 함께 나누노니
> 식어가는 그대 입술 위의 마지막 향기
> 아, 나는 그윽한 그 향기를 입술에 물고
> 千古 뒤까지 날아야 하네
> 커다란 죽음이 님과 나를 덮을지라도
> 아, 나는 날아가 그것을 전해야 하네
>
> 「새」

나는 당신이 어디가 아픈지 알고 있어요.

알고 있어요, 하지만 나는 말할 수 없읍니다.

오오, 말할 수 없는 우리의 슬픔이

어둠 속에서 굳어져 별이 됩니다.

한밤에 떠 있는 우리의 별빛을 거두어

당신의 등잔으로 쓰셔요.

깊고 깊은 어둠 속에서만 가혹하게 빛나는 우리의 별빛

당신은 그 별빛을 거느리는 목자가

어디에 있는지 알고 있어요.

종루에 내린 별빛은 종을 이루고

종을 스친 별빛은 푸른 종소리가 됩니다.

풀숲에 가만히 내린 별빛은 풀잎이 되고

풀잎의 비애를 다 깨친 별빛은 풀꽃이 됩니다.

핍박받은 사람들의 이글거리는 불꽃이

하늘에 맺힌 별빛이 될 때까지

종소리여 풀꽃이여……

나는 당신이 어디가 아픈지 알고 있어요.

알고 있어요, 하지만 나는 말할 수 없읍니다.

「가을 문안」

그의 중기 시편들에서 '님'을 향한 발화는 기원 또는 기도의 형식을 주요하게 사용하고 있다. 이것은 아버지의 임종 때 자신이 무엇인가 하려다가 오줌만 누었다는 원체험에서 비롯한 그의 습관과 상응의 관계에 있다. 그는 오줌을 눌 때마다 돌아가신 아버지를 불러내며 자신에 대한 반성과 기도를 하는 습관을 지니고 있다고 고백한 바 있다("무책임하게 숨을 거두었던 그 사나이와 나를 연결시킬 수 있었던 일은 결국 내가 수챗구멍에다 오줌을 누었던 일로 끝나버렸다. 그때 나는 열세 살의 소학생이었고, 아우 김종철金鍾鐵 시인은 7살이었다. 그러나 아버지가 살아 있을 때 오줌을 누었던 그 일은 40년이 지나는 지금에 이르기까지도 내

생활의 의식과 정신에 하나의 신앙처럼 생동하는 리듬으로 남아 있다./나는 오줌을 눌 때마다 아버지를 생각한다. 이 말은 병골로 깡마른 그 사나이의 수척한 모습을 사모하고 그리워하는 효심에서이기보다 내가 내 자신을 확인하고 실증하는 신앙과 신념과 기도로서의 정신이 더 크게 작용해서이다. 오줌을 눌 때마다 그 사나이를 떠올렸고, 오줌을 눌 때마다 나는 기도하는 마음을 가졌다."—「항해일지를 쓰면서」 일부, 『항해일지』).

앞의 시 「새」에서 특기할 것은 님의 "입술 위의 마지막 향기"를 입술에 물고 "千古 뒤까지 날아야 한"다는 전언이다. 이때 "식어가는 그대 입술"이란 그의 아버지를 환기시킨다. 그리고 그가 "千古 뒤"를 염두에 두고 산다는 점 또한 주목되는 부분이다. 그는 현실적인 자기를 포기했을 때 비로소 놀라운 진정한 용기가 나온다는 것을 알고 있다. 그리고 "커다란 죽음이 님과 나를 덮을지라도" 자신이 지고 날아가야 할 무게에 대한 사명감을 절실하게 느낀다.

뒤의 시 「가을 문안」에서는 "당신"은 "우리" 혹은 "핍박받은 사람들"의 형상으로 확장되어 있다. 그리고 이것은 별빛과 풀꽃과 종소리와 핍박받은 사람들의 이글거리는 불꽃의 일체화된 형상화로 변주된다. 민중적 성향을 보여주는 중기 시편들에서도 그는 결코 시가 예술로서 갖추어야 할 기본적인 의장에 관해서 잊지 않는다. 이러한 절제랄까 중도의식의 근원은 항상 아버지의 존재를 품고 살아가는 시인의 반성적 의식과 '현대시' 동인시절의 언어예술로서의 시에 대한 인식이 한 몫을 한 것이라 생각된다.

한편 민중적 성향을 보여주는 중기 시편들에서도 그의 초기시 성향과 유사한 형상화의 특징이 있는데, 그것은 디테일의 부재랄까 추상적 형상화의 경향이다. 그리하여 그의 민중시편들에서 님에 대한 갈망, 핍박받는 사람들에 대한 애정 등의 심정적 주제는 반복되지만 구체적인 디테일에서는 한결같은 느낌을 주는 측면이 있다. 구체적으로 위 시에서 "나는 당신이 어디가 아픈지 알고 있어요./알고 있어요, 하지만 나는 말할 수 없습니다"로 형상화되고 있다. 물론 당시 시대상의 금기도 작용했을 것이다.

이러한 경향은 그가 만적의 일대기를 소재로 한 장편 서사시를 쓴 이후부터 극복되고 있다. 그의 시는 결코 재빠르게 시류에 편승하거나 몸을 바꾼 것이 아니다. 내재적인 필연성에 의거하여 조금씩 조금씩 탈바꿈하고 있는 것이다.

> 바람이 몹시 부는 금요일날 밤, 장님이 죽었다.
> 이승의 어둠을 더듬던 그의 지팡이가
> 촉수처럼 바깥에 내세워지고
> 장의사에서 내다 건 紙燈이
> 그의 혼령의 외출을 환히 밝혀주었다
> 뜬눈으로도 잘 볼 수 없는 깜깜한 세상을 점치던
> 그 사내의 집 대문에
> 오늘은 忌中이라는 글발이 커다랗게 나붙고……
> 忌中이라는 글발은 순식간에 나의 어둠을 관통하였다
> 그 사내의 죽음이 나의 안에서 확대되고
> 그 사내의 죽음이 몇 달 동안 보류해 오던 나의 무의식을
> 소스라치도록 흔들어 깨웠다
> 忌中이다 忌中이다 소리치며 번지는 불길이
> 죽은 장님의 옷가지를 태우는 불길보다 맹렬하게 타올랐다
> 눈을 감고 귀를 막고 뒤뚱거리며 살아오던
> 이 깊은 가을날
> 누군가가 내 집 대문에다
> 忌中이라는 글발을 세차게 못으로 박고 있다.
>
> 「忌中」

위 시는 상가에 간 체험으로부터 자신의 무의식을 소스라치도록 흔들어 깨웠던 어떤 상황을 형상화하고 있다. 시인의 의식은 항상 "忌中" 속에 있다. 이것은 그가 "누군가가 내 집 대문에다/忌中이라는 글발을 세차게 못으로 박

고 있다"는 식으로 형상화된다.

상을 당한 자의 의식, 아버지의 부재의식은 1970~1980년대의 독재체제로 인한 지식인과 민중의 핍박받는 삶으로 확장되어 있다. 그의 중기 민중시의 특징적인 측면은 구체적인 디테일보다는 심정적 상황의 반복적 형상화가 주요한 축을 이룬다는 점이다. 이것은 그의 기중의식과 밀접한 관계가 있는데, 그의 시는 어쩌면 당대의 핍박받는 사람들을 위한 것이라기보다는 그의 아버지와 같은 죽음을 당한 원혼들을 불러내어 애도하는 시에 가까운 것이기 때문인지도 모른다. 또한 이것은 그가 참여시의 극단으로까지 나아가지 않은 한 이유가 될 것이다. 즉 그의 시는 민중의 원귀들이 지닌 억울한 한을 초혼의 언어로 불러들여 자신의 시 속에서 생명을 부여하는 몫을 지닌 것이다("우리 地上에서 떠도는 모든 억울한 원귀들의 恨을 招魂의 언어로 불러들여 나의 詩 속에서 생명을 부여함이 이후의 나의 詩의 한 희망이다"—「招魂의 언어」). 만적을 대상으로 한 서사시편은 이것의 대표적 사례가 된다.

특기할 것은 그의 혼을 불러내는 장소는 대체적으로 바다나 강으로서 물 이미지가 포함된다는 점이다. 그는 중기시에서 민중의 삶의 애환을 '항해일지'로써 형상화하였고 혼을 건져내는 장소로써 주로 물을 택하고 있는데, 여기에는 그의 젊은 시절의 선원 체험이 주요한 바탕이 되었을 것이며 바다를 낀 부산이라는 그의 출생지이자 근거지에 토대한 원초적 상상력과도 결부되는 것이다.

> 잠수부 학재의 어머니는 점장이였다
> 그녀는 대를 흔들고 칼을 던져 점을 쳤는데
> 아들이 자라서 잠수부가 되리라고는 점치지 못했다
> 잠수부 학재가 물굽이를 넘나들며
> 해저에서 캐어올리는 것은 진주조개가 아니다
> 시퍼렇게 불어터진 난파선의 혼령이었다
> 그 시체들을 하나씩 거머잡고 건져올릴 때마다

바다는 휘파람새의 깃털을 길게 날렸다
종로3가의 포장술집에서
휘파람새의 휘파람소리 같은 술잔을 들이켜며
오늘 내가 잠수부 학재를 떠올리는 것은
그가 이 도시의 어느 수면에서 자맥질하며
침몰해 가는 우리 시대의 난파선을, 그 주검들을
그의 검고 억센 주먹으로 거머잡으러 오지 않나
두려워해서다

「항해일지 ⑪—잠수부 학재」

만적은 불타 흩날리는 황지 조각을 본다.
불티들은 날아서 하늘을 덮는다.
황지 조각들은 날아가 하늘에서 펄럭이기 시작한다.
─만적 장군 만세.
─만적 장군 만세.
어딘가 꿈속에서 들려오던 저 숲속의 소리, 환각의 소리.
(중략)
누군가의 입에서 나직이 불려지는 노래소리.
꿈깨니 이내 몸 사슬에 묶이고
꿈꾸니 이내 몸 하늘을 가네.
차라리 별이 되어 이내 恨 별빛에 걸어두겠네.
산에 가서 묻히면 산새가 되고
물에 가서 죽으면 은어가 되려네…
만적은 앞가슴에 매달린 비단 주머니를 내려본다.
홍법 스님밖에 모르는
신종 임금의 聖恩이 맺힌 한 줌의 재.
그것은 지금 만적과 함께 수장되려 한다.
병사들은 죄수들의 몸에 차례차례 돌덩이를 매단다.

나룻배는 임진강의 깊은 수심으로 점점 노저어 나아간다.
거센 바람은 불어와 죄수들의 산발한 머리카락을 세차게 흔들고
우중충한 물빛을 사납게 흔들어 깨운다.
뱃전을 차고 오르는 강물, 입을 쩍 벌리는 굶주린 강물
오랜 가뭄으로 타는 듯한 하늘엔
시커먼 먹장구름이 갑자기 내달린다.
번쩍 ! 꽈르르르르릉.
천지를 가르는 듯한 뇌성벽력.
병사들의 얼굴에 서리는 두려운 공포.
노비들의 노래소리는 점점 높아간다.
부끄럼도 뉘우침도 없는
천년의 바위처럼 동요없이 앉은 만적,
오오, 인간의 벗이여. 천대받는 그대와 함께
이제 우리, 영원으로 인도받아 가나니
우리를 제물로 죽임이 후대의 거름이 되게 하소서.
어느덧 만적의 두 뺨 위로 타고 내리는 빗물.
강물을 때르는 빗줄기는 점점 굵어간다.

「移獄」 부분

「항해일지 ⑪」에서 시인은 포장술집에서 술잔을 들이키다 들리는 휘파람 소리를 매개로 하여 휘파람새의 깃털, 그리고 난파선의 시체들을 건져올리던 잠수부 학재를 떠올린다. 그리고 잠수부 학재가 우리 시대의 난파선의 주검들을 거머잡으러 오는 듯한 착각에 휩싸인다. 여기서 일상적 제재와 시인의 기억과 시대의식 간의 조화로운 작용이 나타난다.

이때 특이한 것은 "잠수부 학재가 난파선의 주검을 거머잡으러 오는 것"을 화자가 "두려워"한다는 점이다. 혼령을 건져내는 학재의 모습에 대한 '두려움'이란 중기시의 현실적이면서 이성적인 경향과는 배치되는 측면이 있다. 즉 이러한 미신을 배제하려고 하는 경향과 함께 혼령들의 출현에 대한 막연한

두려움을 내재적으로 지니고 있다는 뜻이기도 하다.

또한 시인은 큰 형님집 화장실에서 아버지에 대한 기도를 드리다 서늘한 귀기를 느꼈던 경험을 술회하기도 한다("그날 밤, 새로 이사한 맏형의 집 화장실에 서서 나는 아버지를 불렀다. / '아버지, 오소서. 당신이 40년 전에 버린 젊은 아내, 당신의 아내가 출산했던 네 남매와 그 네 남매가 출산한 손자와 손녀들이 오늘 저녁 모여서 당신을 기다리고 있습니다.' / 여기까지 이야기했을 때 문득 으스스한 음기의 바람이 이는 듯했다. 나는 그 이상의 말을 중단한 채 헛기침을 하고 화장실을 물러나왔다. 나는 귀기를 믿지 않는 탓도 있지만, 샤머니즘적 귀기를 싫어하기 때문이다"—「항해일지를 쓰면서」 부분, 『항해일지』).

시인은 자신이 기억 속 '학재'의 존재 그리고 '학재'가 건져 올린 난파선의 혼령 등과 현재 우리시대의 난파선과 같은 상황을 유추적으로 상기하기도 하지만 단순히 여기에 그치지 않는다. 왜냐하면 그의 의식은 이 시대와 이 순간을 향해 있지 않기 때문이다. 그는 기본적으로 자신을 진정으로 버리고 다시 태어난 듯한 의식, 새로운 현실에 대한 각오와 의식을 시편들에서 보여준다. 즉 그는 지금 현재 또는 당대를 겨냥한 것이 아니라 그의 후대 또는 오랜 세월 뒤의 자신의 존재에 관하여 사유하는 것이다. 그 사유에는 자신이 체험한 원혼들의 모습에 대한 애도뿐만 아니라 우리의 역사적 전개에서 나타난 진취적이고 희생적인 인물의 영혼들까지도 포함된다.

그는 자신의 글 속에서 면암·매천·전봉준·단재·만해·육사 등 자신을 포기하고 대의와 조국에 목숨을 걸고 투신한 역사적 인물들에 대한 존경을 표하고 있으며 이들을 '당신'이라고 부르며 그리움을 표현한 바 있다("젊은날, 나는 그분들을 만났습니다. / 내 삶의 갈피 속에 숙명처럼 끼어든 그분들을 만났습니다. / 그분들은 혹한의 겨울에도 변하지 않는 푸른 댓잎을 지니고 있었습니다. / 면암·매천·전봉준·단재·만해·육사……. / 학대받고 짓눌린 사람들의 아픔과 어둠이 나의 대뇌속에 크게 자리잡기 시작할 때 환영 속에서만 나타나던 당신의 모습이 비쳐왔습니다. / 나는 당신을 비로소 보았습니다."—「당신을 위하여」 부분).

또한 민중적인 시경향을 표방하면서 발표한 시집인 『왜 아니 오시나요』에서도 존경을 표하는 역사적 인물들의 존재를 '당신'이라고 칭하고 이들을 끊임없이 부르거나 그리워하는 시편들의 연작을 발표하였다. 그런데 이후 그가 이러한 '당신'의 한 전형격으로서 내세운 인물은 그 다음 시집 『賤奴, 일어서다』의 주요한 인물인 '만적'이다.

유수한 인물들을 제치고 역사상의 아주 작은 페이지를 장식한 '만적'에 대해 관심을 지닌 이유에 대하여 그는 "핍박받고 학대받은 사람들이 자신의 삶을 구원하기 위해 선택한 행동—살아서 죽은 생활을 하는 것보다 죽어서 좀 더 자유로와지기 위한 자기 포기의 삶에서 우러나는 무서운 용기와 힘의 결합이 사회혁명으로 승화되었"다는 서술로 밝히고 있다. 말하자면 '만적'은 그가 역사상 감동받은 인물들인 면암·매천·전봉준·단재·만해·육사 등과 다른 지점에 있다. 구체적으로 '만적'은 신분상으로 노비라는 천민 출신이며 우리 역사상 최초의 민권 쟁취를 시도한 인물이다. 그러나 그 시도가 실패로 끝남으로써 '만적'은 업적으로서 평가받기 어려운 지점에 있다. 그리고 그를 따르는 100여 명과 함께 '수장'되는 비참한 최후는 출생뿐만 아니라 죽음까지도 비극적인 국면에 있다.

이러한 '만적'의 면모는 역사적인 실증의 논의로서가 아니라 심정적인 측면에서 애도하고 위로하는 시편을 써야 할 의무감 같은 것을 시인에게 주었던 듯하다. 그리고 1970년대라는 당시 독재체제의 억압적 분위기에서 자유와 민권을 쟁취하려고 투쟁하였던 지식인과 민중들의 면모와 닮은 것이었다. 시인은 위 시에서 만적의 최후를 형상화하면서 만적에게 '장군'이라는 칭호를 붙이고 그를 위해 "만적 장군 만세"라는 구호를 불러준다. 그리고 그가 빠진 강물을 에워싼 자연물의 변화로써 그의 죽음에 대한 분노를 형상화한다. 그런가 하면 돌덩이를 매달고 수장되는 만적의 기원에 관해서 "우리를 제물로 죽임이 후대의 거름이 되게 하소서"라고 구체화한다. 그가 설정한 만적의 기도에서 알 수 있듯이 그의 의식은 당대와 현재를 향한 것이 아니라 후대와 영원에 놓여 있다. 이러한 현재 초월의 의식은 그로 하여금 현실적인 일상으로부터 초월하여 역사와 현실을 꿰뚫는 본질의 안목을 부여하는 힘을 주고 있다.

새는 자기 길을 안다

1970~1980년대 중기시에서 보여주었던 시 경향은 1990년대 구소련의 멸망과 관련한 세계적 시국과 국내 상황의 변화 속에서 새로운 변화를 맞는다. 1990년대 이후 그는 시대적 현실과 일상성의 사이에서 갈등하고 고민하는 모습을 주요하게 보여준다. 시대적 방향성이 사라진 현실에서 그가 취할 몸가짐에 관한 고민의 흔적들과 큰 연관이 있다. 그러나 이와 같은 후기시에서 시편들의 형상화와 그를 통한 시인의 의식은 한결 성숙한 면모를 보여준다. 시대적 현실과 일상성이 서로 상호작용하면서 침투하는 고민의 궤적은 당대의 지식인이 취할 수밖에 없는 전형적 국면을 드러내는 것이긴 하지만 중기시에서 결핍된 구체적 디테일의 측면이 확보된 것은 사실이다. 즉 자기의 현실과 시대적 상황간의 무매개적 국면을 극복하고 사실성과 꿈의 영역을 조화롭게 보여준다.

> 어머니는 앞에 서고
> 나는 뒤에서 리어커를 밀었다
> 가을은 한 마리 새처럼 멀리 날아가고
> 겨울이 가랑잎처럼 발밑에서 굴렀다
> 우리 시대의 희망, 우리 시대의 행복
> 누가 별이라도 되어 떠오르는 날
> 나는 어머니가 피운 빨간 숯불 위에
> 숯을 더 얹었다
> 아직은 새벽이며
> 아직은 그리움이 남아 있는 날
> 막벌이꾼들이 날아와

잠시 깃을 치는 부둣가에서
어머니는 술국을 끓이고
나는 먼 바다 위로 떨어지는 새벽 별똥을 주웠다
유리창도 없는 난장에서
어머니는 앞에 서고
나는 뒤에서 리어커를 밀었다

「부산에서」

마당에서 장작을 패고 있는 아버지를 보면
나도 도끼로 패주고 싶은 것이 있다.
나는 민중시를 쓰지 못하지만
먹고 살기 위해
한낱 장사아치의 계산기가
더 소중스럽지만
민중민중민중민중민중민중
말의 남발보다
땀흘려 일하는 개인주의를 더 사랑한다.
절망과 눈물과 구호를 단지 속에 묻어놓고
마당에서 장작을 패고 있는 아버지를 보면
나도 도끼로 패주고 싶은 것이 있다.
사십년 전,
아버지가 쥔 도끼자루는 녹슬었지만
밑바닥을 살았던 아버지의 적개심이
이 가을에
문득 내 손에도 쥐어져 있구나.

「항해일지 · 21-아버지와 도끼」

『바람부는 날은 지하철을 타고』, 『별똥별』, 『풀』의 1990년대 이후 후기 시편들에 이르면 유년시절의 구체적인 일상과 현재 시인이 처한 현실적 상황 등이 두드러지고 있다. 이런 흐름은 추상에서 구체로 옮아가는 여정을 특징적으로 보여준다. 그리고 중기시 무렵까지 보여주었던 아버지 원혼 부르기나 억울한 민중의 혼 부르기의 작업보다는 자신의 유년시절의 기억과 일상에서 느끼는 애환 및 시대적 방향성을 모색하는 지식인으로서 갈등이 형상화되어 있다.

앞의 시 「부산에서」에서는 어머니와 함께 리어카를 밀던 가난했던 시절 추억 또는 부둣가에서 술국을 끓여 팔던 어머니에 대한 유년시절의 기억을 형상화하고 있다. 그리고 「항해일지·21」에서 시인은 밑바닥을 살았던 아버지의 적개심이 자신의 손에 쥐어져 있다는 심정의 토로와 함께 민중이라는 말의 남발보다 땀 흘려 일하는 개인주의의 소중한 가치부여를 보여준다.

"땀 흘려 일하는 개인주의"에 대한 우호적 시선은 그의 사상적 방향성이 중기시로부터 매우 변모하였음을 보여준다. 위 시편들에서 형상화되는 어머니와 아버지의 존재는 그의 전체 시세계 속에서 주요한 시적 대상을 이루고 있다. 아버지에 대한 의식은 '그리움' 보다는 그의 부재를 극복하기 위하여 자신의 정체성을 세우고 자기 존재를 세워나가기 위한 것으로서 형상화된다. 어머니에 대한 의식에는 연민과 그리움이 가득 묻어 있다. 그가 「항해일지」의 마지막 연작에서 어머니가 돌아가신 날 더 이상 항해의 "노를 젓지 않았다"는 발언은 의미심장하다("유골함을 풀자/ 어머니의 한 생애가 눈꽃처럼 날렸다/—어머니 안녕/—어머니 안녕/ 우리는 그날 아무도 노를 젓지 않았다"—「마지막 항해−어머니를 여의고」 부분). 이 시편을 마지막으로 그는 민중적 경향의 시편보다는 일상적인 서정성을 보여주는 시편들을 창작하고 있다.

이처럼 아버지와 어머니의 존재는 그의 시세계와 인생의 방향을 보여주는 '나침반'과 같은 존재로 작용하고 있다. 그가 아버지의 죽음과 관련하여 소년의 정체성 찾기와 부재한 아버지 부르기 그리고 아버지 존재의 대의적 확장을 보여준다면, 그의 어머니의 죽음으로부터는 유년시절의 어머니의 고생과 추억 그리고 이와 상호침투하는 자신의 일상적 상황이 자아내는 서정적 긴장이 주요한 축을 이루고 있는 것이다. 이처럼 어떤 이데올로기나 이념보다도 그에게는 아버지와 어머니 그리고 가족의 혈연적 정이 우선한다.

이러한 상황은 그의 아들과 관련한 시편들에서 좀 더 구체적으로 나타나고 있다.

> 수감되어 있는 너를 만나려고
> 아들아 네가 갇힌 쇠창살 바깥쪽에
> 나는 서 있다.
> 역할이 바뀐 우리들의 시대
> 네가 가진 진보와 혁신이 아직 서툴고
> 뽀오얀 최루탄 연기 속에 연행된
> 네 청춘의 봄을
> 나는 탓할 수 없다
> 탓할 수 없는 것은 너뿐만은 아니다
> 아들아 이 봄날 나도 외치고 싶구나
> 살아가는 일 모두가 쇠창살이 되어
> 나를 갇히게 하는 이 봄날
> 또 다른 감방 하나가 내 안에서
> 육중한 문에 자물쇠를 채우는구나.
>
> 「면회」

> 항해일지를 쓰지 않기로 작정한 이후로도
> 계속 나는 파도를 탔다
> 표류라고나 할까, 좌초라고나 할까.
> 눈발 날리는 외국인 묘지공원 혹은 당산 철교

절두산을 끼고 도는 병목 해협
눈이 와서 희끗희끗한 날
나는 감속으로 가고 있다
왜 살고 있는가, 날마다 가고 오는 길
반짝이는 아침 물살을 이명으로 들으며
살아가는 이유를 나는 알 수 없다
제동등의 붉은 불빛 뒤에 서서
급브레이크를 밟는,
표류라고나 할까, 좌초라고나 할까

　　　　　　　　　　　　　　　　　　　　　　　「서행」

　　후기 시편에서의 아들과 관련한 주제는 대체로 진보와 보수 혹은 이념적
갈등을 보여주는 측면이 두드러진다. 그는 "아들"이 지닌 "진보와 혁신이 아
직 서툴고" 아들의 이념적 "못대가리"가 드러나지 않기를 아버지다운 염려로
써 바라고 있다("나는 못을 보면 놀란다/유치장에 갇힌 아들의 못대가리,/아서!/ 나
는 아들의 못대가리가 보이지 않기를 권고한다"—「웬 못?」 부분). 그러나 한편으로
는 그의 아들을 탓할 수 없는 시국의 또 다른 '감방'에 대한 형상화로써 아들
을 옹호적 시선으로 보고 있다.

　　일상성과 시대적 현실성 간의 갈등이 두드러지는 것은 그것이 '자기'의
문제를 벗어나기 때문이다. 그는 '자기'의 삶의 방향에 대해서는 일상적 현실
을 벗어나 사유할 수 있으나 가족 특히 아들과 관련한 문제에 있어서는 자유
롭지 못한 것이다. 이러한 자신의 의식적 상황에 관해서 그는 '파도타기', '표
류', '좌초' 등의 표현으로써 나타내고 있다. 그리고 자신이 살아가는 이유에
대한 회의와 함께 감속으로 가고 있는 자신을 발견한다.

　　'파도타기' 혹은 '표류'라는 비유는 후기시의 그의 의식을 적실하게 형
상화한 것이다. 이념적 지표를 상실한 지식인의 숨고르기라고나 할까 혹은 아
무런 방향적 지표가 보이지 않는 망망대해에서 그냥 표류하며 떠 있는 것으로

서 자신의 존재를 인식하는 것이다. 그러면서도 그는 일상성 속에 매몰되지 않으려는 날카로운 반성적 시선을 자신에게 향하고 있다("밭을 절반쯤 매면서/ 문득 나는 깨달았다/ 이 밭에서 잡초로 뽑혀나갈 명단 속에/아, 어느새 내 이름도 들어가 있구나!"—「잡초뽑기」 부분).

> 하늘에 길이 있다는 것을
> 새들이 먼저 안다
> 하늘에 길을 내며 날던 새는
> 길을 또한 지운다
> 새들이 하늘 높이 길을 내지 않는 것은
> 그 위에 별들이 가는 길이 있기 때문이다
>
> 「새는 자기 길을 안다」

그의 가장 최근 시집인 『풀』에서 두드러진 점은 단형의 서정 시편들이 주조를 이룬다는 점이다. 서정시편들의 주요한 제재들은 풀, 하늘, 새 등의 자연물인데 이러한 자연물의 형상화는 알레고리적으로 작용하여 또 다른 의미의 층위를 형성하고 있다. 위 시편에서는 새가 하늘에 길을 내며 나는 모습을 보여준다. 그리고 그 새가 다시 하늘을 날았던 자신의 길을 지우고 있다. 새들이 더 높이 날지 않는 것은 그들이 나는 길 위에 별들이 가는 길이 또 다른 차원에서 이루어지고 있기 때문이라고 말한다.

하늘에 길을 내고 다시 지우며 날아가는 새는 시인 김종해의 모습을 닮아 있다. 이 새들은 '별들'이 가는 길을 수호하는 역할을 한다. 시인은 이 지상과 역사적 세월 속에서 자기를 초월한 신념을 보여주었던 수많은 '별들'의 원혼을 애도하고 이들을 가슴에 새겨주는 역할을 하였던 것이다.

"별들이 가는 길"의 끝은 어디에 닿아 있는 것일까. 그 끝은 그가 유년시절 아버지의 죽음을 체험했을 때 끝간 데를 모르던 슬픔의 심연과도 같이 끝없는 우주의 심연으로만 남아 있다. 시인은 그 끝간 데를 모르는 세계에 대한 향수와 인류애로써 자신을 잊고 투신했던 혹은 지상에서 억울한 고통의 삶을 살다 간 민중의 넋들이 '별들'이 되어서 끝간 데를 모르는 세계이자 유토피아의 세계로 인류를 인도해줄 것이라고 믿고 있는지도 모른다.

시인 김종해는 유년시절 체험한 아버지의 죽음 그리고 가난과 고통을 이겨내는 방식을 보여주었다. 그리고 아버지의 죽음 상황과 관련한 시편들의 주제를 반복적으로 형상화함으로써 자기 존재를 실존적으로 위치시키고자 하는 정체성 형성의 시도를 보여주었다.

중기 시편에서는 이러한 '아버지'의 부재를 시국적 상황으로 확장시키면서 '님' 부르기로 형상화한다. '님'이란 그의 아버지의 존재, 자기를 넘어선 삶을 살고자 했던 역사적 존재들 그리고 조국, 신의 영역에 맞닿아 있다. 그리고 억울하게 죽음을 맞이한 용기 있는 민중의 넋을 불러내어 애도하는 것이 그의 시의 주요한 영역을 이루고 있다. '만적'에 관한 장편 서사시도 이러한 연장선상에서 이해된다. 이어서 1990년대의 세계와 국내 정세의 변화 그리고 그의 어머니의 죽음은 또 다른 시적 변화의 계기를 갖게 한다. 즉 일상성과 역사성 사이에서 갈등하는 지식인의 고뇌가 형상화된다. 이것에 관하여 그는 '표류'라고 나타내고 있다.

시적 영역에서 볼 때 중기시에서 보여준 민중적 경향의 시편들은 구체적인 디테일의 매개항이 다소 결핍된 이념적 심정적 당위성이 반복적으로 시의 주제를 이루고 있다고 할 수 있으며, 후기시는 시인이 발 딛고 있는 일상과 그의 지향적 역사의식이 상호 침투하고 갈등을 형성하는 가운데 진정한 의미에서 시대적 전형성을 확보하고 있음을 확인할 수 있다.

네가 말하지 못하면 나라도 하여야 되지 않나

박 의 상 론

먼저 귀를 보내고 자기를 보내는 것이 아니고는 '아무'도 되지 못한다

박의상(1943)은 1964년 「서울신문」 신춘문예에 당선되었고 '현대시' 동인활동을 꾸준히 펼쳤으며 1967년 처녀시집 『今週에 온 비』(성문각, 1967)를 상재한 이후 『成年』(문원사, 1971), 『봄을 위하여』(열화당, 1977), 『오늘은 未來』(고려원, 1983), 『바위는 저의 길을 가로 막는다』(문학사상사, 1984), 『흔들리는 中心』(문학과 비평, 1989), 『내안에 사랑이』(미학사, 1993), 『라·라·라』(고려원, 1995), 『빨간 구두를 산 여자』(둥지, 1995), 『누군가, 휘파람』(세계사, 1998), 『문제들』(아침나라, 2002), 『미국, 이라는 문제』(아침나라, 2002), 『질문과 농담과 시』(문학사상, 2005)를 상재하였다.

박의상의 시세계는 크게 세 시기로 나누어볼 수 있다. 첫째 시기는 자기가 주변에서 체험한 사건과 사람들과의 소통 및 시국에 대한 관심 등을 통하여 새로운 자기의 균형점을 찾아나가는 시기이다. 이 시기는 그의 '현대시' 동인활동과 맞물려 있는데 1967년의 시집 『今週에 온 비』를 비롯하여 『成年』, 『봄을 위하여』, 『오늘은 未來』가 대표한다(이 중 『오늘은 未來』는 시선집의 형태로서 신작시를 일부 포함하고 있다).

둘째 시기는 아내의 죽음을 계기로 하여 그에게 타자로서 존재했던 여성에 대한 관심과 자기 분신격인 아내에 대한 자책감 및 자기반성의 국면을 주요하게 드러내는 시기이다. 1984년의 시집 『바위는 저의 길을 가로 막는다』를 비롯하여 『흔들리는 中心』, 『내안에 사랑이』, 『라·라·라』, 『빨간 구두를 산 여자』가 대표한다.

셋째 시기는 자기의 일상적 주변 사람들과 사건들을 포함하면서도 이를 넘어서 시국과 세계 정세에 대한 비판을 알레고리와 직설적 목소리로서 드러내는 시기로서, 1998년의 시집 『누군가, 휘파람』을 비롯하여 『문제들』, 『미국, 이라는 문제』 그리고 2005년 최근의 『질문과 농담과 시』가 대표한다.

박의상은 '현대시' 동인활동을 초반부터 끝까지 꾸준하게 보여주었음에도 불구하고 그 시세계는 이질적인 면모를 뚜렷이 지니고 있다. 이것은 그의 시세계가 '현대시' 동인지 시기의 내면탐구, 언어탐구 경향과 다르게 변모했다는 의미라기보다는 '현대시' 동인지 활동시기부터 주류적 경향과는 다른 자리를 차지하는 면모를 보여준다는 뜻이다.

그의 시는 현대인의 무의식적 내면을 언어로서 탐구하는 관심보다는 주변의 사건과 사물들에서 얻은 깨달음을 시대상황에 빗대어 유추적으로 표현하는 특징을 지니고 그것은 사물들과 주변 사건들을 통하여 새로워진 자기의 내면을 지향하고 있다는 면에서 '현대시'와 공통적인 면을 찾아볼 수가 있다.

포도를 밟지 않으려고
돌아가는 길 위에
떨어진 포도알 하나
그 작은 푸름 깨지 않으려고
껑충 뛰다가
발목을 삐었다. 때문에
한 정거장 건너
집까지도
車를 타야 했다.

누구나 그것이 過慾이며
무의미한 感受性에 인한
犧牲이라고
忠告해 왔지만, 앞 길에서
아이들은 싸우고 있었다.

밤에도 爆竹을 메고
壁밑을 기며
누가 먼저 터치나
발을 구르며
陰性的인 별들을
亂射하고 있었다.

결국 鐘이 울리면
世界의 七割인 信者들이
달려가고
남은 자리에
그처럼 自動的인 관절에는 힘을 주고
뼈대에만 依支하고 섰는
우리는 愚直스러운가,
그 포도알, 내려앉은 核과
부딪히기만 해도
우리는 넘어지게 되었는가.
그렇게 되고 말았는가.

박덩이처럼 觀念의 지붕에
거꾸로 발을 붙이고 앉은
老人들아, 韓國의
抒情의 均衡아.

「葡萄를 밟지 않으려고」

　　박의상의 초기작 중 하나인 이 시의 주요 사건은 그가 길 위에 떨어진 포
도알 하나의 푸름을 깨지 않으려고 껑충 뛰어 피하다 발목을 삐었다는 것이
다. 그런데 그는 이러한 주변의 사소한 사건을 스쳐보지 않는다. 그의 시창작

의 주요한 모티브는 바로 이러한 주변의 일상적인 사건으로서 인생의 이치나 사회상을 읽어내는 예리함의 토대가 된다.

그가 밟지 않고 보존하려 한 "포도알 하나"의 의미는 무엇일까. 그는 이 것을 "작은 푸름", "感受性"이라고 부여하고 있다. 그리고 뒷부분의 다소 비약적인 장면 기술에서 알 수 있는 것은 그가 이러한 작은 푸름 또는 감수성의 '포도알'을 지키기 위해 자기의 균형을 깨었다는 점이다. 그리고 마지막에서 "抒情의 均衡"을 깰 것을 암시하는 듯한 어구를 보여준다. 즉 그가 이 시에서 보여주는 바는 작은 푸름, 감수성의 핵의 세계란 일상적인 안정적 균형을 깨어버림으로써 접근 가능한 것이며, 이를 통해서 그 세계를 지킬 수 있다는 암시이다. 그리고 이 "感受性"에 그가 "무의미한"이란 수식어를 붙인 만큼 현실적 일상적인 측면에서 안정적 균형을 깨어버리는 행위란 '부질없는 희생'으로 비쳐진다는 것이다.

위 시에서 알 수 있듯이 그의 시세계는 일상적 삶에서 그냥 스쳐가기도 쉬운 사건들을 정신적인 자기 균형을 깨는 행위를 통하여 자기를 새롭게 만드는 것 그리고 그 속에 '푸른 포도알의 세계'를 간직하고자 하는 것이다. 그의 시는 그러니까 일상과 자기의 정신적인 균형을 끊임없이 깨는 것을 두려워하지 않는 지점에서 시작된다.

박의상의 시에서 만들어지는 이 새로운 균형점은 주로 자신이 경험한 사건들이나 타인들과의 소통지점에서 이루어진다.

귀는 입을 만들고
그렇게 다른 것들도
만들어진다.

누구든 먼저
喇叭에

귀를 보내고
다시 自己를 보내는
것이 아니고는
'아무' 도 되지 못한다.

흔한 例이지만
벨이 울리는 동안
여보세요
'우리' 는 서로
헤어져 있어야 한다.

그러나 누구든 먼저
입을 만들고
다시 눈을 보낼 때야
그는
그것은
하나의 價値가 된다.

귀는 눈을 만들고
그렇게 모든 작은
附隨物들이 이루는
'自己' 를
전화에, 그 끝에
매달기란
때론 虛妄한 노릇이다.

「電話」

네가 時代에 대해서 말하지 않는 것이
내게는 충격이 된다.
오늘 우리 시대는 어느 意味로
말하지 않는 自由
말 없이 앉아 있어야 하는
相互拘束의 時代,
실상 正當하다고 볼 수 없으며
義理인 것도 아니나
그것이 오히려 和平이 되는 시대,
네가 認識하기만 하고
詩로 쓰지 않는다고 해서
누구도 지금 非難은 못 하리라.
네 뜻대로 너는 한 個人—
한 過程이다, 끝까지 말하지 않을 수 있다.
그러나 그처럼 말이 없는 詩
너만 있고 우리가 빠져 있는,
서로 묶인 人格이 없는
빼어버린 詩, 또
그처럼 하지 않을 수 없는 너의 怯
怯만 남아 있는 얼굴을 볼 때,
그것이 超倫理的이든 아니든
非詩的이든 아니든
네가 말하지 못하면
나라도 하여야 되지 않나,
그러나 그것이 되지 않는
우리의 怯, 怯의 時代에
너도 나도 큰 混亂이 된다.
더 큰 拘束이 된다.

「怯」

앞의 시 「電話」는 전화받기라는 일상을 제재로 하고 있다. 타인과 소통 통로로서 주요한 구실을 하는 '전화받기'에 대해 시인은 "귀는 입을 만들고/ 그렇게 다른 것들도 만들어진다"라고 표현하고 있다. 그리고 이것은 다시 "귀를 보내고/ 다시 自己를 보내는/ 것"이라고 부연한다.

'입'이란 '자기'를 드러내는 '말'의 표상이며 이러한 '자기'를 보내야 특정한 "아무"개가 되는 것이다. 그리고 그 "아무"는 "하나의 價値"가 된다. 시인에게 타인과의 소통은 이와 같이 자기를 온통 걸어서 보내고 다시 형성되는 '가치'인 것이다. 그리하여 "서로/ 헤어져 있"는 "우리"는 "하나의 價値"를 만들어간다.

시인은 타인과의 소통 통로를 상징하는 전화라는 매개물을 통하여 그 소통 과정에서 자기를 타인에게 보내고 다시 받는 진정한 관계를 통하여 형성되는 '아무'의 가치에 관해서 형상화하고 있다. 이러한 특징은 박의상 시의 주요한 측면을 이루고 있다. 다른 '현대시' 동인들의 작품들에서는 주로 자기 내면의 또 다른 자기와의 싸움 또는 자기 무의식과 의식의 응시를 통한 자기 분열 및 통합지점들이 빈번하게 드러난다.

반면 박의상의 시에서는 자기 내면의 응시가 내부를 향하여 내재적으로 이루어진다기보다는 타인들, 주변의 사건들과 같은 외재적인 측면으로부터 마찰과 균열과 자기의 새로운 균형지점들이 이루어지는 특징을 보여주고 있다.

그 새로운 균형지점 만들기의 중심에는 "포도알"로 상징된 "작은 푸름"에 대한 지향이 자리 잡고 있다. 이 포도알은 '토끼'라는 것으로 이미지화되기도 하였는데 더없이 순해 보이는 토끼 사진을 붙여놓으며 이를 닮으려 노력하는 시인 자신 일상의 한 부분을 보여주기도 한다("토끼를 기르는 사람보다도/ 토끼를 보는 나의 마음이/ 더 순해져 버린다./ (중략)/ 토끼의 사진을 얻어/ 사무실 벽에 붙이고/ 이 토끼의 사진을 준/ 토끼 기르는 친구의 돈벌이보다/ 나을 것이 없는 나는/ 토끼를 보면서/ 이제는 토끼보다 더 웅크리지 않으리라."—「토끼」 부분).

「電話」의 마지막 부분에서는 '자기'를 전화에 매달기의 허망함, 즉 타인과 소통하기의 허망함이 나타나 있다. 즉 타인들과의 소통에서 새로운 자기의 균형점을 찾아내는 과정에는 "작은 포도알"이나 "토끼"로 상징된 세계의 순수성이랄까 의롭고 보호받아야 할 것들이 현실에서 구현되기 어려운 장애들을 지니고 있기 때문이다. 그리하여 타자와의 소통에서의 균형점은 유동적으로 움직이는데 그것은 순수하고 의로운 세계에 대한 지향과 함께 현실적이고 세속적인 조건들의 지배가 함께 작용한다는 것을 의미한다.

시인은 궁극적으로 지향하고자 하는 세계와 현실적 조건들의 세계와의 긴장으로 인하여 소통의 귀결점이나 제한지점이 움직이는 부분에 대하여 '겁'이라는 단어를 사용하곤 한다. '겁'이란 어떤 행위를 하려고 하는 것을 전제로 하는데 그 행위는 금기시되는 일일 수도 있고 긍정적인 일이라도 타인들이 쉽게 하기 어려운 일일 수도 있다. 혹은 아주 사소한 일이라도 개인에 따라 벅찬 일이라고 생각되면 '겁'의 감정이 형성될 수 있을 것이다.

박의상의 경우는 '겁'을 주로 위법적이거나 금기시되는 일과 관련하여 쓰지 않고 양심적인 시민 또는 지식인으로서 해야 할 일을 어떤 상황이나 이유를 구실로 하지 못하는 경우에 주로 쓰곤 한다.

「電話」에서 보이는 소통의 '허망함'이 「怯」에서는 구체적으로 형상화되고 있다. 「怯」에서 '나'는 '너'라는 타인에 대한 실망감을 "怯"이라고 표현하고 있는데 이것은 "네"가 "시대에 대해서 말하지 않는 것"에 대한 정서적 반응이다.

'너'만 있고 '우리'가 빠져 있는, "말하지 않는 自由"만을 누려야 하는 "相互拘束의 時代"가 주는 답답함에 관한 것이다. 앞에서 서술했듯이 박의상은 타인과의 소통과정에서 새로운 자기 찾기를 모색하고 있다. 그 소통과정에는 시대와 세계에 관한 것이 괄호쳐져 있어야 하는 것 그리고 타인의 그러한 태도에 대하여 그는 '겁'이라고 표현하고 있다.

그는 이 시를 썼던 1960~1970년대 시대상황에서 대부분의 지식인이 가지고 있었던 혹은 어쩔 수 없이 지녀야 했던 '당대를 향한 발언'이 지닌 겁의 무게를 절실히 느꼈던 듯하다. 그는 이러한 겁의 무게를 자기 나름대로 극복해보려고 하였는데 그것은 주로 세계에 대한 우회적 발언이나 소외된 자들에 대한 형상화 등을 통하여 보여주고 있다.

언젠가 토픽으로
카나다에
軟豆色 비가 내렸다는
소식 들었던
나는 今週에 서울 郊外 한
染織工場을 찾아보고
들었다, 낮에 희게 날리던
메리야스織物이 밤을 거쳐
누렇게 처져
바람에 한번 더 날리다가
채소밭에 떨어졌다는 얘기……
同伴했던 化工大學친구는
웃어버렸지만, 글쎄, 내겐
'그날'이 중요하였다. 집에 와
신문의 톱으로
딴 나라
水素彈 실험이 보이고
그때야 수소의 재가
멀리서 와서
엉뚱하게 그 織物을 죽였음을
알았다.
今週엔 積善洞친구도
오랫만에 만났는데
花盆에 선인장의 꽃이

그날 처음 보였다고 하였다.
모처럼 그의 와이샤쓰는
점잖은 깜장이었다.

「今週에 온 비」

구멍가게 김씨처럼
따뜻하게
外上을 주는
아저씨인 줄 알고

병철이가
나를 잡고 우네

그 고아는
자기는 고아가 아니라고
믿는 고아이면서
나는 고아라고 믿는
나를 잡고
울면서

주민증 내는
보증을 서달라고 하다가
지원입대하는
보증을 서달라고 하다가
술취해 코 골며 떨어진
김씨는 놔두고
나만 잡고 우네

병철이.

박병철 또는 김병철이.

「병철이」

　앞의 시 「今週에 온 비」는 염직공장 근처에서 메리야스 직물이 누렇게 쳐져 날렸던 '그날'의 사실을 중심으로 세계적 환경오염의 사건들을 연관시켜 사유하고 있다. 환경오염의 심각성에 대한 문제제기를 이끌어 내는 것은 메리야스 직물이 누렇게 쳐져 날리는 사건에서 비롯하고 있다. 그리고 뒤의 시 「병철이」에서는 시인은 병철이라는 인물이 주민증 내는 보증을 서달라고 혹은 지원입대하는 보증을 서달라고 조르던 일을 담담하게 서술하고 있다.

　두 편의 시에서 나타나는 것은 그가 타자와 자기의 시대에 대한 '겁'을 어떤 방식으로 극복해 내려고 하는가이다. 즉 그는 빨래의 색깔을 바꾸는 공장의 환경오염과 성姓을 알 수 없는 우리 사회의 한 소외자의 하소연을 듣는 화자의 상황을 보여줌으로써 시대에 대한 어떤 '발언'을 하고 있다. 그러나 자기와 타자의 소통통로의 한 균형점에서 새로운 자기를 모색하는 그는 그 타자의 겁을 극복하려 하지만 그 겁을 자기 속에 잉여적으로 지니고 있다.

　이러한 양상은 그의 시 형상화 후반부에서 단적으로 나타나는데 「今週에 온 비」에서 일상으로부터 시대와 세계의 어떤 치부를 드러내는 상황국면을 서술하다가도 갑자기 "선인장 꽃"이 피거나 "와이셔츠 색"이 "깜장"이라는 전혀 다른 국면의 사건들로 상황을 전환시키는 비약의 방식을 주요하게 구사한다는 점이다. 마찬가지로 「병철이」에서도 "구멍가게 김씨처럼 따뜻하게 외상을 주는 아저씨인 줄 알고" 자기에게 하소연하는 "병철이"라는 인물을 형상화하는 그 자체는 소외된 자에 대한 관심이라고 할 수 있으나 마지막 부분에 가서는 "병철이./박병철 또는 김병철이"라고만 끝맺고 있다. 이것은 어떠한 상황 판단이나 반응을 요하는 부분에서 '보류의식'을 보여주는 것이라고 할 수 있는데 전자의 '비약'의 방식과도 유사한 측면을 지니고 있다. 이러한 방식들은 사회 모두의 '겁'을 요구했던 1960~1970년대의 상황적 여건과 관련을 지니고 있다. 동시에 박의상의 초기시에서는 어떤 상황에 대하여 섣불리 판단하거나 감정을 드러내지 않는 신중함을 보여주고 있다.

나는 여자는 배꼽이 세 갠 줄 알았다

박의상이 『今週에 온 비』를 비롯하여 『成年』, 『봄을 위하여』, 『오늘은 未來』의 초기 시세계에서 보여주었던 것은 일상적 사건과 주변의 타인들과의 소통 과정, 그 과정 속에서 도출된 논의를 계기로 하여 자기의 새로운 균형 지점을 형성하는 것이었다. 이때 자신의 선험적인 지향점은 "포도알"로 표상된 "푸름의 핵"을 향하고 있다.

타자와의 소통 과정이란 자기를 온전히 보내고 타인의 그것을 온전히 받아들이는 가운데 형성되는 진실한 관계를 전제로 한다. 그리고 타자와의 균형적 지점에서 새롭게 태어나는 '자기' 란 결국 세계 속에서 이루어지는 것이기 때문에 그 세계를 향한 발언을 두려워하는 타인들의 '겁' 을 인식하고 이를 극복하려고 시도한다. 그런데 그 '겁' 은 시인에게는 보류의식 또는 비약이라는 형식으로서 어쩔 수 없이 나타나고 있다.

시인은 1984년 『바위는 저의 길을 가로 막는다』, 『흔들리는 中心』, 『내 안에 사랑이』, 『라·라·라』, 『빨간 구두를 산 여자』의 중기 시세계로 접어들면서 큰 변화를 보인다. 여기에는 아내, 여성, 연애에 관한 관심과 이들에 대한 다양한 형상화가 중심을 이루고 있다.

박의상은 일반적인 서정시인들이 초기 시세계에서 필연적으로 거치기 마련인 연애 또는 사랑시편을 거의 볼 수 없는 특징을 지니고 있다. 그 이유 중 주요한 것은 여성에 관해 과거 그가 지녔던 관념과 관련을 지니고 있는 듯하다. 그는 여성을 남성으로서의 자기와 대등한 주체와 대상으로서 생각하지 않았던 가부장적 보수성을 지녔던 것으로 보인다. 그런 그가 여성에 관한 관점의 전환과 각성을 갖게 된 주요한 계기는 '45세의 젊은 나이에 암으로 사별한 아내' 였다.

아내의 병고와 죽음을 겪으면서 시인은 여성에 관한 평소의 생각이나 행동에 대한 반성 그리고 아내에 대한 미안함 등으로 방황기를 지녔던 듯하다. 이렇게 볼 때 그의 중기 시세계의 특성은 표면적으로 보기에는 그의 초기 시세계에서 보여주었던 타인과의 끊임없는 소통과 새로운 자기 찾기라는 주제와는 동떨어져 있는 것으로 보인다. 하지만 이 점에 관해서는 그의 초기 시세계에서 여성에 대한 언급이나 사랑 등의 형상화가 전무했던 사실과 관련하여 비추어볼 필요가 있다. 즉 그는 여성을 남성인 자기와 다른 별개의 존재 또는 여성을 자기와 동등한 주체의 타인으로서 인정하지 않았던 듯하다("나는/ 여자는 배꼽이 세 갠 줄 알았다/ 여자는/ 세 번 태어나는 줄 알았다/ 나는/ 여자는/ 세 번 만에 사람이 되는 줄 알았다"—「오해」).

그의 여성관은 주로 어머니에 관한 시편에서 단적으로 드러나듯이 전통적이고 가부장적인 제도 아래 남성에게 순종하고 인내하는 상이다("누군가 아마 우리 어머니/ 5월인가 6월 어느 밤/ 몇 달 만에 전선에서 아버지 소식 왔던 날/ 혼자 뒷문 나가시던 소리 // 달빛에 배꽃 날리는데/ 그 아래서 하얀 속옷 하나씩 벗는 소리 // 그리고 한 바가지씩 샘물 퍼올려/ 천천히/ 아주 천천히/ 머리 위에 붓는/ 그 물, 칼처럼 반짝이는 소리"—「월광곡」부분).

그러니까 중기시에서 드러난 여성에 관한 관심과 탐구의 심리적 제 양상들을 타자와의 소통을 모색하였던 초기시의 입장에서 설명하자면, 여성을 자신 또는 남성과 동등한 대상으로서 끌어올리고 이 새로운 타인에 대한 소통의 시도라고 할 수 있다.

1월 21은 그대의 생일
나를 만나려고 태어났던 생일,
그러나
이제는
나를 외롭게 하자고 태어났던 생일

—그날은 눈이 왔었을까

하얗던 그대

하얀 목에

솜털이 뽀얗던 그대

잠이 많던 그대

눈송이처럼 하,하, 잘 웃던

그러다가도 한번 쩡 얼어붙으면

차고 맵고 단단했던

그대를

오늘 8월 2일 내 생일

생각하면

뜨거운 나는

얼마나 뜨겁게 그대를 녹였나

녹이려고 했나

—녹여서 너무도 시원히

다 마셔버린 것이 아닐까

마셔버리니 그대가

없게 된 것이 아닐까

생각하니

너무 오싹한

오늘은

추운 그대가 그리운

그대의 생일은 1월 21일

「생일」

잠깐—이 빈 시간—너만 우두커니 있어야 할 시간…… 이면,—너는
왠지……겁이 난다.

—어김 없이—일오일초를 계속 뛰어야 했던 시간에서—갑자기—너

는 떨어져 나와

　　　―허공에 내던져진…… 그런 겁이 난다,…… 그래서―너는―또 너를 걱정한다―

　　　다시 해야 할 일과,―그 일에 너를 파묻어야 할 일―…(걱정도 중요한 일이다.)

　　　그 엉뚱하게 비어버린 시간

　　　남아서 네게 던져진 시간 동안

　　　잠시 이렇게

　　　공상을 해보는 재미도

　　　너는 겁이 날까?

　　　……………애인이 하나………생긴다,……멋진 노래가 흥얼거려지는 그! 순간,―그를 껴안는다,……그 다음,………그 다음엔……어떻게……할까, 겁이 날까? 겁이……停止의

　　　겁이

　　　……아니, 질주의 겁이……

「겁」

앞의 시 「생일」에서 시인은 여름에 태어난 자신이 겨울에 태어난 하얀 목을 지닌 아내를 "녹여서 마셔버린" 것은 아닐까 하는 죄책감을 형상화하고 있다. 중기 시세계에서 『내안에 사랑이』와 『라·라·라』는 아내의 죽음을 애도하는 시집이라고 말할 수 있을 만큼 중기시 대부분은 아내에 대한 애도와 여성을 대상으로 한 관찰과 상상으로 이루어져 있다.

거의 10여 년에 걸쳐 그가 이러한 시세계를 보여준 것은 그만큼 아내의 죽음이 충격적이었다는 증거이기도 하다. 특히 젊은 시절 연애시 혹은 여성에 관한 시를 거의 쓰지 않은 시인이라는 점을 감안하면 더욱 그러하다. 그래서 10여 년에 걸친 아내에 대한 그리움과 여성에 대한 관찰의 기록의 시기 동안

그는 내적으로 방황의 시절을 보내었던 듯하다.

뒤의 시편 「겁」에서 주로 형상화된 것은 '너'의 '겁'에 관한 것이다. 초기시에서 그는 타자와의 소통을 통하여 '겁'을 극복하려는 시도를 보여준 바 있으나 이 시편에서는 그의 내면 풍경의 큰 변화를 보여준다. 우선 표면적으로 대부분 시편들에서는 불규칙적인 들여쓰기, 말줄임표, 이음표, 간격 띄우기 등이 이루어지며 논리정연하고 명확한 메시지 전달의 측면이 희미해진 대신 멈칫멈칫한 생각과 행동의 궤적을 보여주고 있다.

「겁」에서 '너'는 "우두커니 있어야 할 시간", "다시 해야 할 일" 그리고, '연애에 대한 공상' 마저도 "겁"을 내고 있다. 이러한 '겁'의 연원은 「생일」에서 단적으로 보여주는 바와 같이 아내의 갑작스런 병고, 죽음과 깊은 관련성을 지니고 있다. 그리고 중기 시세계에서 박의상의 시편들은 초기시에서 보여준 타인들과의 소통 과정이 잘 드러나지 않는다. 「겁」에서 보듯이 '너'는 결국 '나'의 문제로 귀결되는 '나'의 분신일 뿐이며 끊임없이 '아내'에 대한 추억과 회한의 심정을 독백조로 고백하고 있다.

아내에 대한 자책감은 그에게 "停止의 겁"과 "질주의 겁"으로, 즉 이러지도 저러지도 못하는 심정과 상황을 만들어낸다. 물론 그의 중기 시세계는 시집 『빨간 구두를 산 여자』에서도 보이듯 중년 여인의 일탈적 사랑을 장편시의 형태로 보여주거나 자유발랄한 여인의 삶을 형상화한 시편들이 많지만 시인 자기의 문제로 들어가게 되면 자책과 애수의 그림자를 드러내곤 한다. 그리고 마침내 시인 자기는 한없이 작아지고 투명해져서 거울 속에서조차 비치지 않는 존재가 되는 것이다.

내 거울은
작은 나를 비춘다
나의 이념보다 신념보다
작디작은 나를 비춘다

세 겹의 옷 또는 네 겹의 옷에 싸여서만
편안한 것이
문화라고 믿는
나는 옷보다 작아야 하고
내 용기보다 내 사랑보다
나 자신은 훨씬 작아야만 비로소
그것들이 내게
커다란 값이 된다고 믿는
나를
이 작은 나를
내 거울은 비춘다
웃고 찡그리고 울고 고개 숙이고 있는
——그뿐
내가 나의 배신에 떨고

내가 바로 나의 변명에 흔들리는
지금 나를
더 작은 나를
내 거울은 비추지 않는다
내 거울은 감춘다

「더 작은 나」

위 시에서 시인은 자기가 자신의 이념보다 신념보다 작고 옷보다 작고
자기의 용기보다 사랑보다 작으며 모든 것들에 비하여 자기는 작은, 작을 뿐
만 아니라 나의 배신과 나의 변명에 흔들리고 부끄러워 거울에도 비쳐지지 않
는다고 형상화한다. 이러한 작은 '자기'는 초기 시세계에서처럼 타인들과 소
통적이고 대화적인 국면을 거의 보여주지 않는다. 그의 중기시는 대부분 독백
적이며 회상적이고 자책감과 죄책감으로 자기를 채울 뿐이다.

'아내의 죽음'이 시인에게 이러한 변화를 초래하게 하였다고 보았을 때, 그에게 이미 아내라는 존재는 자기와 구분되는 타인으로서가 아니라 바로 자기의 분신이었던 것이다. 아내가 자기의 정신적 분신이었음을 그것을 깨닫지 못하였던 시인은 그러한 자신에 대한 자책감과 슬픔으로 인하여 당당한 자기 상을 갉아먹고 자기 내부의 경계들을 허물어뜨린다. 그리하여 시인은 자기가 세계의 어떤 것보다도 작고 거울도 자기를 비추지 않는다는 상상으로써 텅 빈 자아인식에 사로잡힌다.

그리하여 시인은 분신인 아내가 나간 한 영역에다 자책감과 모멸감을 가득 채워넣고 이것을 쫓아내지는 못하고 아내와 같은 여성들의 존재에 대한 관심과 형상화로서 채우게 된다. 이렇게 볼 때 그의 중기 시세계에서 여성이라는 대상은 한없이 작아져버린 자기의 문제에서 벗어나 사유하기 위한 탐구 대상이라고 표현하는 것이 적절할 것이다. 그러나 시인의 자기 소멸 체험과 자책감은 그에게 새로운 자기의 중심점을 형성하는 또 다른 계기를 마련해 주었다.

한 소년을
　　늦은 밤
아파트 옥상에서 보았네
　　혼자 쪼그리고 앉아 있네
가서 보니 훌쩍이며 울고 있었네
　　이렇게 말하데
이 반딧불들은 어떻게 될까요
　　우리 고추잠자리들은 다 어떻게 될까요
　　가을이 오면
　　　겨울이 오면

15층 캄캄한 계단을 더듬어 내려오면서

누군가에게 묻고 싶어졌네
나는 어떻게 될까
나는 어떻게 될까

너는 어떻게 될까

「고추잠자리는 어떻게 될까」

위 시에서 "한 소년"은 "반딧불"과 "고추잠자리"가 가을과 겨울에 어떻게 될까 걱정하며 울고 있다. 그리고 "한 소년"의 형상은 어느새 "나"로 바뀌어져 있다. 그리고 "나"는 "누군가"에게 "나"와 "너"가 "어떻게 될까" 하는 질문을 하고 싶은 욕구에 휩싸인다. 여기서 특징적인 것은 반딧불, 고추잠자리, 나, 너 등은 모두 "어떻게 될까"라는 의문형의 미래를 지닌다는 것이다.

박의상의 초기시에서 "나"는 하나의 주체로서 타인과 소통하면서 자기와의 연관을 짓지만 어디까지나 논리적이고 유추적인 국면이 중심적이었다. 그런데 중기 시세계를 거치면서 시인은 "한 소년"의 상황으로도, "반딧불"과 "고추잠자리"의 미래로도, "너"의 운명으로도, 그리고 얼굴을 모르는 "누군가"와도 정서적 유대감을 형성하는 서정적인 주체로 변모되어 있다. 이것은 바로 자기의 분신격이었던 아내의 죽음을 극복한 슬픔의 힘일 것이다.

여기서 "누군가"에게 의문을 제기하는 것에 의미가 있다. 초기시에서 그는 타자와의 소통과정을 통하여 새로워진 자기의 형상을 시도하지만 그 타자들은 대체로 주변의 인물들과 그가 접하는 사건들에 한정된 경향이 강하였다. 그런데 아내의 죽음과 관련한 자기 소멸감 혹은 자책감에 찬 방황의 시기를 보내면서 그는 자기를 사라져가는 아름다운 것들인 반딧불과 고추잠자리에도 투영시키고, 알지 못하는 누군가와도 공감할 수 있는 자기 확장의 영역을 보여주는 것이다.

언덕 아래는 안개뿐이었다 휘파람 소리는 다시 들릴 것
같았다.

초기 시세계에서 시인은 주변 타인들과의 대화와 소통을 통하여 새롭게 깨달
으며 새롭게 변신하려고 노력하는 주체의 모습을 보여주었다. 여기서의 시인
주체는 타자와 구분되는 것이면서 시에서 형상화되는 소통과정의 방식이 논
리적 성격이 두드러진 편이었다.

그런 시인은 자기의 분신 격인 아내의 죽음을 체험한 이후 10여 년의 방
황기에 여성을 중심으로 한 시편들을 발표하는데, 타인과의 소통을 보여주기
보다는 독백적인 어조로서 자책감으로 가득 차서 허물어지는 풍경을 보여주
었다. 이것은 글의 형식적인 측면에서도 불규칙적 들여쓰기와 잦은 행갈이,
빈번한 말줄임표와 느닷없는 쉼표 등으로써 형상화되고 있다.

자기의 내부가 허물어지는 체험을 거쳐 박의상의 시는 또 다른 변화의
계기를 마련한다. 그의 시세계가 다시 타인과의 소통이나 대화적 국면을 중심
으로 형상화되기 시작한 것이다. 그러나 이 후기시의 양상은 초기 시세계에서
보여준 소통과정과 구분되는 점이 있다. 초기시에서는 주변 사람들이나 친구
또는 일상적으로 대하는 사건들과의 관계를 통하여 이루어지는 소통이었으
며 이를 통하여 자기의 정신적 국면을 새롭게 열어 나가는 과정이 꽤 논리적
이었다. 반면 후기시의 소통과정과 발화 양상에서 나타난 '타인'의 영역은 훨
씬 광범위해진다.

이 '타인'은 자기가 대하지 않는 모든 인류 혹은 고통받는 이들, 나라,
인류의 운명에 관해 걸쳐서 존재할 수 있는 특정한 '아무'로서 폭넓은 영역을
지니는 것이다. 이러한 타인과의 소통방식은 논리적인 측면을 넘어서 심정적
이며 휴머니즘적인 측면이 부각된다고 할 수 있다.

어느 여름날
　　전화를 걸러 갔네
　푸른 전화기에는 동전이 120원이나 남아 있고
왠지 수화기가 버려진 듯 내려져 있었네
　　그 수화기에선
　……애야
　………애야
한 어머니의 지친 목소리가
　　　계속 들렸네

애야 애야 애야

　땀을 줄줄 흘리며
　　무엇인가 무엇인가 노려보다가
나는
　그만
예!
　접니다!
　하고 말았네
　　그러고 말았네

「거짓말」

　위 시는 자신이 뜻하지 않은 전화를 받게 된 체험을 서술하고 있다. 120원이 남아 있는 공중전화의 내려진 수화기에서 "한 어머니"의 "애야 애야 애야" 애타게 부르는 소리가 들린다. "땀을 줄줄 흘리며" 안절부절 못하던 "나"는 수화기를 집어들어 "예 접니다"라고 말한다.

　여기서 '전화'를 모티브로 한 그의 초기시와의 차이가 드러난다. 그의 초기시에서의 '전화'는 자신이 소통하고자 하는 특정한 대상과의 대화를 상정하고 그 소통의 의미를 유추적으로 형상화한 것이라면, 위 시에 드러난 전화기 너머의 대상은 자신이 정한 특정 소통대상이 아니다. 그는 우연히 아들을 부르는 어머니의 애타는 목소리가 들리는 떨어진 수화기를 발견하였고 자신이 마치 아들인 것처럼 "예 접니다" 하고 대답해 준다. 여기서 수화기 너머의 대상은 예기치 않은 타자인 것이며 시인은 그 타자에게 휴머니즘적인 소통의 메시지를 보내려고 하는 것이다. 이처럼 그의 초기시 「전화」에서 상정한 '타인'과 후기시의 「거짓말」에서 형상화된 '한 어머니'라는 '타인'은 확연히 다르다. 즉 그의 분신인 아내의 죽음을 체험한 이후 자기가 한없이 작아지고 소멸되는 방황의 시기를 거친 시인은 이제 타인들에 대하여 경계 짓거나 구획 짓지 않는 적극적인 소통을 보여주는 것이다.

이와 같이 후기시에서 시인의 관심 대상은 굉장히 폭넓어지고 그 관심의 강도도 커지고 있다. 초기시에서 그의 사회와 시대를 향한 발언과 그 발언에 대한 '겁' 사이에서 나타난 보류의식은 그의 후기시에서 상당 부분 행동적이고 실천적인 측면으로 변화되고 있다. 이제 그의 목소리는 더 이상 몸을 사리지 않으며 사회와 시국과 세계의 부당함에 대한 거침없는 입장을 취하고 있다.

이 거침없는 목소리는 최근의 『문제들』, 『미국,이라는 문제』에서 단적으로 드러나고 있다. 이러한 급박하고 급진적 목소리는 9·11 테러사태와 세계의 긴장상황 및 우리 사회의 정치적 부조리 등이 불거졌던 시기를 배경으로 한다. 그는 이러한 상황에 대해 투박하고도 직설적인 화자의 목소리를 보여줌으로써 대사회적인 자신의 입장을 보여주고 있다. 특히 2002년 미국과 관련한 자신의 발언을 담은 시집인 『미국,이라는 문제』는 이후 미국과 이라크 전쟁 및 전후 상황을 예견한 면모를 보여주고 있다.

이러한 시작 경향은 위의 두 시집 이후로는 다시 알레고리와 풍자의 방식으로 되돌아온다. 즉 국내 정치상황과 부조리 및 미국을 중심으로 한 세계 정국에 대한 그의 비판적 발화는 점점 회의적이고 풍자적인 방식으로 바뀌어가는 것이다. 국내와 세계정국을 향한 시인 자신의 목소리가 실제적으로는 무모한 것일 뿐이라는 깨달음으로써 그는 풍자적이고 반어적이면서 알레고리적인 형태로 변화시킨다. 그런데 시국과 세계의 부조리를 반어, 언어유희, 풍자, 해학 등으로 비판하는 후기시 대부분은 실상 초기시의 특징적인 시작 방식이었다.

사랑한다,면 먼저
다이애나! 다이애나! 이름을 줄 것.
그리고 집을 주고 밥을 주고 변소를 줄 것.

우리 다이애나의 언니처럼 사랑한다!면
다이애나! 오오, 다이애나! 부르고
왕관처럼 화사한 리본을 매주고,
오늘도 내일도 노란 침대에서 같이 뒹굴고,
같이 자줄 것.

그만큼 사랑한다!면, 병원에도 가줘서
그럼! 불임수술도 시켜주고,
짖지 말라!고, 그럼, 성대도 콱! 따주고,
우리 다이애나의 언니처럼
3년, 5년도, 다이애나, 다이애나,
이리 와! 오오, 말 잘 듣는 것! 하고
오오, 예쁜 것! 하며 입 맞춰주고,
입 맞추게 해주다가,
──이제 ─늙어, ──더 ─늙어, ──다 ──늙어,
──다 ─늙은 ─이 것,을 ─어떻게 하나, 하다가,
─아아, ─저, ─것,을 ──어떻게 하나, ─하다가,
그때,도 정말 사랑한다,아!,면,
─저, ─것, 은
그만! ─버려─버릴 ─것.

──아무도 ─모,르,게,
사랑은 원래 ─한 봉지, ─검은 쓰레기!라,─고
──내─던져─버릴 것.
그저, 어딘가에, ─휘익! 또는 ─털썩!

「다이애나,를 ─위하여!」

한국을 너무 사랑하는 우리 한 청년은 코카콜라병을
쥘 때마다 미국제 수류탄을 느낀다고 한다

이것이 터지면 어쩌나
나는‥‥‥ 우리나라는 어떻게‥‥‥ 되나
‥‥‥어떻게‥‥‥ 하나

안타까워져서
재빨리 안전핀을 뽑고 마셔버린다고 한다

그래도 목은 타고 가슴 더 뜨거워져
자꾸 마셔버린다고 한다

그런 친구가 많다고 한다

점점 많아진다고 한다

「코카콜라」

박의상은 초기시부터 하나의 사물이나 사건으로부터 사물의 이치와 숨겨진 인간사회의 진실 등을 유추적으로 형상화하곤 했다. 주로 소시민의 일상과 관련된 내용보다도 자기반성의 문제를 중심으로 한 알레고리 방식이었다.

그런데 후기시에서 형상화되는 알레고리 방식은 자기의 문제로 귀결되기보다는 사회적 세계적 정세에 대한 비판을 궁극적으로 의도하고 있다.

앞의 시 「다이애나,를 −위하여!」는 주로 영국 '다이애나비'의 죽음을 모티브로 삼으면서 언어유희와 반어의 기법으로써 통하여 더욱 뚜렷이 부각시키고 있다. 애완견이 짖지 못하게 성대수술을 시키고 불임수술을 시키고 늙으면 버리는 비정한 세태를 풍자하면서도 이 애완견의 이름에 영국의 황태자비였던 '다이애나'의 이름을 붙임으로써 그녀가 처한 상황과 비극적 종말을 유추적으로 겹쳐서 보여준다. 그리하여 애완견 학대와 다이애나비의 죽음이라는 두 가지의 비정한 측면을 고조시켜서 폭로하는 것이다. 동시에 남성우위적 사회에서 여성이 처한 일면을 꼬집어 비판하는 측면을 이면에 지니고 있다.

뒤의 시 「코카콜라」에서 시인은 코카콜라를 즐기는 우리나라 청년의 모습을 형상화하고 있다. 그런데 시인의 유추적 발상은 여기서 전혀 다른 국면의 상상으로 나아간다. 일반적인 상상의 경우라면 코카콜라가 환기시키는 젊은이의 서구 추수적인 경향에 대한 비판으로 나아갈 가능성이 크겠지만 시인은 미국제 수류탄을 터뜨리며 전쟁에 참전했던 젊은이의 과거 상황과 코카콜라를 마치 수류탄처럼 착각하고 안전핀을 뽑듯이 뚜껑을 따고 콜라를 마시는 젊은이의 현재 상황을 동시에 형상화하고 있다.

이것은 미국 문화에 중독된 우리나라 청년의 안타까운 착각 장면이 알레고리로 형상화된 것이다. 즉 미국의 상징인 코카콜라를 다수의 한국 청년이 즐기는 국면뿐만 아니라 미국이 개입한 전쟁에 참전한 우리나라 청년이 코카콜라병을 미국제 수류탄으로 착각하는 국면 등이 중첩적인 유추관계를 형성하면서 비극적이고 심각한 국면을 꼬집어 형상화하고 있다.

이외에 시인의 유추적 상상과 관련한 알레고리 방식은 다양하게 나타나 있다. "1등육 고기"를 보면서 1등으로 살아야 하고 강박감에 사로잡힌 현대인의 운명을 보여주는 형상화("1등육을 남긴 소를 나는 안다 / 그는 틀림없이 / 1등 부모에게서 태어났을 것이다 / 그리고 좋은 / 1등 목장에서 / 1등 축우사들의 보살핌을 받으며/1등 사료를 먹고/빈둥거리며 잘살았을 것이다/그러다가 남들보다 빨리 120킬로가 되자/재깍/도축장에 끌려와/살이 찢기고 뼈가 쪼개졌다 //그때 1등소는 이런 소리를 들으며/자랑스러웠을 것이다/1등육이다!"—「1등육」 전문)를 비롯하여 "아프간", "아프가니스탄"의 동음이의어적 관계를 이용하여 미국의 아프가니스탄 침공 사건을 풍자적으로 보여주는 시편("저녁을 먹다가, 였다 //아프칸,—은 아프가니스탄,이란 말이다/사람들이 하도 아프간–?아프간–?하고 물어서/물어뜯어서/아프가니스탄은 아마/우리 말로는, 꽤 자주 아팠던 모양이다./탈레반,이라는 큰 병이었거나,/탈레반,이라는/비싼 약을 먹는 병이었거나,/————/이 약, 저 약, 써보다가/오사마,라는 이상한 약을 먹었다나?"(「아프간」 부분) 등을 보여주기도 한다.

이처럼 부조리한 세계를 풍자적으로 형상화한 시편들은 공통적으로 '웃음'으로 귀결되며 모티브의 출발은 언어유희의 방식을 취하고 있는 것이 특징적이다. 비판을 내재한 웃음과 언어유희의 방식은 시 텍스트의 형식적 변화와 함께 한다. 즉 불규칙적인 들여쓰기, 글씨체의 변화, 말줄임표와 행갈이의 빈번한 출현 등의 방식이 그것이다. 그는 세계와 국내의 부조리한 사건들을 통해 꼬집어 제기하고 싶은 점을 텍스트상의 형식과 내용적 측면에서 보여주고자 한 것이다.

> #-1
> 막내 동생이 유학하고 있는
> 미국 위스컨신대학 역사학과 도서관에서
> 며칠 이 책, 저 책 뒤적거리며 놀다가
> 깜짝 놀란 책이 있었다
> '나의 책임' 이라는 제목이었다
>
> 동생과 학교 호숫가 잔디에
> 나란히 엎드려 있는 사진 뒤에
> 휘갈겨 써놓은 글이 있어

내가 그 때 심심했던가 보다,쯤으로
그냥 넘기려다 다시 읽어보니
이것이 그때
내가 놀라
아니! 목차라도 외워두어야지!하고
써놓았던 것임을 기억해 냈다

내가 한 것에 대한 책임
남이 한 것에 대한 책임
내가 하지 않은 것에 대한 책임
아무도 하지 않은 것에 대한 책임
지금 문제가 아닌 것에 대한 책임
아무도 모르는 것에 대한 책임

「문제들 36-나의 책임」 부분

이 시에서는 그가 관심을 가졌던 책에 대한 소개가 간략히 나와 있다. 생략된 후반부에는 그가 이 책을 다시 찾으려고 유학 가 있는 동생에게 의뢰하다가 끝내 찾지 못한 경험이 담겨 있다. 그런데 그가 관심을 지니고 있었던 주요한 항목이 '책임'이라는 점에 주목할 필요가 있다. 그 '책임'은 구체적으로 여섯 가지로 요약되고 있다. "내가 한 것에 대한 책임/남이 한 것에 대한 책임/내가 하지 않은 것에 대한 책임/아무도 하지 않은 것에 대한 책임/지금 문제가 아닌 것에 대한 책임/아무도 모르는 것에 대한 책임"이 그것이다. 결국 '책임'이란 것은 한 개인이 세계에 태어나 살아가는 이상 세계와 주변의 모든 것들과 사람들에 연관되어 있으며 그것을 책임질 의무를 지니고 있다는 내용이다.

여기서 시인이 지닌 지식인으로서 책임의 무게가 어떠한 것인지 알 수 있다. 그가 과거 시에서 형상화한 '반딧불'과 '고추잠자리'와 '너'와 '누군가 모두의 공통적인 운명을 풀어나가는 시인의 방식이 위 시에서는 '책임'으로 표상되었음을 알 수 있다. 더욱이 세계와 사회 속 한 인간으로서의 '책임' 이면에는 그 '책임'을 할 수 없음에 대한 회의감 또한 담겨 있다고 본다.

시인 박의상은 초기시에서 주변의 사물, 사건, 타인과의 소통과정을 통하여 새로운 자기의 중심을 형성해 가는 시적 면모를 보여주었다. 그 형상화 방식은 상당히 논리적인 면모를 지니고 있었으며 소통하고자 하는 타인의 대사회적인 '겁'을 극복하려는 면모를 보여주었다.

중기시에서는 분신격이었던 아내의 갑작스런 죽음을 맞이하면서 자책감과 함께 자기 내부의 경계가 허물어져서 한없이 작아지는 면모를 보여주었다. 그러나 내부의 경계가 균열되고 허물어지는 체험은 시인에게 자기심화 과정을 통한 진정한 중심점을 만들게 한 셈이다.

그리하여 후기시에서 시인은 적극적으로 새로운 타자와 소통하려고 하며 세계와 시국의 주요한 사건에 대해 적극적으로 비판하게 된다. 이러한 비판은 직접적이고 직설적인 형태로 과감하게 드러나기도 하고 언어유희와 반어를 통한 알레고리의 방식으로 드러나기도 한다. 이때 텍스트상의 표면적 일탈은 중기시에서 보인 자기 방황의 흔적과 달리 세계와 시국에 대한 반항 또는 비판으로 표출되었다.

박의상의 시에서 본령에 해당되는 부분은 바로 당대 사회와 세계의 부조리한 상황에 대한 비판 그리고 극복을 요청하는 상황을 중첩적인 알레고리로써 표현한 부분이다. 이것은 그가 초기시부터 주변의 사물이나 사건, 상황에서 인생의 이치나 시대적 상황을 간접적으로 추출했던 '유추적 상상'의 진화라고 할 수 있다. 그의 이러한 시편들은 풍자적 '웃음'의 방식으로 귀결되는 것이 특징적이다. 이 웃음의 이면에는 세계에 대한 인간으로서의 '책임'과 동시에 회의감이랄까 허무의식이 깔려 있다.

아침이었다
찔레꽃길이었다
저기 앞에
누군가 가고 있었다
휘파람을 불고 있었다
그러다가 갑자기 내달려가기 시작했다
....
찔레꽃길 다음에
검은 언덕이 있고
언덕 아래는
안개뿐이었다

「누군가, 휘파람」 부분

공 포 와 불 안 의 힘

이 승 훈 론

묻는 일은 금물, 물으면 아이는 강물에 빠질 테니까

이승훈(1942)은 1963년 시인 박목월의 추천으로 『현대문학』에 「낮」, 「바다」, 「눈보라」를 발표함으로써 등단하였고 『현대시』 6집부터 끝까지 동인활동을 하였다. 1969년 처녀시집인 『사물A』(삼애사)를 시작으로 하여 『환상의 다리』(일지사, 1976), 『당신의 초상』(문학사상사, 1981), 『사물들』(고려원, 1983), 『당신의 방』(문학과지성사, 1986), 『너라는 환상』(세계사, 1989), 『길은 없어도 행복하다』(세계사, 1991), 『밤이면 삐노가 그립다』(세계사, 1993), 『밝은 방』(고려원, 1995), 『나는 사랑한다』(세계사, 1997), 『너라는 햇빛』(세계사, 2000), 『인생』(2002), 『비누』(열린시학, 2004)의 시집을 상재하였다.

그의 시세계는 시기상 세 단계로 나눌 수 있는데 첫째 『사물A』, 『환상의 다리』, 『당신의 초상』, 『사물들』의 시기, 둘째 『당신의 방』, 『너라는 환상』, 『길은 없어도 행복하다』, 『밤이면 삐노가 그립다』의 시기, 셋째 『밝은 방』, 『나는 사랑한다』, 『너라는 햇빛』, 『인생』, 『비누』의 시기로 구분된다.

그의 시세계는 심리적 공황 상태와 결부된 무의식적 환상의 자동기술적 형상화로부터 그 공포의 환상 속에서 건져낸 부정적 자아의 상을 대상들에 치환시키는 반복적 과정을 보여준다. 그리고 다시 자아의 무의식에 대한 타자의 무의식과 관련된 불안감을 형상화하는 가운데 자아를 긍정하는 면모를 보여주기도 한다.

이승훈의 시의 처음부터 최근까지의 중심적 대상은 '나'의 무의식이며 '너'와 '그'에 관한 형상화는 '나'를 표현하기 위한 하나의 방식이다. 구체적으로는 '나'의 공포와 불안에 관한 형상화이다. 초기에는 가족적 상처와 관련한 공포의 환상, 중기에는 그 심리적 상처의 대상에 대한 치환의 환상, 후기에는 상처의 근원은 치유된 듯하나 알 수 없는 불안의 정서로 남아서 자신의 무의식에 대한 타자의 무의식과 결부된 형상화를 보여준다.

그의 시편들은 일관된 체계나 구조적 장치를 보여주지 않는 편이다. 그리고 하나의 중심적 상이 형성될 듯하다가도 끊어지고 갈라지고 다시 엉뚱한 방향으로 흐르다가 다시 '불안'과 '공포'라는 정서로 돌아오곤 한다. 그가 시를 쓰게 된 계기는 바로 공포와 불안 때문이며 그가 일관된 구조적 형식이나 일관된 주제의식을 보여주는 시편들을 형상화하지 못하는 것도 그러한 체계의 형성을 방해하는 '불안'의 반복적 출현 때문이다.

가족적 상처의 기억이 희석된 뒤에도 그 불안은 그를 끊임없이 엄습한다. 그것은 자신의 무의식에 대한 타자의 무의식을 읽어내는 방식과 결부된 '불안'을 생산하기도 한다. 그에게 '공포'와 '불안'은 그가 시를 쓰게 된 동기이며 시를 쓰는 방식이자 스타일을 생산하며, 이제는 그것이 그의 시적 세계를 떠받치는 원동력이 되고 있다.

아이는 다리 위에
앉아 있네
다리가 말인 줄 알고
앉아 있는
아이에게 다가가
'뭘 하고 있니?'
물어도 아이는
말이 없네
강물에 비치는
햇살을 보네
다리 위로 지나가는
어른들의 눈에는
햇살이 보이지 않네
여름 햇살 속에

앉아 있는
아이에게 다가가
'뭘 하는 거야?'
큰 소리로 물으면
아이는 너무 놀라
강물에 텀벙 빠지네
그러니까 물으면 안 되네
무얼 하느냐고
왜 거기 있느냐고
너의 수입은 얼마나 되느냐고
너는 자살을 기도한 적이 있느냐고
너는 인생을 아느냐고
묻는 일은 금물
물으면 아이는
강물에 빠질 테니까

「어린 시절」

위 시에서 다리 위에 앉아 있는 아이에 주목해 보자. 이 아이는 누군가 "뭘 하고 있니?" 하고 물으면 말이 없다. 그리고 "뭘 하는 거야?" 하고 큰 소리로 묻는다면 강물에 텀벙 빠질 것이다. 그런데 이 아이는 어느새 어른인 화자로 변해 있다. 왜냐하면 후반부에서는 수입, 자살 기도, 인생에 관한 질문들, 즉 아이에게 해당되는 내용이라고 보기에는 어려운 질문들을 하기 때문이다. 이 기묘한 아이(어른)에게 그러한 것을 물으면 아이는 강물 속으로 텀벙 빠진다고 한다.

아이가 강물 속으로 텀벙 빠지는 상황은 이중적 지점을 지니고 있다. 표면적 측면에서 볼 때 내성적인 아이의 놀람에 의한 일상적 추락이라고 볼 수도 있다. 그러나 후반부의 '자살 기도', '인생' 등의 물음항에 주목해 본다면 이것은 일상적인 추락을 넘어선 죽음충동에 의한 추락임을 알 수 있다. 아무렇지 않은 듯한 상태의 그 이면에는 금세 터져버릴 것 같은 내면이 숨겨져 있다는 것이다. 그러니까 아이의 상태는 언제 무너져버릴지 모르는 상태, 즉 모래성 맨 꼭대기에 모래 한 알을 얹었을 때 무너지는 혹은 바로 무너지기 직전의 상태를 보여주는 것이다. 따라서 아이의 추락은 가벼움과 무거움의 이중적 지점, 일상적 공포의 지점을 동시에 지니고 있다. 일상적 행위의 측면에서나 일상적 언어범주에서는 가볍게 지나가는 잔상 또는 환상이지만 그 장면의 틈새를 비집고 터져나올 것 같은 공포와 불안의 무의식은 용암처럼 뜨겁게 꿈틀거린다. 이승훈 시, 특히 초기시의 특징적 국면은 바로 이러한 지점에서 시작된다.

이러한 공포의 힘의 근원에 대해서는 시인의 다음 진술을 참고로 할 필요가 있다. 그는 "언제 집안이 박살날지 모르는 불안, 몇 차례에 걸친 어머니의 자살 시도, 어머니가 나이 어린 동생과 나를 버리고 떠날지도 모른다는 불안. 그러므로 집에 있어도 불안하고 밖으로 나가도 낯설고 무섭기만 했던 유년 시절 나는 우울했고 지금도 우울하고 자신이 없고 이상한 상실감이 찾아오는 가을이면 우울증이 도진다. 난 어린 시절 한번도 즐겁게 웃어본 일이 없다."(이승훈, 「나의 시 나의 삶」, 『현대시』, 23쪽)고 썼다.

여기서 주목할 것은 "몇 차례에 걸친 어머니의 자살 시도"와 의식상의 아버지의 부재라고 할 수 있다. 그의 술회를 통한 유년시절을 볼 때 어머니의 자살 시도나 아버지의 잦은 가출이란 어린 시인에게는 내면적 죽음과 같은 의미를 지니는 것이다.

게다가 내성적이고 유약했던 그가 잦은 이사로 인해 친구들과 어울릴 기회도 없었던 점을 고려한다면 그가 지녔던 공포와 불안이란 여러 지점에서 볼 때 심각한 측면이 있다("나는 불 속에서 불의 손톱을 뜯어/공기를 만든다 불 속에서 내가 만드는/공기를 아버지는 짓밟는다 나는 火傷을/입는다 공기의 재를 털고 가까스로 일어나면//새벽, 아버지는 악어를 찾아 떠나고/나는 악어가 되어 헤맨다/아아

하얗게 빛나는 피에타,/아버지가 나를 찾을 때까지/나는 내 흔적이나 계속 지워야겠다"—「피에타 I」부분).

그의 초기 시편들은 대부분 피를 흘리거나, 목이나 팔이 절단된 기괴한 신체의 동물이 등장하거나, 쫓기거나, 어두운 겨울 또는 죽음을 연상시키는 바다나 황량한 벌판을 보여주고 있다. 이 모든 것들은 디테일의 배경이나 장면이 부재하는데 그것은 그가 지닌 공포의 힘이 너무나 크기 때문이다. 더욱이 이러한 장면들이 파편적으로 결합된 채 하나의 풍경으로 자리 잡지 못하고 있는데, 이 역시 공포와 불안의 힘이 작동하기 때문이다.

그리하여 그의 초기 시편들은 일관된 주제나 하나의 통일된 장면 등을 찾아보기가 어렵다. 즉 그가 일관된 어떤 사상事象을 전개하려고 할 때마다 그의 무의식이 비집고 나와 그것을 해체시키고 다시 다른 사상事狀을 보여주려고 하면 또 다른 공포의 힘이 그것을 엉뚱한 방향으로 흘러가게 하는 것이다.

그의 초기시에서는 은유나 환유로서보다는 통상적인 언어의 발화 층위를 심층적인 무의식의 세미오틱Semiotics의 힘이 뚫고 나와서 비통상적인 엉뚱한 단어나 어구를 끼워 넣은 듯한 면모를 보여준다. 이러한 양상은 생볼릭Symbolic적 통상 언어와 세미오틱적 공포의 언어가 뒤섞여서 이루어지며, 공포에 찬 자아의 무의식이 다양한 갈래로 겹쳐서 파편적으로 형상화되거나 드문 경우 하나의 무의식을 추상적인 장면으로 비교적 일관적으로 보여주기도 한다. 즉 그의 초기시에서 보여주는 환상의 장면들은 유년시절의 상처와 결부된 공포의 궤적이며 이것이 그가 글을 쓰는 이유인 것이다.

그렇다면 위 시에서 말을 걸으면 강물로 텀벙 빠질 것 같은 아이는 어떻게 되었을까. 다음의 시에서 그 아이는 폭발하는 물 속에 있는 사나이로 형상화되어 있다.

> 광산 마을이 기일게 몸부림치고
> 음산한 강원도의 길이 보인다

人夫가 하나 허리를 구부리고
마적들이 달리는 밤마다

폭발하는 물 속에 서 있다
바람이 內岸으로 비를 몰고 온다
흐린 마을이 가느다란 연기를 토하고
침략당한 울음들이 폭발한다

컴컴한 하늘과 사라지는
허옇게 폭발하는 물 속에
내가 쓰러지는 나의 허리를 안는다

「폭발하는 물」

　위 시에서 음산한 강원도의 광산 마을의 폭발하는 물 속에 서 있는 사나이는 위태롭게 쓰러지려고 하고 있다. 그런데 침략당한 울음들을 토해내는 사나이가 물 속에 들어간 정황을 앞의 시 「어린시절」의 상황에 유추시킨다면 어른이자 아이가 결국 물에 빠져서 허우적대며 울음을 토해내는 것이라고 할 수 있다.

　이 사나이가 물 속에 들어갔다면 그것은 죽음충동의 한 결과일 것이다. 그런데 이 사나이는 물 속에서 허리를 구부리고 쓰러질망정 완전히 떠내려가지는 않는다. 왜냐하면 사나이가 스스로의 허리를 안으며 자기 중심잡기를 모색하기 때문이다. 공포의 힘이 극대화된 한 결과는 아마도 죽음충동의 실현일 것이다. 그 공포의 힘에 굴복하지 않고 그것을 환상의 형상으로써 극복해 내는 것이 시인의 글쓰기의 의미이다.

　초기시에서 형상화된 피, 절단된 신체, 무겁고 괴로운 이미지들 등은 그가 공포를 견뎌내기 위한 토로의 방식이었다. 그는 이러한 자신의 상처에 대해서 "누가 또 마음의 뼈"를 박는다고 한 바 있다("누가 한 장의 어둠을 들고 달아

나는 마음의 벽에 예리한 뼈를 박는가. 구멍이 있는 뼈, 뼈의 우산을 쓰고 누가 또 달아
나는가. 밤새도록 배추잎을 씹으며 떠나가는 마음의 벽엔 번쩍이는 녹색 오오 녹색의
입술이 희디흰 鑛脈을 빨고 귀와 팔이 달아나는 마음의 벽에 누가 또 마음의 뼈를 박
는가"—「어느 鎔接工의 徹夜」).

      사나이의 팔이 달아나고 한마리 흰 닭이 구 구 구 잃어버린 목을 좇아
달린다. 오 나를 부르는 깊은 命令의 겨울 地下室에선 더욱 眞摯하기 위하
여 등불을 켜놓고 우린 생각의 따스한 닭들을 키운다. 닭들을 키운다. 새벽
마다 쓰라리게 精神의 땅을 판다. 頑强한 時間의 사슬이 끊어진 새벽 문지
방에서 소리들은 피를 흘린다. 그리고 그것은 하이얀 液體로 變하더니 이윽
고 목이 없는 한마리 흰 닭이 되어 저렇게 많은 아침 햇빛 속을 뒤우뚱거리
며 뛰기 시작한다.

「事物 A」

「폭발하는 물」에서 "쓰러지는 나의 허리를 안"았던 사나이는 이 시에서
팔이 달아난 사나이로 형상화되어 있다. 그런데 팔이 달아난 사나이는 다시
잃어버린 목을 좇아 달리는 흰 닭으로 치환되어 있다. 이승훈의 다른 시편들
에 비해 이 시의 다른 측면은 "사나이"와 "흰 닭"이라는 대상의 관련성이 그나
마 구체적이라는 점과 그 닭의 궤적이 비교적 일관되게 추구되고 있다는 점이
다. 즉 목이 없는 한 마리 흰 닭들이 햇빛 속을 뒤우뚱거리며 뛰는 구조가 나
타난다는 것인데, 그의 다른 초기 시편들이 생볼릭적 언어와 의식의 질서에
세미오틱적 공포의 힘이 지배받아서 파편적 장면 또는 파편적 장면조차 형상
화되지 못하는 무의식의 국면을 보여준다면 위 시편은 그나마 생볼릭적 의식
의 질서를 화자가 되찾으려는 의지를 보여주는 것이다.
      이러한 질서 또는 평온 되찾기는 그저 이루어지지 않는다. 사나이의 잃
어버린 팔이 한 마리 흰 닭으로 변하고 쓰라리게 정신의 땅을 파고 새벽 문지
방에서 소리들은 피를 흘리고 목이 없는 닭들의 뒤뚱거림 속에서 "많은 아침

햇빛"을 맞이한다. 구체적으로 시적 자아의 내적 상처는 육체적으로 팔이 없는 사나이로 치환되고 다시 목이 없는 흰 닭으로 치환되면서 끊임없는 고통의 반복을 통해 이루어지는 것이다.

공포의 환상 속에서 공포의 무의식 그대로 내버려두는 그의 초기 시편들도 많지만 이 시처럼 그 공포의 환상 속에서 자기 중심잡기를 도모하는 것으로 귀결되는 시편들도 더러 있다. 그것은 부러진 허리를 자기가 감싸거나, 목이 없는 흰 닭이 되어 햇살을 맞이하는 다소 그로테스크한 장면 속에서의 자기중심 잡기라고 할 수 있다.

쓰러진 자전거 앞에서

이승훈의 초기 시편들은 주로 일상과 공포의 무의식, 가벼움과 무거움의 이중적 지점에 선 공황 상태를 보여주고 있다. 즉 일상적 언어질서를 파괴하고 솟아나는 공포의 힘에 의한 파편적 이미지들과 공포의 장면을 형상화하는 환상들로 이루어져 있다. 이것은 단순한 질문에도 강물로 빠져버리는 아이에서 보듯이 일상적 시각에서는 우스꽝스럽거나 가볍지만 다른 측면에서는 조그만 자극에도 송두리째 무너져버리는 아슬아슬한 상태를 보여주는 것이다.

그의 시적 환상들은 대부분 파편적이고 일관된 장면이 없으므로 고통스럽고 힘겨운 내면이라는 중심주제만을 추출할 수 있을 뿐이지만 드물게 환상의 장면이 구체화되는 시편들이 있다. 그러한 시편들을 볼 때 강 위의 '아이'는 폭발하는 물 속에 허우적대는 '사나이'로 변주되고, 다시 자신의 마음의 뼈를 들고 도망가는 '사나이'의 모습으로 나타나기도 한다.

대부분의 초기 시편들은 이러한 공포의 힘에 사로잡힌 자아의 내적 풍경을 파편적으로 드러낼 뿐이지만 드문 경우 휘청거리는 자아의 중심찾기라는 테마를 보여주기도 하는데, 그것은 '목이 없는 닭의 햇살 쬐기'로 역시 그로테스크하게 형상화되고 있다.

> 물고기가 되기도 하고 통곡이 되기도 한다 아니다 닭은 몰려오는 비행기 저렇게 굶주리는 비행기 하아얀 닭은 하아얀 물고기 하아얀 통곡 온통 고독하다 비행기가 몰려온다 굶주림이 몰려온다 나는 방으로 들어가 이불을 뒤집어쓴다 그러면 방 안에 가득 차는 하아얀 닭들이 밤새도록 푸드득거리고 나도 덩달아 푸드득거린다
>
> 「닭」

개미야
밖에는 하아얀
해가 나는데

절망이야
방 안에 틀어박혀
아무리 귀를 막아도

희망이야
언제나 우울한 늙은이
방 안에 틀어박히기만 하는
내 인생!

「방 안에 틀어박혀」

위 시편들에 나타나는 제재인 '닭'과 '개미'는 그의 다른 시편들에서도 쓰이는 제재이긴 하지만 비교적 유일한 자아의 분신들로 나타나고 있다. 그의 초기시와 중기시의 '닭'과 '개미'는 대부분 온전한 상태가 아니다. 닭은 목이 없을 때가 많고 개미들은 불타거나 나무토막인 화자를 먹어대는 불개미 혹은 죽은 개미로 출현한다. 그런데 후기시로 가면서 변신을 거친다. 불구적 동물 혹은 불타는 곤충의 형상은 차츰 온전하고 동정적이고 마침내 사랑스러운 이미지까지 얻게 된다. 이것은 '나'에 대한 탐구라는 시인의 시쓰기가 심리적 공황상태 또는 부정적 '나'의 이미지에서 긍정하고 동정하는 쪽으로 나아가는 행로를 보여주는 단적인 증거이다.

위 시편들은 비교적 초기 및 중기의 시인 내면을 비추어주는 닭과 개미의 이미지를 지닌다. 이때의 닭은 이불 속에서 푸드득거리며 통곡 및 고독의 이미지를 환기시키고, 개미는 절망이나 우울 혹은 방 안에 갇힌 이미지와 연관을 맺는다. 시인이 이들 제재를 특징적으로 등장시키는 것도 '방'을 환기시키는 자신의 고독한 상황과 관련을 맺기 때문일 것이다.

앞서 강에 뛰어들기 직전의 아이나 폭발하는 물 속에서 간신히 쓰러지는 자신의 허리를 감싸는 사나이 등의 정신적 상처를 지닌 존재가 육체적 불구의 형상들로 치환되었다면, 그 사나이는 다시 목이 없어진 존재로, 목이 없는 닭이나 불타는 개미 혹은 살려달라는 나무토막인 자신을 마구 파먹는 불개미의 형상으로 나타나는 것이다("'개미야' '개미야' '불개미야' '나 좀 살려줘' 나무토막은 울면서 기쁘게 떨어진다. 땅 위의 불개미가 떨어진 나무토막을 마구 파먹는다"—「그 남자」 부분).

이러한 닭과 개미의 형상들은 정신적 상처를 입은 시인 자신의 치환이다. 그리고 불구화된 존재들은 정신적 상처의 크기가 구체화된 상태다. 그런데 이러한 존재들이 의미 있는 것은 그가 환상을 통한 끊임없는 치환의 과정 속에서 자신을 추스려 나가기 때문이다.

쓰러진 자전거를
일으켜 세우는
너의 코에
걸려 있는 안경
쓰러진 자전거를
일으켜 세우면
자전거는 다시 쓰러진다
여름 해는 뜨겁다
너는 모자를 벗고 이번엔
타이어에 혀를 댄다
너는 타이어에 입을 맞추고
모자를 뒤집어쓰고
주머니에서 수건을 꺼내
이마의 땀을 닦는다

여름 대낮은 무섭다
쓰러진 자전거를 내려다보고
쓰러진 말을 연상하고 다시
쓰러진 자전거를 힘들게
일으켜 세우는 너는
다시 힘없이 쓰러지는
자전거 앞에서
허리를 굽힌다 그럼 너의
주머니에선 우르르 열쇠들이 쏟아지고
너는 흩어진 열쇠들을 줍는다
바람 한 점 없는 여름날
쓰러진 자전거 앞에서 열심히
열쇠를 줍고 있는 너
쓰러진 자전거를 다시는
일으켜 세우지 않으려는 듯이
지금도 열심히 열쇠를
줍고 있는 너
여름 대낮은 춥다

「쓰러진 자전거」

폭발하는 빛이
머리에서 솟더니
짐승 한 마리가 튀어나오더니
가느다란 소리가 나더니
가느다란 골목이 뚫리더니
고독이 펑펑 쏟아지더니
참담한 꽃이 태어나더니
네가 웃더니

네가 쓰러지더니
하아얀 소리가 나더니
하아얀 소리가 피를 흘리더니
텀벙텀벙 내가 걷더니
공중에서 총소리가 나더니
공중에서 하아얀 샘이 솟더니
마을에는 사람 하나 없더니
마을에는 수천 수만의
사람들이 들어차더니
물이 흐르고 해가 나고
밤이 오고 밤이 밤을
물어뜯더니
사람들이 작아지더니
까아만 개미가 되더니
벼랑이 솟고 벼랑을 기어가는
사람들의 신경이 보이더니
더욱 진하게
더욱 흔들리는
더욱 희미한
무서운 빛이
나를 흡수하더니
너와 나를 흡수하고
개미를 흡수하고
사람들을 흡수하더니
회색 산이 솟더니
회색 산이 와르르 무너졌다

「다시 피로」

위 시편들은 다시 이승훈 시가 지니는 이중적 면모를 개별적으로 보여준다. 두 시편의 공통된 주제는 육체적 정신적 피로라고 할 수 있는데, 「쓰러진 자전거」가 피로감을 일상적 층위에서 드러내고 있다면 「다시 피로」는 그 피로감을 무의식의 파편적 연결에서 드러내고 있다. 전자가 시인의 표층 텍스트라면 후자는 심층 텍스트를 드러내는 측면이 있다.

시인의 초기시에서 무의식적 환상을 나타낼 때 두드러진 것은 가족적 상처와 결부된 공포의식 혹은 심리적 공황 상태였다. 그런데 그의 중기 시편들에서는 이러한 공포 속에서 자신을 건져내어 그것을 불구적 인간이나 동물로 치환시켜 형상화하였다. 초기시에서 '공포'의 정서가 두드러졌다면 중기시에서는 '불안'이나 '피로감'의 정서가 두드러진다.

위 두 편의 시는 모두 극도의 피로를 형상화하고 있지만 자세히 보면 그것은 까닭 모를 불안감 또는 정신적 혼란의 상태와 결부되어 있다. 먼저 「쓰러진 자전거」에서 시인은 쓰러진 자전거를 다시 일으켜 세우지만 다시 쓰러지고 주머니의 열쇠들만 떨어뜨리고 쓰러진 자전거 앞에서 열쇠들을 주우며 여름 대낮에 추위를 느낀다. 그리고 「다시 피로」에서는 「쓰러진 자전거」에서 형상화된 극도의 육체적 정신적 피로감으로 인해 무의식에 스쳐가는 대상들의 연쇄로서 형상화되어 있다. 즉 피로 또는 불안 혹은 고통이라는 공통항으로서 두 시가 각각 표층과 심층 텍스트의 국면을 보여준다고 할 때, 「쓰러진 자전거」에서 타이어에 입을 맞추며 쓰러진 자전거를 온전히 일으켜 세우지 못하는 나약하면서도 병든 자아의 내면은 아마도 「다시 피로」에서 내면을 스치는 무의식적 잔상들과 결부된 형국인 것이다.

폭발하는 빛, 짐승 한 마리, 가느다란 소리, 가느다란 골목, 고독, 참담한 꽃, 너의 웃음과 쓰러짐, 하아얀 소리, 피 흘림, 총소리, 하아얀 샘, 인적 없음, 수천 수만의 사람들, 물, 밤이 밤을 물어뜯음, 사람들의 작아짐, 까아만 개미가 됨, 벼랑을 기는 사람들의 신경, 희미한 무서운 빛이 나를 흡수함, 회색산의 솟음과 무너짐…… 이러한 명멸하는 이미지들은 마치 빈혈 환자가 극도의 피로 속에서 눈앞이 주변이 하얗게 되는 현상이나 빛이 흘러내리는 장면을 경험하는 것, 즉 육체적 피로감과 결부되면서 정신적 불안과 피로를 함께 형상화하는 면모를 보여준다.

그의 중기 시편들에서 특징적인 정서는 이러한 극도의 피로감과 결부된 '불안감'이다. 즉 초기 시편에서 두드러진 가족적 상처의 국면이 희석되고 까닭 모를 불안감과 극도의 피로감이 반복적으로 형상화되는 측면이 있다. 형식적인 측면에서의 특징은 무의식적 공포의 잔상들이 마구 뒤섞여 형상화된 초기시에 비하여 상처 입은 자아가 다양한 대상들로 치환되면서 비교적 의식적 질서를 갖춘 시 쓰기를 보여준다는 점이다.

또 다른 형식상의 특징은 반복적 시구가 두드러진다는 점이다. 하나의 시편에서 명멸하는 내면의 잔상들은 끊임없이 교체되지만 서술어나 '나'라는 주어는 계속 동일한 것으로 이루어진다든지 화자가 쓰러진 자전거를 끊임없이 일으켜 세우다가 다시 열쇠줍기만을 반복하는 경우, 또는 '~지더니', '~나더니'라는 술어로서 명멸하는 피로감의 잔상들을 이어나가고 있다.

어떻게 보면 그의 시에는 술어가 필요 없을 듯도 하다. 왜냐하면 그에게는 무의식적 환상 혹은 뇌리에서 명멸하는 잔상들을 드러내기에 초점이 맞추어져 있기 때문이다. 물론 화자는 '나'이다. 그렇기 때문에 그의 시는 '나'와 술어를 뺀 명사구에 해당되는 대상들의 형상화가 중심적인 셈이다. 그런데 중기시를 넘어가면서부터는 그 명사구의 내용항에 해당되는 고통에 찬 환상의 장면들이 점점 표층 텍스트의 틈 안으로 스며 들어가는 모습을 보여준다. 그리하여 「쓰러진 자전거」와도 같이 시인을 둘러싼 일상적 행위를 비롯한 자신을 객관화한 시선을 내비치기도 한다. 이것은 그가 어느 정도 그가 지닌 가족적 상처와 결부된 공포감을 극복했다는 뜻이기도 하다. 하지만 어느 정도 극복된 듯한 근원적 상처에 대한 기억은 시인으로 하여금 원인 모를 불안감을 끊임없이 토로하게 한다. 그리고 그 불안감은 그의 육체적 나약함 또는 피로감의 형태와 결부된 형상을 지닌다.

언제나
초록색
해가 있고
하아얀
초가
있다
그토록 외롭던
하아얀 빨래와
바람불던 땅에서
손으로 물을 퍼마시던
갈증과
도주와
고독과
감옥과
후회는
이제
모두 무엇인가
비인 창자로
이유가 없는
죽음이 있다
피의
언어의
공포의
극장이 있다
(중략)
오늘도 치질과
탈장과
두통과
脫毛와

신경성 질환으로
형편없는 陽氣로
그러니까
오 대낮에도
촛불 켜고
고양이처럼 엎드려
드리는
이 기도는
과연 무엇인가?

「아라밭」

불안해서 시를 쓰고 불안해서 전화를 걸고 불안해서 시를 분석하고 불안해서……

이승훈의 중기 시편들에서 인상적인 부분은 온전하지 못한 닭이나 개미의 형상화나 밀폐된 방의 이미지였다. 그리고 절단된 신체적 이미지들 속에 불균형한 내적 자아가 치환되어 나타나는데 이것은 초기시의 극도의 공포와 심리적 공황상태가 숙어짐에 따른 육체적 피로감과 결부된 불안감의 형상화라고 할 수 있다. 그리고 술어와 주어의 반복적 표현이나 치환의 과정을 통하여 자아의 가족적 상처가 치유되는 면모도 보여주고 있다.

그의 시에서 공통된 주제는 바로 극도의 피로감과 결부된 불안감이다. 그런데 이러한 공통된 주제의 형상화에서 일상적 표면 행위를 초점화하는 텍스트와 내면의 잔상을 포착하는 심층 텍스트로 나누어볼 수 있다. 중기시와 후기시로 갈수록 이러한 심층 텍스트, 무의식적 환상의 장면들은 일상적 표층 텍스트의 틈 속으로 스며드는 형국이다.

그의 중기시가 초기시와 변별되는 점은 특정한 원인과 대상을 알 수 없는 막연한 불안감의 형상화라는 점, 그것이 육체적 피로감과 결부된 심리적 주제라는 점, 극도의 공황 상태를 상징하는 환상으로부터 심리적으로 점점 개선되고 있다는 점이다.

한편 자아의 상처의 근원인 가족적 문제로부터는 어느 정도 자유로워졌으나 불안감은 시도 때도 없이 그를 엄습하며 이 불안감의 반복이 그의 시 쓰기의 형식이 되었다. 그런데 그의 공포와 불안감을 토로하고 해소시켜 주던 시 쓰기의 장이 바로 그의 불안감을 더욱 가속화시키며 그 불안감으로 인하여 또 시를 쓴다는 아이러니다. 이것이 후기시의 특징적인 측면이다.

불안해서 시를 쓰고 불안해서 전화를 걸고 불안해서 시를 분석하고 책을 내고 술을 마시고 외출도 못 한다 불안해서 못 한다 여행도 못 한다 도대체 엄두를 못 낸다 꿈도 못 꾼다 불안해서 가방을 들고 바람에 젖고 소음에 시달린다 말라 죽을 불안이라는 놈 초라한 저녁이 오면 초라한 방에서 시를 쓰고 불안해서 다시 전화를 건다 의자에서 벌떡 일어난다 비 내리는 거리를 내려다본다 세상엔 비라는 게 있군 비에 젖는 차들을 본다 비에 젖는 차들은 불안하지 않으리라 사랑이 없으니까 욕망도 없으리라 차들은 행복하다 따뜻하다 참담하다 따뜻한 참담한 저녁이 있다 불안해서 시를 쓰는 남자가 있다 세상에 불안해서!

「서울에서의 이승훈 씨」

난 해질 무렵 몽상가 소부르주아 시인
세상엔 관심이 없다 내가 관심을 두는 건
의자, 작은 방, 개미, 염소

피와 이슬로 된 술 난 현실 따윈 모른다
알려고 하지도 않지만 난 현실을 모르는
국문과 교수 허리띠를 헐렁하게 매고
거울을 연구하는 교수

그러나 그러나 그러나 감기엔 맥을 못 춥니다
30년 전부터 어디론가
떠나고 싶었지만!

「오토바이」

「서울에서의 이승훈 씨」에서 보듯이 그의 불안이 시 쓰기와 모든 행위의 원동력이 되고 있음을 알 수 있다. 즉 그의 이러한 불안감은 그가 초기의 시

쓰기에서 일관된 사유나 외부로 소통하는 측면을 끊임없이 해체시키고 단절시키는 심리적 기제로 작동하였다. 그리하여 명멸하는 잔상이나 추상적 환상만을 보여줄 뿐 완결된 구조나 사유의 형상화를 보여줄 수 없었다. 그의 불안감은 반복적 술어나 주어의 방식으로 표면화되기도 하는데 이 또한 그의 시쓰기의 스타일과 관련을 맺고 있다.

이처럼 구조적 시 쓰기를 방해하던 그의 불안감이 후기시에서는 시 쓰기뿐만 아니라 모든 활동기제로 작동하는 면모를 보여준다. 그리하여 요즘 사물중심적 시각을 지향한 시 쓰기를 시도하고 있다. 그런데 「서울에서의 이승훈씨」에서 "비에 젖는 차들은 불안하지 않으리라"라는 표현을 보면 그가 무모하게도 완전히 사물 중심적 시를 지향하는 것은 평생 자신을 괴롭혔고 성장시켰던 공포나 불안 혹은 무의식이 사물에는 없기 때문임을 알 수 있다.

한편 후기시의 또 다른 특징적인 측면은 불안에 싸여 있는 자신을 외재적인 측면에서 객관화하여 보여준다는 점이다. 이것은 얼핏 타자 또는 외부세계와의 소통을 보여주는 시도인 것 같으나 궁극적으로는 이러한 시도 또한 자아의 내면을 좀 더 다각적으로 드러내기 위한 '나 찾기'의 과정일 뿐이라는데에 주목할 필요가 있다.

「오토바이」에서 이러한 면모가 드러나는데 자신이 몽상가, 소부르주아시인이며 세상에 관심이 없고 오로지 의자, 작은 방, 개미, 염소에 관심을 지니며 현실을 모르고 '거울'을 연구하는, 그리고 감기엔 맥을 못 추며 어디론가 떠나고 싶어도 불안해서 떠나지 못한다는 내용으로 자신의 모습을 비교적객관화하여 형상화하고 있다.

그런데 후기 시편이 그의 초기시와 중기 시편들과 구분되는 지점은 이러한 자아의 상이 비교적 긍정적으로 형상화되고 있다는 점이다. 얼핏 보아 자신을 우스꽝스럽게 드러낸 면도 적지 않으나 이것은 어디까지나 부차적인 문제일 뿐이다. 이러한 면모는 그의 분신격인 개미나 닭의 형상화에서도 알 수있다. 초기, 중기시에서 불타거나 죽던 개미와 목 없이 도망다니는 닭들은 이제 귀엽고 연민을 자아내는 개미나 온전한 흰 닭의 모습으로 변모되어 있는 것이다("저렇게 우아한, 빛나는, 말없는 내 친척들인 개미들 앞에서 약속한다 도장도 찍는다 외로운 사람들끼리는 언제나 친구가 되어야 한다"—「개미협회」부분. "닭 한 마리 눈 맞으며 달려간 겨울 아침 목이 달아난 닭이 아니라 온전한 닭이다 저 닭이 눈 속에 시를 쓰는가 책을 읽는가", "모두 눈 맞으며 살아야 하리 오바도 모자도 구두도 없이 연필도 없이 노트도 없이 흰 눈 맞으며 달려가는 닭이여 하얀 알이나 낳아라"—「닭」부분).

일상적 자신을 객관화시켜 원경에서 보여주거나 근경에서 보여주는 방식은 그의 후기시의 특징적인 스타일이다. 그래서 그의 시가 너무 일상적인 면모만을 가볍게 드러내지 않나 하는 느낌을 주기도 한다. 그러나 한편으로 이것은 강가에서 아주 작은 자극에도 떨어지는 혹은 떨어지기 직전의 아이가 지닌 심각함을 드러내지 않는 대신 아이가 강가에서 첨벙대는 단순한 '원경'의 방식으로 형상화한 것일 수 있다. 표층적 발화의 이면에는 태생적 불안감이 늘 그림자처럼 그를 따라다기 때문이다. 그리하여 원인 모르게 그를 엄습하는 불안감은 그에게 새로운 불안감의 원천을 열어 보인다. 그것은 불안하기 때문에 썼던 그의 무의식적 토로물인 시편들에 대한 타자의 무의식에 대한 불안감의 형태로 이중화되어 나타난다.

이승훈 씨 계시오? 누군가 문을 두드린다 이승훈 씨가 깜짝 놀라 일어선다 시를 쓰다 말고 의자에서 일어나 문을 열어준다 겨울 저녁 일곱 시 낯선 남자가 이승훈 씨 방으로 들어온다 웬일이시오? 이승훈 씨가 묻는다

낯선 남자는 의자에 앉으며 담배에 불을 붙인다 도대체 당신 시는 무슨 소린지 모르겠소 무얼 말하려는 거요? 이승훈 씨가 대답한다 내가 쓰는 시는 나를 찾아가는, 어디에 있는지 나도 모르는 나를 찾아가는, 그러니까 타자를 찾아가는, 말하자면 일종의 여행이라고 할까요? 아무튼 시작만 알고 끝은 모르는, 따라서 미지의

빙하같은 개와 개같은 빙하의, 해질 무렵의 광기······ 알아요 알아!

낯선 남자는 소리를 지르며 이승훈 씨가 쓰다 만 원고를 책상에서 집어 주머
니에 넣고는
　　문을 열고 사라진다 겨울 저녁 일곱 시 이승훈 씨의 방에는 얼음 같은
노을이 가득 찬다

「겨울 저녁 일곱 시의 풍경」

　　내가 부르면 책상이 네! 하고 고개를 숙이네 이젠 나도 책상 앞에 고개
를 숙이고 살아야지 책상이 부르면 네! 하고 대답해야지
　　당신이 불러도 네! 하고 고개를 숙여야지 빗발 속에 저무는 하루가 나
를 불러도 네! 하고 대답해야지 어디서 왔느냐고 물어도 네! 하고 살아야지
　　흥, 말은 잘한다 미친놈 나갈 수도 들어올 수도 없는 방에서 만성 떠돌
이, 알콜 중독자, 엉터리 기호학자, 돌팔이 시인, 엄살꾼, 책이나 팔아먹는
교수가 나갈 궁리만 하면서!

「네」

　　위 두 시편에서 공통적인 부분은 두 가지 관점의 대비이다. 즉 이승훈의
대답과 그를 바라보는 타자 내면 간의 대비적 발화이다. 기실 그의 후기시에
서 '불안감'의 동인격으로 작용하는 것은 바로 이러한 지점이다. 자신의 일상
적 행위에 대한 발화와 이를 바라보는 타인의 내면에 대한 자신의 무의식 또
는 자의식을 이중적으로 표현하는 것이 특징적으로 나타나는 것이다.
　　또 다른 특징적인 측면은, 시인의 발화는 처음부터 지금까지 자신의 내
면에 관한 형상화이기 때문에 주관의 극단으로 흐를 위험성을 다분히 지녔음
에도 불구하고 자아의 확장이나 과장으로는 결코 흐르지 않는다는 점이다. 아
마도 이것이 그의 불안과 우울을 견지하는 부분이 아닌가 생각되는데, 시편
속에서 그가 원하는 것이란 겨우 홀로 있음 또는 불안하지 않음의 상태 정도
이다. 사실 그에게 불안은 가족적 상처와 결부된 것이면서도 체질적이거나 태

생적인 듯한 면모를 보여준다.

　위의 두 시편에서 불안을 형성하는 동인은 자신을 바라보는 타자의 무의식에 대한 자의식으로부터 기인한다. 그리고 이러한 자의식과 결부된 불안감을 다독거리며 자신을 긍정화하는 방식의 되풀이를 보여준다. 실상 그의 시편들에서 의미를 지니는 것은 각 시편들의 예술적 형상화의 측면보다는 자신의 공포와 불안을 중심으로 한 의식의 흐름을 성실하게 담아온 변함없는 열정에 의한 정신적 궤적이라고 할 것이다. 바꿔 말하면 그의 정신적 궤적의 동인은 공포와 불안이며, 시 쓰기의 스타일도 불안이 좌우하며, 그 불안으로 인하여 생성되는 긴장감이 바로 그의 특징적 국면이다.

　그러면서도 그는 불안을 야기시키는 사건들이나 행위들을 가능한 한 자제하려는 면모를 시 속에서 보여준다. 가령 낯선 곳으로의 여행이라든지 낯선 사람들과의 모임이라든지 혹은 자신의 시 쓰기에 대한 낯선 이의 물음 등을 회피하고 싶어하는 것이다. 그는 자신에 대한 타자의 무의식을 "알아요 알아" 혹은 "흥, 말은 잘한다 미친놈 나갈 수도 들어올 수도 없는 방에서 만성 떠돌이, 알콜 중독자, 엉터리 기호학자, 돌팔이 시인, 엄살꾼"이라고 피학적으로 형상화하고 있다. 그리하여 그는 불안이 없고 자신에 대한 아무런 무의식을 보여주지 않는 사물들에 대한 애정을 보이게 된다. 차나 비누 등의 사물들은 그에게 자의식과 불안감을 유발시키지 않기 때문이다.

　비누를 보면 보는 것이고 만지면 만지는 것 손을 씻으면 손을 씻는 것
　발을 씻으면 발을 씻는 것이다 무슨 말이 필요하랴? 그러나 겨울 저녁 난 시
　를 쓰네 비누가 하는 말에 귀를 기울이며 앉아 있네 문득 비누가 다가와 나를
　만지네 나는 비누 속에 사라지네 나도 물거품 비누도 물거품 벗어날 길은 없
　네 비누의 길이 삶의 길 비누와 함께 비누 속에 살자! 비누는 매일 사라진다
　　　　　　　　　　　　　　　　　　　　　　　　　　　　「비누」

고통이 견딜 수 없는 것은 고통을 피할 수 없기 때문이다 고통을 피할
수 있다면 고통받지 않았으리라 그해 가을 저녁도 피할 수 없었다 내가 고통
에 시달린 건 거기 고통이, 고통이라는 이름의 물건이, 책상이, 술집이, 거울
이 있었기 때문이다

벗어날 수도 피할 수도 없기 때문에 여러분들은 고통받습니다 항구가
있다면 배를 타고 떠났을 것이다 고통 속에 항구가 있다면 물론 역이 있다면
기차를 타고 도망갔겠지요 그러나 항구가 있고 역이 있어도 떠날 수 없습니
다 언제나 다른 항구에 닿고 다른 역에 닿기 때문입니다

항구에서 항구로, 역에서 역으로 떠나는 삶, 이 회귀, 이 돌아옴, 결국
고통 속엔 코스모스도 없습니다

「고통에 대하여」

「비누」에서 시인은 비누를 만지고 손을 씻고 발을 씻고 비누가 하는 말
에 귀를 기울인다. 그가 불안을 느끼지 않는 대화란 비누가 자신에게 하는 말
이다. 부연하자면 사물들에게서 느끼는 편안함이다. 그런데 이러한 평온함의
순간 속에서도 그의 불안과 고통은 "물거품", 즉 "나도 물거품 비누도 물거품
벗어날 길은 없네 비누의 길이 삶의 길"이라고 말하는 것이다.

그리고 이 "물거품"은 다음의 시편에서 "고통"으로 드러나고 있다. 그는
자신의 삶이 바로 고통으로부터 떠나는 시도이며 다시 고통 속으로 돌아옴임
을 술회하고 있다. 최근 후기시에서 그가 사물에게서 편안함을 느끼는 이유는
사물은 무의식이 없기 때문이며, 사물로 인한 자신의 자의식을 느낄 필요가
없기 때문이다. 이러한 자신의 삶에 대해서 그는 "고통을 피할 수 없는 삶"이
라고 표현하고 있다.

시인 이승훈은 처음부터 지금까지 일관되게 '나'의 '내면'에 대한 탐구
로 일관하고 있다. 초기시에서는 가족적 상처와 결부된 공포 또는 심리적 공
황상태의 파편적 형상화 또는 암울한 환상의 방식으로 드러내었으며 중기시
로 넘어가서는 이러한 공황상태로부터 자신을 건져내어 심리적 상처를 육체

적 훼손의 이미지나 불완전한 '닭', '개미'의 형상으로 치환시키면서 무의식적 고통의 장면을 보여준다. 특징적인 것은 그의 시편의 환상성이 개인적 상처에서 기인하는 공포의 힘으로부터 이루어진다는 점이다. 이러한 공포와 불안의 힘은 일상적 언어 질서를 흐트리고 심리의 파편적 환상을 만들어내거나 주어와 술어의 동일한 반복 및 무의식적 잔상의 변화로서 시를 형상화하는 면모를 보여준다. 자기 공포의 정서를 대상에 치환시켜서 드러내는 시 쓰기는 시인에게 가족적 상처의 기억을 희미하게 해주지만 반복 충동적 방식으로 불안을 드러내게 하고 있다.

후기시에서는 '나'에 대한 탐구가 좀 더 객관화된 시선을 입어 표현되면서도 궁극적으로는 나의 내면을 향하고 있다. 또한 자신의 무의식적 진술을 읽는 타인의 무의식에 대한 자신의 무의식을 드러내고 있다. 이러한 이중적 시선 속에서 불안감은 또다시 새롭게 태어난다. 그가 사물의 편에 서려는 것은 사물들은 무의식이 없으며 따라서 시인 자신에게 자의식이나 불안감을 생성시키지 않기 때문이다. 즉 공포와 불안은 시인 이승훈의 시 쓰기의 힘이자 시 쓰기의 스타일을 규정지으며 시 쓰기의 내용항으로서 자리 잡을뿐더러 마침내는 삶의 원동력으로까지 작동하고 있다.

몽 상 과   의 지

마 종 하 론

비 젖은 나비의 인광처럼 두 눈을 안으로 가득 불 밝히면서

마종하(1943)는 1968년 「동아일보」와 「경향신문」 신춘문예에 각각 「겨울행진」과 「귀가」로 당선되었으며 『현대시』 16집부터 끝까지 동인활동을 하였다. 이후 『노래하는 바다』(민족문화사, 1983), 『파냄새 속에서』(나남, 1988), 『한 바이올린 주자의 절망』(세계사, 1995), 『활주로가 있는 밤』(문학동네, 1999)을 상재하였으며 자전적 소설 『하늘의 발자국』(창우사, 1988)을 펴냈다.

'현대시' 동인 활동시기에는 순간순간 내면의 잔상을 표현하는 불연속적인 의식의 흐름을 따르는 시작 경향을 보여준다. 그런데 시집 『노래하는 바다』와 『파냄새 속에서』는 범속한 일상 속에 내재된 진실로부터 비롯된 몽상적 상상의 형상화를 보여준다. 그리고 『파냄새 속에서』 이후 『한 바이올린 주자의 절망』, 『활주로가 있는 밤』으로 갈수록 시인의 목소리는 다소 직설적이고 현실적인 경향이 짙어지는데 주변의 가난한 사람들에 대한 관심과 연민 및 이와 결부된 자기성찰적 측면을 보여준다.

그의 시세계가 지닌 특징적인 측면은 우선 시상을 전개하는 방식을 통해서 드러난다. 그는 그의 초기시에서 보잘 것 없고 초라한 일상과 사물들로부터 상승적이면서 세밀하고도 단계적인 몽상의 궤적을 보여준다. 그리고 그 몽상의 끝은 '빛'이나 맑은 어떤 세계와 결부되어 있다. 그런데 몽상의 출발점인 일상이나 사물들을 바라보는 시선은 다른 '현대시' 시인들의 경우와 확연한 차이가 있다. 즉 가난하고 보잘것없는 일상이나 사물에 대한 정확하면서도 현실적인 직시를 보여주면서 그 속에 내재된 본질적인 것으로부터 단계적이고도 서정적이며 상승적인 몽상의 세계를 보여준다는 점이다.

일반적인 경우라면 초라한 일상적 현실로부터의 초월을 꿈꾸거나 그러한 일상에 대한 비애 및 현실비판적 경향으로 나아가겠지만 마종하의 경우는 그러한 일상을 자기의 일부로 껴안으면서 들뜨지 않은 서정적 몽상의 궤적으로 보여주는 것이다. 이것은 지극히 순수하고도 본질적인 것에 관한 그의 시선으로부터 기인한다고 할 수 있다. 즉 그는 사물이나 현상을 지속적으로 바라보면서 궁구한 끝에 보이지 않는 어떤 진실이나 물상의 이데아를 찾아내는 눈을 지니고 있다. 즉 보이는 현상적 측면을 끊임없이 탈각시켜서 나타나는 진실에 대한 관심이다.

그가 관심을 지닌 본질적인 것이란 서정시인들이 아름다운 꽃이나 여인들에게서 흔히 발견하는 아름다움의 이데아보다 더 본질적인 이데아, 즉 '선善'의 이데아와 가까운 것이라고 할 수 있다. 그는 현상적 차원 너머에 있는 이러한 진실의 세계를 보려고 하고, 그렇기 때문에 "흐린 등불 밑에서 또 언짢은 매식" 또는 "기성복 단벌로 몸을 숨기"는 등 현실 속에서의 아름다운 몽상을 보여준다.

그는 이러한 순수함의 세계를 주로 가난한 사람들의 일상이나 자기가 속한 계층보다 하위의 계층에서 관찰하고 발견하곤 한다. 동시에 이것은 주변의 소외된 사람들의 가난한 일상 속에서 자기를 바라보는 것이기도 하다.

이것은 그의 시에서 '창'을 '열고 닫는' 주요한 이미지의 구사에서도 알 수 있듯이 가난한 이웃들을 바라보고 관찰하는 것에 그치지 않고 그러한 이웃과 자기 사이에 놓인 문을 '여는' 것이 가능하기 때문이다. 이러한 '엶'의 세계 속에서 그는 끊임없이 자기 확인과 성찰의 과정을 보여주고 있다. 이것은 그가 어린 시절 많은 영향을 받았던 할머니의 무속적 자기 신앙과도 관련을 맺고 있다. 그리하여 그는 자신을 '비종교적 하느님'이라고 형상화하기도 한다. 이때에 그가 말하는 '하느님'이란 그가 추구하는 선 이데아의 본질적 세계에 비추어 자신을 끊임없이 반성하고 고양시키는 행위의 극을 지향한다는 것을 말해준다. 이러한 자기 확인과 성찰의 세계는 그가 '빛'이나 '거울' 혹은 '반짝이는 것들'에 대한 관심과 긴밀한 관련을 지니고 있다.

가난한 사람들에 대한 관용적 시선과 연민을 보여주는 것에 반해서 그는

사회의 중심 세력이나 세속적 가치를 좀 더 많이 소유한 사람들에 대한 거부
감이랄까 현실 비판의식을 드러내는데, 이것은 그가 후기시로 갈수록 좀 더
직설적인 형태로 나타나고 있다. 이것은 현실의 부정적인 속악함에 대한 그의
비판의식과 함께 자신이 뛰어난 능력에도 불구하고 순수함과 깐깐하리만치
곧은 의지를 지향했기 때문에 성취하지 못했다고 느낄 때의 세속적 가치들에
대한 개인적 반감과 결부되어 있다.

> 불이 꺼지면 비로소
> 보이는 것들,
> 그 한때의 어둠과 빛 사이를
> 숲이 일렁거리며 오고
> 냇물도 깔려 들어서
> 나의 베개는 새 물에 젖어든다.
> 비로소 자갈들은 맞부비며
> 노래한다. 울림소리 깨끗한
> 은덩이의 돌들.
> 나는 흐린 등불 밑에서
> 또 언짢은 매식을 하였지만
> 쇠문살 내리는 철물점을
> 먼지 낀 미닫이의 낡은 책들을
> 그리고 나의 친구,
> 연주를 마치고 돌아가는 사나이들.
> 불은 몇 번이고
> 다시 꺼지고
> 사자들의 노래는 하늘을 떠돌아
> 이 가구와 쓸쓸한 저 숲을
> 쓰라리게 울린다.
> 어둠뿐인 방 안에서

양심의 소리들은 일어나고
떨리는 펜의 쇳소리,
바람 낀 하늘에
박히는 새의 노래의 무늬
그대의 노래 속에 새벽은 열려오고
돌아온 햇빛은 창에 꽂혀서
이미 잠든 나의 꿈을 밝힌다.

「夜光」

아침 하늘 위로
한 무리의 참새가 떠오르고
햇살은 벗은 가슴에 가득 찔리었다.
칫솔에서 피가 묻어난다.
술에 엉긴 시간들이
거품, 헛구역으로 풀어져 나오고
눈물이 눈꺼풀에 묻어난다.
여름 아침은 뜨겁게 타오른다.
저 막힌 하늘의 구름 사이로
바람은 퍼져 나오고
세숫대 가득히 부서지는 물,
질긴 얼굴이 산산이 깨어진다.
부끄러워라. 우리들의 일.
눈물겨워라. 삶의 어려움.
얼굴은 깨어지고 거듭 부서진다.
내 가슴에는, 지울 수 없는
자유의 文身이 찔려 있어
밝은 아침에도 가슴을 가리며
내의를 입고, 기성복 단벌로 몸을 숨긴다.

전깃줄에는 무리지은 빗물이
우리들의 눈물인 듯
와르르 와르르 허공 중에 빛나고.

「여름 文身」

「夜光」은 흐린 등불 아래 언짢은 저녁 밥을 사먹고 고단하게 돌아온 화자가 밤에 누워서 상념에 사로잡히는 장면을 형상화하고 있다. 그런데 그는 불이 꺼지자 비로소 보이는 세계, 들리는 소리들에 주목하고 있다. 어둠 속에서 "떨리는 펜의 쇳소리", "새의 노래" 등을 듣고 있다. 그런데 이러한 소리들을 그는 "양심의 소리들"이라고 명명한다. 그리고 이 소리들 속에서 새벽에 돌아올 햇빛이 잠든 "나"를 비추는 창에 꽂힐 것을 생각한다.

시인이 이 시를 "야광"이라고 명명한 것은 아마도 새벽의 햇빛이 "나"의 잠든 꿈을 밝힐 "창에 꽂"힘과 관련을 지니고 있을 것이다. 그리고 어둠 속에서 '비로소 보이는 것들', 즉 시인이 떠올리는 갖가지 상념들인 "양심의 소리들"과 관련을 맺고 있다. 어둠 속에서 그가 상기하는 "양심의 소리들", "떨리는 펜의 쇳소리"는 글쓰기를 상징하며 햇빛, 야광, 빛과 결부된 형태로 나타나고 있다.

「여름 文身」은 이제 새벽을 지나 아침이 되어서 화자가 세수를 하는 데서부터 시상이 출발하고 있다. "칫솔에서 피가 묻어나"고 "술에 엉긴 시간들"로 "헛구역"이 나오는 가운데 그는 세숫대에서 "부서지는 물"에 비친 자신의 얼굴을 바라보고 있다. 그런데 술을 마신 다음 날의 세수 장면에서 그는 자신의 "가슴에는, 지울 수 없는/ 자유의 文身이 찔려" 있다고 고백한다. 이 문신은 전반부의 "햇살은 벗은 가슴에 가득 찔리었다"와 결부되고 있다. 즉 그가 아침에 벗은 가슴에 "찔린 햇살"은 그가 '가슴에 지울 수 없이 찔려' 있다는 "자유의 文身"과 밀접한 관계를 지님으로써 햇살과 문신의 이미지가 결부된 "여름 文身"이 위 시의 제목이 되는 것이다.

여기에서 알 수 있듯이 시인은 어둠 속에서도 빛나는 '야광'의 빛을 느끼며 이것은 "떨리는 펜의 쇳소리", "양심의 소리들"로 표상되는 자신의 시 쓰기와 관련을 맺고 있다. 그리고 이것들은 "자유의 文身"으로 변주되는데, 이 또한 '벗은 가슴에 가득 찔리는 햇살'과 동시적인 상념으로 작용하고 있다. 그의 시 쓰기는 이와 같이 아침햇살과 같이 청명한 맑음의 모습과 관련을 지니고 있다.

이때 "떨리는 펜의 쇳소리", 즉 시인의 시 쓰기는 "흐린 등불 밑에서/또 언짢은 매식"을 하거나 "칫솔에서 피가 묻어"나거나 "술에 엉긴 시간들이/거품, 헛구역으로 풀어져 나오"는 일상의 비루함을 직시하는 가운데 이루어진다. 그러나 초라하고 가난한 일상을 직시하면서도 이를 토대로 한 몽상의 궤적은 맑고 순수한 형상을 보여주고 있다. 이것은 그의 "양심의 소리들"을 담은 그의 가슴 속 '자유의 文身'이 보여주는 의지의 정도를 드러내는 것이다. 일반적인 사람의 경우라면 가난한 일상으로부터의 초월을 꿈꾸거나 이러한 현실에 대한 상념, 비애에 그치기 쉽다. 그런데 시인은 가난한 일상에 대해 초월이나 비판 또는 비애를 그리기보다는 어떠한 공간이나 상황 속에서도 '빛나는 양심'이랄까 자존심을 지키려고 하는 모습을 보여준다. 그리하여 그의 시에서는 섬세한 서정적 몽상과 함께 그 몽상을 꿈꾸고 일깨우려는 의지 또는 힘 같은 것을 느끼게 된다.

이때 드러나는 그의 시적 상상력은 시인의 영감이나 재능에 의해 반짝이는 시상 전개의 차원을 훌쩍 뛰어넘는다. 그의 시선은 어둠 속에 묻힌 혹은 먼지 쌓인 물상들이나 주변의 가난한 사람들의 일상에서 현상적 차원을 끊임없이 탈각시킨 후 그 순수의 '정체'에 기반한 상상의 세계를 보여주고 있다. 그리하여 그의 초기시에서는 형태적 상상의 차원에 그치지 않는, 사물의 본원적 물질적 요소에 기반한 역동적 몽상의 세계를 그려낸다. 이때의 몽상은 시인의 가슴에 빛으로 새겨진 '자유 문신'과 같이 강한 '의지'를 원동력으로 하여 움직인다. 그리고 그 몽상의 지향점은 궁극적으로 '햇살', '빛'과 같은 지극히 순수한 청명함의 상태와 맞닿아 있다.

번개 흩날리고, 폭우 지던
어두운 새벽에 나는 보았다.
허공 중에 맴도는 한 검은 나비를.
홀로 깨어 일어나, 벼락 살피던 나에게
까마득히 나부끼는 검은 혼.

삶에 흔들리어, 맹물이 다 된 나에게
아직 저렇게 어둠을 떠도는
작은 몸부림이 남아 있다는 말인지.
유리에 부딪혀 되살아 오르는
푸른 반점의 어두운 꿈.
하늘이 물 젖은 종이처럼 찢어지는 새벽에
나도, 살아 있음의 몰염치,
흐린 번개나 되듯, 성냥을 그어 올렸다.
어둠을, 한 개비의 성냥으로 당기어
불을 붙여 물었다.

아무리 기다려도 오지 않는 꿈,
이 수동적인 삶의 흐릿한 자유.
빗물은 어둡게 폐부로 흘러들고
상한 주검보다 마음이 더 흐린 날
내 꿈의 날개짓이 나비보다 더 아스라한 날
나는 비로소, 새벽의 창을 열고
어둠 속에 길게
목이나 내어미는 수밖에 없었다.
그렇다. 이제 비로소 기꺼이 절망이다.
비 젖은 나비의 인광처럼

두 눈을 안으로 가득 불 밝히면서
나비보다 까마득히, 나는
이 지상을 날아올라 흩어질 것이다.

「나비의 검은 꿈」

　위 시는 "어두운 새벽" 그것도 "번개 흩날리고 폭우 지던 어두운 새벽"에 "비 젖은 나비"의 날개짓에서 시적 모티브를 이끌어내고 있다. 시인은 이 검은 나비의 날개짓을 "내 꿈의 날개짓"으로 확장시키면서 자신과 나비를 동일시한다.

　여기서 폭우에 젖은 나비의 날개짓은 젊은 시절 시인의 현실에 대한 비유적 표현이라고 할 수 있다. 시인의 몽상적 의지는 마지막 연에서 단적으로 나타난다. 즉 "이제 비로소 기꺼이 절망이다"라는 구절이 그것이다. "비로소 기꺼이"와 "절망"이라는 어구는 그의 몽상적 의지를 드러내는 일종의 역설적인 모순형용인데 그것의 구체적 형상화는 "비 젖은 나비의 인광"처럼 "두 눈을 안으로 가득 불 밝히면서 나비보다 까마득히, 나는/ 이 지상을 날아올라 흩어질 것"이라는 어구에서 볼 수 있다.

　햇빛에 가득 찔린 가슴의 "자유 文身"은 "나비의 인광"으로 변주된 것으로, 이 나비는 폭우 속에 젖어서도 스스로 제 몸의 "불"을 밝힌다. 마종하의 초기시에서 빛과 관련한 '자유'의 모티브는 이와 같은 비유적인 몽상의 형상으로 나타나고 있다. 또한 "비 젖은 나비의 인광"과 '그 나비의 까마득한 비상'으로의 귀결은 절망적인 상황을 희망과 의지로써 불태우는 형태로 그의 시에 주요하게 나타나고 있다. 이 형상화에서 특징적인 것은 비약이나 억지스러움이 없이 현실의 정확한 직시와 결부된 서정적 몽상 의지가 나타난다는 점이다.

　한편 "비 젖은 나비의 인광"과 '그 나비의 까마득한 비상'은 현실적 구속과 자유의 추구라는 두 가지 항의 긴장관계를 표상하기도 한다.

이중의 덧창 하나를 열어놓고
불을 끈다.
창 밖의 나무 밑으로도 별이 내리고
이웃 집 이층 계단이
어둠 속으로 뻗어 있음을 본다.
창이 둘로 겹쳐 있음이
나를 매우 답답하게 만들고
꿈마저 이중인 채
괴로움으로 쩔쩔매게 한다.
그러나 두 개의 꿈은
나의 최후이다.
한 꿈은 언제나 구속의 피를 흘리고
한 꿈은 깨끗이 자유의 피를 닦는다.
그러므로 덧창 하나를
열어놓은 일도
나로선 제법이지만
앞으로 안의 창마저 여는 일이
나에겐 사뭇 어려움이 되고 있다.
활짝 열면 시원해지는 것을
아, 삶의 자유를
흐른 피의 평화를.

「二重窓」

　　위 시에서 '현실적 구속'과 '자유의 추구'라는 모순된 두 항은 바깥창과
안창이 달린 "이중의 덧창"을 열고 닫는 상황에 유추적으로 견주어져 있다.
시인은 그 '창'이 둘려 겹쳐 있어서 매우 답답하다고 토로하며 그의 꿈마저도
이러한 "이중"이라고 말한다. 한 꿈은 "구속"이며 다른 한 꿈은 "자유"의 형상
인데 그 둘은 긴장의 관계를 이루고 있다.

창을 열고 닫는 모티브는 그의 시에서 빈번하게 나타나는데 위 시에서는 그 창이 더구나 "이중창"이다. 그는 자신의 내면에 형성된 "이중창" 중에 "덧 창"만을 여는 일을 답답해한다. 그리하여 "안의 창"까지 모두 여는 '활짝 엶' 의 상태를 갈망하고 있다. 즉 스스로 인광을 내는 가슴 속 "자유의 文身"을 토로하고 소통할 수 있는 근본적인 계기는 자기의 '완전한 엶' 속에서 가능한 것이다.

우리들의 불은 바람처럼 오늘도 아궁이 가득 행복하게 타올랐으며

마종하의 초기시에서는 '빛'과 결부된 자유의 의지가 '어둠'이라는 상징과 대비되어 반복적으로 나타나고 있다. 그 자유의지는 그의 시적 몽상을 견인하는 힘이 되고 있으며 그 몽상은 '순수한 빛'과 같은 상태를 지향하고 있으며 그 '빛'은 그에게 가슴의 '자유 문신'처럼 찔리는 강렬한 것이어서 지상의 온갖 초라한 물상들의 현상이 '빛'에 의해 생명을 부여받고 되살아나는 것처럼 그의 현실에 대한 직시와 서정적 몽상이 조화로운 모습을 이루고 있다.

마종하의 초기 시편들에서 '빛'과 '자유'의 성격은 그의 개인적 차원을 넘어서고 이념적인 차원을 넘어선 지극한 밝음 혹은 선의 상태와 관련한 것이다. 그것을 무어라 구체적으로 규명할 수 없으나 그가 염두에 둔 것은 물상과 사람들의 이면에 드러나는 일종의 '이데아'와도 유사한 것이었다.

그런데 그의 시집 『파냄새 속에서』로부터 『한 바이올린 주자의 절망』 등 시세계의 후기로 갈수록 '빛'과 관련한 자유의 성격은 좀 더 구체적이고 현실적인 형상으로 나타나고 있다. 그 '빛'은 가난한 사람들이 소박하게 피워올리는 '아궁이의 불'이나 타인과 물상에 비치는 자신의 '거울' 등의 형상으로 나타나고 있다.

> 알몸의 산수유 빨간 열매 달고 있는 날
> 톱날에 잘려나온 각목, 통나무, 베니어 합판의 조각들을
> 난로에 쓸어넣으면서, 우리는 언제나
> 고향의 원목 같은 몸짓으로 허풍을 떨었다.
> 잘린 각목의 김씨가 산촌에 있을 때

숯도둑을 때려잡아서 함께 국수를 끓여먹었다는
끓어오르는 연민은, 오늘도 숯불처럼 마른 피를 튀기었고
끊긴 통나무의 조씨는, 젊은 날, 대도둑을 꿈꾸었는데
프레스에 손가락이 눌리어, 왼손잡이 목수가 되었다며
지금도 정직한 도둑에의 꿈을 통째로 드러냈다.
산수유 빨간 열매 흰 눈에 몸 가리는 날
결이 다른 속껍질의 나는 합판이었다.
커피나 여과지에 따라서 각성제나 흡입하면서
국외자들의 국외자가 되어, 교내 목공소나 들락거리면서
가로 세로 안으로만 교직된 힘살.
자칫 김씨의 연민에 찢기기도, 조씨의 쇠망치의 꿈에
부풀어 펄럭이기도 하는, 이 주름진 베니어의 숨결.
그럴 수밖에 없다. 나는 어이없는 합판의 자본주의자이므로,
그러므로 우리들의 허풍은 바람처럼
오늘도 아궁이 가득 행복하게 타올랐으며,
나로서는, 빨간 얼음 산수유의 알몸들만
타다 만 합판처럼 기우뚱 기대어, 가려주면 되는 것이다.

「목공소의 자본주의」

위 시에서는 교내 목공소에서 김씨와 조씨 그리고 시인이 아궁이에 나무 조각들을 넣으며 불을 쬐고 있는 모습을 보여주고 있다. 이때는 시인의 내면에 닫힌 "이중창"이 활짝 열리는 시간이다. 그리고 시 속에서 그가 허심탄회하게 자신의 지난날을 이야기하고 마음의 창을 열 수 있는 대상들은 주로 그가 속한 계층이 아니라 좀 더 소외되고 가난한 사람들인 경우가 대부분이다.

진정한 '엶'의 상태란 자신도 진실로 열고 그가 열려는 상대들도 진실로 열어야 그가 말하는 "활짝 열면 시원해지는 것", "삶의 자유"의 상태가 되는 것이다. 시인이 내면의 "이중창"을 활짝 열고 거리낌 없는 소통이 가능한 대상들을 사회의 소외된 사람들이나 비식자非識者 층에서 주로 발견하는 것 그

리고 가난하고 소외된 사람들의 삶에 지속적으로 관심을 지니고 따뜻한 연민을 시로써 보여주는 것은 그의 개인적인 소통 성향과도 필연적인 합치점이 있기 때문이다. 나아가 그가 지향한 지극한 밝음의 상태나 선의 상태라는 지향점 또는 명분과도 합치된 외적 타당성을 지니고 있기 때문이기도 하다.

위 시에서 "톱날에 잘려나온 각목, 통나무, 베니어 합판의 조각들"은 세 인물을 표상한다. "잘린 각목"은 숯도둑을 때려잡아서 함께 국수를 끓여 먹었다는 "김씨"이며, "끊긴 통나무"는 젊은 날 대도둑을 꿈꾸다가 프레스에 손가락이 눌리어 왼손잡이 목수가 되었다는 "조씨"이며 그리고 "베니어 합판"은 결이 다른 속껍질의 "나"이다.

이때 "가로 세로 안으로만 교직된 힘살"인 "나"는 "김씨의 연민에 찢기기도, 조씨의 쇠망치의 꿈에/부풀어 펄럭"이며 "주름진 베니어의 숨결"을 내비치는데, 이러한 비유는 시인 내면의 "이중창"이 활짝 열려서 그들이 피워올린 아궁이의 불 가까이에서 부드럽게 녹아내리고 용적되는 측면을 보여주고 있다. 그러나 다른 대부분의 시편들에 나타난 시인의 내면은 "결이 다른 속껍질"을 지닌 복합적이고 이중적인 측면을 짙게 보여준다.

위 시의 세 인물들은 각목, 통나무, 베니어 합판이 서로 어울려서 같은 아궁이로 들어가 "가득 행복하게 타오"르는 '불'이 된다. 이 '아궁이의 불'이란 '빛'과 결부된 그의 자유의지 또는 선의지가 매우 구체적인 형상으로 나타난 것이다. 즉 "비 젖은 나비의 인광"과도 같은 자신의 내면 속 '빛'을 차단한 내면의 '이중창'을 활짝 열고 나와 그 경계를 녹이고 있다. 즉 시인은 가난한 이웃들과의 진정한 소통과 어우러짐에서 나오는 '행복한 아궁이 불'이 된 것이다.

시인은 시 속에서 혹은 삶 속에서 이러한 '행복한 아궁이 불' 속에서 나타나는 '지극히 선함'의 상태를 지향하고 있다. 그리하여 추운 새벽 포장마차에서 음식을 파는 아주머니의 맑은 웃음이나 은행에서 우연히 만난 제자에서 사준 따끈한 붕어빵의 온기("그 뜨끈뜨끈한 풀빵을 한 봉지 싸가지고/ 다시 그 녀석에게 가져다주었다./ 싸고 맛이 있으니 식기 전에 먹으라고/ 신신당부하고는, 우리는 비로소 뜨끈뜨끈/ 밝게 밝게, 속이 다 들여다보이도록/ 웃을 수 있었다."―「두 길·17」 부분) 혹은 힘겹게 양파를 가득 실은 짐수레를 끄는 한 아주머니를 도와드린 내면의 훈훈함("그러나 나는 날 수 있었다./ 벗기면 껍질뿐인 무거운 양파들의 아리고 강한 푸른 줄기가/ 온몸에서 돋아나는 기분이었다."―「날아오르는 양파」 부분) 등에서 이러한 따뜻한 빛, 혹은 선의 상태를 만끽하는 것에서 삶을 살아가는 의미를 찾는 것이다.

> 지난 시간의 숲속에서
> 겨우겨우 크던 녀석.
> 그 녀석 이제는 키만 훌쩍 자라나서
> 허수아비처럼 어정어정 걸어와서
> 인사를 꾸벅 하더군.
> ……사람이 왜 이 모양이야.
> 수염도 깎고, 이 주머니도 좀 깁지.
> 선생님도 여전하시지만
> 저도 여전한걸요.
> 깎는다고 수염이 안 자라나요.
> 넣을 것도 없는 주머니인걸요.
> 그래 지금 무얼 하며 사나?
> 재수하다 공장 갔다 기운 없어서 쫓겨났어요.
> 내게 뭐 할말 없나?
> 글쎄요. 선생님이 무슨 죄 있겠어요.
> 선생님 말씀 따라 시 지으며 살려다가
> 실패한 것뿐이지요.
> 실패한 시인도 시인이지요.
> 그 녀석은, 참,
> 모든 걸 비운 허수아비로서

지난 시간의 숲속으로
어정어정 다시 걸어갔고
나는 허수아비가 남기고 간
빈 공간 속에서
그냥 가만히 서 있었다.
그 녀석, 그 녀석, 그 녀석, 참.

「두 길·4」

그 친구 지금도 킥킥거리며 웃더군. 불광동에다 거울가게를 새로 열었다기에 술 한 병에다 꽃 두 송이 들고 찾아갔었지.

나이 쉰이 넘도록 30년 동안이나 유리 자르고 거울 끼우며 사는 녀석. 나는 그가 하는 일이 제법 시적이라고 했더니, 그는 등록금 조금 늦어 퇴학당한 탓이라고만 했다.

그러니까 너의 삶은 시이고 나는 그저 시적일 뿐이라고 다시 일러 말했더니, 넌 뭐가 늘 까다롭고 어렵기만 하냐고 또 그렇게 킥킥거리며 웃는다.

거, 참. 붉게 사위는 그 많은 거울 속의 해가 한두 해가 아니고, 일그러진 얼굴 또한 석양처럼 분산되어 보여지니 나의 정체는 늘 묘연하기만 한데.

그 녀석은 거울 속에 관해서는 알 바가 없다. 자연스럽게 무관심의 틀을 잡고 있으니, 나의 복잡한 관심은 그로부터 단순해진다. 그러므로 나는 늘 허약하고 그는 늘 튼튼해 보인다.

아무튼 나는 거울 속에서 남은 술을 입에 털어놓고 꽃송이를 낱낱이 뜯어냈으며, 거울 하나를 깨뜨리어 해체하는 추태를 범했다. 그 녀석은 역시 킥킥거리기만 했고.

「킥킥거리는 웃음」

시인이 피워 올리는 혹은 피우고자 하는 '불'은 '거울'의 형상을 지니기도 한다. 위의 시편들처럼 서로 다른 존재들이 소통하는 데서 오는 교감 상태도 있겠지만 서로 유사함 혹은 서로 너무나 다름에서 오는 자기연민이나 자기

성찰, 갈등과 관련한 사유가 '거울' 혹은 '반짝이는 것들'을 통하여 이루어지고 있다.

「두 길·4」에서 "재수하다 공장 갔다 기운 없어서 쫓겨났"다는, 그리고 "선생님 말씀따라 시 지으며 살려다가／실패"했다는 한 제자가 "지난 시간의 숲속"으로 걸어가는 모습은 시인의 젊은 시절의 고뇌와 유사한 무엇을 반추시키는 측면이 있다. 즉 상황과 의식의 유사성, 유사한 닮은꼴의 인간과 인간이 서로를 비추어냄에서 느끼는 '제자에 대한 연민'과 아울러 '자신에 대한 연민'이 복합적인 심회로 형상화된 것이다. 이에 대해 시인은 "빈 공간 속에서／그냥 가만히 서 있었다.／그 녀석, 그 녀석, 그 녀석 참"이라고 할 뿐이다.

「킥킥거리는 웃음」에서는 타인과 자신의 확연한 다름에서 느끼는 내면의 갈등이 거울들이 서로 비추어내는 현기증 나는 반짝임의 세계에 견주어 형상화되고 있다. 거울을 파는 친구는 거울 속에는 관심이 없고 그렇기 때문에 그가 "튼튼해 보이는" 내면을 지녔음을 시인은 알고 있다. 그러한 친구의 삶이 시라고 생각하는 것, 즉 시인이 생각하기에 친구의 삶이 순수함의 정체라고 일컫는 것은 그가 '빛'을 내는 '거울'을 다루기 때문이다.

시인은 '빛'을 일구어내는 거울 속에서 일그러진 자신의 얼굴을 본다. 즉 거울은 그 자체가 빛인 동시에 시인의 현실적 모습을 그대로 비추어내는 이중적 지점을 지니고 있으며, 시인은 자신의 이상과 현실의 괴리가 만들어내는 어떤 이미지를 교차하는 거울들의 이미지 속에서 발견하고 있다.

이처럼 시인은 '거울'이나 물상을 비추는 성질을 지니는 것들에 별다른 관심을 지니고 있다. 이것은 그의 초기시에서부터 나타나는 '빛'의 지향과 연속선상에 있는 것이다. 그가 물상 속에서 느끼는 '빛'의 상태란 "神의 안광"과도 상통하는 측면이 있다. 물상과 행복하게 조화를 이룬 빛의 상태에서 그는 신이 지닌 선의지의 궁극을 읽어내는 것이다.

그동안 나는 종교인이 아니면서 종교인이었다.

그래서인지 요즈음은 하느님이 더 잘 보이신다.
하느님은 대체로 되비치는 물체에 분명히 계셔서
거울이 주로 그분의 여러 모습을 보여주었는데,
그마저도 이제는 이상한 얼굴들로 어지러워져서
최근에는 주로 강 같은 맑은 물에 가 계셨는데,
그마저도 이제는 지저분하게 흐려지고 말았다.
그렇듯 하느님의 영토가 나날이 좁아지면서부터
나는, 반투명체, 가령 닦인 플라스틱의 하느님이나
크리스털 하느님, 걸레질한 대리석의 하느님이라도
되살피면서 길을 걷게 되었다. 말하자면 나는
비종교의 확고한 종교로 나를 찾아서, 확고한
종교의 비종교로 나를 버리면서, 길을 걷는 것이다.
그렇듯 내게 밟히는 하느님이 나를 밟기도 한다.
색깔 먹인 보도블록 사이에서, 유리의 분말이거나
은모래로 끼어 계신 하느님은, 이제 나를 미세하게
지는 해의 분산이듯 빛부시게, 무형으로 이끄신다.
오, 나의 하느님은 나이면서 나의 하느님이다.

「비종교적 하느님」

　이 시의 제목 "비종교적 하느님"이 의미하는 것은 시인 자신을 뜻한다. 그는 이 사실을 투명체나 반투명체, 유리의 분말이나 은모래, 즉 반짝이는 성질이 있는 것들에서 발견하곤 한다. 시인은 빛의 속성을 공유하는 빛, 거울, 반짝이는 은모래 등에서 자신의 숨겨진 신성을 일깨우고 현상계의 물상들이 지닌 선의 이데아가 빛에 의하여 현현하는 것을 체험한다. 그리고 "은모래로 끼어" 반짝이는 하느님은 "나를 미세하게/지는 해의 분산이듯 빛부시게 무형으로 이끄신다"고 말한다. 즉 시인이 지향한 빛, 불, 거울, 은모래 등이 환기시키는 궁극적인 정체는 신의 안광과도 같은 투명함과 밀접한 관련을 지니고 있다.

　이러한 시인의 지극히 개인적인 신앙이자 지향점은 어린 시절부터 청년기까지 함께 살면서 시인을 절대적으로 지지했던 정신적 지주인 '할머니'의 개인적 무속신앙과도 관련을 지니고 있다. 그는 할머니가 솔가지를 흔들면서 자신의 개인적 '신'을 불러내는 인상적 장면들을 그의 자전적 기록에 기록하고 있다("그러나, 지금에 이르러서 생각해 보니 할머니의 그 지극한 믿음의 세계를 조금은 알 것도 같았다. 소위 민속신앙의 자기 구도책을 어느 정도는 이해할 수가 있겠기 때문이었다. 함께 믿지 않고 절대적으로 홀로 믿는 마음, 그것 또한 할머니의 독특한 신앙이라 하지 않을 수 없는 것이었다. / 할머니의 생솔가지는 바야흐로 온 세상을 휘감아 흔드는 것만 같았다. 움켜쥐었던 손아귀는 이미 헐렁하게 풀리어 있었다. 손과 솔가지는 이제 정신없이 서로 따로 노는 것이나 마찬가지의 상태였다."—『하늘의 발자국』, 164쪽).

그리고 빛 속에서 현현하는 시인의 개인적 신의 시선, 그 속에서 구현되는 선의 이데아는 그가 삶을 살아가는 지표로서 작용하고 있다. 그리하여 그는 "나는 내 마음을 영위하는 신이다"(「나의 신」 전문)라고 쓰기도 하였다.

달빛이 몸에 발리거나 퍼지도록 힘껏 날아야 돼

'자유'와 결합된 '빛'을 지향한 시인의 몽상적 의지는 가난하고 소외된 사람들, 더 정확히는 그러한 환경 속에서도 물질적 남루가 그들의 정신과 삶에 묻어나지 않는 사람들과의 진정한 소통을 의미하는 '아궁이의 불'로 형상화되고 있다.

'빛'의 변주는 '거울' 이미지로도 주요하게 나타나고 있는데 자신과 유사한 상황에 있는 동병상련의 사람들에 대한 미묘한 자기연민의 '거울'이나 그 '거울'의 세계에 무관심한 사람들 속에서 느끼는, 그래도 그 사람들 속에 끼여 있는 자신의 복잡한 심경을 거울점에서 서로 맞부딪치며 자신을 비추는 '일그러진 자기'의 거울로 형상화하기도 한다.

시인은 '빛'을 환기시키고 자신의 내면을 일렁이게 하거나 일깨우는 '거울'의 반짝임의 세계에서 자신만의 '신의 안광'을 느끼는 듯하다. 이것은 유년시절과 청년시절을 함께했던 할머니의 무속적 개인신앙과 연속선상에 있다. 그리하여 그는 자신의 마음을 영위하는 신으로서의 '나'를 이야기하는데 이것은 '빛'이 고양시키는 이데아적 경지와 결부된 것인 동시에 그의 꼿꼿한 자존심과도 관련이 있다.

실상 그가 자신을 "속이 다른 겉껍질" 혹은 "이중창" 등으로써 표현한 것은 적실한 측면이 있다. 왜냐하면 그의 시편들은 현실과 사회 중심세력에 대한 비판이면서도 그 비판의 명목 이면에는 자신의 뛰어난 능력에도 불구하고 세속적 가치를 성취하지 못했다고 느끼기에 가지는 '세속적 가치의 소유'에 대한 모순된 막연한 반감이 자리 잡고 있기 때문이다.

이와 같이 그의 시세계에서 '자유'와 '빛'에 대한 지향은 지극한 맑음, 선의 이데아와 결부된 것이면서 후기시로 갈수록 내면의 '이중창'을 활짝 열

고 가난한 사람들과 함께 피워 올리는 '아궁이의 불' 또는 사회의 어느 쪽에
속하기에도 어색한 아웃사이더로서의 복합적인 번뇌의 '거울' 혹은 그 거울
의 응시와 빛의 조화로 이루어내는 '신의 안광'의 표상인 반짝이는 '은모래'
등으로서 형상화되고 있다.

그에게 '빛'과 '자유' 그리고 진실한 소통의 '불'과 '평화' 혹은 자신 내
면을 일깨우는 '거울'의 응시 등은 복합적으로 교직되고 한 가닥씩 서로 교차
하고 엉키면서 직조되는 섬세하고도 미묘한 그만의 시의 '결'을 형성하고 있
다. 이때 빛과 자유, 열림의 상태는 그와 유사한 본질적 질료인 '물'과 결부되
어 형상화되기도 한다.

> 될 수만 있다면, 물풀이 되려 한다.
> 흰 뿌리를 물에다 박고 떠도는
> 검은 뿌리를 거꾸로 날리며 흐르는
> 물풀은 온몸을 드러내며 살지.
> 숨길 것 없고 가릴 것 없는 물풀의 한 삶.
> 공기만 통한다면, 울지도 썩지도 않는,
> 묶지만 않는다면, 썩은 물도 맑게 하는,
> 물결 따라 머리카락처럼 흘러가는 말.
> 바다를 온몸으로 빠는 파래 같은 감정으로
> 어디에도 붙어먹지 않는 물풀의 푸르른 삶을.
>
> 할 수만 있다면, 삼을 삼고 싶다.
> 누른 뿌리를 들에다 박고 버티는
> 거친 잎으로 바람을 갈기갈기 찌는
> 삼은 온몸을 부르르부르르 떨지.
> 거칠 것 없고 막힐 것 없는 대마의 한 삶.
> 바람만 통한다면 썩지도 끊기지도 않는,
> 틀지만 않는다면, 주검도 풀어주는,

바람 따라 머리카락처럼 일어서는 삼.
구겨진 대마의 자존심을 대마 자신은 알지.
땅에 묻어도 썩지 않는 삼베의 황톳빛 삶을.

「물풀과 대마」

'물풀'은 물이 담아내는 빛의 속성과 풀의 한들거림이 이루어내는 자유
의 속성을 동시에 반영하고 있다. 시인은 "숨길 것 없고 가릴 것 없는 물풀의
한 삶", "바다를 온몸으로 빠는 파래" 등의 모습을 지향하고 있다. 그러니까
물풀이란 시인이 지향하는 빛과 자유를 구체적인 형상으로 실질화한 것이다.
'삼' 역시 물풀의 자유로움의 모습을 공유하고 있다. "거칠 것 없고 막힐 것
없으며 바람만 통한다면 썩지도 끊기지도 않는" 그리고 "바람따라 머리카락
처럼 일어서는" 것이다.

그리고 동시에 '물풀'로 표상된 이상적 지향점과 "구겨진 대마"로 표상
된 자신의 현실적 상황이 미묘한 갈래를 형성하면서 나타나고 있다. 그의 시
에서 나타나는 복잡미묘한 이중적 결은 그가 속한 계층에도 어울리지 않고 사
회의 중심세력과도 타협하지 않고서 보호해야 할 의무감과 연민을 불러일으
키는 소외된 사람들과의 어울림, 즉 아웃사이더적인 그의 현실적 자리로부터
나타나고 있는 것처럼 보인다. 이것이 위 시에서는 "구겨진 대마의 자존심"으
로 형상화되고 있다.

氷瀑은 처연하다.
소리까지 얼어붙었으니 더욱 그러하다.
소리가 소리를 죽이는 때에
무엇인들 얼어붙지 않으랴.
뻗친 물줄기의 가지들도 허공에 퍼져
움직이지 않는다.
새들도 몸을 숨기고

그 작은 눈알만 반들거린다.
일요일 오후에
신문을 보면, 얼어붙은 폭포만이
원색으로 깔려 있고, 죽은 活字들이
뜻없이 움직인다.
어찌 버티랴. 솟아나는 눈물.
눈물은 氷瀑인 듯 차갑게 떨어지고
도피의 길을 열면서
우리는 치욕의 일꾼이 된다.
저녁 연기 풀려나오는
눈물 잠긴 마을에, 전등은 켜지고
얼굴은 더욱 창백해진다.
마을과 도시의 二重 슬픔.
어디로 가랴. 밀려나는 눈물.
도피의 길을 열면서
우리는 갈 곳 모르는 죽음이 된다.
봄에 더욱 얼어드는 氷瀑과 같이.

「氷瀑」

나는 여름이 좋다.
집과 집의 문과 문이 다 열리기 때문이다.
열린다는 말, 그 말끝에 벌써 눈이 열리고
세계가 열린다. 흡사 지구 같은 수박도 열린다.

문을 걸어 잠그고 도망질치는 사람들
그들은 도둑일까? 도둑일지도 모른다.
습관적으로 양심을 팔아먹는 유들유들한 도둑이
나는 아니다. 그래서 개처럼 푹푹 끓는

폭양이 매우 좋다.

이 태양의 나라에서
나는 손쉽게 태양의 신이 된다.
개들이 끓는 솥 속으로 사라지고
사람들이 튀는 물 속으로 뛰어 들어가버린 후
나는 햇볕살 등에 지고
저 나의 모든 집을 열고 들어간다.
나는 도둑일까? 도둑일지도 모른다.
나라고 해서 별다를 리 있겠는가.
아무튼 문을 열고 소리 없이 들어가면
그 변변치 못한 가재도구들이 비로소 눈을 뜨고
나의 빛으로 말한다. 아주 정답고 사랑스럽게
저는 빈 접시입니다. 과자를 담으시지요.
저는 주전자입니다. 보리차를 따르시지요.
저는 장독입니다. 풋고추를 찍어 씹으시지요.
빨랫줄의 잠옷은 그 우울한 잠을 털며 휘날리고
하늘의 구름은 뭉게뭉게 웃음을 터뜨리고
저 어처구니없는 집도둑을 좀 봐요.
쏘는 듯 부신 날 보고 슬금슬금 도망을 치고 있으니
유쾌하지요. 이 즐거운 태양의 신.

여름은 정말 좋다.
열린 문의 집 속이 내 속처럼 다 보이고
이 나이에 아직도 가난은 쓰리지만
그렇다고 내가 굶어? 말도 안 되는 말.
비교적 정갈하다고 자부하는 가재도구들
심장, 간장, 위장, 췌장 들이 멀쩡하고
무엇보다도 두뇌에 이상이 없으니

이 아니 여름이 즐겁지 아니한가.
그리고 그 무엇보다도, 벌거벗은 이들의
모든 속살이 속속들이 다 들여다보이니
여름은 정말 너무 좋다.

「나는 여름이 좋다」

위 시들은 "氷瀑"으로 표상된 얼음과 "여름"으로 표상된 '빛'의 세계가 대비적으로 형상화되고 있다. 그런데 이 차가움과 따뜻함의 세계는 그의 시와 삶 속에서 늘 미묘한 갈등을 형성하고 있다. 먼저 '얼어붙은 폭포'에 주목해 보도록 하자. 그는 신문에 나온 얼어붙은 폭포의 뻗친 물줄기의 가지들이 허공에 퍼져 움직이지 않고 폭포의 소리들까지 얼어붙은 듯한 장면에서 "솟아나는 눈물"과 "도피의 길"을 연상시킨다.

앞의 시 「물풀과 대마」의 물 속에서 한없이 자유로웠던 '물풀'의 모습을 상기해볼 때 이 '빙폭의 얼어붙은 가지의 가닥들'은 그 물풀이 냉각된 물 속에서 쩍 얼어붙은 모습과도 유사하다고 할 수 있다. 얼어붙은 폭포, 즉 '빙폭'은 무엇을 의미하는가. 그것은 물의 '빛' 속에서의 한없는 자유로움의 상징인 '물풀'이 시인 자신의 이상적인 가치임을 보여주는 것이다. 즉 시인의 이상적인 가치와 지향은 특정한 환경적 변화가 없는 진공적 머릿속 상황에서는 너무나 명확하고 진실한 것이지만 현실의 세속적 가치와 혼탁한 사회 현실 속에서는 무력한 것임을 드러내는 것이다. 그러기에 그는 이것이 "밀려나는 눈물./ 도피의 길을 열면서/ 우리는 갈 곳 모르는 죽음이 된다"고 말하는 것이다.

그렇다고 해서 시인의 이상적인 가치인 빛과 자유, 순수한 맑음의 추구 또는 가난하고 소외받은 사람들에 대한 그의 애정어린 관찰과 시선이 퇴색되는 것은 아니다. 오히려 시와 삶 속에서 모순되기 마련인 현실적인 시인의 자리를 위선적이지 않은 솔직한 모습으로 드러내고 있다고 하는 편이 옳다.

그의 시에서, 그가 가난한 사람들의 삶에서 피어오르는 진실한 '빛'을 발견해 내는 혹은 베풀고자 하는 장면에서, 소시민과 소외받은 사람들에 대한 관심이 자신의 "구겨진 대마의 자존심"을 세우는 것과 관련이 있다는 아이러니를 그대로 보여주는 것이다.

「나는 여름이 좋다」에서는 따뜻한 여름의 한 풍경이 형상화되고 있다. 특이한 것은 여름의 햇살과 시인이 등가적 존재라는 점이다. 즉 빛과 일치화된 시인이 활보하는 자유로움의 상태가 구현되고 있다. '나'는 "손쉽게 태양의 신"이 되는데 빛의 자유로움 속에서 "세계가 열리"고 "흡사 지구 같은 수박도 열리"고 눈이 열리는 경지를 체험한다.

그런데 "나의 빛"은 단순한 자유로움의 상태에 머무르지 않는다. 그 '빛'은 "변변치 못한 가재도구들"이 비로소 눈을 뜨고 "나의 빛"과 "정답고 사랑스럽게" 말하는 장면을 만들어낸다. 즉 빛과 물상이 조화를 이룬 물상의 자유로움과 생명력의 획득이란 지상의 세계와 천상의 세계가 범속한 일상적 물상 속에서 서로 '조응'하고 '반짝이는' 신성의 모습을 자아내는 것이다.

이러한 행복한 반짝임, 지극한 유쾌함의 상태는 '나'가 곧 '신'인 시인의 자존심과 결부되어 나타나는 특성을 지닌다. 즉 '나'는 "태양의 신"이며 "나의 빛"에 의해 "변변치 못한 가재도구들이 비로소 눈을 뜨고/ 나의 빛으로 말하"는 것이다. 그리하여 태양의 빛인 '나'에게 물상들은 행복한 반짝임 속에서 "저는 빈 접시입니다. 과자를 담으시지요", "저는 주전자입니다. 보리차를 따르시지요" 등의 공손한 어법의 말을 하는 것이다.

이처럼 시인이 지향하는 자유로움과 빛의 투명함 그리고 가난하고 소외된 사람들과 물상들에게서 솟아나오는 투명한 빛의 투시는 그의 '대마'와 같은 자존심과 결부되어 나타나고 있다. 그의 시가 자아내는 시의 결이 이중적이면서 복합적인 면모를 지니는 것, 즉 이거다 하면 저것인 것도 같고 저거다 하면 요것이기도 한 것 같은 측면은 그가 지향하는 참된 이상적 가치와 그가 속한 현실적 상황에 대한 불만족 및 콤플렉스와 서로 상호작용하면서 만들어내는 미묘한 '결'과 관련을 지니고 있다.

그의 초기시에서 인상적이었던 "비 젖은 나비의 인광" 이미지는 '비'라는 현실적 상황과 자유로움의 표상인 '나비' 그리고 스스로 빛을 내고 빛을 향해 달려가는 나비의 '인광'으로써 시인 마종하의 모습을 적실하게 비유한 것이다. 현실상황의 모순적 국면과 자유로움을 추구하는 존재의 의지, 선의지 혹은 신성에의 지향은 서로 구분될 수 없을 만큼 교차되면서 현실에 기반한 복합적이면서 아름다운 몽상의 세계를 이루어내고 있다. 그 독특한 몽상의 직조는 시인의 현실 직시와 서정적 몽상 그리고 시인의 초인과도 같은 강인한 의지가 주는 진실함을 절실하게 느끼게 한다.

나는 언제나 어머니의 젖가슴이 그립다

오 탁 번 론

순백의 알에서 나온 새가 그 첫 번째 눈을 뜨듯

오탁번(1943)은 1966년 동화 「철이와 아버지」로 「동아일보」 신춘문예 당선하였고 1967년 시 「純銀이 빛나는 이 아침에」로 「중앙일보」 당선, 1969년 소설 「處刑의 땅」으로 「대한일보」에 당선함으로써 문학의 다양한 분야에서 다재다능한 두각을 드러내었다.

이 중 시인으로서의 시력詩歷만을 살펴보면 '현대시' 동인시절을 거쳐 『아침의 豫言』(조광출판사, 1973)를 비롯하여 『너무 많은 가운데 하나』(청하, 1985), 『생각나지 않는 꿈』(미학사, 1991), 『겨울강』(세계사, 1994), 『1미터의 사랑』(시와시학사, 1999), 『벙어리장갑』(문학사상, 2002)을 상재하였다.

그의 시세계는 내용상으로 '현대시' 동인 시기 및 『아침의 예언』 중심의 초기시, 『너무 많은 가운데 하나』, 『생각나지 않는 꿈』의 중기시, 『1미터의 사랑』, 『벙어리장갑』 이후의 후기시로 크게 나누어볼 수 있다.

초기시는 새의 비상 이미지를 중심으로 젊음의 생명력과 자연과의 교감을 보여주는 밝고 명랑한 시적 세계를 보여준다. 중기시는 기성인이 된 화자가 체감하는 세속적 일상, 자신의 남성성에 관한 관심이나 일상과 일탈 사이의 연애와 이별 등이 중심적 주제를 이루고 있다. 마지막으로 『벙어리장갑』을 중심으로 한 후기시에서는 유아기 화자 중심으로 유년시절의 행복한 고향 모습이 형상화되고 있다.

그의 시는 가난, 고통, 좌절이나 슬픔보다는 일상 속에서 체험하는 권태나 행복한 추억의 추구 등과 친화적 관계에 있다. 그리고 초기시부터 후기시에 이르기까지 시인 자신의 '몸'의 활기와 상응관계에 있는 시세계를 보여준다는 특징적인 측면이 있다.

초기 시세계에서 나타나는 희망과 젊음의 생명력은 젊은 시절의 시인 모습과 오버랩되며, 중기시에서 일상적 권태 및 일상과 일탈 사이의 중심점을 고르는 '연애와 이별'의 형상화는 중년이 된 시인의 안정된 삶과 남성성의 문제와 연관되어 있다. 후기시의 고향에 행복하게 있는 유아기 혹은 유년기적 화자는 시인이 시 또는 인생의 위기의식에 대한 극복책으로써 찾은 모성회귀 본능이자 안식처 추구 경향과 관련되어 있다. 즉 인간이 성장하면서 어른이 되고 또 노년으로 접어드는 '몸'이 지닌 생명력과 그에 대한 자각적 의식은 그의 시에서 형상화된 시적 상상의 테두리와 밀접한 조응관계를 이루고 있다. 여기서 그가 지향하는 시세계는 위선적이지 않음, 있는 그대로의 순수함, 모성애의 완벽한 만족 추구와 맞닿아 있다. 그렇기 때문에 궁극적으로 그의 시에서 중심핵을 이루는 것은 어머니, 아가, 젖, 유년의 추억공간 등이 되는 것이다.

눈을 밟으면 귀가 맑게 트인다.
나뭇가지마다 純銀의 손끝으로 빛나는
눈 내린 숲길에 멈추어 선
겨울 아침의 행인들.

原始林이 매몰될 때 땅이 꺼지는 소리,
천년 동안 땅에 묻혀
딴딴한 石炭으로 변모하는 소리,
캄캄한 시간 바깥에 숨어 있다가
발굴되어 건강한 炭夫의 손으로
화차에 던져지는,
原始林 아아 原始林
그 아득한 세계의 運搬소리.

이층방 스토브 안에서 꽃불 일구며 타던
딴딴하고 강경한 石炭의 發言.

연통을 빠져나간 뜨거운 기운은
겨울 저녁의
無邊한 世界 끝으로 불리어가
은빛 날개의 작은 새,
작디작은 새가 되어
나뭇가지 위에 내려앉아
해뜰 무렵에 눈을 뜬다.
눈을 뜬다.
純白의 알에서 나온 새가 그 첫 번째 눈을 뜨듯.

구두끈을 매는 시간만큼 잠시
멈추어 선다.
행인들의 귀는 점점 맑아지고
지난 밤에 들리던 소리에
생각이 미쳐
앞자리에 앉은 계장 이름도
버스·스톱도 급행번호도
잊어버릴 때, 잊어버릴 때,
분배된 해를 純金의 씨앗처럼 주둥이 주둥이에 물고
일제히 날아오르는 새들의 날개짓.
지난 밤에 들리던 石炭의 變成소리와
아침의 숲의 관련 속에
비로소 눈을 뜬 새들이 날아오르는
조용한 동작 가운데
행인들은 저마다 불씨를 분다.

행인들의 純粹는 눈 내린 숲속으로 빨려가고
숲의 純粹는 행인에게로 오는
移轉의 순간,

다 잊어버릴 때, 다만 기다려질 때,
아득한 세계가 運搬되는
은빛 새들의 무수한 飛躍 가운데
겨울 아침으로 밝아가는 불씨를 분다.

「純銀이 빛나는 이 아침에」

팅팅하게 달아오르는
나는 올해 스물일곱 살
푸렁콩이 익는 들판으로
내 아이들이 날아오른다
그대의 눈물로 자욱 난
손바닥을 쳐들어
참새 같은 놈 느릅찌기 같은 놈 굴뚝새 같은 놈
황새 같은 놈 부엉이 같은 놈 종달새 같은 놈
미래의 아이들을 부르며
시간마다 십분마다 달아오르는
나는 힘있는 吉年의 사내
대낮에도 벌떡벌떡 용솟음치는
올해 나는 스물일곱 살
문패에 쓰인 내 이름자 앞으로
짹짹거리며 날아오는 아이들
맨발의 여름 아이들이
모두모두 튼튼하고 아름답다
식구들의 곡식이 익는 들판에서
아이들의 效用을 짜며
눈물짓는 그대
팅팅하게 달아올라 번쩍거리는
나는 올해 스물일곱

吉年의 사내

「아이들에게」

「純銀이 빛나는 이 아침에」는 겨울에 눈 밟는 소리로부터 이미지는 확산되면서 시의 모티브를 취하고 있다. 그런데 눈을 밟는 소리로부터 이미지는 확산되면서 인간과 인간의 교감, 인간과 자연의 조응상태로 전개된다. 즉 '나'의 눈밟는 소리는 "행인"들의 그것과 일치되면서 곧 우리가 밟고 선 땅 저 아래의 천년 동안 묻힌 원시림이 딴딴한 석탄으로 변모하는 소리로 변주된다. 그리고 그 석탄은 스토브 안에서 꽃불을 일구며 타는 뜨거운 기운이 되며 순백의 알에서 나온 새가 그 첫 번째 눈을 뜨는 은빛 새의 형상이 된다. 순결한 눈을 밟는 소리는 행인들의 귀를 맑게 하고 앞자리에 앉은 계장 이름도 버스 스톱도 급행번호도 잊어버릴 만큼 세속적 일상으로부터 초월한 순간이다.

이 순간에 대하여 시인은 행인들의 순수와 숲의 순수가 서로 이전되는 순간이라고 일컫는다. 이러한 조응, 즉 자연과 인간, 인간과 인간 사이에서 형성되는 순결한 순간의 집약적 이미지는 "분배된 해를 純金의 씨앗처럼 주둥이 주둥이에 물고/ 일제히 날아오르는 새들의 날개짓"으로 나타나고 있다. 그의 초기시에 나타나는 조응의 순간은 그가 '현대시' 동인시절에 시적 지향점의 하나였던 상징주의적 세계와 긴밀한 관계를 맺고 있다.

조응의 순간에 발생하는 금빛 새의 비상 이미지는 「아이들에게」의 몸에 관한 사유로부터 좀 더 구체적으로 나타난다. 후자의 시에서 "내 아이들"이란 '나'의 분신이자 나의 용솟음치는 스물일곱 젊음의 생명력의 상징이다. 그리고 '나'의 분신인 "내 아이들"은 새의 비유로 나타나 있다. "참새", "느릅찌기", "굴뚝새", "황새", "종달새 같은 놈"인 내 아이들이 "날아오르"는 것이다. 이때 '대낮'과 '새의 비상'의 근본적 원천은 "팅팅하게 달아올라 번쩍거리는/ 나는 올해 스물일곱/ 吉年의 사내"라는 것이다.

이와 같이 오탁번의 초기 시세계는 그의 시집 제목인 "아침의 豫言"에서도 나타나듯이 밝고 경쾌한 비상 이미지를 중심으로 젊음의 생명력의 세계를 주조로 하고 있다. 그리고 여러 이미지군이 복합적으로 작용한 시적 이미지의 형상화도 풍부한 시의 결을 형성하며, 구체적 현실에 토대하기보다는 자연과 인간의 교감, 낭만적 서정과 결부된 상징주의적 색채를 보여주는 특징을 지닌다.

아침마다 날아오르는 빛나는 새떼,
그대들의 발자국 소리에
큰 마을의 잠이 깨고
반듯한 견장 위에 드리우는
곧바른 시간의 팽팽함이여.
아침의 순수는 날아올라
하늘과 땅의 모음을 노래할 때
가장 아름다운 불이
그대들의 내면에서 남 몰래 점화된다.
나라의 울타리에 한 그루
사철나무를 심기 위하여
모든 것을 버릴 줄 아는
모든 것을 정말 얻을 줄 아는
오, 나라의 아침,
그대들의 하나 같은 발자국 소리.

「아침 行進」

외우지를 못하는 수많은 바람소리다.

산맥 뒤 머언 山 작은 솔방울에서 비롯되어
山과 내를 뛰어넘고 달려와

내 몸의 귀를 사발통같이 열어놓고
산꽃이 피어 수술과 암술이 정을 나누는 이야기
풀벌레들이 교미하는 이야기도 들려주다가
외우지를 못한다는 생각도 잊게 해주는
수많은 바람의 몸뚱아리가 되어
발정한 배암처럼 또아리를 틀고
벼개맡에 잡힐 듯 잡힐 듯 밤을 새운다

「音樂」

「아침 行進」도 역시 "아침"과 "새떼"와 '새떼들의 발자국 소리'를 시적 모티브로 하여 전개되고 있다. 그리고 "아침의 순수"는 "그대들의 내면"에서 남 몰래 "아름다운 불"로 점화된다. 시인은 이 순수함을 "모든 것을 버릴 줄 아는／모든 것을 정말 얻을 줄 아는"것이라고 하고 있다. 즉 순수함은 젊음의 열정과 긴밀한 관계를 지닌다. 모든 것을 버려도 다시 시작할 수 있는 자신감이란 젊음의 생명력을 토대로 하고 있다.

「音樂」에서도 음악으로부터 연상된 '소리'를 중심으로 시적 이미지가 전개된다. "바람소리"는 "내 몸의 귀를 사발통같이 열어놓고" 산꽃의 수술과 암술이 정을 나누고 풀벌레들이 교미하는 이야기를 들려준다. 그리고 나는 "수많은 바람의 몸뚱아리가 되어／발정한 배암"처럼 밤을 새운다. 즉 자연의 소리들에서 연상된 식물과 벌레들의 짝짓기는 시적 화자의 욕망과 상응관계를 보여준다.

이와 같이 오탁번의 초기 시세계는 자연의 소리를 모티브로 하여 맑고 밝은 시상이 전개된다는 주요한 특징을 이루고 있다. 그리고 자연과 인간의 조응과 교감 속에서 태어나는 '은빛 새'의 비상이 주요한 이미지를 형성하며 이것은 그가 시를 쓰는 청년기의 젊음 및 열정과 상응관계에 있다. 그의 초기 시는 젊음의 힘찬 생명력을 주조로 하며, 눈이 뜨이고 귀가 열리고 자연과 '나'가 서로 교감하는 상징주의적 조응과 깊은 관련을 지니고 있다.

너의 손톱에 낀 하루의 슬픔 한 순간의 외로움만 나의 것으로 하고 싶었다

오탁번의 시세계는 『너무 많은 가운데의 하나』, 『생각나지 않는 꿈』의 중기 시편들로 접어들면서 큰 변화를 보여준다. 젊음의 순수함이나 생명의 약동, 자연과의 교감 등은 세속화된 공간 속에 있는 중년 화자의 일상과 번뇌를 나타내는 시적 주제로 변화한다. 이러한 시세계 변화의 바탕에는 세속화된 사회인으로서의 일상적 삶과 남성적 생명력에 관한 관심이 깔려 있다. 이러한 시의 표면적 주제 변화는 초기시의 생명력, 활기, 밝음의 세계로부터 세속적 욕망과 권태 및 일상과 일탈 사이의 중심점 찾기 등으로 변화하며 이후 후기시에서는 유년세계의 추억과 모성회귀의 세계로 변화한다. 이러한 시세계의 변화 이면에는 청년기에서 중년기 그리고 노년기로 이르는 '몸'의 변화뿐만 아니라 중년기 이후의 안정된 일상적 삶과 권태가 깔려 있다.

물론 대부분의 시인들이 나이와 연륜에 따라 시세계의 변화를 보이는 것이 일반적인 경우이기도 하지만 오탁번 시인의 경우는 연륜에 따라 자신의 몸이 겪는 생명력이랄까 남성성에 대한 예민한 의식을 보여주며, 이것으로부터 시적 상상의 색채와 이미지군이 결정되고 형상화되는 경향이 강하다는 특징이 있다.

> 강변 낚시터에서 커피를 파는 여인
> 까무잡잡한 얼굴에 호박 같은 궁둥이
> 매니큐어 대신에 손톱에는 생애의 때
> 뜨거운 걸로요? 이렇게 찌는데요?
> 크림 맛사지나 오이 맛사지 대신 땀으로

노동으로 얼룩진 얼굴을 보면서
비둘기나 난초를 보면서 시를 썼다는
시인들의 시 창작동기가 지렁이만도 못한
구더기보다 보잘것없는 거짓말임을
비로소 알았다 여인의 얼굴과 궁둥이
땀에 절은 손은 나의 욕망을 건드렸다
훌륭한 침대에서는 입질을 않는 그놈이
강변 낚시터에서 섭씨 32도 오후 2시에
나의 잠자는 사랑을 낚아채서 올리는
이 기막힌 현상을 바로 알지 못하겠다
물밑에 숨은 누치도 붕어도 빠가사리도
나를 비웃으며 떡밥만 먹고 도망가는
폭염 아래 위선의 살갗만 까맣게 불타고
매끄러운 호박 같은 여인의 궁둥이
아이스 박스와 보온병을 들고 강변 낚시터
숨어 있는 욕망을 깨우며 흔들리고 있다

「눈뜨는 욕망」

몇 년 전에 연구실 전화가 직통으로 바뀌었다
꿈 같은 이야기다
올 학기초에는 연구실마다 컴퓨터 통신망이
설치되었다 정말 꿈 같은 이야기다
버튼 하나 눌러서 중앙도서관의 논문을
편히 앉아서 뽑아볼 수도 있고
버튼 한두 개 두드려서
미국 의회도서관의 자료도 신청할 수 있다
연구실에 앉아서 세상일 모두 모두
뽑아볼 수 있다

그런데 나는 아직 컴퓨터를 못 샀다
컴퓨터 다루는 법을 듣기만 해도 겁이 난다
어릴 적 교장선생님이 되는 꿈을 꾸었을 때처럼
아주아주 신이 나지만 그러나 두렵다
연구실 전화가 직통으로 바뀐 다음부터
잘못 걸려오는 전화가 이따금 있다
대학부속병원이죠?
아닙니다 잘못 걸었습니다
대학병원 맞죠?
아뇨
오늘 2교시 창작론 연습시간 끝내고 왔을 때
연구실의 전화벨이 따르릉 울렸다
비뇨기과죠?
뭐요? 여긴 연구실인데요
비뇨기과 아니라구요?
글세 잘못 걸었다니까요
씨팔 비뇨기과 아닐 리가 없는데
나는 전화를 끊었다
잠깐 생각에 잠겼다
어제 오후 옛사랑의 여자를 몰래 만나서
추억으로 흐려진 손을 잡고
낙엽진 가을 길을 걷고 있을 때
그 옛날 무모했던 나의 욕망이 또 일어섰다
나는 정말 부끄러웠다
옛사랑의 여자를 울리다가 지치면
밤거리에서 손쉬운 여자를 손목시계와 바꾸고
젊은 시절의 분별없는 욕망은
비뇨기과 어두운 계단에서 무너졌다
나의 젊은 꿈은 실험대상이 되어

현미경 아래 유리판 위에서
알콜불에 숨을 거두었는데
그때의 꿈과 치욕을 아직도 버리지 못한
나의 슬픈 마음을 다 알고 있다는 듯
저 멀리 어디서 누가
나의 연구실로 직통전화를 걸어서
비뇨기과죠? 비뇨기과죠?
이렇게 말하는 것일까?
가만히 앉아서 세상의 모든 자료를 뽑아보듯
전화벨 소리 저 너머에 누가 앉아서
나의 옛사랑의 모든 자료를 뽑아보는 것일까
정말 꿈같이 두려운 일이다
모두 다 뽑아볼 수 있는 꿈은 싫다
생각나지 않는 꿈
꿈꿀 수 없는 꿈이면 좋겠다

「꿈 같은 이야기」

「눈뜨는 욕망」에서 시인은 강변 낚시터에서 자신의 숨어 있는 욕망의 일
깨움에 대한 자각을 주요한 모티브로 삼고 있다. 그리고 '비둘기'나 '난초'를
보면서 시를 썼다는 시인들의 시 창작 동기가 지렁이만도 못한 구더기보다 보
잘것없는 거짓말이라고 말한다.

이 시에서뿐 아니라 그의 시에서는 자신의 남성적 욕망의 일깨움의 체험
에 대한 기록이 비교적 빈번하게 나타나고 있다. 즉 그는 중기시에서 이념이
나 명예보다도 남성적인 힘이랄까 자연인으로서 타고난 생명력의 문제를 근
본적인 것으로 간주하고 있는 듯하다("황소 한 마리/ 코뚜레와 흰 뿔과/ 쫙 벌린 두
다리 사이/ 붉은빛 부자지가 힘차 보인다// 이념도 명예도 다 쇠파리인 듯/ 꼬리를 치
켜 휘두르며"—「황소를 위하여」 부분).

「꿈 같은 이야기」에서도 시적 화자의 욕망에 관한 문제가 근원적으로 다

루어져 있다. 그런데 그는 중년이 된 자신의 남성성에 대하여 "그때의 꿈과 치욕" 또는 "슬픈 마음"이라고 형상화하고 있다. 그리고 이러한 자신의 남성성의 문제와 관련하여 다른 일상적 사건이나 사유도 매우 소극적인 방식으로 전개되고 있다. 즉 "컴퓨터 다루는 법을 듣기만 해도 겁이 난다"라든지 비뇨기과인 줄 알고 잘못 걸려온 전화로 인해 어제 오후 몰래 만난 옛사랑의 여자와 자신의 욕망을 상기한다든지 하는 것이다. 그리고 "전화벨 소리 저 너머에 누가 앉아서/나의 옛사랑의 모든 자료를 뽑아보는 것일까"라는 두려움에 사로잡히는데 그리하여 "생각나지 않는 꿈"이기를 소망하는 것이다.

위 시편들은 실상 오탁번의 초기 시편들과는 매우 대조적인 세계를 보여주고 있다. 그의 초기시에서는 자연의 소리나 눈밟는 소리 등과 결부되어 아침의 힘찬 새의 비상과 자신의 젊은 생명력이 형상화되었다면, 위 시의 '전화벨 소리'는 자신의 과거를 캐낼까 두려워하는 소리이면서 컴퓨터 앞에서 겁을 내는 화자의 모습인 것이다.

이처럼 초기시와 대조적인 시상을 보여주는 것은 근본적으로 시적 화자의 권태로운 일상 및 남성성의 문제에 기인한다. 실상 우리의 일상을 비추어 볼 때 눈 온 뒤의 넓은 빙판이 생명력 넘치는 아이들에게는 멋진 놀이터의 세계나 썰매장으로 비칠 수도 있지만 다리를 다친 적이 있거나 몸이 조금이라도 불편한 사람에게는 위험신호를 보내는 장소로 비칠 수 있는 것이다.

오탁번의 시에서는 위선이나 가식의 흔적을 별로 찾을 수 없다. 자신이 느끼고 체험하는 몸에 관한 것, 자신의 주변 일상에 관한 것에 대하여 어떠한 가면도 벗고 솔직하게 써내려가는 것이다. 이것은 시인이 시에 대하여 지니는 순수 추구의 자세랄까 자신을 발가벗고 써내려가는 진실한 자세를 여실히 보여주는 것이다.

그는 일상의 권태에서 비롯된 문제 및 남성성 또는 생명력의 문제를 일상으로부터의 일탈, 아니 일상과 일탈 사이의 중심점 찾기를 통하여 모색하고 있다.

여기쯤에서 그만 작별을 하자
눈뜨고 사는 이에게는
생애의 벼랑은 언제나 있는 법
거기 피어 있는 이름 모를 풀꽃
하나 따서 가슴에 달고
뜻없는 목숨 하나 따서
만났던 그 자리 그 어둠 앞에
우리의 죄로 젖어 있는 추억을 심고
그만 여기쯤에서 작별을 하자
똑같은 항아리가 어느 한쪽에
깨어져서 들어가야 한다면
그것은 이미 사랑도 아니다
우리의 입술은 아침저녁 비가 오고
내 몸에 묻어 있는 눈썹 하나
머리칼 한 올이 나의 새벽까지
따라와서 죄를 짓자고 속삭인다 해도
너의 찬 손이 뜨거워지고
나의 안경이 흐려진다 해도
말하지 마, 아무 말도 하지 마
작별을 하자 그만 여기쯤에서
생애의 벼랑에서 뛰어내려
젖은 입술을 입술에 부비며
말하지 마, 아무 말도 하지 마

「여기쯤에서」

나하고 연애 좀 할까나 네가 이별할 때까지만
그거는 안 해도 돼 허지만 그거 없는 연애가 어디 있나
그래도 마음만 맞으면 됐지 살을 섞는 게 뭐 대단할까

살은 마음을 썩게 하는 독이야 독 나하고 연애 좀 할까
연애를 한다고 하고서 하는 사람 처음 봤네요
벙어리 장님되어 하는 연애는 위험한 걸 왜 몰라?
사내 나이 마흔이 넘으면 벼랑 끝에 서 있는 거야
나비 잠자리 풀벌레가 조금만 스쳐도 넘어지는 법
나는 풀벌레도 잠자리도 나비도 아니예요
가슴속에 숨긴 빛나는 궁전
황금의 침대맡에 켜놓은 수만 개 촛불처럼
그렇게 그렇게 울고 있어요 뜨거운 눈물 흘리고 있어요
그럼 거절이군 알았어 알았다구 잘 알았다구
거절한다고 하고 하는 사람이 어디 있어요
따따부따하며 서론 본론 결론으로 연애하다가는
이 세상은 텅 비고 각주나 참고 문헌만 남겠네요
글쎄 그만둬 초당에서 주워온 감나무 잎사귀 하나
거기에 입술 부비며 이 한나절 눈감고 있을께
나도 지금 눈감고 있잖아요 여자가 눈감을 때
바라는 게 뭔지 그것도 모르면서 아무것도 모르면서
연애는 무슨 연애예요? 뜨거운 눈물을 어떻게 흘려요?

「연애」

우리를 항상 슬프게 하는 것은
낙엽이 아니다 구름도 아니다
시계 바늘이 동그란 시계 바탕을 맴돌 듯
언제나 바라보고 싶은 눈썹 위에
지는 저녁 노을 퍼지는 땅거미마냥
하나씩 묻어오는 늦가을의 외로움

너의 영혼 모두 너의 육체 모두를

나는 탐하지 않았다 너의 손톱에 낀
하루의 슬픔 한 순간의 외로움만
나의 것으로 하고 싶었다
너의 손톱 하나 때가 낀 조그만 시간
긴 꿈속에서만 기억나는
한 순간의 그리움이 되고 싶었다

초침은 1초에 1초만큼 가고
분침은 1분에 1분만큼 가는 세상
나의 시계가 1초에 1분만큼 가는 슬픔의
긴 꿈속에서만 떠오르는 모습
눈썹 하나 머리칼 하나만 훔치고 싶었다
낙엽도 구름도 내 뜻을 다 안다

「나의 뜻」

위 시편들은 이별의 정서를 주요한 공통적 주제로 삼고 있다. 그러나 첫 번째 시편이 초기 작품이라면 두 번째와 세 번째 시편은 중기의 작품이라는 점에 주목할 필요가 있다. 첫 번째 시편이 진지한 사랑을 원천으로 한 이별의 슬픔을 밀도 있게 형상화한 것이라면 두 번째와 세 번째는 다소 가벼운 연애랄까 한 순간의 추억을 위한 센티멘털리즘에 가까운 이별이라고 할 수 있다.

이러한 이별의 형상화의 상이성 또한 시인의 현실적 자리 혹은 자신 몸의 사유에서 기인하고 있다. 그의 초기 시편 즉, 「여기쯤에서」의 이별은 "똑같은 항아리가 어느 한쪽에/ 깨어져서 들어가야 한"다는 비유에서 알 수 있듯이 자신과 사랑하는 이를 '항아리'의 비유로 두고 자기 '전신'이 깨어져서 가야 하는, 철저한 사랑의 아픔을 비유적으로 보여주는 이별의 정서라고 할 수 있다.

반면 「연애」는 화자가 한 여성에게 연애하자고 조르는, 그것도 "이별할 때까지만/ 그거는 안 해도 돼"라고 하면서 이야기한다. 그런데 여자의 소극적인 태도에 일찍 체념하고 "그럼 거절이군 알았어 알았다구"라고 되뇌는 소극적인 화자이다. 「나의 뜻」에서는 이러한 '연애의 목적'이 형상화되어 있는데 중년의 화자가 원하는 연애의 목적은 "나의 시계가 1초에 1분만큼 가는 슬픔", "긴 꿈속에서만 떠오르는 모습"으로 형상화되어 있다.

여기서 두 번째와 세 번째의 이별과 연애는 일상적 테두리에서 일탈적 사랑을 꿈꾸지만 결코 일상의 테두리를 넘어서지 않으려는 세속화된 현대인의 연애와 닮아 있다. 이것은 그의 초기시에서 모든 것을 버려도 모든 것을 잃어도 자신 있다는 젊음의 패기를 담은 「여기쯤에서」가 보여주는 사랑과 이별의 밀도와 대조적인 색채를 보여주는 것이다.

그렇다고 하여 「연애」와 「나의 뜻」이 세속화된 현대 중년남자의 사랑을 보여준다고만 단정할 수도 없다. 결혼이라는 제도와 보수적인 관습의 틀 속에 귀속되지 않으려는 인간의 욕망은 무의식이든 의식이든 간에 언제나 그 속에 내재해 있지만 사람들은 드러내기를 꺼리기 때문이다. 시인은 이러한 자신의 욕망의 모습을 자르지 않고 자연스럽게 드러내며 '위선적이지 않고' '가면'을 벗은 인간의 있는 그대로의 모습을 보여주고자 한다.

시인은 중기시 무렵 권태로운 일상으로부터 비롯한 문제나 남성성의 문제를 꽤 고민한 듯하다. 그러나 그것은 일탈적이면서 소극적인 연애로도 그 연애에 결과한 이별로도 해소될 수 없는 것이다. 그리고 그렇기 때문에 그의 중기시에서는 '사랑'의 주제보다는 '이별'을 주제로 한 심각하지 않은 연애의 센티멘털리즘을 주조로 한 것이 주요하게 나타나고 있다.

> 머리칼에 달라붙는 가랑비를 한 손으로
> 뜯어내면서 탁번이는 여자의 젖가슴 속으로
> 다른 한 손을 쑥 넣었다.
> 감자꽃 내음이 났다.

한 여름 담배닢 내음도 났다.
헛간에서 썩고 건조실에서 매달려 죽을 날을 생각하며
탁번이는 드디어 울었다.
가랑비처럼 그렇게 그렇게 울었다.

「가랑비」

추억의 비행장에서는 까망 파씨와 종종종 병아리와 금빛
송아지와 별별 장수잠자리가 날마다 꿈마다 뜨고 내린다

오탁번의 중기 시세계는 표면적으로 그의 초기시와 대조적인 성향을 보여준
다. 즉 밝고 활기찬 새의 비상과 아침의 이미지에서 다소 권태와 두려움에 찬
중견 사회인의 일상과 일탈 사이의 중심잡기 주제로 변모되고 있다. 이러한
변모의 근저에는 인간으로서 겪는 젊음의 생명력과 그 생명력의 변화가 주요
하게 작용하고 있다.그리고 세속화된 현대인으로서의 자신의 일상과 몸에 관
한 정직한 사유의 시적 상상을 보여주고 있다. 즉 오탁번 시세계에서 표면적
주제는 상징주의적 조응에서 일상과 가벼운 일탈 꿈꾸기 및 유년기의 향수로
변모하지만 근원적 주제는 자신의 '몸' 특히 '남성적 생명력' 문제로부터 기
인한다는 독특한 측면을 보여준다.

시집 『1미터의 사랑』, 본격적으로는 『벙어리장갑』 이후의 후기시로 접어
들면서 중기시에서는 추억 회상의 단상으로 자리했던 유년시절의 향수가 거
의 전면적으로 자리를 잡으며 시세계의 중심으로 부각되고 있다.

오탁번 시의 본령은 바로 그의 초기시의 상징주의적 세계와 후기시의 향
수시편에 있는데, 이것은 그의 몸과 남성적 생명력에 관한 사유로부터 벗어나
자유롭게 사유할 수 있는 영역이기도 한 것이다.

이승은 한줌 재로 변하여
이름 모를 풀꽃들의 뿌리로 돌아가고
향불 사르는 연기도 멀리 멀리
못 떠나고
관을 덮은 명정의 흰 글자 사이로

숨는다
무심한 산새들도 수직으로 날아올라
무너미재는 물소리가 요란한데
어머니 어머니
하관의 밧줄이 흙에 닿는 순간에도
어머니의 모음을 부르는 나는
놋요강이다 밤중에 어머니가 대어주던
지린내나는 요강이다 툇마루 끝에 묻힌
오줌통이다 오줌통에 비치던
잿빛 처마 끝이다
이엉에서 떨어지던 눈도 못 뜬
벌레다
밭두럭에서 물똥을 누면
어머니가 뒤 닦아주던 콩잎이다 눈물이다
저승은 한줌 재로 변하여
이름 모를 뿌리들의 풀꽃으로 돌아오고

「下棺」

나는 우유를 못 마신다
마시자마자 화장실로 달려가야 한다
물똥으로 다 쏟아버리고 나면
숙제 안 해서 벌서고 났을 때처럼
외롭다
그래서 나는 분유를 먹기로 했다
출생 6개월 이후의 아기에게 먹이는 분유
뜨거운 물에 타서 한잔 마시고 나면
나도 아기처럼 영롱한 눈빛 되는 것일까
천만에

그럴 리가 없지
대학교수님들의 연구로
한국 어머니젖에 한걸음 더 가까워졌습니다
로히트분유 캔에 쓰여 있는 말처럼
과연 그럴까
그럼 정말 그랬으면 좋겠다
어릴 때 젖을 못 먹고 자란 나는
언제나 어머니의 젖가슴이 그립다
모유 열등감 또는 유방 동경심
또는 모성 결핍증 같은 말로나 표현될 수 있는
내 본능의 더듬이가 움직여서
생후 6개월의 아기가 먹는 분유를
뜨거운 물에 타서 마시는 것일까

비타민과 미네랄이 골고루 들어 있고
탈지유 유크림 해바라기유 어유 달맞이유
단백질 지방 탄수화물 회분 수분이 들어 있는
한국 어머니의 젖을 가장 많이 닮았다는
로히트분유를 한잔 마시고 나면
예쁜 아기 나비잠 자며 배냇짓하듯
밝은 햇살 볼에 받으며 옹알이하듯
기저귀에 오줌싸고 잠이 깨어
젖몸살난 엄마 젖꼭지 찾듯
나도 어머니의 예쁜 젖 찾을 수 있을까

지금은 다 커서 나도 대학교수가 됐지만
어떻게 연구를 해야
어머니의 젖가슴으로 다가갈 수 있을까
이제는 저승의 이슬밭에서

뽀얀 젖 뚝뚝 흐르는 젖가슴 헤치고
탁번아 탁번아
막내를 부르고 계실
아아 나의 어머니

「로히트 분유」

「下棺」은 어머니와의 사별을 모티브로 한 시편이다. 오탁번 시세계에서 특징적인 국면은 여느 시인들보다도 그가 몸으로 절실하게 체험한 것에서 비로소 시적 상상과 사유의 틀이 반짝이며 빛을 낸다는 점이다. 그 체험이 다소 가벼운 범주라면 시적 상상도 그 범주의 차원에 머무른다. 즉 자신의 몸이 지닌 생명력과 욕망의 영역이 시세계의 형상화에 있어서 그의 의식적 지향점보다도 훨씬 큰 영향력을 행사하는 것이다.

어머니의 죽음을 맞이한 시인은 절대적 슬픔의 상황에서 밤중에 어머니가 대어주던 놋요강, 그리고 이엉에서 떨어지던 눈도 못 뜬 벌레, 어머니가 뒤 닦아주던 콩잎으로 자신을 비유한다. 즉 시인의 가장 원초적인 모습이 이러한 비유 속에 있다. 다시 말해 시인의 무의식적 지향은 유년시절, 그것도 어머니가 오줌통을 대어주고 뒤도 닦아주던 좀 더 어린 유아기에 놓여 있는 것이다. 아마도 이 시기가 그의 추억 속에서 가장 행복한 시기의 상징인 듯하다. 그래서 그의 후기 시편에서는 이러한 유아기의 언어인 "아야 한다", "메롱메롱" 등의 구사가 특징적이다. 사실 그의 시세계의 형상화에서 가장 성공적인 작품들을 보여주는 것이 바로 후기 유년기 시편이기도 하다. 유아기 화자가 등장하는 유년기 고향 시편이란 그가 늘 염두에 두었던 남성적 생명력의 문제로부터 어느 정도 자유로운 영역이며, 그렇기 때문에 그의 시적 상상도 자유롭고 개성적으로 나타나 있다.

「로히트 분유」에서 성인인 화자는 출생 6개월 이후의 아기에게 먹이는 로히트 분유를 타서 마신다. 그는 어릴 때 젖을 못 먹고 자라 언제나 어머니의 젖가슴이 그립다고 말하고 있다. "모유 열등감" 또는 "유방 동경심", "'모성 결핍증"은 실상 시인의 무의식과 의식의 자리를 적확하게 드러내는 것이다. 왜냐하면 그의 시편, 특히 연애시편에서 드러나는 사랑이 성숙한 성인의 정서 라기보다는 마치 유아기 혹은 사춘기 소년이 연상의 여성에 대하여 느끼는 미묘한 정서에 초점이 맞추어져 있는 듯하기 때문이다. 그리하여 그의 연애시편 에서는 성숙한 성인의 에로티시즘을 볼 수 없으며, 여성에 대한 사유도 유년기에 그가 보았던 누이나 어머니의 상을 중심으로 나타나고 있다. 그는 이러한 그의 모성 결핍증, 유방 동경심에 대하여 그의 유년기 평화로운 고향과 어머니, 누이의 모습 그리고 그 속에서 사유하는 유년기 화자의 상상 궤적을 그려나감으로써 해소하고 있다.

여름내 어깨순 집어준 목화에서
마디마디 목화꽃이 피어나면
달콤한 목화다래 몰래 따서 먹다가
어머니한테 나는 늘 혼났다
그럴 때면 누나가 눈을 흘겼다
─겨울에 손 꽁꽁 얼어도 좋으니?
서리 내리는 가을이 성큼 오면
다래가 터지며 목화송이가 열리고
목화송이 따다가 씨아에 넣어 앗으면
하얀 목화솜이 소복소복 쌓인다
솜 활끈 튕기면 피어나는 솜으로
고치를 빚어 물레로 실을 잣는다
뱅그르 도는 물렛살을 만지려다가
어머니한테 나는 늘 혼났다
그럴 때면 누나가 눈을 흘겼다
─손 다쳐서 아야 해도 좋으니?

까치설날 아침에 잣눈이 내리면
우스꽝스런 눈사람 만들어 세우고
까치설빔 다 적시며 눈싸움한다
동무들은 시린 손을 호호 불지만
내 손은 눈곱만큼도 안 시리다
누나가 뜨개질한 벙어리장갑에서
어머니의 꾸중과 누나의 눈흘김이
하얀 목화송이로 여태 피어나고
실 잣는 물레도 이냥 돌아가니까

「벙어리장갑」

팟종에서 파씨가 까맣게 떨어지자
깨알 쏟아지는 줄 알고
종종 달려가는 노랑 병아리가
참말 우습지?
쇠파리 쫓는 어미소 꼬리에 놀라
냅다 뛰는 젖 뗄 때 된 송아지처럼
내 유년의 꿈이 내달리던 들녘은
옥수수 수염처럼 볼을 간질이며
메롱메롱 자꾸만 속삭인다
장수잠자리 한 마리 잡아서
호박꽃 꽃가루 묻혀 날리면
제 짝인 줄 알고 날아와 잡히는
수컷 장수잠자리도
용용 쌤통이지?

내 유년의 꿈을 실은 장수잠자리가
투명한 헬리콥터 타고

커다란 겹눈 반짝이며
꿈결 속 하늘로 날아온다
호적등본에나 남아 있는 줄 알았던
추억의 비행장에서는
까망 파씨와 종종종 병아리와
금빛 송아지와 별별 장수잠자리가
날마다 꿈마다 뜨고 내린다
밤송이 머리에 중학생 모자 쓰고
떠나온 고향 길섶에
심심하게 피어 있는 민들레도
홀씨 하얗게 하늘로 날리며
메롱메롱 나를 부른다

「메롱메롱」

쥐불놀이 하다가 눈썹 태우고
시래기죽 먹고 잠든 겨울밤
쥐불연기에 수염을 그슬린 쥐들이
눈썹 태운 나와 더 놀고 싶다는 듯
쥐오줌자국 난 천장을 밤새 달렸다
씨옥수수 갉아먹던 생쥐들도
이불 속까지 기어 들어와
내 어린 발가락을 자꾸 깨물었다
고드름이 제 무게에 툭툭 떨어지는
아침이 밝아오면
일곱 문 반 내 고무신에
복숭아씨처럼 예쁜
쥐똥만 남겨놓고 숨어버렸다

「쥐」

로히트 분유를 마시며 아기처럼 영롱한 눈빛을 꿈꾸던 시인은 이제 진짜 뽀얀 젖 흐르는 젖가슴을 헤친 어머니의 곁이라는 상상의 세계 속에 들어가 있다. 첫 번째 시 「벙어리장갑」에서 시적 화자는 목화송이를 따다가 고치를 벗어 물레로 실을 잣고 그것으로 누나가 뜨개질한 벙어리장갑을 형상화하고 있다.

행복한 그의 유년기 시절의 회상은 "손 다쳐서 아야 해도 좋으니?"란 걱정스런 엄마와 누나의 말까지 기억하고 있다. 그런데 "아야"라는 유아기 말에서 알 수 있듯이 시인의 유년시절이 담긴 고향 꿈꾸기는 다른 시인의 유년시절 향수시편에 등장하는 화자보다 훨씬 더 어린 형상을 보인다.

「메롱메롱」에서는 팟종에서 파씨가 떨어지자 깨알인 줄 알고 달려가는 노랑 병아리, 쇠파리 쫓는 어미소 꼬리에 놀라 냅다 뛰는 젖 뗄 때 된 송아지, 호박꽃 꽃가루 묻혀 장수잠자리 날리면 제 짝인 줄 알고 날아와 잡히는 수컷 장수잠자리 등을 형상화하고 있다. 그런데 이들 귀여운 자연물들은 "날마다 꿈마다 뜨고 내리"며 이들 고향의 풍경은 "메롱메롱" 하고 나를 부르고 있다. 중학생이 된 시적 화자가 등장하지만 여기서 주요하게 쓰인 시어인 "메롱메롱", "용용 쌤통이지" 등은 유아기적 언어이다.

이 시에서 특징적인 측면은 언어의 세련된 조탁이다. 유아기적 언어와 어린 아이가 체험하고 즐거워했을 법한 체험과 상상이 조화로운 언어로 귀여운 이미지를 그려내고 있다. 그리고 노랑 병아리, 송아지, 수컷 장수잠자리 등이 각각 처한 상황이 우스꽝스러우면서도 재미있게 형상화되고 있다.

오탁번 시인의 탁월한 측면을 보여주는 그의 이력, 즉 여러 분야의 신춘문예 당선 중에서 '동화' 당선이 처녀 수상이라는 점은 결코 우연이 아닌 듯하다. 왜냐하면 그의 상상은 유년기 화자가 된 시인의 상상과 언어로부터 반짝이는 빛을 발하기 때문이다.

「쥐」에서는 쥐들이 밤새 천장을 달리고 화자의 발가락을 깨물고 일곱 문 반짜리 고무신에 쥐똥을 남겨둔 체험을 모티브로 하고 있다. 그런데 이러한 상황을 성인이 된 화자가 맞닥뜨린다면 어쩌면 전혀 다른 시적 상상의 궤적을 보였을 법하다. 고무신에 있는 "쥐똥"을 "복숭아씨처럼 예쁘"다고 할 사람은 바로 "일곱 문 반 고무신"의 주인인 유년기의 아이밖에 없을 것이다.

이와 같이 오탁번의 유년기 시편들은 마치 꼬마의 장난스런 상상을 보는 것처럼 귀엽고 행복한 삶의 한 풍경을 펼쳐 보여주고 있다. 또한 유아기 언어의 구사가 동화적 환상의 세계를 돋보이는 데 일조를 하고 있다. 그러나 이러한 유년기 시편들이 때로는 지나치게 동시적인 성향을 보여주는 측면도 있다("아빠는 술 마시고 들어오면/ 나한테 늘 하는 말이 있다/ ─에헴, 아빠는 어릴 때/ 잉크가 어느 방에서 공부를 했다! //아빠는 이글루에서 살았나?"─「아빠」).

「쥐」에서 '쥐똥'과 '천장의 쥐 다니기'와 같은 유쾌하지 않은 사건들도 아름답고 행복한 기억으로 채색되듯이, 유년시절의 들추어내고 싶지 않은 괴로운 기억의 장면 등은 없애버리거나 의식의 테두리에 넣지 않으려는 경향도 있다("나는 잘 모른다 천등산의 산불도, 동네에 자욱했던 잎담배의 연기도, 숯처럼 까만 아이를 낳아 젖을 물리던 창덕이 엄마의 한숨도, 나는 하나도 모른다"─「천등산 박달재」 부분). 즉 그의 시에서 빈번하게 나타나는 "나는 모른다"는 시구는 그의 행복한 환상을 위한 차단벽인 셈이다.

> 시를 시답게 쓸 것 없다
> 시는 시답잖게 써야 한다
> 껄껄껄 웃으면서 악수하고
> 이데올로기다 모더니즘이다 하며
> 적당히 분바르고 개칠도 하고
> 똥마려운 강아지처럼
> 똥끝타게 쏘다니면 된다
> 똥냄새도 안 나는 걸레냄새 나는 방귀나 뀌면서
> 그냥저냥 살아가면 된다
> 된장에 풋고추 찍어 보리밥 먹고

뻥뻥 뀌어대는 우리네 방귀야말로
얼마나 똥냄새가 기분좋게 났던가
이따위 추억에 젖어서도 안 된다
저녁연기 피어오르는 옛마을이나
개불알꽃에 대한 명상도
아예 엄두내지 말아야 한다
시를 시답게 쓸 것 없다
시는 시답잖게 써야 한다
걸레처럼 살면서
깃발 같은 시를 쓰는 척하면 된다
걸레도 양잿물에 된통 빨아서
풀먹여 다림질하면 깃발이 된다
노스텔지어의 손수건이 된다
―벙그는 난초꽃의 고요 앞에서
『우리 시대의 시창작론』을
쓰고 있을 때
내 마빡에서 별안간
'네 이놈!' 하는 소리가 들리더니
그만 연필이 딱 부러졌다
손에 쥐가 났다

「우리 시대의 시창작론」

위 시는 전체적으로 역설의 구조를 지닌 것으로서 오탁번 시인에게서는
흔하지 않은 기법의 시편이다. 즉 '시는 이렇게 쓰지 말아야 한다'는 내용항
이 실은 시인의 시가 나아갈 방향인 것이다. 이것은 "네 이놈"하는 소리와 그
만 연필이 딱 부러졌다는 어구의 장치로써 이 시의 역설적 목소리를 단적으로
보여주고 있다.

즉 시를 시답게 쓸 것, 유년기 추억, 저녁연기 피어오르는 옛마을, 보리

밥 먹고 뀌어대는 방귀, 개불알꽃에 대한 명상 등이 시인이 쓰는 시의 내용항이자 시인의 후기 시세계가 지닌 특징적인 국면인 것이다. 여기서 알 수 있는 것은 그의 시에 대한 결벽에 가까운 '순수성' 지향이다. 그에게 시란 자신의 위선과 가면을 모두 버리고 취해야 하는 것, 현실의 속악함으로부터 걸러진 것, 순수함의 추구인 것이다.

그 순수함의 정체晶體가 바로 모성적 세계, 평화로운 유년기의 고향인 것이며 그는 완벽하게 재현된 순수함을 위해서 실상 현실의 속악함과 함께 그 현실을 직시해야 할 일정 부분까지 삭제하고 있다. 그러나 그의 후기 고향 시편은 어느 누구보다도 포근한 고향 풍경과 유년기 화자의 행복감 그리고 그 화자의 동화적이면서 귀여운 환상까지도 완벽하게 구현해 내고 있다.

아이들의 손에 태어나는
썰매 타는 여름과 꽃 피는 겨울
십자가 위에 앉은 까마귀가
몽당 크레용을 뒤집어 쓰고
비둘기 흉내를 내며 웃는다
꽃병 위에 뜬 아침해는
앞니 빠진 아이들의 입으로 들어가고
구름 사이로 솟은 미끄럼틀이
날개를 파닥거린다
아침에 자른 생일과자의 촛불은
어른들의 근심으로 곱게 타오르고
오후의 그림교실에서는
마차를 타고 가는 왕자님이
벽시계에 부딪혀 곤두박질한다
시계바늘이 깜짝 놀라
묵찌빠 묵찌빠

가위바위보를 하고
하늘은 온통 화재가 났다
소방수 아저씨의 날개에도
빨주노초파남보 불이 붙었다
어른들의 근심은
물방울 같은 별이 되어
참 잘했어요 별도장을 찍는다

「아이들의 화실」

그 우물은 하늘을 향해
까마득한 바닥까지 열어놓고 있었다

이 건 청 론

학살된 인간의 무덤 위 유난히 무성한 숲이
조금씩 흔들렸다

이건청(1942)은 1967년 「한국일보」 신춘문예에 당선되었고 '현대시' 동인활동을 거쳐 처녀시집 『李健淸詩集』(월간문학사, 1970)을 상재하였고 이후 『목마른 자는 잠들고』(심상사, 1975), 『망초꽃 하나』(문학세계사, 1983), 『청동시대를 위하여』(문학과비평사, 1989), 『하이에나』(문학세계사, 1989), 『코뿔소를 찾아서』(고려원, 1995), 『석탄 형성에 관한 관찰 기록』(시와시학사, 2000), 『푸른 말들에 관한 기억』(세계사, 2005)을 상재하였다.

그의 시세계를 구분하자면 '현대시' 동인활동 시기와 『李健淸詩集』, 『목마른 자는 잠들고』를 중심으로 한 초기시, 『망초꽃 하나』, 『청동시대를 위하여』, 『하이에나』, 『코뿔소를 찾아서』를 중심으로 한 중기시, 그리고 『석탄 형성에 관한 관찰 기록』과 『푸른 말들에 관한 기억』을 중심으로 한 후기시로 나누어볼 수 있다.

초기시에서 그는 주로 자동기술적인 방식으로 6·25 전란의 공포체험을 피학적으로 형상화하고 있으며, 중기시에서는 인간문명의 이기로 인하여 핍박받는 동물 등의 대상을 중심으로 문명비판적 특성을 보여준다. 그리고 후기시에서는 핍박받는 동물뿐만 아니라 탄광촌 사람들의 실상에 대한 관심과 함께 그의 시가 지닌 피학적 특성을 매천 선생과 같은 정신적 인고의 극한 경지로 가다듬으려는 의지를 보여주고 있다.

이건청의 시세계는 다른 시인들에 비하여 초기시, 중기시, 후기시와 같은 시기 구분이 큰 의미를 지니지 못하는데 그의 시세계는 시기적으로 변화한다기보다는 유기적이고 단일한 주제의 확장, 심화의 양상을 지니기 때문이다.

그는 인간이 초래한 전쟁과 문명에 대한 깊은 회의를 기저로 하여 소외되고 핍박받는 주변의 동물들과 자연물들을 구체적으로 형상화함으로써 인간문명과 이기가 지닌 폭압성을 드러내고자 한다. 그러나 동물들과 숲속의 자연에 관한 형상화가 구체적인 데 비해서 현대인의 일상과 문명에 관한 구체적인 형상화는 매우 드물다. 이것은 사물과 상황을 통하여 문명비판적 혹은 문명혐오적인 세계관을 우회적으로 드러내는 것이다. 그는 지금의 문명사회를 위기의 시대로 파악하고 인간이 아닌 동물 혹은 자연물의 시각에서 철저하게 현상을 파악하고자 한다. 그의 이러한 문명비판 및 핍박받는 동물들의 애호사상은 근본적으로 그가 체험한 6·25전란 중의 피폭격 체험에서 발생하고 있다.

그의 시세계의 또 다른 측면은 지극히 피학적이라는 점으로 후기시로 가면서는 인내와 인고, 정신력의 의지에 대한 경도와 관련을 지니고 있다. 이러한 피학적인 특성은 우리가 사육하는 동물들이 지니는 지극히 순수한 맹종의 내면을 들여다보는 것이기도 하면서 그가 고통을 받아들이는 방식을 특징적으로 드러내는 것이기도 하다. 그는 외부적 고통을 소리 없이 감내하고 끝없이 자기의 내면을 들여다보면서 그 고통의 깊이만큼 자기 내면을 파헤치는 방식을 취하고 있다. 이것은 그의 시가 지닌 내성적 특성을 드러내는 동시에 사회적 약자와 자연의 동물들에 대한 그의 휴머니즘적 정신을 보여준다.

유년의 혼들이 세운 木橋를 지나
깜정 시각이 밀리는 숲으로
달려가는 말과, 헤어지는 두 사람이 보인다.

正方形의 짐들을 싣고
세 개뿐인 다리의 내가 뛴다.

균형 잃은 육신이
난간을 깨뜨리고 추락한다.
까마귀가 열 둘,

캄캄한 살 속에 침몰한다.

밤새도록 채찍을 맞으며
시계 속을 돌고 있다.

「不眠」

다섯 개의 삽이 쓰러져 있다.
항상 채찍이 감기는 등어리,
고딕식 석조의 내 방에
時計에 꽂혀
붉은 손이 걸려 있다.
不眠에 새운 말이
土幕에서 끌려나올 때
아침 세 시의 종이 울리고
푸른 달이 비치는
피곤한 내 저택에
바람은 기억의 잎을 흔들며
혈관의 끝으로 분다.

나는 여위어간다.
채찍이 등어리에 감겨
모든 관절을 태우면서
밭을 향해 간다.

한마리 말이 되어
짐을 끌고 떠난다.
未明의 새벽
먼 해변에 가 쓰러지겠다.

시간이 이탈해간 태엽,
그 차가운 金屬의 눈을 뜨고
사나운 한 마리 말이
새벽의 鋪道 위를 가고 있다

「말」

　　이건청의 초기시는 '현대시' 동인지의 내용적 형식적 특성을 전형적으
로 반영하고 있다. 즉 무의식의 세계를 해사적인 언어로써 자동기술적으로 서
술한다는 점인데 무의식의 주요 내용항에 이건청 시인 고유의 시세계가 담겨
있다.

　　위의 두 시편에서 공통적인 제재는 '말'인데 '나'와 '말'은 일체화되고
있다. 먼저 「不眠」을 보면 "正方形의 짐들"을 싣고 "세 개뿐"인 다리로 뛰고
있는 "말"은 균형을 잃고 추락하며 그 살 속으로 까마귀가 침몰한다. 그리고
밤새 채찍을 맞고 있다. 「말」에서도 "不眠에 새운 말"이 등장한다. 그 말은
"채찍이 감기는 둥어리"를 가졌으며 "土幕에서 끌려나"와 채찍을 맞으며 짐
을 끌고 떠난다. 여기서도 「不眠」과 마찬가지로 '나'는 "한 마리 말"이며 '쓰
러지다' 또는 '떠나다' 형태의 서술어를 취하고 있다.

　　두 시편은 서로 다른 상황의 무의식을 보여주지만 그 중심내용항에 있어
서는 매우 유사하다. 말이 등장한다는 점, 그 말은 '나'와 일체화된다는 점,
'나'이기도 한 '말'은 채찍을 맞고 있다는 점, 뛰거나 추락하거나 침몰하거나
떠난다는 점에서 유사한 구조를 보여준다. 이건청의 시세계에서 '말'과 같은
동물 이미지는 그의 초기시부터 주요하게 나타나고 있는데, 단순한 제재적 차
원이 아니라 화자와 일체화되어 전면적으로 부각됨으로써 독특한 특성의 시
세계를 구성한다. 또한 그의 초기시에서 등장하는 '말'이 항상 채찍을 맞고
달리거나 추락하고 있다는 특성을 지적할 수 있다. 추락하는 '말'과 '채찍'의
이미지는 그의 초기 시세계의 주요한 비유의 축이라고 할 수 있는데 '말'로

표상된 피학적 대상이면서 달린다기보다는 도망가는 존재 그리고 '채찍'으로 표상된 '공격당함'의 의미항은 이후 그의 시에서 반복적인 모티브로 나타나고 있다.

실상 그의 초기시 특히 『李健淸詩集』에는 쇠, 사슬 등과 같은 날카로운 빛을 내는 쇠조각 그리고 달리고 도망가는 모티브를 주조로 한 무의식의 내용항을 보여주고 있다. 즉 『李健淸詩集』의 실질적인 내용은 6·25전란 때의 비행기 폭격 체험과 공포의 경험이 주요한 것으로 자리 잡고 있다.

용인 쪽에서 비행기가 날아왔다. 귀를 찢고 있었다. 나는 마당에서 부엌으로 뛰어들면서 비행기가 무언가를 떨어뜨리는 걸 보았다. 신기하였다. 신기하다는 생각을 떠올리기도 전 엄청난 폭발음이 들렸다. 여닫이 문짝이 날랐다. 연거푸 문짝이 날고 어머니가 나를 불렀다. 어여, 어여 들어오라니까, 들어오라니까, 어머니가 절망적으로 외치고 계셨다. 폭격은 기총소사로 이어졌다. 뒷산 방공호로 가자 어머니가 외쳤다. 누나와 나는 어머니와 함께 장터거리를 지나 뒷산을 향해 뛰었다. 쏟아져 내리는 기관포탄 사이를 뚫고 뒷산으로 달렸다. 마을 사람 모두가 달리고 있었다. 장터에 사람 하나가 죽어 있었다. 선혈이 흥건하였다. 그가 타고 가던 자전거가 그 옆에 버려져 있었다. 바퀴가 혼자 돌고 있었다. (그 뒤에도 오랫동안 비행 편대가 내 속을 엄습해 오곤 하였다. 저공비행이었다. 터지는 포탄 사이를 피해 달려가곤 했었다.)

「속의 비행 편대」

조용히 봄이 머물고 있다.

추락한 비행기는
쓸쓸한 구두만 남기고
이 언덕에 슬퍼하는 몇 사람을 남기고

첫 봄의 아픈 살을
낮게 날던 우리들의 은빛 노동은
신발도 못 신고 나아갔다.
생활의 몇 천 피이트 상공을 나르며
가난한 나라의 몇 사람을 운반하던 너는
機首를 흙으로 향해 추락했다.
너무 많은 아픔 때문에 첫 봄의 서울
그 줄기를 따라 상승해가던
우리들의 봄은
그날 비 내리는 흙을 향해 추락했다.
가난한 몇 개 침상을
힘든 삶의 사람들을 부수고―.

비 내리는 봄에 남은 몇 사람이 슬피 울었다.
첫 봄의 밝고 눈부신 覺醒이 내리는 언덕에
봄은 머물고 있다.

가장 환한 언덕에 타다 남은 衣裳과
피와, 살과,
아직도 싹트지 못한 봄이 쉬고 있는
양지 속에
추락한 노동을 헤치며
아이들이 몇
호미를 들고 있다.

「現場」

「속의 비행 편대」는 최근에 시인의 6 · 25 전란 당시의 기억을 회고하며
쓴 시편이며 「現場」은 『李健淸詩集』에 실린 초기시이다. 이 두 시편의 공통
점이라면 비행기 폭격과 그 상황을 형상화한 점이라고 하겠다. 그의 유년시절

의 기억에서 전란의 피난 상황과 비행기 저공폭격은 큰 자리를 차지하고 있는 데 '비행기'와 관련한 모티브는 초기시에서도 빈번한 제재로 나타나고 있다.

비행기 폭격은 앞에서의 '말'과 '채찍'과도 유기적 관련선상에 있다. 비행기에 관한 또 다른 시편인 「비행기」에서 "비행기라니! 귀를 찢는 굉음을 내며 산 너머로 날아갔었다. 점령군이 말먹이 건초 창고를 폭격해 불더미로 만든 것도 비행기였다. 누나 손 잡고 불타는 건초 창고 옆을 피해 가면서 온몸이 뜨거웠었다"의 내용에서 보듯이 비행기 폭격으로 "말먹이 건초 창고"가 폭격되고 내가 그 건초 창고 옆을 달리는 장면은 그의 초기 시편에서 '채찍'을 맞는 '말'이 '나'와 일체화되어 달리고 추락하는 반복적 모티브의 원천을 제공하는 것이다.

저공비행으로 인한 폭격의 체험은 그의 전란 체험의 원형적 이미지와도 같은 것이다. 「속의 비행 편대」에서는 비행기 폭격으로 여닫이 문짝이 날고 어머니와 함께 방공호로 뛰어가는 체험을 기록하고 있다. 그런데 유의할 것은 "마을 사람 모두가 달리고 있었다. 장터에 사람 하나가 죽어 있었다. 선혈이 흥건하였다"는 구절이다. 그의 초기 시편, 특히 무의식의 기록을 다룬 시편에서 자주 형상화되는 쫓기고 도망가고 찢겨진 신체 등은 그의 6·25 폭격 당시의 전란 체험이 매우 큰 영역을 차지하고 있다는 뜻이다.

위의 두 시편 중 추락한 이후의 비행기를 대상으로 형상화한 「現場」에서 비행기의 추락은 곧 '우리들의 봄의 추락'이며 "힘든 삶의 사람들을 부수"는 것으로 묘사되어 있다. 이처럼 이건청의 시편들에서는 피학적인 특성을 엿볼 수 있다. 더욱이 채찍과 말이 달리는 모티브는 그의 의식상에서 자리하는 그의 피학적 특성을 자명하게 보여주는 것이다.

특이한 것은 그의 시편에서 화자가 고통을 당하고 피하는 장면이 형상화될 뿐 어떤 저항이나 분노 등의 감정은 표출되지 않는다는 점이다. 아니, 표출되지 않는 것이 아니라 그 채찍과 고통을 운명처럼 수용하고 당하는 모습으로만 그려지고 있다.

누가 와서 밑둥을 찍어다오.
힘차게 찍어다오.
토막지워져 쌓이고 싶다.
쌓인 채 마르고 싶다.
누가 와서 밑둥을 찍어다오.

불이 되어 타고 싶다.
서서히 재가 되고 싶다.
낮은 소리로 말하며
재가 될 때까지 붙이고 싶다.
기일게 연기를 피워올리며
하늘 밑에서 불타고 싶다.
누가 와서 밑둥을 찍어다오.
시냇물이 스쳐가는 먼 들판으로
쓰러지고 싶다.

불이 된 나를 보아다오.
도끼날에 찍혀 쓰러지고 싶다.
가지와 이파리를 단 채 그대로
가지를 흔들며 서서히 쓰러지고 싶다.
불이 된 나를 보아다오.

「누가 와서 밑둥을」

녹슨 깡통 옆을 지나
맨발의 어둠이 오고 있었다.
타버린 마을 곁
좁은 시내로 피마리들이 달리고
이따금

무장한 兵士들을 싣고 지엠씨가 달리고

목발을 짚고 돌아온 형이
늦도록 퍼마신
이빠진 사기 술잔에도
맨발의 어둠이 오고

학교길 옆
虐殺된 人間의 무덤 위
유난히 무성한 숲이 조금씩 흔들렸다.

「幼年의 숲」

「누가 와서 밑둥을」에서는 시인의 내면에 자리한 피학적 특성을 단적으로 드러내고 있다. 밑둥을 도끼에 찍히고 토막지워져 쌓이고 싶고 불이 되어 타고 싶으며 하늘 밑에서 불이 되어 타고 싶은 '나'가 나타난다. 이때의 '불'이란 앞에서 비행기 폭격에 의한 '불덩이'나 '채찍' 이미지와 연속선상에 있는 상징이라고 하겠다.

한편 이 시에서는 고통을 당하는 상황에서 그치지 않고 그 고통을 능동적으로 수용하고 받아들이려 한다는 점이 새롭다. 이것은 마치 독립투사가 옥에서 고문과 고통에도 불구하고 그 고통의 불 속에서 자신의 정신력과 인내의 한계를 견뎌내려고 하는 자세에 견줄 수 있을 정도이다.

또한 이 시에서 밑둥이 찍히고 토막지워져 쌓이고 불이 되어 재가 될 때까지 타는 주체는 '나무'이자 화자이다. 시인의 분신인 '나무'는 고통을 견디는 크기만큼, 즉 찍히고 타고 쓰러져서 불이 되고 재가 되는 고통의 크기만큼 정신적인 인내의 힘이 무한대로 성장하는 것을 보여준다. 그저 스스로 이 고통을 소리 없이 감당하고 있는 듯한 이 '나무'는 수동적인 듯하나 내적으로 매우 강하면서도 내성적인 시인의 성향을 보여주는 것이라고 할 수 있다.

「누가 와서 밑둥을」이 시인의 내면 풍경을 보여준다면 「幼年의 숲」은 외부적 장면을 형상화하고 있다. 여기서도 "무장한 兵士", "목발을 짚고 돌아온 형", "虐殺된 人間의 무덤" 등의 전란 체험이 간접적으로 나타나는데 시인은 이러한 체험 또는 흔적들을 담담하게 형상화하고 있다. 단지 "유난히 무성한 숲이 조금씩 흔들렸다"에서 상징적인 방식으로 시인의 '분노'가 나타날 뿐인 것이다. 이건청 시인에게서 숲의 이미지 또한 유의성을 지니고 있는데 숲이란 비행기 폭격, 전쟁, 문명과 대척점에 놓인 자연이면서 시인이 지향해야 하는 대상인 것이다.

> 간밤엔 새까만 신발을 신고
> 자꾸만 깊은 숲으로 가고 있었다.
> 물푸레나무 잎을 헤치고 머루나무 숲을 헤치고
> 일어서면서 일어서면서
> 밤을 향해 가고 있었다.
> 소주잔과 都市로부터 멀어지기 위해서
> 남은 사랑을 버리기 위해서
> 잃어버린 野性을 되찾기 위해서
> 간밤엔 깊은 숲으로 가고 있었다.

「숲을 향해서」

직장에서 느끼는 경직된 인간관계나 상사에게 인정받기 위해 벌이는 동료들의 경쟁, 이런 것들을 생각할 때마다, 그의 생애 자체까지가 무의미한 것으로 비춰지곤 했다고 한다. 가치 없다고 생각되는 직장을 향해 가는 아침 출근의 한 시간이 더없이 역겨운 것이 되는 것은 당연한 것이다. 그런 직장에서의 하루 일을 끝내고 집으로 돌아오는 다시 한 시간 동안, 그는 수없이 무의미한 자신의 삶을 반추하면서 어깨를 늘어뜨리고 집에 돌아올 수밖에 없었을 것이다. 의미를 상실한 이 가장의 삶은 곧장 그의 아내와 두 딸들에게 전이되어 온 가족 모두가 시름에 잠기게 되었다는 것이다. 그런데 이 사람은 어느 날부터인가 출퇴근길에 차창밖에 보이는 교회와 십자가의 수효를 세기 시작했다고 한다. 어제까지 보이지 않던 산동네의 십자가를 찾아내고 나무에 가리어 보이지 않던 것들도 나뭇잎이 져가는 가을에 발견하고……. 이렇게 안 보이는 대상을 발견하려고 눈과 귀와 정신을 한 곳에 모아 살다 보니, 그렇게 무료하기만 하던 출근길과 퇴근길의 한 시간들이 가치를 지니게 되었다고 한다. 출근길의 한 시간과 퇴근길의 한 시간이 가치를 지니게 되면서 그렇게 무의미한 것으로만 보이던 직장생활과 그의 생애가 새로운 뜻을 지닌 것으로 보이기 시작하더라는 것이었다.

「새로움을 발견하는 삶」, 『하이에나』 109~110쪽.

시인에게 '숲'은 "소줏잔과 도시"로부터 멀어진 것이자 "잃어버린 野性"의 세계로, 숲이나 산으로 가는 모티브는 시인의 시세계에서 빈번하게 나타난다. 숲과 산에 대한 지향은 그가 전란 체험으로부터 각인된 피학적 의식을 치유하는 하나의 방식인 셈인데, 위에 소개한 산문 「새로움을 발견하는 삶」에서는 그의 삶의 방식 혹은 시인으로서의 삶의 방식을 보여준다.

그는 "직장에서 느끼는 경직된 인간관계나 상사에게 인정받기 위해 벌이는 동료들의 경쟁" 등 인간 문명세계의 일상에 대하여 '무의미함'을 느낀다. 그리하여 "안 보이는 대상"을 발견하려고 눈과 귀와 정신을 한 곳에 모아 사는 삶을 지향한다. 즉 우리가 일상생활 속에서 지나치기 쉬운 들꽃, 나무, 개, 고양이나 숲속에 사는 동식물들의 모습, 즉 자연의 순수한 생태를 재발견하며 삶의 의미를 찾는 것이다.

이처럼 그의 시세계에서 주요하게 나타나는 문명사회의 틈새 속 동물 이미지는 그의 문명비판적 성향을 단적으로 보여주는 것이다. 즉 그는 전쟁, 문명 혹은 인간 사회의 구조가 지닌 속악성 일체에 대한 혐오를 시편들의 이면에 보여주고 있다.

손에 감기는 차가운 줄, 이 사슬은 내 것이다

이건청의 초기시에서 불면하는 말과 채찍 그리고 맞거나 도망가는 모티브는 자동기술적 기법의 시편에서 빈번하게 나타나고 있다. 이 이미지군은 "말먹이 건초 창고"가 비행기의 저공폭격에 의해 불더미로 변했던 그의 6·25 전란 체험과 긴밀한 관계를 지니고 있다. 그의 시편들, 특히 그의 초기 시편들에서 보이는 마조히스트적인 특성은 공격받음의 상태에서 화자가 어떠한 항거도 하지 못하고 수동적으로 받아들인다는 것이다.

나아가 외부적 폭력을 저항하거나 분노하지 않고 능동적으로 받아들이는 모티브를 보여준다. 순종적이면서 온화한 내적 특성은 그가 시에서 주요 모티브로 한 '개'나 '말' 등의 이미지와 유사한 면모를 보여주고 있다. 그리고 이것이 외부적으로 포착될 때는 '무성한 숲의 흔들림' 정도로 간접적으로만 형상화된다.

또한 그는 동물들이 지닌 순수한 야성에 동질감을 지니는데 이것은 '숲'과 '산'으로 가는 반복적 모티브를 통하여 형상화되고 있다. 시인은 그의 내면에 자리한 피학적 특성 또는 공격받음에 대하여 어떤 분노나 외적 행동을 드러내지 않는 대신 자연의 숲과 동물, 식물들과의 친화적 지향을 보여줌으로써 전란으로부터 받은 상처를 치유하고 인간생활에서의 무의미함을 극복하려고 한다.

강아지를 품에 안고 온 날, 나는 너무 취해서 꿈도 꾸지 않았다. 새벽 갈증에 눈을 떴을 때 머리맡에서 놈은 떨고 있었다. 무척이나 나를 무서워하였다. 방 모서리에 쭈글뜨리고 낑낑거렸다. 도적을 지키는 덴 개가 제일이라고 선생님께서 주신 강아지를 세퍼트로 키우기로 마음먹었다.

흔들리는 창문소리에도 놀라 쩔쩔매는 놈의 분홍빛 발바닥, 열흘쯤 뒤에 밖에 내어놓았다. 밤새도록 울었다. 어둠에 덮인 지상에서의 徹夜. 어둠을 견뎌야 개가 된다고 타이르면서 이튿날 사슬로 목을 매어 라일락 둥치에 묶어놓았다. 절망하는 눈치였지만 저항하지는 않았다. 라일락꽃이 필 때쯤 놈은 사슬에 익숙해 있었다. 놈이 컹컹 짖을수록 나는 깊은 잠을 잤다.

라일락잎이 져버렸을 때, 더 굵은 사슬로 바꾸어 매었다. 이빨을 드러내고 으르렁거리기도 하였다. 화장품 외판여인의 바지를 물어뜯기도 하였다. 밤새도록 잠들지 않았다. 때로는 두어 끼씩 굶기기도 하고 린치를 가하기도 하였다. 놈은 완벽한 개가 되어 있었다.

봄이 와서 라일락 가지에 다시 싹이 틀 때쯤 다시 한 번 사슬을 바꿔 매었다. 힘센 개가 된 놈은 나의 충복이 되었다. 늦은 밤 소주에 젖은 내가 골목 안에 들어서면 컹컹 짖어 나를 반겼다. 나는 놈의 목에서 사슬을 풀었다. 지상은 완전히 결빙에서 벗어났다.

완전히 자유로와진 그는 달릴 수 있는 한 달리고 별안간 멈춰서기도 하였다. 그리고 내 휘파람소리가 들리지 않는 곳까지 가선 다시 돌아오지 않았다. "개 같은 놈!" 하늘 아래 그 소리만 자욱했다. 나를 향해 그 소리만 자욱하였다.

「畜犬」

위 시편은 시인이 강아지를 품에 안고 와서 셰퍼드로 길러내는 과정을 중심으로 형상화되고 있다. 그가 강아지를 사육하는 방식은 밖의 어둠에 내놓기, 사슬 바꿔 매기, 두어 끼씩 굶기기, 린치 가하기 등으로 나타나고 있다. 마침내 완벽한 힘센 개로 키우고서 개의 사슬을 풀어준 순간 개는 "내 휘파람 소리가 들리지 않는 곳까지 가선 다시 돌아오지 않았다".

셰퍼드로 강아지를 길러내는 과정에는 개에 대한 화자의 연민과 애정이 묻어나 있으며 이러한 연장선에서 나타난 마지막 구절의 "개 같은 놈!"이란 발언은 '나'를 향한 발언인 것이다. 시인은 그 개를 셰퍼드로 키우는 일련의 과정을 단적으로 '사슬 바꿔 매기'로 드러내는데 결국 이러한 자기의 폭력적 행위에 대한 자책감에 빠지고 만 것이다.

일반적으로 구체적인 현대인의 일상적 체험 기록이 잘 나타나지 않는 이건청의 시로 볼 때 이 시편의 세밀한 형상화 방식은 드문 편이다. 대체로 시인의 일상과 체험은 추상화되고 자신이 처한 현실보다는 자연과 동물에 관한 직간접 체험 혹은 동물들이 인간에게 당하는 피학적 삶 등이 구체적인 관심사이기 때문이다.

'사슬' 이미지는 그의 초기시에서 채찍, 쇠 혹은 비행기 등의 이미지와 연장선상에 있다. 인간의 동물 사육에서 문명의 야만성을 드러내는 것이면서 이건청의 시에 반복적으로 드러나는 이 '사슬'을 시인은 연약한 강아지에게 묶고 폭력을 행사함으로써 개가 달아나게 한 결과에 대해 큰 죄책감을 느낀다. 전란 체험의 형상화에서 그 고통을 자기의 것으로 운명처럼 받아들이는 면모를 보여주던 시인이 강아지를 셰퍼드로 기르기 위해 폭력과 사슬매기라는 폭력을 가했던 경험을 통해 인간의 폭력적 본성에 대한 확인이라는 상처를 안게 된 것이다.

> 이것은 내 것이다
> 손에 감기는 차가운 줄
> 이 사슬은 내 것이다
> 내가 묶은 차가운 줄
> 이 사슬로 나를 묶고
> 네게로 가리라
> 이 사슬을 목에 걸고
> 가리라,
> 흙을 딛고 흙에게로 가리라
> 이 사슬 목에 걸고.
>
> 「칼레의 市民들」, 「이 사슬을 목에 걸고」

이리들이 도시에 출몰하기 시작하였다.
통근차를 타고 사람들 사이에 끼어앉아
횡단보도를 건넌다.
이빨과 발톱을 숨긴 내가 이리인 것을
아는 사람은 없다.
내가 머리털을 세우고
아파트 옥상에 올라 밤마다 우는 걸
누구도 모른다.
그러나, 우, 우, 하고 내가 울 때면
도처에서 이리들이 우우, 우우, 운다.
아마, 나 말고도 많은 이리들이
깨어 있는 것 같다.
야음을 타고 도시의 골목을 배회하거나
귀를 모두고 엎드려 밤을 지새는 하리 할러
하리 할러,
카바이트 불빛 아래 쭈그리고 앉은 당신은
흔히 목격된다.
이, 도시의 이리들은, 허기진 이리들은
질긴 혁대로 바지를 추스르고
어둠 속으로 비틀거리고 가 어둠이 된다.
짙고 견고한 어둠이 된다.

「황야의 이리·1」

　　앞의 시에서 시인은 "손에 감기는 차가운 줄"이 자기의 것이라고 말하며
이 사슬로 "나를 묶고" 간다고 말하고 있다. 이 시편의 표제는 둘인데, 내용은
동일하지만 『청동시대를 위하여』 시집에 「칼레의 市民들」과 「이 사슬을 목에
걸고」라는 표제로 각각 실려 있다. 그만큼 시인에게 이 시편은 자기 의식상의
자리를 반복적으로 드러내는데 구체적으로 그가 강아지를 셰퍼드로 키우기

위해서 걸었던 '사슬'을 자신이 목에 걸고 가는 형상으로 나타난 것이다.

「황야의 이리·1」에서는 시인이 '이리'의 형상을 하고 아파트 옥상에서 밤마다 "우우" 우는 모습을 보여주며, 도시의 도처에서 허기진 이리들은 어둠 속으로 비틀거리고 견고한 어둠이 된다. 여기서 그의 의식상의 유사한 인물인 『황야의 이리』의 하리 할러가 등장한다. 하리 할러는 문명 사회에서 사는 현대인이 인간 이기의 위악성을 증오하는 한 측면을 보여주는 인물이다. 즉 내면적으로는 숭고한 것을 추구하면서도 외부적으로는 경멸스런 속악한 사회 삶을 벗어나지 못하는 것이다.

이건청 시인의 하리 할러적 모습은 그의 시세계에서 단적으로 나타난다. 그의 시에서는 문명사회와 현대인의 일상에 대한 형상화를 거의 찾아볼 수 없다. 이것은 그가 정서를 드러내는 방식, 즉 전쟁의 폭력적 상황 속에서도 무성한 숲이 유난히 흔들렸다는 간접적 방식이나 고통을 감내하는 시적 화자의 형상화를 볼 때 문명사회와 현대인의 일상을 형상화하지 않음으로써 문명의 이기와 현대인의 이해관계에 얽힌 삶을 부정하고 증오하는 의도를 담아낸 것이다.

대신 시인은 이리와 개의 시각, 즉 인간에 의해 '사슬'을 목에 건 동물들의 시각에서 현대의 문명사회를 바라본다. 그의 시에서 나타나는 끝없는 고통의 감내와 인내의 형상화는 개가 주인의 사슬과 폭력에도 불구하고 충실한 셰퍼드로 자라나는 '개의 내면'에 들어가본다면 그다지 이상할 것도 없는 것이다. 즉 그의 시에서 특징적인 국면인 지극히 피학적인 경향은 바로 동물들의 순수한 본성을 지향한다는 관점에서 생각해볼 때 이해될 수 있다.

시인은 바로 현대인의 일상생활의 틈새에 놓여 있는 자연과 동물들에게 관심과 애정을 보임으로써 그가 당면한 현대인의 이해관계와 삭막함과 무의미함을 극복하려고 하며, 이것이 그의 삶과 시를 지탱시키는 원천임을 알 수 있다. 사실 현대를 사는 우리는 모두 『황야의 이리』속 하리 할러인 것이다. 시인 또한 문명인으로서의 모습보다는 문명을 혐오하고 원시 자연의 순정한 상태를 그리워하는 하리 할러의 모습으로 시 속에 나타나고 있다.

페테르부르크 과학 아카데미로 이 연구자료를 옮겨가기 위하여 그들은 얼음에 덮인 이 짐승을 싸고 통나무집을 지었으며 그 안에서 불을 지폈다. 방 안의 온도가 오를수록 얼음이 녹기 시작하였다. 얼음이 녹고 얼어붙었던 연구자료가 해동돼가면서 살은 썩어 악취를 풍겼다. 살점이 물러지고 내장이 들어났다. 이 연구 자료의 내장 속에서 백리향과 미나리아재비 그리고 용담꽃이 나왔다.

사람들은 이 연구자료를 해체해 살과 뼈를 가죽부대에 넣고 그 부대를 실로 꿰맸다. 살과 뼈는 1,000kg이 넘었다. 얼음 속에서 모습을 들어낸 거상은 그렇게 해서 백리향과 미나리아재비 그리고 용담꽃을 잃었고 조각조각 해체되어 썩은 고기과 앙상한 뼈가 되었다. 네 마리의 말이 끄는 썰매에 실려 이 연구자료는 몇 만 년을 머물던 거기를 떠났다. 그렇게 해서 거상은 사라져버렸다. 결국, 썩은 고기마저 썩어서 사라져버리고 앙상한 뼈만 사람들 차지였다.

「우리들의 역사 시간」

거기 빈 깡통 하나 던져져 있다.
던져진 채 밤을 지낸다.
거기서 그냥 녹슬고 있다.
뚜껑부터 속속들이 녹이 슨 채
그냥 거기 던져져 있다.
던져진 채 푸슬푸슬 삭아 내린다.
백골까지 삭아 내린다.

「인텔리겐치아-2」

「우리들의 역사 시간」에서 시베리아 강가에서 만년빙 속에 갇혀 있던 매머드 한 마리가 과학자들에 의해 앙상한 뼈만 남고 소중했던 옛 자료들, 즉 백리향, 미나리아제비, 용담꽃 등을 잃게 된 사건을 담담한 어조로 서술하고 있다. 과학적 사실의 기록형식을 취하고 있으면서 그 이면에는 인간문명으로 인한 고귀한 자연물들의 훼손에 대한 비판의 메시지를 전한 것이다.

「인텔리겐치아-2」는 전자의 시편과 다소 대조적인 방식을 보여주고 있다. 앞의 시가 구체적인 과학적 자료를 토대로 형상화한다면 이 시는 "빈 깡통"이라는 알레고리적인 제재로부터 인텔리겐치아, 즉 문명인의 모습을 우회적으로 비판하는 방식을 보여주고 있다. 그런데 그냥 빈 깡통이 밤을 지새며 녹슬고 있는 장면 형상화가 예사롭지 않다. 즉 "그냥 녹스"는 정도가 아니라 "뚜껑부터 속속들이 녹이 슨 채" "백골"까지 "푸슬푸슬 삭아내리"는 것이다. 이것은 현대 문명과 이기에 대한 알레고리적 비판으로서 그 이면에는 비판의 차원을 넘어선 지독한 문명 혐오감이 담겨 있다.

인텔리겐치아, 즉 지식인을 '빈 깡통'으로 비유한 것도 비판이지만 "뚜껑부터 속속들이 녹이 슬"고 "던져진" 그리고 "푸슬푸슬 삭아내리"고 "백골까지 삭아내리"는 것은 비판의 차원을 넘어선 혐오와 증오 이상의 정서를 우회적이면서 매우 강렬하게 드러낸 것이다. 이것은 시인이 인간 문명사회 속의 문명인으로서의 입장이 아니라 완전히 주변의 '개'나 핍박받는 동물들의 자리에 서 있는 측면을 보여주는 것이다.

시인의 문명비판 또는 혐오의 정신은 실상 사슬, 비행기 폭격, 채찍 이미지의 연속선상에서 이해된다. 그가 유년시절의 기록으로서 전후 체험을 구체적으로 서술한 최근 시편들 속에서 비행기 저공폭격 체험과 살상 체험을 무의식적 자동기술법으로써 형상화한 많은 부분들은 그의 처녀시집의 내용항이기도 한 것이다. 즉 그의 유년시절의 전쟁 체험과 살상 체험은 그로 하여금 '비행기'로 표상된 문명의 '불덩이' 일체가 지니는 재앙적 요소에 집중하도록 하였고 그 불덩이를 피해 마을 사람들 모두가 달리고 도망가는 모습 속에서 '말'이나 '개'와 다를 바 없었던 인간의 모습을 체험했던 것이다. 그리하여 그 고통을 끝없이 수용할 수밖에 없었던 당시 상황 속에서 전쟁, 문명 그리고 현대인의 잔혹성에 대한 증오를 키운 것이다. 그러나 그는 증오를 밖으로 표출하지 않고 상처받은 내면 속에서 고통의 깊이만큼 정신의 깊이도 키워나가고 있다.

그 우물은 깊었다. 하늘을 향해 까마득한 바닥까지
열어놓고 있었다.

이건청의 초기시에서 말과 채찍, 질주의 피학적 수동적 이미지는 유년시절 비행기 저공폭격과 관련한 전쟁체험과 밀접한 관련을 지니고 있다. 그의 시에 나타난 마조히스트적인 양상은 관점을 동물(특히 인간에게 사육당하는 개나 핍박받는 야생의 동물)의 시각에 두고 있기 때문이며, 이를 볼 때 그는 현대를 사는 하리 할리인 셈이다. 시인은 전쟁을 비롯한 인간이 만든 문명의 이기가 지닌 속악함을 견뎌내는 방식으로써 현대인의 일상 틈새에 있는 자연물이나 동물에 연민과 애정을 주며, 이와 동시에 무의미한 현대인의 일상을 버텨나가는 힘을 키우는 것이다.

    그의 초기시에서 나타난 '채찍'과 '말의 질주'는 중기시의 '사슬'과 '이리, 개의 질주'로 변주되고 있다. 그런데 그의 중기시에서 특이한 것은 '사슬' 이미지가 이중적 특성을 지닌다는 점이다. 즉 초기시의 '채찍' 이미지가 시인을 일방적으로 공격하는 전쟁의 폭압성을 나타낸다면, '사슬'은 그가 셰퍼드로 키우고자 했던 개에 대한 폭력을 통하여 인간의 폭력적 본성에 대한 반성과 문명적 삶의 방식에 대한 혐오를 재확인하게 하는 이중적 메시지를 보여주는 것이다.

    그리하여 그는 '사슬'을 목에 걸고 '황야의 이리'가 되어 울부짖는 형벌을 기꺼이 감수하는 모습을 보여준다. 그는 시베리아의 매머드 뼈를 과학자들이 발굴해 내는 장면에서 사라지고 소멸해 가는 자연물들의 희생을 들여다본다. 이처럼 그의 시선은 언제나 핍박받고 소외받는 대상의 입장에 놓여 있다. 이것은 어떤 측면에서는 종교인보다 더 종교적이고 윤리적인 시각이라고 할 것이다.

우리의 현대시사에서 이건청 시인만큼 문명비판적인, 현대인의 자연과 동물에게 가하는 폭력에 대한 비판과 증오를 보여주는 시인은 아마 없을 것이다. 이러한 증오를 더욱 강렬하게 보여주는 방식은 문명인의 삶, 즉 자신의 문명적 일상에 대해서 전혀 언급하지 않는 간접적 방식이다.

말하자면 자신이 가치 부여하는 '대상'에 초점을 집중한 채 비난하고자 하는 '문명사회의 일상'을 구체화하지 않는 방식으로써 그 독자적인 '시성詩性'을 유지하면서 문명비판적인 주제를 드러내고 있다.

안경을 걸치고서야 활자의 모양새를 변별할 수 있게 되었다.
희미한 윤곽만 드러낸 채 어슴푸레 떨고 있는 기호들.
그러나 보라, 나의 면전에서 떨고 있는 것들이 어찌 활자들
뿐이랴, 무서운 것은 이 기호들이 지시하고 있는 사물들이
진짜로 떨고 있다는 점이다. 돋보기를 걸칠수록 또렷이
드러나는 일상사가 나는 정말 무섭다.

「우리들의 日常事」

황야였다.
간이역 목조 의자에 아버지와 딸이 앉아 있었다.
기차를 세우기 위해
아버지가 手動의 시그널을 내렸다.
작은 등짐을 진 딸이 말했다.
꼭, 정식 결혼식을 올릴께요.
그래, 거기도 잡혀온 랍비 한 사람쯤은 있겠지
아버지가 말했다.
멀리 연기를 뿜으며
기차가 오고 있었다.
딸이 가난한 아버지를 끌어안았다.

건강하세요. 딸이 말했다.
기차가 오고 있었다.
사이베리아, 流荊地에 갇힌 사내 찾아가는
딸이 있었다.

「민들레」

　이건청 시인은 문명사회 속 자신의 일상을 구체적으로 뚜렷이 들여다보기를 두려워한다. 「우리들의 日常事」에서 이러한 면모가 나타나고 있다. 인간의 인위적 기호들이 지시하는 사물들이 떨고 있다는 것으로써 일상사의 본질적 속성을 들여다보는 무서움을 표현한 것이다. 그리하여 시인은 그의 시편 속에서 자신의 현대인으로서의 일상에 관해서는 거의 언급하지 않고 있다. 그러한 반면 그가 산에 올라가거나 핍박받는 동물들이나 자연물을 보았을 때 느끼는 감회 등이 그의 시세계의 주요한 내용을 이루고 있다. 즉 그는 일상생활의 틈새에 주목함으로써 너무나 윤리적이고 내성적인 자신을 버텨나가는 것이다.

　「민들레」는 딸이 아버지께 자신의 결혼을 이야기하는 장면을 형상화하고 있다. 그런데 딸과 아버지의 결혼 이야기는 시인의 성향상 꽤 이질적인 재제에 속한다. 아마도 그는 일상 속 딸의 결혼 문제를 이와 같이 소설 속 한 장면처럼 추상화하여 다루었을 법도 하다.

　시인은 전란 체험과 같은 외부적 고통과 문명사회의 폭압성에 대하여 그가 적극적으로 항거하거나 분노를 표출하는 방식과는 정반대로 그 고통을 끝없이 수용하면서 그 고통을 당하는 자의 입장, 가령 사육당하는 개의 입장에 서봄으로써 그 폭력이 지닌 잔인성을 인식하고 폭력을 행사하는 문명사회 속에서 희생당하는 자연과 동물들에 대한 한없는 관심과 애정을 보여주고 있다.

東庵 가는 길에 샘이 있다.
바위 밑에서 솟고 있었다.

동암 가는 사람은
이 물을 떠서 등에 지고 간다.
물을 지고
벼랑길 낭떠러지 먼 길을
넘어가야만,
동암에 닿을 수 있다.
물도 없는 암자에서
웬 고생입니까
물으니,
동암이 말했다.

이 겨울
짐승들은
마실 물을 위해
목숨까지 걸며 밤길을 헤맨다네.

「동암」

사막을 가다가 목이 마르고, 오아시스도 찾지 못해 견디지 못할 때가
되면, 사람들은 여분의 낙타를 죽여, 낙타 위 속에 남은 물을 마신다고 한다.
낙타가 피를 흘리며 비명을 지르면 더 큰 칼과 망치로 찌르고 때리고, 다시
칼을 들어 멱을 딴다고 한다. 낙타가 숨을 모두며 무릎을 꿇고 사막 복판에
무너지면 사람들이 낙타의 배를 가르고 낙타가 아껴 먹으며 남겨둔 물을 마
신다고 한다.

「낙타 죽이기」

「동암」에서 사람과 동물의 인내의 차이가 드러나고 있다. 암자로 향하는
길에서 물을 떠서 등에 지고 벼랑길 낭떠러지를 가는 '사람'과 겨울 마실 물
을 위해 목숨까지 걸며 밤길을 헤매는 '짐승'들이 대비적으로 나타나고 있다.

그가 동물의 입장에 서는 것은 동물들이 인간 문명에 의해 핍박받아서라기보다는 오히려 인간과 비교가 될 수 없을 정도로 고통에 대해 순수한 인내를 지닌 본성에 주목한 때문일 것이다. 고통에 대한 순수한 인내의 전형은「畜犬」에서 보여주었듯이 그가 여린 강아지를 폭력과 사슬로 단련시켜 셰퍼드로 키우려다 실패한 체험과 밀접한 관계를 지니고 있다.

「동암」이 동물의 무한한 인내를 드러내고 있다면 「낙타 죽이기」에서는 동물의 무한한 인내의 결과물을 포획하는 인간의 잔인성이 형상화되고 있다. 즉 낙타가 사막 속에서 삶을 지탱하기 위해 아낀 물, 지독한 인내의 결과인 '물'을 인간의 잔인한 살해로써 송두리째 빼앗는 장면이다. 이처럼 시인은 구체적인 상황에 관하여 일반적으로 서술하는 시의 방식을 취하지 않는 편이지만 동물이 인간에 의해 핍박받는 장면이나 인간과 동물의 최후 죽음장면, 즉 고통의 극한상황에 대해서는 구구절절 서술하는 경우가 많다.

이것은 동물이 고통을 견디는 순수한 인내 본성에 애정을 지니고 있기 때문이다. 특히 고통의 인내와 최후의 문제에 유달리 관심을 보여준다.

> 말이 한 마리 쓰러지고 있다.
> 뒷무릎이 꺾이고 서서히
> 앞다리를 치켜 들고 있었다.
> 긴 목을 흔들고 있었다.
> 재갈이 물려 있었다.
> 갈기가 좌우로 흔들리고 있었다.
> 다급하게 울고 있었다.
> 하반신이 무너지고 있었다.
> 서서히 뒷무릎이 꺾이고
> 잠시 후 쿵 하는 소리가 들렸다.
> 핏빛 노을이 걸리고, 적막한
> 들판이 하나 엎드려 있었다.

저물녘이었다. 말이 한 마리
쓰러지고 있었다. 뒷무릎이 꺾이고
서서히
앞다리를 치켜들고 있었다.

「저무는 날이 다가와」

매천 선생 댁 산수유 가지엔 꽃망울이 부풀고 토담 밑에선 철 이른 냉이도 자라고 있었다. 겨울 햇살이었지만 등판에 따뜻이 쏟아붓고 있었다.

1910년, 한일합방 10일 후 매천 황현 선생은 이 집에서 絶命詩를 썼다. 생아편덩이를 삼켰다. 『梅泉野錄』은 선비의 절의를 담은 추운 책이다. 시골 선비 매천 선생이 왜 절명시를 썼는지, 「輝輝風燭 照蒼天」의 칼 같은 시로 자결했는지, 비닐하우스도, 파슬리도 알 리 없었다.

저물녘, 매천 선생 댁을 떠나면서야, 나는 알았다. 검은 윤곽의 지리산이 밤이 오기 전,

그 산의 큰 뜻으로 산수유 꽃망울과 담장 밑 냉이까지를 덮는다는 것을, 비닐하우스와 지리산 관통도로까지 덮고 나서 섬진강으로 그늘을 옮긴다는 것을, 섬진강이 기르는 그 많은 대나무 숲을 모두 덮고 나서 마지막으로 치밀한 밤 하늘에 밝은 별까지 띄우고 나서야 제자리로 돌아가 산이 된다는 것을. 매천 선생 절명시가 그 별빛 아래 씌어졌다는 걸 깨달아 알았다. 지리산이 눈에 덮인 채, 그냥 겨울 산인 것처럼 엎드려 추위를 견디고 있다는 걸 알았다.

「겨울 산」

그 우물은 깊었다.
찬물이 고여 있었다.
우물 안쪽으로 쌓아올린 돌 틈에선
검푸른 이끼가 자라고,

이끼에 서린 물방울이 툭 떨어져
투명한 소리로 울리곤 하였다.
한나절 우물에 귀를 대고 있으면
떨어진 물방울 소리들이
소리끼리 어우러져
한 편의 시로 울리는 걸 들을 수 있었다.
우물은 우물가에
닭의장풀이며 여뀌, 질경이풀들도 기르면서
자잘하고 여린 꽃들로
박새나 노랑턱멧새들을 불러
지저귀게 하였다.
그 우물은 깊었다.
하늘을 향해
까마득한 바닥까지 열어놓고 있었다.

「깊은 우물」

　　「저무는 날이 다가와」에서 말의 최후가 형상화되었다면 「겨울 산」은 매천선생의 최후가 형상화되고 있다. 시인은 모든 생명체가 지니는 '최후'의 모습에 관심을 지니고 있는데, 말의 최후가 지니는 숭고한 국면은 인간이 의지로써 맞이하는 최후의 모습과 본질적인 상사성相似性을 지닌다고 인식한 듯하다. 혹은 그의 시편에서 '말'이 자신과 종종 일체화되는 경향에서 보듯이 '말'은 인간이 맞이할 최후의 모습을 상징적으로 드러내고 있기도 하다. '최후'의 모습 혹은 어떤 상황의 '뒷모습'에 관한 그의 관심은 시 속에서 그가 삶을 살아나가는 인내의 자세와 긴밀한 연관성을 갖는다.

　　「겨울 산」에서 보인 매천 선생의 최후에 관한 관심은 다른 시편들 속에서도 반복적으로 나타나고 있다. 그는 매천 선생의 「輝輝風燭 照蒼天」 시편을 여러 시에서 인용하고 있는데, 휘휘 부는 바람 속에 선 촛불이 푸른 하늘을 비춘다는 매천 선생의 최후를 보여주는 이 구절은 이건청 시인의 삶의 자세이

자 지향점을 대변하는 것이 되기도 한다.

이건청 시세계의 특징적인 국면, 즉 매우 피학적이면서 그 고통을 오히려 감내하고 기꺼이 수용하는 듯한 국면은 매천 선생이 절명시를 썼던 당시 상황에 대한 인식과 유사성을 지닌다. 즉 시인에게는 국권피탈의 상황 속에서 매천 선생이 칼날 같은 시 한 구절을 남기고 스스로 최후를 맞이한 것과 같은 '상황의식'이 늘 작용하고 있는 것이다.

우리가 현대의 일상에 익숙해지고 둔감해져서 못 느낄 뿐 자본에 의해 모든 것이 좌우되고 정신적인 가치들이 땅바닥에 떨어지고 소외되는 오늘날의 자본 문명사회, 속악한 메커니즘과 문명의 이기 자체가 시인에게는 바로 절체절명의 위기상황인 것이다. 이러한 상황인식 속에서 한 개인으로 그가 할 수 있는 일은 나름대로 인간으로서의 시성詩性을 키워나가고 세속에 물들지 않으려 하는 조심스런 자세라고 볼 때 시인의 삶의 방식은 매천 선생의 칼날과 같은 삶의 자세와 상통한 측면이 있다.

그는 매천 선생 댁을 떠나면서 지리산의 큰 뜻으로 산수유 꽃망울과 담장 밑 냉이까지를 덮는다는 것, 그리고 섬진강으로 그늘을 옮기면서 대나무 숲을 덮고 치밀한 밤하늘에 밝은 별까지 띄우고서야 제자리에 돌아가 산이 된다는 것, 즉 이러한 지리산의 큰 뜻이 바로 매천 선생의 정신임을 보여주고 있다. 매천 선생의 '그늘'처럼 시인은 자신의 '그늘'에 대해서도 관심을 보이는데 시인이 만든 '그늘'이란 위의 소개된 시에서 "깊은 우물"로 형상화되고 있다. 즉 고요히 안으로 깊어지면서 고통에 의하여 더욱 단련되고 성숙해지면서 깊은 고요의 투명한 소리를 울려내는 '우물'은 "하늘을 향해/까마득한 바닥까지 열어놓"는 이 시대의 "風燭照蒼天" 정신인 것이다.

여기서 우리는 이 시대를 위기의 시대, 폭력의 시대로 진단하고 견뎌내려는 정신적 의지와 정서적인 힘을 키워나가는 시인의 내면을 볼 수 있다. 시에서 형상화되는 그의 피학적 성향과 극한적 인내의 정신은 바로 이러한 위기의 현대 문명시대에 대한 인식과 맞물려 작용하고 있는 것이다.

싯달다의 뺨에서 떨어지는 눈물방울 소리가 들린다

오 세 영 론

화석 속엔 한 마리 새가 난다

오세영(1942)은 1968년 『현대문학』에 등단하여 '현대시' 동인활동을 하였고 처녀시집인 『반란하는 빛』, 『가장 어두운 날 저녁에』, 『무명연시』, 『불타는 물』, 『사랑의 저쪽』, 『어리석은 헤겔』, 『눈물에 어리는 하늘 그림자』, 『아메리카 시편』, 『벼랑의 꿈』, 『적멸의 불빛』, 『봄은 전쟁처럼』, 『시간의 쪽배』 등을 상재하였다.

그의 시세계는 '현대시' 동인 활동시기 및 『반란하는 빛』의 시기에는 모더니즘 계열의 초현실주의적 기법으로 도시문명을 비판하는 면모를 보여주었다. 그리고 『가장 어두운 날 저녁에』 이후부터 모더니즘 기법적 경향으로부터 탈피하여 서정적 시경향을 보여주기 시작한다. 그리하여 『무명연시』, 『불타는 물』, 『사랑의 저쪽』의 시기에는 불교적 동양적 사유와 상상의 세계를 보여준다. 도시문명 비판적 경향의 시에서는 유추적 알레고리의 성향을 드러내는데 그것의 대표적 이미지가 '그릇'이다.

이후 오세영의 시는 『어리석은 헤겔』, 『눈물에 어리는 하늘 그림자』, 『아메리카 시편』, 『벼랑의 꿈』, 『적멸의 불빛』, 『봄은 전쟁처럼』, 『시간의 쪽배』 등으로 이어진다. 『어리석은 헤겔』 이후부터는 근대문명 및 자본주의 사회에 대한 비판의 시선이 좀 더 구체적이고 직설적인 면모를 지니게 된다. 즉 『어리석은 헤겔』, 『아메리카 시편』, 『봄은 전쟁처럼』은 각각 근대도구적 이성 편향, 아메리카의 자본주의 그리고 도시문명적 삶에 대한 비판의 구체적 결과라고 할 수 있으며 『눈물에 어리는 하늘 그림자』, 『벼랑의 꿈』, 『적멸의 불빛』, 『시간의 쪽배』는 그가 과거 보여주었던 불교적 동양적 서정성의 심화에 해당된다.

그의 후기시에 이르면 근대문명, 도구적 이성, 자본주의 현실에 대한 비판의 세계와 시인의 내부적 사유에 의한 미적 통일체를 통한 자기 구원의 세계가 양립적으로 공존하는 양상을 보여준다.

오세영의 시세계를 다시 정리해 보면, 초기시에서는 모더니즘적 기법을 통한 도시문명과 서구적 사조의 비판이 나타나고, 중기시에서는 낭만적 불교적 사유를 중심으로 한 자기구원적 상상을 보이는 가운데 사회 현실에 대한 비판적 알레고리의 형상화가 드러나며, 후기시에서는 근대문명과 도구적 이성을 토대로 하고 있는 현실에 대한 구체적이고 신랄한 비판 및 자연과 자기 내부의 신성성을 복원하는 열반에의 지향성을 보여준다.

이렇게 볼 때 그의 시는 근대도구적 이성과 자본주의적 속악한 토대를 적극적으로 비판하면서 사회 현실의 구원 의지를 보여주는 한편 서정시인으로서 인간과 자연 혹은 인간의 내부에 잠재한 불교적 본성을 일깨움으로써 자아와 세계 사이의 신성적인 일체감을 복원하려고 한다. 이처럼 시의 기획과 시인의 성향 자체가 인간과 세계와 우주를 전제로 하여 세계의 속악성으로부터의 순수성 회복과 우주 속 인간의 신성성 지향이라는 두 가지 측면을 동시에 보여주기 때문에 얼핏 보아서는 이원적인 시의 흐름을 지니고 있어 보인다. 그러나 사실은 자아와 세계 간의 균열을 '현실'과 '자아' 양쪽으로 극복하려는 불교적 사유로 통합된다.

우리 현대시사에서 볼 때 그의 시세계의 흐름과 특성은 서정시인으로서 매우 큰 스케일을 지니고 있으며 시세계의 전통적이면서도 예리한 지적 특성은 세계적 시인의 위상에도 모자람이 없다. 그는 감성과 이성의 조화로써 궁극적으로 불교적 견성과 열반을 지향하면서도 구조적이며 명확한 유추의 방식으로 시를 형상화한다는 특징을 지닌다. 그리고 근대 문명사회의 토대에 대한 비판을 지속적으로 일깨우려는 날카로운 시각과 이 어둠의 시대를 불교적 사유를 통한 내적 통일체를 지향함으로써 현대인에게 고갈된 피안에의 의식 및 신성함을 복원하려고 한다.

그가 지닌 시인으로서의 숙명을 단적으로 보여주는 것은 내부에서 그를 끊임없이 불러내는 정령과 같은 무엇에 대한 인식이다.

나룻배 한 척
빈 강변 모래밭에 매여 있다.
철없는 어린 것이 잠들어 있다.
보리수 그늘 아랜 꽃잎 두어 닢,
물결에 실려 흔들려 가고
깊은 잠 흘러흘러
강물은 몇천 리,
귀 먼 사공은 돌아간 지 오래인데
여어이, 여어이,
강 건너 피안에선 부르는 소리
여어이, 여어이,
갈대밭 피안에선 갈바람소리.

「강물은 몇천 리」

자일을 타고 오른다.
흔들리는 生涯의 重量
確固한
가장 철저한 믿음도
한때는 흔들린다.

岩壁을 더듬는다.
빛을 찾아서 조금씩 움직인다.
결코 쉬지 않는
無明의 벌레처럼 無明을
더듬는다.

함부로 올려다보지 않는다.
함부로 내려다보지도 않는다.

벼랑에 뜨는 별이나,

피는 꽃이나,

이슬이나,

세상의 모든 것은 내 것이 아니다.

다만 가까이 할 수 있을 뿐이다.

조심스럽게 岩壁을 더듬으며

가까이 接近한다.

幸福이라든가 不幸 같은 것은

생각치 않는다.

발 붙일 곳을 찾고 풀포기에 매달리면서

다만,

가까이,

가까이 갈 뿐이다.

「登山」

「강물은 몇천 리」를 보면 빈 강변 모래밭에 매여 있는 나룻배 한 척에는 "철없는 어린 것"이 실려 있다. 그 어린 것이 잠든 배경은 "보리수 그늘" 아래이며 꽃잎들이 물결에 실려가고 있으며 "귀 먼 사공"은 돌아간 지 오래이다. 그리고 "여어이, 여어이" 강 건너 피안에서 누군가를 부르는 소리를 듣는다. 여기서 "철없는 어린 것"이란 오세영 시인의 본래적 자리하고 할 수 있다.

"보리수 그늘" 아래와 "꽃잎"의 날림은 그가 지닌 불교적 성향을 보여주며 "귀 먼 사공"이란 어머니의 귀먹음으로 인하여 숲속에 가서 나무와 이야기하였다는 시인의 유년시절을 연상시킨다. 그 보리수 그늘 아래 매인 나룻배 속 어린 것에게는 '피안'에서 자신을 부르는 듯한 소리가 들려온다. 부르는 소리, 즉 시인이 저 너머에서 누군가가 부르는 듯한 착각에 휩싸이는 느낌에 대한 형상화는 그의 시에서 빈번하게 나타나는 모티브이다.

「강물은 몇천 리」가 본래적 지향과 관련한 무의식적 귀향 의지와 관련한다면 「登山」은 그가 맞이했던 현실 속 苦痛에 대한 인식을 단적으로 보여준다. 그가 "흔들리는 생애의 重量"이라고 표현한 자신의 삶은 자일을 타고 오르는 등산으로 구체화된다. 즉 발 딛고 선 "가장 철저한 믿음"의 토대도 흔들리는 자신의 상황에서 "벼랑에 '뜨는 별이나, / 피는 꽃이나" 세상의 모든 것이 내 것이 아니라는 인식을 보여준다. 즉 "無明의 벌레"처럼 '無明'을 더듬을 수밖에 없는 삶은 현상세계의 모든 것이 내 것이 아니라는 것을 깨달으면서도 끊임없이 번뇌하고 갈애하게 된다는 것이다.

「강물은 몇천 리」에서 시인의 잠재적인 불교적 본성에의 이끌림을 나타낸다면 「登山」에서는 현실의 속악함 속에서 좌절과 고난을 딛고 조심스레 "발 붙일 곳"을 찾는 어둠 속 무명無明 의식을 보여주고 있다. 즉 전자에서 '피안에의 의식'이 정령의 '부르는 소리'로써 형상화된다면 후자에서는 '무명의 현실'과 '믿음의 흔들림'으로 상징되는 현실과 이상의 심각한 틈이 형상화되어 있다.

초기시에서 피안과 현실 그리고 이상과 현실 사이의 괴리를 극복하는 시적 방식으로서 시인은 동양적 정신 가치를 옹호하고 서구적 물질 중심의 가치들을 비판하는 역설을 서구적 형식으로써 보여준다.

> 타버린 精神들은 어디 갔는가
> 가령, 雪原에 버려진 장미꽃 하나
> 혹은, 알타이에 떨어지는 햇살,
> 바람과 소나기, 그리고 六月은
> 불탄다.
>
> 내 살 속에서 희미한 불빛들이
> 뛰어가고, 알콜이 출렁이는 바닷가에서
> 이십 세기는 불을 지핀다. 物質이 흘린

피. 싸늘한

實用의 새는 날 수 있을까,
어두운 내 얼굴을 날아서, 찬서리 내린 굴뚝과,
機械들이 죽은 무덤을 넘어서
어제의 어제를 넘어서
달에, 도달할 수 있을 것인가,

雪原에 걸린 달, 인간의 숲속에서
電話가 울고, 아흔아홉 마리의 이리가 운다.
저것 보라면서,
불타는 서울의 술집들을 가리키면서

어디로 갈 것인가, 타버린 精神의 재
죽음, 혹은 창조의 불빛.

「불 1」

화약 냄새를 맡으며 새벽을
더듬는다. 발치엔 춘향련이 딩굴고,
소리들이 딩굴었다.

초사흘 달밤에 배
한 척 밀려
온다, 성균관 뒤뜰을 도둑이 들고,
누구냐고 외치는 등뒤에서
싸늘한 칼이 번득였다.

그 칼. 판단의 힘, 어떻게

쓸 것인가, 횃불들이 소란하게 문을
두드린다.
끊어진 줄. 東洋의 구슬들이
땅바닥에 쏟아진다.

쏟아진 하얀 피. 초사흘 달밤을
토해낸 汽笛이 흩어지고
희미한 포대의 불빛이 흩어지고,
화약 냄새를 맡으면서 나는
셔만호의 굴뚝을 향해 총을
겨눴다.

「불 5」

　　위 시편들은 초현실주의 기법이라는 서구적 사고의 틀을 보여주지만 그
내용항은 서구적 도시 문명에 대한 비판과 동양적 토대의 훼손을 파편적으로
형상화하고 있다. 「불 1」에서는 불타는 장면을 주조로 한 다양한 상념들이 상
징적으로 나타난다.

　　"장미꽃"과 "알타이에 떨어지는 햇살"이 불타고 '이십 세기의 불', '물질
이 흘린 싸늘한 피', "실용의 새", "달에, 도달할 수 있을 것인가"에 대한 회의
등이 나타난다. 그리고 서구적 이십 세기 물질의 피, 즉 외적인 불빛 이면에
"타버린 精神의 재"를 보는 것이다. 그리하여 "어디로 갈 것인가" 또는 "죽음,
혹은 창조"의 귀로에 선 현대인의 입지를 형상화하고 있다.

　　「불 5」에서는 "어디로 갈 것인가"라는 행방이 좀 더 구체적으로 나타난
다. 즉 "춘향면"이 뒹굴고 뒤뜰에 "도둑"이 들고, "東洋의 구슬들"이 쏟아지
고 "나는/ 셔만호의 굴뚝을 향해 총을/ 겨"눈다. 즉 서구적 문물과 사상 유입
으로 인하여 우리 고유의 것이 훼손되고 도둑맞는 상황을 "도둑", "셔만호"와
같은 상징적 표현물로써 형상화하고 이를 향하여 "총"을 겨누는 자신의 입장

을 보여준다.

　　오세영의 동양 지향적 의식은 본래적 피안에의 감각인 동시에 '본질적
인 것'에 대한 지향에 기인한 것이다.

　　　　化石 속엔 한 마리
　　　　새가 난다.
　　　　결코 地上으로 내려오지 않는 새.

　　　　내가 흘린 눈물도

　　　　쥬라기 地層 어느 하늘 아래
　　　　하나의 寶石으로 반짝거릴까,
　　　　가령 죽임이라든가,
　　　　죽음 앞에서 초롱초롱 빛나던 눈.

　　　　스스로 불에 타서 消滅을 선택하는
　　　　지상의 별들이여
　　　　묻혀라 化石에.
　　　　영원히 죽은 것은 이미
　　　　죽음이 아니다.

　　　　　　　　　　　　　　　　　　　　　「寶石」

　　　　休日, 都市의 戀人들은 外出中이다.
　　　　빈 광장엔
　　　　政治家들이 버린 꽃다발이 시들고
　　　　낡은 流行歌처럼 敎會의 鍾이
　　　　울리고 있다.

비는 내려도 都市의 여름은
죽어가고
코카콜라로 解渴한 樹木들은
녹슨 달빛 아래 졸고 있다.

늙은 神父가
復活節 被淨을 위해 이 都市를 떠나가도
그저 아무것도 아닌 人生과
藝術은
비에 젖어 駐車場에 버려 있다.

우리가 원한 것은
꿈이 아니라 病이다.
맥주 거품 위에 부서지는 時間과
挫折이다.

누군가 나를 絶望시켜다오
나의 유일한 욕망은 절망이다.

休日, 텅빈 都市에 精神들은
密會를 위해 떠나고
남은 것은 다만
政治家들이 버린 꽃다발과 葉書와
한 구절의 流行歌뿐이다.

「密會」

　「寶石」에서는 "化石" 속에 "한 마리 새"가 날아가서는 "地上"으로 내려
오지 않는다. 그 새는 "내가 흘린 눈물"과 보석으로 변주되며 그것은 다시 "죽

임" 또는 "죽음" 앞에서도 "빛나던 눈"으로 형상화된다. 즉 "스스로 불에 타서 消滅"한 영혼, 지상의 별들은 '영원한 생성'을 이끌고 있음을 보여주고 있다. '보석'이 상징하는 것은 현상적으로는 화석 속 존재이며 묻힌 것이나 그 불멸의 정신은 '보석'으로 남아서 지상을 생성시키는 영원한 원리로 작용하고 있음을 보여주고 있다.

「密會」에서는 앞 시의 '본질적인 것'에 대한 영속적인 신뢰와 대척적 상황이 형상화되어 있다. "都市"의 "빈 광장"엔 "政治家들이 버린 꽃다발이 시들고" "코카콜라로 解渴한 樹木"들은/녹슨 달빛 아래 졸고 있다." 그리고 우리가 처한 현실상황이 "원한" 것은 "꿈이 아니라 病"이며 "맥주 거품 위에 부서지는 時間과/挫折"임을 보여주고 있다.

이 시는 도시적 속악함과 피상성에 대한 비판적 형상화를 보여준다. 그리고 이러한 상황 속에서 시인은 "나의 유일한 욕망은 절망"이라고 말한다. 즉 '코카콜라'와 '정치가'로 표상된 물질문명과 도시의 속악함 속에서 기계적으로 익숙해지는 것에 대한 경계를, "절망"만이 지식인으로서의 "유일한 욕망"이어야 할 것이라고 강조하고 있다.

별빛은 이마에서 꿈꾸는 시간, 세 시에 깨어 경을 읽는다

오세영의 초기시에서는 피안에의 부름과 현실의 어둠 사이에서 연원한 본원적 갈등으로부터 모더니즘의 초현실주의 의식의 흐름 기법을 통하여 '불' 의 상징을 보여준다. 시의 내용항은 '이십 세기의 물질문명' 에 대한 비판과 우리의 '정신적 가치' 에 대한 옹호를 보여주는 한편 자본주의 물질문명 사회 속에 묻힌 동양의 불멸정신이 희망과 생성의 원리로 작용하고 있다. 그리고 속악한 도시 현실 속에 매몰되지 않고 '절망' 을 자발적으로 욕망하는 강인함을 보여준다.

　　오세영의 시는 『무명연시』, 『불타는 물』, 『사랑의 저쪽』의 중기시에 이르면서 그의 시적 사유에서 다소 막연하게 나타났던 동양의 정신적 가치 지향이 '불교적인 서정적 사유' 로서 구체화된다.

> 잃어버린 골패짝 하나,
> 투전판에서
> 잃어버린 계집 하나,
> 色酒家에서
> 잃어버린 꽃초롱 하나,
>
> 色, 想, 受, 行, 識
> 눈먼 지아비의 손을 붙들고,
>
> 識, 行, 受, 想, 色
> 눈먼 지어미의 손을 붙들고,

마른 눈썹
봄비에 적시고 있다.

쑥대밭에 피어나는 진달래같이,
자갈밭에 뻗어가는 엉겅퀴같이,

「쑥대밭에 피어나는 진달래같이」

부처를 만나면 부처를 죽이고
아버지를 만나면 아버지를 죽이고,
꽃을 죽이고, 꽃인 아내를 죽이고,
부처를 찾아서, 아버지를 찾아서,
꽃을 찾아서,
이승의 소금밭을 헤매고 있다.
부처를 만나면 부처를 죽이고,
아버지를 만나면 아버지를 죽이고,
꽃을 죽이고, 꽃인 아내를 죽이고.

「소금밭」

새벽 세 시,
강물이 강물로 흐르고
바다는 바다로 푸르고,
까투리 장끼 곁에 눕고
새벽 세 시,
달빛은 눈썹 위에 쌓이고,
은하는 귀밑머리 적시고,
별빛은 이마에서 꿈꾸는 시간,
세 시에 깨어
경을 읽는다.

一은 多이고 多는 一이며, 가르침에 따라서 의미를 알고 의미에 의하여
가르침을 알며, 비존재는 존재이며 존재는 비존재이며, 모습을 갖지 않은 것
이 모습이며 모습이 모습을 갖지 않은 것이며, 본성이 아닌 것이 본성이며
본성이 본성이 아니며……

華嚴經 菩薩十住品, 그 말씀
아, 가슴으로 내리는 썰물소리
갈잎소리.

「새벽 세시」

내가 원고지의 빈 칸에
ㄱ, ㄴ, ㄷ, ㄹ……
글자를 뿌리듯
神은 밤하늘에
별들을 뿌린다.
빈 공간은 왜 두려운 것일까,
절대의 허무를
빛으로 메꾸려는 저, 神의
공간,
그러나 나는 그것을
말씀으로 채우려 한다.
내가 원고지의 빈칸에
ㄱ, ㄴ, ㄷ, ㄹ…… 글자를 뿌릴 때
지상에 떨어지는 씨앗들은
꽃이 되고 풀이 되고 또
나무가 되지만
언제인가 그들 또한
빈 공간으로 되돌아간다.

나와 너의 먼 거리에서
流星의 불꽃으로 소멸하는
언어,
빛이 있으므로 神의 하늘에도
어둠은 있다.

「神의 하늘에도 어둠은 있다-그릇 39」

「쑥대밭에 피어나는 진달래같이」는 정신과 육체가 다섯 가지 요소로 작용된다는 불교의 '오온五蘊'에 관한 사유, 「소금밭」은 '죽이다'의 불교적 의미와 관련한 사유, 「새벽 세시」는 일一에서 다多, 존재에서 비존재를 보는 새벽녘의 깨달음 등이 형상화되어 있다.

그의 중기시에서 보이는 불교적 상상력의 특징은 하나하나의 불교적 교리에 대한 상념과 깨달음의 순간에 대한 형상화가 이루어지고 있다는 것이다. 이것은 그의 후기시의 불교적 사유로 가면서는 한층 심화되고 체화된 경지로 형상화된다. 오세영의 불교적 상상력에서 특기할 것은 「새벽 세 시」에서 나타나듯이 새벽의 고요한 상념 속에서 "가슴으로 내리는 썰물 소리"로써 불교적 깨달음의 경지를 형상화한다는 점이다. 그리고 자연 속에서 자연의 신성함과의 합일이나 시인 자신에게 잠재된 불교적 본성 또는 신성함을 일깨우는 한편 기독교적 신성 또는 창조설과도 결합되어 있다는 특성을 보인다.

「神의 하늘에도 어둠은 있다-그릇 39」에서는 이러한 면모가 특징적으로 나타나고 있다. 즉 자신의 시를 쓰는 행위를 구체적으로 "원고지의 빈 칸에 ㄱ, ㄴ, ㄷ, ㄹ……/글자를 뿌리"는 행위로써 나타나는데 "신"이 "밤하늘에/별들을 뿌린" 것에 대응된다. 즉 시인의 시 쓰기 행위는 '신의 창조'에 상응하는 신성함을 지니고 있으며 "나와 너의 먼 거리에서/流星의 불꽃으로 소멸하는/ 언어", 즉 시가 지니는 신성한 힘에 대한 신뢰를 보여주고 있다.

이처럼 오세영의 시에서 자연과의 합일, 자아의 내적 통일체와의 합일은

신성함을 체험하는 계기이며 그 신성한 시 쓰기의 힘으로써 자아와 세계의 본
래적 관계 회복에 대한 신뢰가 반영되어 있다. 그리고 그 신성함은 불교적 견
성뿐만 아니라 기독교적 신의 절대적 속성에까지 맞닿아 있다.

줄 타는 광대의 절망을 아는가,

날아도 날아도
닿을 수 없는 하늘,
너에겐 영혼의 비상이
육신의 추락이다.

모든 직선이
시작과 종말을 지닌 것처럼
죽음과 삶의 世間을
팽팽히 묶는 줄,
줄 위에서 광대는
애증의 균형을 잡는다.

왼발을 허공에 디디며
꿈꾸는 초월,
그러나 오른발은 여전히
욕정에 빠져 있다.

속지 마라,
모든 줄은 얽히기를 노린다.
얽힌 원은 덫이다.

갈채에 속아
두 발을 허공에 딛는 광대여,

너의 하늘은
지상에만 있을 뿐이다.

「아크로바트」

깎지 않고서는 결코
돋우어낼 수 없다.
부르르 떠는 칼날 앞에서
서 있는 木刻人形,
너는 지금 목으로 칼을 받지만
너에겐 죽음이 곧 完成이다.
부서져 내리는 木片들 속에서
황홀하게 드러내는 육체,
그러나 증오로 타는 눈빛 속에서만
의식은 선명하게 깨어난다.
어둠 속에 갇힌 존재여
칼을 받아라.
태초에 카오스에 비친 빛은
칼이었을지 모른다.

「칼」

오세영의 중기시에서는 주로 불교적 깨달음에 대한 형상화와 함께 세상의 속악함과 부정적 현실에 대한 유추적 사유가 주로 나타나고 있다. 즉 불교적 상념에 대한 부분과 세속 현실에 대한 알레고리적 비판 부분이 이원론적으로 형상화되고 있다.

「아크로바트」에서는 줄타는 광대를 형상화하면서 "영혼의 비상"이 곧 "육신의 추락"인 현실의 속악함을 빗대어 설명하고 있다. 즉 '현실의 부정성'이 '외줄'로 형상화되어 있으며 그 현실의 '줄'은 육신을 얽매는 것이며 "얽힌 원"은 '덫'이 되는 속성을 보여준다. 그리하여 현대인이 줄타는 광대처럼 "갈채"에 놀아나기 쉬운 상황을 역설적으로 형상화하고 있다.

「칼」은 "木刻人形"을 만드는 '칼'을 제재로 삼아 죽음의 칼로써 부서져 내리는 속에서 목각인형의 탄생이 이루어짐을 보여준다. 이것에 대하여 "증오로 타는 눈빛 속에서만/ 의식은 선명하게 깨어난다"고 서술한다. 즉 목각인형의 생성에 관한 사유를 통하여 인간 존재의 생성 및 정신적 성장의 과정을 빗대어 서술한다. 그리고 그 인형을 만드는 '칼'을 태초에 우주의 카오스에 비친 '빛'과 연관시킨다. 여기서도 알 수 있듯이 오세영은 불교적 합일체에 관한 사유를 주요하게 보여주면서도 인간과 세계의 생성적 원리에 대해서는 기독교적 신의 창조설을 보여주는 독특한 사유를 보여준다.

이와 같이 대중의 갈채 속에서 '줄타는 광대'로 휩쓸리기 쉬운 현대인의 상황에 대한 유추적 상상과 인간이 본원적으로 지니고 있는 인간의 고苦에 관한 인식 및 인간의 기원에 관한 상념은 그의 시의 바탕을 이루는 의식이다. 그의 중기시에서는 불교적 깨달음의 순간과 현실에 대한 유추적 비판 및 역설적 형상화가 주요한 두 가지 축을 이루고 있다.

그의 시에 나타난 현실에 대한 유추적 비판의 집약체는 주로 '그릇'과 '칼날' 등의 비유로 나타난다.

깨진 그릇은
칼날이 된다.

節制와 均衡의 중심에서
빗나간 힘,
부서진 원은 모를 세우고
理性의 차가운
눈을 뜨게 한다.

盲目의 사랑을 노리는
사금파리여,
지금 나는 맨발이다.
베어지기를 기다리는
살이다.
상처 깊숙이서 성숙하는 魂

깨진 그릇은
칼날이 된다.
무엇이나 깨진 것은
칼이 된다.

「그릇-그릇1」

　　오세영은 절제와 균형의 중심이 이룬 둥근 완벽한 형체, 즉 현상적으로
조화의 질서를 보여주는 근대문명 이성의 세계에 이의를 제기하는 방식으로
서 '그릇'을 형상화하고 있다. 즉 '완벽한 원의 질서'에서 이탈함으로써 모를
세우고 "차가운 눈"을 뜨는 것이다. 이때 "나"의 비판적 이성으로서의 "사금
파리"는 견고한 토대를 지니고 있다. 왜냐하면 날카로운 사금파리는 곧 "상처
깊숙이서 성숙하는 魂"으로 태어난 '나'의 존재이기도 하기 때문이다. 그리
고 깨어짐과 절망을 통하여 생성된 힘에 대한 신뢰를 보여준다. 오세영의 시
편에서 빈번하게 나타나는 역설적 사유는 이와 같이 상처와 생성, 죽음과 삶,
절망과 희망 등이 서로 뒤바뀌면서 주체와 객체의 자리를 바꿈한다.
　　그의 시가 이러한 대조적인 역설적 비유체계를 보여주는 데에는 불교적
사유의 영향이 크다. 즉 '일一'은 '다多'이고 '다多'는 '일一'이며 '존재'는
'비존재'이고 '본성'이 '본성'이 아닌 것에 관한 사유, 즉 색즉시공色卽是空에
관한 불교적인 역설의 사유가 나타나곤 하는데, 특히 그가 현실의 근대문명적
속악함을 비판하기 위해서 주로 쓰는 알레고리에서 내용항의 대조적인 짝으

로서 구성된다. 이와 같이 오세영의 중기시에서는 오온, 죽이다, 경읽기, 윤회적 사유 등 불교적 깨달음에 관한 상념이 주요하게 형상화된다.

그리고 불교적 역설, 극과 극이 상통하는 '색즉시공'의 사유는 그가 근대 도구적 이성에 깃든 속악한 현실을 비판하는 사유에서 이분법적 대조적 항을 형성하는 역할을 하고 있다. 즉 현실의 죽음이 완성이며 삶이 곧 죽음이며 어둠과 카오스가 상통하는 것에 관한 상념이 그것이다. 그리고 현실 속 카오스의 어둠을 뚫고 만들어진 '빛'과 같은 '칼'의 속성을 지닌 깨어진 '사금파리' 즉 '그릇'에 관한 사유를 통하여 완벽하게 현상적으로 조화를 이룬 듯한 자본주의적 이성을 유추적으로 비판하고 있다.

오늘의 나무는 이미 어제의 나무가 아니다

오세영은 『사랑의 저쪽』 이후, 『어리석은 헤겔』, 『눈물에 어리는 하늘 그림자』, 『아메리카 시편』, 『벼랑의 꿈』, 『적멸의 불빛』, 『봄은 전쟁처럼』, 『시간의 쪽배』 등의 시집을 상재한다. 이 시집들이 대표하는 후기 시세계로 접어들면서 나타난 독특한 부분은 헤겔로 표상된 근대의 도구적 이성, 미국의 자본주의, 도시의 물질문명에 대한 직접적이고 지속적인 비판이 보인다는 점이다.

한편 이러한 현실 문명에 대한 비판적 기획을 펼쳐가는 동시에 불교적 사유에 근거한 서정적 시세계가 다른 한 축을 형성하고 있다. 즉 『어리석은 헤겔』, 『아메리카 시편』, 『봄은 전쟁처럼』의 시집 사이사이에 나온 시집들, 『눈물에 어리는 하늘 그림자』, 『벼랑의 꿈』, 『적멸의 불빛』, 『시간의 쪽배』는 그가 이전부터 추구했던 불교적 서정성의 심화과정에 해당된다. 그리고 그의 후기 시편들에서 특기할 점은 그의 중기시에서는 알레고리적으로 비판했던 근대 이성이나 물질문명 등에 관한 것이 구체적이고 적나라하게 형상화된다는 점이다.

> 히말라야
> 안나 푸르나 봉에 내린 눈이나
> 우리의 백두산 천지에 내린 눈이나
> 눈은 녹아 강물이 되고
> 강물은 흘러 흘러 대양을 이룬다.
> 바다에 이른 물은
> 어디로 갈까,
> 태평양, 인도양에서 증발하여
> 다시 히말라야, 백두산에

내리는 눈,

어리석은 헤겔이여,
눈이 발전해서 물이 되었는가,
물이 발전해서 수증기가 되었는가,
그러나 수증기는 다시 물이 된다.
태초에 고체와 액체와 기체가 있었을 따름이다.

예술은 발전하지 않는다.
극시는 서정시와 서사시의
발전이 아니다.
가을에 안개 끼고 겨울에
눈 내리듯
서정시는 가을에
서사시는 겨울에 쓰이는 법

조각은 고체의 예술이다.
지상에 굳어 있는 얼음.
회화는 액체의 예술이다,
세계를 반영하는 수면.
음악은 기체의 예술이다.
허공으로 비상하는 수증기.

우둔한 헤겔이여,
감성은 이성에 앞서는 것,
시의 길은 철학의 길과 다르다.
물이 얼음이 되고
용암이 바위가 된다 하지만
물은 결코 바위가 될 수 없는 법,

그러므로 너는
시인을 존경할 줄 알아야 한다.

지금은 겨울,
창 밖엔 흰 눈이 내리고 있다.
아이들이 눈사람을 만들고 있다.
히말라야 안나 푸르나 봉이나
백두산 천지에선 지금
神이 눈사람을 만들고 있겠지만
너의 뜨락엔
아이들이 모여 눈사람을 만들고 있다.
너도 눈사람을 만든 적이 있을 것이다.
눈이 있으므로 눈사람을 만드는 것이다.

감성이 이성에 앞서는 것이다.

「어리석은 헤겔」

생명이
따뜻한 물을 좋아하듯 물질은
차가운 물을 좋아한다.
거칠게 몰아쉬던 숨을 한 컵의 냉각수로 재우는
저 기계들의 일상을 보아라.
자동차의 엔진, 철공소의 선반, 제철소의 압연기, 발전소의
터빈들이
벌컥벌컥 마셔대는 냉수,
물질은 원래 차기 때문에
찬 것으로 되돌아가고자 한다. 그러나
생명은 따뜻한 사랑의 존재,

그 따뜻함을 지키기 위하여 항상 따뜻한 물을 먹어왔거니
아, 여기서는 이제부터 나도 기계처럼
냉각수를 먹게 되었구나.
언제부터인가
나의 조국 코리아에서도
예전엔 따끈하게 데워 먹던 막걸리, 소주, 청주를
얼음처럼 차게 얼려 먹느니
이곳 아메리카에서는
도시 더운 식수를 찾을 수가 없구나.
냉수 한 컵을 들고 테이블에 와서
무턱대고 얼음을 처넣는 웨이터에게
불현듯 외치는
'노 아이스!'
식수로 찬물을 드는 것은
인간이 물질로 환원되어 가는 시대의 한
증거일 것이다.

「아이스 워터」

인간이 불로 어두움을 밝힌다면
자연은 그것을 물로 밝힌다.
계곡은 하나의 거대한 도시,
수맥의 전류로
휘황하게 타오르는 색색의 꽃들을 보아라.
어떤 것은 길가의 가로등으로 서 있고 어떤 것은 주택의
조명등으로 켜 있고 또 어떤 것은 상가의
네온사인으로 반짝이지만
모든 꽃은
물로 달구어진 필라멘트다.

등꽃 가로등 밑을 분주히 오가는 토끼 자동차,
아카시아 조명등 아래서 야근하는 일별 노동자,
백목련 탐조등을 따라 막 이륙하는 뻐꾹 비행기,
포플러 높은 가지 위의 관제탑에선
까치의 교신이 한창이다.
물질이 불로 사는 짐승이라면
생명은 물로 사는 기계,
인간도 이와 같아라.
사랑 또한 나와 너 사이를 흐르는
수맥이 아니던가.

「물의 사랑」

위 시편들은 각각 『어리석은 헤겔』, 『아메리카 시편』, 『봄은 전쟁처럼』에서 뽑은 것이다. 「어리석은 헤겔」에서 시인이 기획하는 것은 근대 도구적 이성의 표상격인 헤겔의 이성 중심적 사고에 대한 비판이다. 그런데 서정시인답게 시인은 이러한 비판을 비유적이고 유추적인 사유로써 진행시키고 있다. 즉 '물'의 다양한 변화체인 눈, 수증기, 안개 등을 인간 감성의 형상물로 사유한다. 그리고 '바위'와 같은 딱딱한 '물질'에는 '이성'의 형상물을 유추시키면서 "눈이 있으므로 눈사람을 만든다"고 말한다. 이 말의 뜻은 '눈', 즉 인간의 감성적 생명력이 바탕으로 작용함으로써 '눈사람'이라는 생명을 지닌 인간이 존재함을 말하는 것이다. 그리하여 최종적으로 "감성이 이성에 앞서는 것이다"라고 말하고 있다.

「어리석은 헤겔」의 '물'은 인간과 자연을 흐르는 다양한 변화체이자 인간의 원형적인 감수성 및 생명력으로 사유되는 데 반하여 「아이스 워터」에서의 '물'은 인간세계, 더 정확히는 그가 체험한 아메리카 또는 자본주의적 근대세계와 동양적인 인간적 세계를 대비시키는 비유인데 '온도'에 따라 차별화한 '물'을 구체화하고 있다. 즉 "생명이/ 따뜻한 물을 좋아하"고 "자동차의 엔진, 철공소의 선반, 제철소의 압연기, 발전소의/ 터빈들"로 표상되는 '물질'은 "벌컥벌컥" 냉수를 좋아한다고 비유적으로 설명하고 있다.

이러한 서술이 나오게 된 것은 아메리카에서 그가 더운 식수를 원했을 때 웨이터가 냉수 한 컵을 들고 와서 무턱대고 얼음을 처넣는 체험을 겪었기 때문이다. 이 시에서는 아메리카, 정확히 자본에 의하여 움직이면서 소수인종에 대한 자기우월적 시선을 가진 세계에 대한 시인의 복합적 비판을 압축적으로 담고 있다. 그리하여 시인이 말하고자 하는 바는 "노 아이스!"인 것이다. 즉 인간의 감성적 생명력의 근간을 이루는 '물'은 다시 인간세계의 서구적 동양적 속성에 따라 찬물 혹은 따뜻한 물로 이원화되는 것이다. 이처럼 근대 도구적 이성의 표상으로 의미화된 헤겔에 대한 비판이나 아메리카니즘에 대한 비판 등은 전체 시집을 통하여 매우 일관된 태도로 날카롭게 유지된다.

한편 「물의 사랑」은 근대 도시문명적 삶에 대한 비판적 기획에서는 냉정한 면모가 조금 퇴색되는 측면이 있는데, 그 이유는 아마도 컴퓨터를 사용하고 엘리베이터를 사용하는 편리를 얻지만 펜이 있어야 시를 쓰고 자연과 마주해야 영감을 떠올리는 현대인의 문명이기에의 익숙함이랄까 하는 것이 작용하기 때문일 것이다.

「물의 사랑」에서는 자연의 '물'에 관한 탐색으로서 「아이스 워터」에서 해석한 '물의 속성'을 다시 세분화하여 상상한 것이라 할 수 있다. 즉 자연의 '물'에 대비할 때 인간 세계가 지닌 인위적 문명적인 속성은 '불'에 견줄 수 있으며 "물질이 불로 사는 짐승이라면/ 생명은 물로 사는 기계"이며, 인간의 사랑도 "수맥"과 같은 것이어야 한다고 사유하는 것이다.

이와 같이 '물'이라는 공통된 원형 물질을 근간으로 하여 그가 비판하는 대상들과 지향하고자 하는 바를 살펴볼 때 오세영 시인은 물, 따뜻한 물, 수맥과 같은 물 등으로써 인간의 온기와 감성을 옹호하는 낭만주의적 시세계를 보여준다. 그런데 그가 형상화하는 시세계와 아울러 그가 비판하는 거시적이고 대사회적인 사건이나 사유틀에 대한 형상화를 살펴볼 때 특이한 점이 있다.

그것은 그가 취하는 시어들, 특히 비판하거나 깨달음의 경지를 형상화하기 위하여 사용하는 시어들의 속성과 구조적 틀의 측면에서 볼 수 있다. 이를 테면 그는 삶과 죽음, 물과 불, 본질과 비본질, 존재와 비존재, 원시와 문명 등 매우 대조적인 시어의 짝짓기로써 자신의 비판적 의도나 깨달음의 경지를 형상화하는 측면이 있다. 그리고 이러한 대조적 짝을 토대로 하여 시의 구조적인 측면에서도 대응적 짝의 시어들과 서로 상관되면서 상응되는 또 다른 대조적 짝을 계속 만들어나감으로써 패턴, 혹은 상동관계를 이루어낸다.

이러한 시의 대조적 항을 통한 역설적 주제 형성의 패턴화 방식은 많은 부분 불교적 사유에 기인한 것이다. 즉 만물을 유기적인 것으로 보고, 작은 것에 우주와 자연의 약동적 힘이 동일하게 작용한다는 인식을 보여주는 것이다. 위 시편들에서도 이성과 감성, 물질과 인간애, 서양과 동양, 자연과 인간이라는 대조적 짝을 원형으로 하여 그 상동관계에 기반한 시어들의 대응을 패턴의 형식으로 만들어나간다.

오세영의 시가 쉽게 읽히는 이유 중의 하나도 바로 이러한 패턴을 주요한 축으로 함으로써 그 유추적 대응들이 전체 시편에서 일괄적으로 작용되기 때문이다. 구조적인 측면에서 작용하는 시어 짝의 패턴에 기반한 상동화는 우주 만상을 포괄하는 생명의 약동에 의하여 만물의 모습이 이루어진다는 '동격화 사유'와 맞닿아 있다.

그리고 궁극적으로 삶이 곧 죽음이며 존재가 비존재라는 불교적 역설은 세상의 모든 것을 오랜 겁의 세월 속에서 바라다보는 시각을 토대로 한 윤회로써 '아我'는 곧 '무아無我'인 것이다. 즉 대조적 성향을 지닌 시어들을 통한 역설적 주제 형성이나 약자에게서 강자를, 번성에서 쇠퇴를 바로 감지하는 그의 시각은 불교적인 '무아'의 사유와 함께 거시적인 시간관에 입각하여 사물과 세계를 해석하기 때문이기도 하다. 그의 후기 시편들, 즉 『눈물에 어리는 하늘 그림자』, 『벼랑의 꿈』, 『적멸의 불빛』, 『시간의 쪽배』 등의 시집들에서는 이러한 불교적 사유에 기반한 서정적 상상과 거시적인 시간관에 입각한 깨달음의 세계가 펼쳐지고 있다. 그는 이러한 불교적이고 동양적인 서정적 합일을 모색하고 서정시인으로서 개인적인 측면에서 자연의 신성함을 체험함으로써 근대 이후의 자아와 세계의 간극을 일시적으로 좁히려고 한다.

　　동시에 외적으로도 근대 물질문명의 근원과 형상에 대한 날카로운 비판을 보여줌으로써 도구적 이성과 자본주의에 물들기 이전 사람과 사람, 사람과 세계, 사람과 자연 간의 균열을 응시하고 비판하는 기획을 보여주고 있다. 즉 그의 불교적 서정시와 문명비판 시편들은 시인의 사적 일상과 사사로운 문제에 얽매이지 않고 세계와 자연을 대하는 거시적이고 통시적인 스케일을 보여준다.

> 世榮아, 하고
> 굵직한 음성이 나를 부른다.
> 돌아보면 세상은 적막한 벌판,
> 시든 풀과 이슬과 구르는 돌뿐인데
> 世榮아, 하고
> 풀섶의 돌멩이가 나를 부른다
> 돌아보면 세상은
> 쓸쓸한 강변
> 피안엔 벗겨진 신발밖에 없는데
> 世榮아, 하고
> 강변의 시든 풀이
> 나를 부른다.
>
> 　　　　　　　　　　　　　　　　「世榮아」

> 아제 아제 바라 아제
> 바라 승 아제
> 모지 사바하,

이 무슨 부질 없는 독경讀經 소린가.
이 무슨 부질 없는 목탁木鐸 소린가.

새벽에
무릎을 곧추세우고 앉아
댓잎의 이슬 맺는 소리에 귀기울이면
출가하는 싯달다의
뺨에서 떨어지는 눈물방울 소리가 들린다.
안개로, 안개로 흐르다가
이제 하늘이 된 그 사람.

「그 사람」 부분

비 내리는 어느 여름날 나는
뒤따르는 한 사람을 돌아보았습니다.
그의 말소리가 분명 당신의 음성 같았기 때문입니다.
그러나 그는
내 제자였습니다.
눈 내리는 어느 겨울날
눈길에 미끄러지면서 나는 얼른 곁에 있는 한 사람을
또 붙들었습니다.
어쩐지 그가 당신처럼 믿음직스러워 보였기 때문입니다.
그러나 그 역시 당신이 아니라
내 아내였습니다.
당신은 내 앞에도 뒤에도
그리고 곁에도 있지 않았습니다.
내 눈동자에 들지 않은 빛이
빛이 아니듯
나의 밖에 있는 당신이 어디 당신이겠습니까,

당신이 이미 내 안에 들어 있음을 나는
이제야 비로소 알았습니다.

「내 안의 당신」 부분

산에서
산과 더불어 산다는 것은
산이 된다는 것이다.
나무가 나무를 지우면
숲이 되고,
숲이 숲을 지우면
산이 되고,
산에서
산과 벗하여 산다는 것은
나를 지우는 일이다.
나를 지운다는 것은 곧
너를 지운다는 것,
밤새
그리움을 살라 먹고 피는
초롱꽃처럼
이슬이 이슬을 지우면
안개가 되고
안개가 안개를 지우면
푸른 하늘이 되듯
산에서
산과 더불어 산다는 것은
나를 지우는 일이다.

「나를 지우고」

시인은 초기시에 동양적 정신 가치에 대한 옹호를 파편적으로 보여주다가 중기시에서 불교적 오온이나 윤회, 무아 등에 대한 깨달음의 시편들을 전개하였으며, 이러한 불교적 사유와 상념들은 후기시에서 한결 내재화하고 알기 쉽게 형상화되고 있다. 이것이 그의 후기시의 특징적 측면이다.

구체적인 전개방식을 살펴볼 때 중기시 이후부터 시적 운율과 리듬감에 대한 인식이 그의 시편들에 의식적으로 반영되곤 한다. 이를 테면 각 연에 맞추어 후렴구나 대응적 시구절과 시어 등을 삽입하는 방식이다. 이러한 중기 시편들에서의 의도가 후기시에 이르면 비교적 자연스러운 리듬감을 형성하게 된다.

「世榮아」에서는 시인을 누군가가 부르는 듯한 환청에 휩싸이는 장면을 보여주고 있다. 자연의 정령 같은 근원적인 것이 자신을 부르는 듯한 모티브를 자주 보여주는 시인의 시세계에서 그 부름의 주체는 '피안의 소리'이기도 하고 '어머니'의 다정한 목소리이기도 하고 "강변의 시든 풀"이기도 하다. 혹은 「그 사람」에서처럼 독경 소리와 목탁 소리를 통하여 정밀해지는 새벽 고요 속에 들리는 "댓잎의 이슬 맺는 소리"이기도 하고 "출가하는 싯달다의/ 빰에서 떨어지는 눈물방울 소리"이기도 하다.

이처럼 시인은 자연의 고요 속에서 정밀한 내면을 응시하는 가운데 자연의 근원적인 신성함을 체험한다. 그 신성한 시간, 즉 세속적 시간이 무화된 일시적 영원의 시간 속에서 자연의 신성한 소리와 성인의 모습 등을 체험하고 있다. 「내 안의 당신」에서는 이러한 신성하고 고요한 경지에 대한 갈망이 '당신'에 대한 갈망으로 형상화되고 있다. 신성한 '당신'은 "내 스승" 안에도 "내 제자" 안에도 "내 아내" 안에도 그리고 "내 안"에도 내재함을 발견하는 것이다. 즉 세상과 만물의 모든 본성 속에는 불교적 견성과 신성함이 내재해 있다는 의미이다.

세상의 만물 속에서 발견하는 불교적 신성성에 대한 자각은 세상과 만물에 대한 평등한 사유에 기반한다. 이러한 사유는 「나를 지우고」에서는 "나무

를 지우면/ 숲이 되고" "나를 지운다는 것은 곧/ 너를 지운다는 것"이며 "이슬
을 지우면/ 안개가 되고/ 안개가 안개를 지우면/ 푸른 하늘이 되"는 경지로 형
상화된다. 즉 세상의 모든 만물은 영원한 시간 속에서 그 형체를 달리하는 것
이며 '아' 가 곧 '무아' 라는 인식을 통하여 '나' 를 "지우고" 비울 줄 아는 힘을
갖게 된다는 깨달음을 보여준다. 이처럼 영원한 시간에 대한 사유와 '나' 를
자연과 우주의 순환적 원리 속에서 사유하는 것은 유한한 생명을 지닌 인간이
'죽음' 에 대한 두려움으로부터 벗어나 사유할 수 있게 한다.

고독할 때
내 육신은 무한에 떠 있는 섬
살갗에서 이는
밀물과 썰물의 적막한
호흡소리를 듣는다.

영원이 어디 따로 있던가.
들이마시고 내쉬는
목숨의 찰라에 있던 것을,
오늘 나, 먼 수평선을 향해
긴 휘파람 소리를
내본다.

「영원」

새해 첫날
막 잠에서 깨어나면
창밖 나무들의
함빡
물오르는 소리.

처녀가 이미 소녀가 아니듯
오늘의 나무는 이미 어제의 나무가
아니다.
새날이다.
거울 앞에서
자신을 바라보아라.
어제의 나무가 오늘의 나무가 아니듯
거기
너를 바라보는 또 다른
너

「나무 1」

　　오세영의 후기 시편들은 주로 자연과 자연물에 면하여 혹은 승방의 벽에 면해서 이루어지는 자연 혹은 불교적 원리와의 합일을 형상화한 것들이 많다. 그런데 『적멸의 불빛』, 『시간의 쪽배』 등의 시집에서는 세계와 자연에 대한 자아의 합일적 사유보다도 자아 내면을 응시함으로써 얻는 자기성찰적 면모나 내적 합일체에 대한 인식 등이 빈번하게 형상화된다.

　　「영원」에서 자신 육신의 살갗에서 "밀물과 썰물의 적막한/ 호흡"소리를 듣고 "영원"이 이러한 "들이마시고 내쉬는/ 목숨의 찰라"에 있음을 깨닫는 모습을 보여주고 있다. 즉 '나'의 호흡으로부터 우주와 자연의 숨결과 이치를 응시하고 자아를 자연과 우주 속에 무화無化시켜 사유하는 것이다.

　　오세영 시인은 이러한 불교적 깨달음과 내적 합일체에 대한 경도를 보여주면서도 자아의 평온함에 대한 갈망에만 결코 안주하지 않는다. 그는 세계의 부조리와 자본주의의 속악성에 대해서도 끊임없이 비판의 목소리를 냄으로써 자칫 탈세속적이고 인간 세상사를 초월하는 경향으로 나아가기 쉬운 것에 대해서 항상 경계와 긴장의 끈을 놓지 않는다.

　　오세영은 불교적 깨달음의 사유를 통하여 내적으로는 우주와 자연의 신성함을 지향하며 자기가 속한 현실세계의 속악함에 대해서는 적극적인 비판의 시각을 견지함으로써 세계의 신성성 회복에 대한 염원을 보여준다. 그리하여 그의 시세계는 내면지향과 외부세계의 응시, 비판을 번갈아 보여주는 기획, 즉 정-반-정-반의 시활동을 통하여 조금씩 새로운 경지로 나아간다. 즉 자아의 신성성 회복과 세계에 결핍된 신성함에 대한 비판이 주제를 조금씩 달리하면서 번갈아 시의 궤적에 나타난다.

그 속에서 불교적 견성과 고요함 속으로만 정태적으로 굳어지지 않으려는 날카로운 자기응시도 보여준다. 그것이 「나무 1」에서는 "오늘의 나무는 이미 어제의 나무가/아니다"는 인식으로 나타나고 있다. 그의 불교적 사유에 기반한 상상력은 그 자체에 국한되지 않고 기독교적 신성이나 창조설 등에도 수용적인 포괄의 역을 보여준다.

시인의 시세계는 오세영 시인 개인의 자화상만을 담고 있지 않다. 그는 "파미르"의 "거대한 시간의 호수" 속에서 과거, 현재, 미래의 부질없음과 "고선지"의 허망함과 인간 인생의 유한함을 발견하며 이러한 인간의 본원적인 '고苦'에 대하여 연민의 눈물을 흘리고 있다.

> 칼 바위산 초르타크를 넘어
> 불타는 땅 타클라마칸을 건너
> 얼음산 무스탁을 올라
> 마침내 나 파미르에 섰다.
> 해발 6,500피트, 위에서 굽어보는 세상은
> 어지럽기만 하다.
> 현기증과 두통과 무기력으로 지샌
> 고원의 하룻밤은 고달팠지만
> 실상 나는 뱃멀미에 시달리고 있었노라.
> 아, 파미르
> 거대한 시간의 호수.

예서 더 흐를 수 없는 시간의 쪽배에 앉아
내 지금 찰랑거리는 수면을 들여다보노니
과거, 현재, 미래라는 것이
이 얼마나 부질없는 말이뇨.
서역을 정복한 고선지高仙芝가
백만의 대군을 거느리고 개선했던 고성古城, 스토우팅
그 폐허에 핀 봉숭아 꽃잎이
눈물겹고나.

「파미르 고원」